HEYNE ‹

W0068325

CHARLOTTE McGREGOR

HIGHLAND Hope

EIN BED & BREAKFAST FÜR KIRKBY

ROMAN

WILHELM HEYNE VERLAG
MÜNCHEN

 Dieses Buch ist auch als E-Book erhältlich.

MIX
Papier aus verantwortungsvollen Quellen
FSC® C014496
FSC
www.fsc.org

Penguin Random House Verlagsgruppe FSC® N001967

Originalausgabe 05/2021
Copyright © 2021 by Charlotte McGregor
Dieses Werk wurde vermittelt durch die
literarische Agentur Michael Gaeb
Copyright © 2021 dieser Ausgabe
by Wilhelm Heyne Verlag, München,
in der Penguin Random House Verlagsgruppe GmbH,
Neumarkter Str. 28, 81673 München
Redaktion: Julia Funcke
Printed in Germany
Umschlaggestaltung: ZERO Werbeagentur
unter Verwendung von © FinePic®, München,
Getty Images/fotoVoyager
Satz: KompetenzCenter, Mönchengladbach
Druck und Bindung: GGP Media GmbH, Pößneck
ISBN: 978-3-453-42483-8

www.heyne.de

Für Anja
»Ein Gefühl von Zuhause«

INHALT

Aufbruch ins Ungewisse   *9*

Shepherd's Pie mit Familienanschluss   *34*

Das Glück der Erde …   *50*

… liegt auf dem Rücken der Pferde   *65*

Abschied und Neuanfang   *81*

Kaffeegier mit Folgen   *97*

Dates und andere Katastrophen   *117*

Happy Birthday   *142*

Picknick im Regen   *158*

Mutterliebe   *179*

Gemischte Gefühle   *206*

Erster Schnee   *225*

Countdown zum Glück   *247*

Jaworte und Küsse unterm Mistelzweig   *258*

Weihnachten und Hogmanay   *273*

Die Macht der Worte   *292*

Eiszeit *309*

Scheidewege *334*

Kampfansagen *365*

Die Fragen aller Fragen *394*

Anhang

Figurenregister *403*

Rezept Porridge à la Tante Alice *407*

Was man über Bed & Breakfasts in
Schottland wissen sollte *409*

Danke *411*

Leseprobe Band 2:

Highland Hope – Ein Pub für Kirkby *415*

Ein Königreich für einen Schokoriegel *417*

Zwei Stunden Honeymoon *427*

AUFBRUCH INS UNGEWISSE

OB HUNDE AUCH AN JETLAG LITTEN? Das fragte sich Colleen, während sie müde aus dem Busfenster sah. Zu ihrer Rechten grasten zottelige kleine Kühe auf einer nassen Wiese, zu ihrer Linken erstreckte sich düster der lang gezogene Loch Ness, und über allem spannten sich bleigraue Wolken, aus denen es unablässig regnete. Die ganze Landschaft – und davon gab es eine Menge – wirkte derart irreal auf Colleen, dass sie kein bisschen verwundert gewesen wäre, hätte das sagenumwobene Seeungeheuer seinen Kopf aus den dunklen Fluten gehoben. Tito, der kleine weiße Jack Russell Terrier auf ihrem Schoß, gab keinen Laut von sich. Offenbar war er von der endlos langen Reise genauso erschöpft wie sie. Doch immerhin hatte er zwischendurch geschlafen, im Gegensatz zu ihr. Was auch ihren leicht verwirrten geistigen Zustand erklärte. Sie versuchte zu rekapitulieren, vor wie vielen Stunden sie ihre vertraute Heimat verlassen hatte, um in einen neuen Lebensabschnitt zu starten. Gestern am späten Nachmittag hatte sie bei prächtigem »Indian Summer« und spätsommerlichen Temperaturen die Tür zu ihrem Elternhaus in Boston abgeschlossen, war zum Flughafen gefahren und um kurz nach zehn Uhr abends in Richtung Europa abgeflogen. Nur um keine sieben Stunden später in Edinburgh und damit in dem Land anzukommen, »für das Gott den Regen erfunden hat«. So pflegte zumindest ihre Mutter immer bösartig über Schottland zu spotten, das Herkunftsland ihres kürzlich verstorbenen Ex-Manns.

Colleen schluckte und tastete nach der schlichten Metall-Urne, die in ihrer großen Umhängetasche lag, dick in Luftpolsterfolie eingewickelt und mit reichlich Papierkram versehen. Es war ein mehr als seltsames Gefühl, die Asche des eigenen Vaters im Handgepäck zu transportieren, aber Daddys letzter großer Wunsch war es gewesen, in der Erde seines Geburtsorts die letzte Ruhe zu finden. Sie wischte sich verstohlen eine Träne aus dem Augenwinkel, doch der Bus war ohnehin halb leer, und niemand achtete auf sie. Am Flughafen hatte sie einen Bus-Shuttle zum Bahnhof in der Innenstadt genommen und war dort in einen Zug nach Inverness umgestiegen. Dreieinhalb Stunden lang war sie durch die Gegend gefahren, von deren herb-karger Schönheit ihr Vater in seinen letzten Wochen so geschwärmt hatte. Seine Berichte hatten sie davon überzeugt, dass sie seine Heimat genauso lieben würde wie er, doch der anhaltende Regen, das deprimierende Grau und das scheinbare Fehlen jeglicher Lieblichkeit ließen sie zweifeln. Natürlich drückte schlechtes Wetter immer aufs Gemüt – auch zu Hause in Massachusetts –, aber so verloren wie im Moment hatte sie sich lange nicht mehr gefühlt. Auch Inverness, das ihr Reiseführer vollmundig als »Metropole der Highlands« anpries, wirkte auf sie klein und verschlossen. Eine halbe Stunde hatten sie und Tito auf den Bus warten müssen, der für die rund zwanzig Meilen nach Kirkby eine ganze Stunde brauchte. So in etwa hatte sie sich immer das Ende der Welt vorgestellt.

Schon wieder hielt der Fahrer an und ließ zwei kichernde Teenagermädchen aus- und einen alten Mann einsteigen. Der Mann musste ein Schäfer sein, denn er verströmte ein derart intensives Aroma von nassem Hund und Schaf, dass Titos Schnauze im Schlaf zuckte und er gleich darauf interessiert die Augen öffnete. Immerhin, dem Stadthündchen ihres Vaters schien die Umstellung aufs Landleben schon zu gefallen, solche aufregenden Gerüche hatte Tito bisher nicht gekannt. Was sie selbst betraf, hatte Colleen größere Bedenken, aber die waren akut nicht ihre vordringlichste Sorge. Im Moment wollte sie einfach nur ankommen, sich in ein Bett legen und mindestens zwölf Stunden am Stück schlafen. Danach wäre immer noch Zeit genug, sich mit den Herausforderungen zu befassen, die auf sie warteten. Sie sah auf die Uhr. Laut Fahrplan müssten sie Kirkby in einer Viertelstunde erreichen, und von der einzigen Bushaltestelle im Ort waren es dann angeblich nur fünf Minuten zu Fuß bis zu *The Cosy Thistle*, dem Bed & Breakfast, das für die nächsten Monate ihr Domizil sein würde. Merkwürdiger Name für ein Hotel, dachte sie. »Gemütliche Distel« war doch irgendwie ein Widerspruch in sich, aber Schotten schienen einen schrägen Humor zu haben. Sie würde sich einfach überraschen lassen. Und sollte es in dieser Kuschel-Distel irgendwo ein weiches Bett geben, wollte sie sich auch gar nicht beklagen.

• • •

»Doof, dass es kein Gips geworden ist!«, seufzte Aidan zum wiederholten Mal und betastete mit sichtlichem Bedauern seinen bandagierten linken Arm, der in einer Schlinge steckte.

Alex sagte nichts dazu, sondern beschränkte sich auf grimmiges Kopfschütteln und konzentrierte sich auf den dichten Verkehr – die Highland-Version einer Rushhour. Dass er den ganzen Nachmittag mit seinem Sohn in der Notaufnahme in Inverness hatte verbringen müssen, hatte er seiner vermaledeiten Ex zu verdanken. Ganze sechs Wochen hatte es gedauert, und zwei empörte Mails von ihm waren nötig gewesen, bis Zoe Rutherford endlich den zwölften Geburtstag ihres Kindes zur Kenntnis genommen und ein Paket geschickt hatte. Und was für ein Paket! Alex war die große, längliche Schachtel bereits verdächtig vorgekommen, als ein Kurierfahrer sie heute Vormittag geliefert hatte, doch Aidan hatte völlig hingerissen ein Snakeboard daraus hervorgeholt. Die riesige Enttäuschung darüber, dass seine Mutter seinen Geburtstag offensichtlich vergessen hatte, war umgehend verziehen. Mum war schließlich Schauspielerin und daher »wahnsinnig busy«, wie sie in ihrer Karte geschrieben hatte.

Alex würde ihr am liebsten den Hals umdrehen. Er war es schließlich, der sich tagein, tagaus um den gemeinsamen Sohn kümmerte, der den Alltag managte und dafür sorgte, dass Aidan eine behütete Kindheit hatte. Er war es, der den Jungen trösten musste, wenn Zoe sich nicht an die ohnehin schon fürchterlich seltenen Skype-Termine hielt.

Er war es, der nun mehrere Stunden im Krankenhaus verbracht hatte, um das Kind verarzten zu lassen, denn natürlich hatte Aidan das haarsträubende Gefährt sofort ausprobieren wollen und war – wenig überraschend – auf dem regennassen Kopfsteinpflaster binnen Minutenfrist filmreif gestürzt. Die Platzwunde an der Stirn hatte mit fünf Stichen genäht werden müssen, doch der Arm war nur verstaucht. Eine Verletzung, die der Junior jetzt zu unspektakulär fand. Alex war es aber auch, der sich nun schon seit Stunden anhören musste, dass »Mum einfach die allergeilsten Geschenke« machte. Gut, dass ein Ozean und reichlich Landmasse zwischen ihnen lagen, denn sonst hätte er sich womöglich doch zu einer spontanen Gewalttat hinreißen lassen.

So nahm er sich lediglich vor, ihr später schriftlich die Meinung zu geigen, und ging im Kopf seine ausführliche Erledigungsliste durch. Viel war in seinem Bed & Breakfast im Moment zwar nicht los – die Sommersaison war längst vorbei, und Ende Oktober kamen nur wenige Wanderer, die meist nicht lange blieben –, aber zu tun gab es trotzdem eine Menge. Zumal sich Kristie und Hailey heute beide krankgemeldet hatten. Er vermutete allerdings, dass hinter der angeblichen Grippe eher der große Highland-Dance-Workshop auf der Isle of Skye steckte, über den sie schon seit Tagen so aufgeregt schnatterten. Seine beiden Cousinen arbeiteten für ihn, genau wie Tante Alice, notfalls half auch sein Vater Marlin aus. So gesehen war *The Cosy Thistle* ein lupenreiner Familienbetrieb – mit allen Vor- und Nachteilen.

»Was gibt's heute zum Abendessen?«, unterbrach Aidan seine Gedanken mit einer konkreten Frage, die sich glücklicherweise nicht um seine grandiose Mutter oder seine weniger grandiosen Verletzungen drehte.

»Keine Ahnung«, brummte Alex. Stimmt, Lebensmittel hatte er heute auch noch kaufen wollen. »Vielleicht hat Isla was für uns.«

»Och nö, auf geräuchertes Moos habe ich heute keinen Bock«, maulte Aidan.

Isla war Alex' Schwester, die in Kirkby das mit einem Stern ausgezeichnete kleine Restaurant *The Scottish Thistle* betrieb und sich mit ihren regionalen und saisonalen Gerichten einen großartigen Ruf in der britischen Gastroszene erkocht hatte.

»Wir werden schon nicht verhungern«, entgegnete er schulterzuckend, setzte den Blinker und verließ die Uferstraße in Richtung ihres Zuhauses. Kurz darauf war der mächtige Loch Ness nur noch ein unscheinbarer dunkler Fleck im Rückspiegel und geriet dann völlig außer Sicht. Vor ihnen führte eine schmale, kurvige Straße durch einen Wald und über immer hügligeres Terrain.

Viele Menschen fanden die schottischen Highlands spröde und karg – zumal beim aktuellen Mistwetter –, aber Alex liebte die Region. Mehr als ein Jahrzehnt hatte er im Ausland gelebt. Gleich nach der Schule war er erst nach Holland gegangen, um dort internationales Hotelmanagement zu studieren, und dann mit Anfang zwanzig in die USA gezogen. Er hatte tolle Jahre in New York verbracht und in den schicksten und coolsten Hotels gearbeitet, doch irgendwann war die Sehnsucht nach der Natur, der Ruhe und den Menschen so groß geworden, dass er vor acht Jahren mit dem damals vierjährigen Aidan wieder zurückgekehrt war. Auch damit sein Sohn ähnlich unbeschwert aufwachsen konnte wie er selbst. Zoe hatte nicht den geringsten Widerstand geleistet – warum auch, schließlich war sie schon gut zwei Jahre vorher nach Vancouver gezogen, weil sie eine Hauptrolle in einer Sitcom erhalten hatte. Klar, da konnten Mann und Kind nicht mithalten, dachte er und ärgerte sich darüber, wie verbittert er deswegen immer noch war. Nicht wegen Zoe selbst, die vermisste er längst nicht mehr, sondern weil er nicht verstehen konnte, wie man so unglaublich egozentrisch sein konnte. Zoe hatte für die Rolle in dieser vollkommen belanglosen, wenn auch immer noch erfolgreichen Fernsehserie die Beziehung mit ihm aufgegeben und ihr Kind verlassen.

Energisch verscheuchte Alex diese destruktiven Gedanken. Nach einer lang gezogenen Kurve kam der alte Kirchturm von Kirkby in sein Blickfeld, und hinter einer sanften Kuppe lag der ganze Ort vor ihm. Jedes Mal wurde ihm warm ums Herz, wenn er das kleine Dorf sah. Der kleine, aber stetige Strom der Touristen war entzückt von Kirkbys Atmosphäre, und ja, dort schien die Zeit stillzustehen. Im Gegensatz zu vielen anderen Gemeinden gab es hier keine Bausünden, alle knapp sechshundert Einwohner lebten in historischen Häusern, die mindestens hundertfünfzig Jahre alt waren, oder in den wenigen Neubauten, die sich jedoch stilistisch kaum von den übrigen Gebäuden unterschieden.

Auch von Kirkby waren viele Jahre lang Bewohner weggezogen, nach Inverness, Edinburgh oder sonst wohin in die Welt hinaus. Niemand hatte in das kleine Highland-Nest investieren wollen, das keine Zukunft versprach, sondern nur für Rückschritt stand. Erst seit etwa dreißig Jahren tat sich wieder etwas. Sein Vater Marlin steckte seit den Achtzigerjahren viel Energie und nicht unerhebliche Geldmittel in das Dorf, um es für die Einwohner lebens- und für die Besucher liebenswert zu machen. Zusammen mit seiner Frau Bonnie hatte er auch das Bed & Breakfast gegründet, für das sie zehn der heruntergekommenen, seit Jahren leer stehenden Kleinbauern-Hütten von Harriswood House, dem ehemaligen Großgut der Familie, zu putzigen Cottages für Feriengäste umgebaut hatten. Seit Alex den Laden vor acht Jahren übernommen hatte, war aus dem eher einfachen Betrieb eine nachhaltige Öko-Luxus-Lodge geworden, die sich zum Geheimtipp für »Achtsamkeits-Urlauber« gemausert hatte, wie Marlin die Gäste gerne nannte.

Sollte sein Dad ruhig spotten, er selbst war glücklich mit der neuen Ausrichtung des Hotels, bei dem er alles verwirklichen konnte, was ihm wichtig war. Seit Isla vor drei Jahren ihr Restaurant eröffnet hatte, mit ganz ähnlicher Philosophie, kamen neben Ruhe suchenden Naturfreunden auch noch genussfreudige Gourmets. Eine bessere Mischung von Gästen konnte sich Alex kaum vorstellen.

Er parkte seinen Wagen neben dem großen, alten Gutshaus, das er mit Aidan und seinem Vater bewohnte und in dem Rezeption, Frühstücksraum und Bibliothek für die

Hotelgäste untergebracht waren. »Bleib sitzen«, rief er seinem Sohn zu, dann sprang er selbst aus dem Auto, schnappte sich den großen Schirm und öffnete die Beifahrertür. »Die Verbände sollen doch nicht nass werden, schon vergessen?«, erklärte er dem Jungen lächelnd und verstrubbelte dessen rote Haare noch ein bisschen mehr. Dann legte er seinen Arm um Aidans schmale Schultern, zog ihn an sich, und gemeinsam liefen sie lachend durch den strömenden Regen um das Haus herum zur Eingangstür.

»Wer ist das?«, rief Aidan, als sie nur noch wenige Schritte von den Stufen entfernt waren.

Auf der obersten Stufe unter dem Vordach kauerte, an ihren Koffer gelehnt, eine schlafende junge Frau, die eine große Tasche und einen kleinen Hund im Arm hielt. »Mist«, entfuhr es Alex. Das musste die Amerikanerin sein, die vor einer guten Woche für unbestimmte Zeit ein Cottage gemietet hatte. Er hatte völlig vergessen, dass heute ihr Anreisetag war. Doppelmist! Und natürlich waren seine krankfeiernden Cousinen nicht da, und auch von Tante Alice und seinem Vater fehlte jede Spur. »Verdammter Obermist!«, rief er ärgerlich. Der kleine weiße Hund fing daraufhin laut zu kläffen an, und die Frau fuhr erschrocken hoch. »Es tut mir so unendlich leid, Miss…«, begann Alex, bis ihn ein Blick aus den traurigsten grünen Augen, die er je gesehen hatte, verstummen ließ.

● ● ●

Colleens Herz klopfte bis zum Hals, als sie schlagartig von Titos Gebell geweckt wurde. Für einen Moment fühlte sie sich desorientiert und hatte keine Ahnung, wo genau sie war, doch dann fiel es ihr wieder ein. Nach einer über vierzehnstündigen Reise war sie endlich in Kirkby angekommen, nur um in diesem nassen, kalten Nest vor verschlossenen Türen zu stehen. Das durfte doch alles nicht wahr sein! Etwa zweihundert Meter weiter hatte sie zwar ein beleuchtetes Gebäude erspäht, wahrscheinlich ein Restaurant, aber sie war einfach nicht mehr in der Lage gewesen, dorthin zu laufen. Völlig übermüdet, durchnässt bis auf die Knochen und weinend vor Verzweiflung hatte sie sich auf die Stufen vor diesem großen, alten Haus gesetzt, in dem sich angeblich die Rezeption des Bed & Breakfast befand, und hier musste sie eingeschlafen sein. Nun starrte sie in zwei Paar blaue Augen, die sie musterten. Sie gehörten zu einem rothaarigen Jungen, der breit grinste, und einem Mann, der ganz offensichtlich sein Vater war und der ihr vage bekannt vorkam.

»Sei still, Tito«, tadelte sie den Hund und entließ ihn aus ihrem Klammergriff. Das weiße Tier schüttelte sich und lief dann neugierig zu dem Jungen, der ihm seine rechte Hand zum Schnuppern hinhielt.

»Wie gesagt, es tut mir wahnsinnig leid«, sprach der Vater erneut und klang dabei ehrlich zerknirscht. »Sie müssen Miss Murray sein, nicht wahr?« Er reichte ihr nun seinerseits die Rechte, um ihr aufzuhelfen.

»Hmm«, murmelte sie bestätigend und rappelte sich mühsam hoch. Sie fühlte sich so schrecklich erschöpft und verschlafen, dass ihre Gedanken nur ganz allmählich wieder in die Gänge kamen. Sie ahnte, dass sie einen erbarmungswürdigen Eindruck machen musste, und strich daher hastig ihren durchnässten Mantel glatt und schob sich eine kastanienbraune Haarsträhne hinters Ohr. Es war nicht ihre Schuld, dass sie so derangiert war, und doch war es ihr unglaublich peinlich. Sie räusperte sich verlegen. »Verzeihung, Sie müssen mich für vollkommen verrückt halten.« Dabei fasste sie mit einer vagen Geste ihr zerknautschtes Erscheinungsbild zusammen. »Und ja, ich bin Colleen Murray.«

Der rothaarige Mann schüttelte kaum merklich den Kopf. »Kommen Sie rein, Sie holen sich hier draußen noch den Tod.« Mit diesen brummigen Worten trat er zur Tür und schloss sie auf.

Diese wenig herzliche Begrüßung ärgerte sie dann doch. Der hatte ja Nerven! Als hätte sie sich freiwillig dazu entschlossen, in der Kälte auf jemanden zu warten, der ihr die Tür öffnete und ihr das für reichlich Geld gebuchte Zimmer zeigte. »Mein Plan war, um diese Zeit in einem warmen Bett zu liegen und mindestens zwölf bis vierzehn Stunden zu schlafen«, entgegnete sie und klang dabei schnippischer als beabsichtigt.

Der Mann murmelte etwas, das wie »Ich bin ein Idiot!« klang, und rieb mit einer Hand über sein kantiges Kinn, das von einem rötlichen Mehrtagebart bedeckt war und irgendwie verwegen aussah. »Wir hatten nicht den besten Start«, sagte er dann lauter und lächelte sie an. »Ich möchte in aller Form um Verzeihung dafür bitten, dass niemand Sie in Empfang genommen hat, Miss Murray, das hätte nicht passieren dürfen. Mein Sohn hatte heute Mittag einen Unfall, und ich musste ihn ins Krankenhaus bringen.« Er deutete auf den Jungen, der sich umständlich aus seiner Jacke schälte, was mit dem Arm in der Schlinge nicht ganz einfach war. Tito ließ ihn nicht aus den Augen. »Ich muss wohl vergessen haben, meinen Mitarbeitern Bescheid zu geben, dass wir noch einen Gast erwarten«, fuhr er fort. »Darf ich Ihnen den nassen Mantel abnehmen und einen Tee anbieten? Und ich verspreche, dass Sie im Handumdrehen in einem warmen, trockenen Bett liegen werden. Also, in Ihrem Cottage.«

»Deine Mitarbeiter?«, mischte sich ungläubig lachend der Junge ein. »Du meinst Tante Alice oder Grandpa?« Sein Vater nickte. »Die sind doch mit Onkel Rupert bei der Pferdeauktion.«

»Stimmt«, antwortete er knurrig und wirkte, als müsste er sich mit viel Mühe ein genervtes Augenrollen verkneifen. Dann wandte er sich wieder an Colleen: »Wie gesagt, unentschuldbar, aber ich verspreche, ich werde es wiedergutmachen.«

Eine halbe Stunde später sah Colleens Welt etwas besser aus. Sie saß, in eine warme Wolldecke eingekuschelt, in einem Ohrensessel, der vor einem flackernden Kaminfeuer stand. Auf einem Beistelltischchen dampfte eine Tasse voll Tee, der eindeutig mit Whisky angereichert war, und auf einem Tellerchen lagen ein paar Stücke Shortbread. Der rothaarige Hoteleigner hatte sich als Alexander Fraser vorgestellt und wollte sich nun persönlich davon überzeugen, dass ihr Cottage auch fertig hergerichtet war.

Nachdem die Formalitäten erledigt waren und sie mit dem Nötigsten versorgt, hatte er sich ihren Koffer geschnappt und war verschwunden. Sie trank einen großen Schluck Tee, der wirklich köstlich schmeckte und sie von innen wärmte, und versuchte nebenbei ihr müdes Gehirn zu Höchstleistungen anzuspornen, denn sie war sich inzwischen völlig sicher, dass sie Alexander schon einmal getroffen hatte. Sie kam nur nicht drauf, wann und wo, denn dieser Schottland-Trip war ihre erste Fernreise überhaupt.

»Ich bin übrigens Aidan.« Der Junge war mit ihrem Hund im Schlepptau in die gemütliche Bibliothek gekommen. »Ich habe Tito etwas Wasser gegeben und ein paar Leckerlis, aber ich glaube, er hat richtig großen Hunger.«

»Das ist sehr lieb von dir, Aidan. Tito hat immer Hunger, und auf der langen Reise hat er kaum was bekommen. Ich füttere ihn, sobald wir im Cottage sind.«

»Ich könnte ihm auch gleich was geben«, bot Aidan eifrig an. »Wir haben immer Hundefutter da, Miss Murray.«

»Du kannst mich ruhig Colleen nennen«, entgegnete sie lächelnd. »Wenn das so ist, dann gib ihm gerne eine kleine Portion. Habt ihr denn auch einen Hund?«

»Nein, im Moment nicht«, seufzte der Junge. »Grandpa kümmert sich ab und zu um Streuner, päppelt sie auf, bildet sie aus und sucht dann neue Familien für sie, aber ich hätte total gerne einen eigenen Hund.«

»Vielleicht bekommst du ja bald einen?«

»Das glaub ich nicht. Ich hab gehofft, dass ich einen zum Geburtstag kriege, aber natürlich gab's nur doofe

Bücher und ein Brettspiel. Nicht mal ein neues Game für meine PlayStation war dabei.«

Colleen musste ein Lächeln unterdrücken. Aidan war ein begnadeter Schauspieler, er schien das ganze Elend dieser Welt auf seinen schmalen Schultern tragen zu müssen. »Ich bin mir sicher, dass deine Eltern nur das Beste für dich wollen.«

»Pfff«, schnaubte er leicht verächtlich. »Dad ganz sicher nicht. Ich meine – Bücher! Reicht es nicht, dass ich in der Schule ständig lesen muss? Aber Mum hat mir heute ein Snakeboard geschickt, das ist cool. Leider hat's mich damit gleich zerlegt, und jetzt darf ich erst mal nicht mehr damit fahren.«

»Das tut mir wirklich leid. Tut's denn sehr weh?«, erkundigte sie sich.

»Nö. Geht schon wieder. Ich hab ja gedacht, dass der Arm gebrochen ist, aber er ist nur verstaucht. Ein Gips wäre schon geil gewesen, dann hätten mir meine Freunde in der Schule was draufschreiben können.« Er zuckte mit den Schultern.

»Na ja, aber sich an seinem Geburtstag den Arm zu brechen ist ja auch nicht gerade toll. Herzlichen Glückwunsch übrigens.« Sie trank noch einen Schluck Tee und lächelte ihn dann an. »Vielleicht kommt der Hund ja noch, der Tag ist schließlich noch nicht vorbei.«

»Aber ich hab doch gar nicht heute Geburtstag, sondern am 10. September!«

»Ah ... Ich dachte ... also weil du gesagt hast, dass du von deiner Mutter heute dieses Skateboard bekommen hast.« Colleen beschlich das unangenehme Gefühl, in ein Wespennest gestochen zu haben.

»Ein Snakeboard«, korrigierte Aidan. »Mum hat es nicht früher geschafft, das mit dem Geschenk. Sie ist Schauspielerin und sehr beschäftigt.«

»Ach so.« Mehr wusste Colleen darauf nicht zu entgegnen. Wenn eine Mutter gute sechs Wochen brauchte, um ein Geschenk für ihr Kind zu organisieren, dann fand sie das schon reichlich seltsam. Doch das ging sie natürlich nichts an.

»Mum lebt in Vancouver«, sagte Aidan, als würde das die Verzögerung erklären. »Früher haben wir alle in New York gewohnt, aber daran kann ich mich fast nicht mehr erinnern. Ich bin da auch geboren und ein echter Amerikaner!«, fügte er stolz hinzu. »Du bist doch auch Amerikanerin, oder?«

Colleen nickte mechanisch. Beim Stichwort New York waren die Zahnräder in ihrem Kopf schließlich eingerastet und der Groschen gefallen. Vor gut zehn Jahren, als sie noch in der Hochzeitsplaner-Agentur ihrer Mutter gearbeitet hatte, hatte sie eine Feier in einem New Yorker Hotel organisieren müssen. Ihr Hauptansprechpartner war der Event-Manager des Hotels gewesen, ein gut aussehender rothaariger junger Brite, den sie erst unfassbar mit ihrer Panik genervt und nach der Hochzeit zu allem Überfluss auch noch leicht beschwipst angebaggert hatte. Dieser Mann, der die ganze Zeit souverän geblieben war, musste Alexander Fraser gewesen sein. Ihr wurde schlagartig heiß und wieder kalt, als sie an ihre ungeschickten

Flirtversuche und die überschwängliche Dankesmail an ihn dachte, auf die er nur sehr knapp und mit einem gewissen herablassenden Spott zwischen den Zeilen geantwortet hatte. Zumindest hatte sie das so interpretiert und kurz darauf den Job an den Nagel gehängt. Hochzeiten für andere Menschen zu planen war nie ihre Leidenschaft gewesen, und dieses peinliche Ereignis hatte ihr bewiesen, dass sie es auch besser sein lassen sollte. Ihre Mutter war nicht erfreut gewesen, doch das war sie ja nie …

»…bin dann also mit Tito in der Küche und geb ihm was zu fressen.« Aidans Stimme riss sie erneut aus ihren Gedanken.

»Okay. Danke«, murmelte sie und sank noch tiefer in den Sessel. Ob er sie wohl verschlingen würde? Sie schloss die Augen und stellte sich vor, wie die weichen Polster sie in ein sicheres, weiches Kissenland saugten, wo sie vor aller Unbill des Lebens in Sicherheit wäre. Schöne Vorstellung. Leider auch sehr unwahrscheinlich. So viel Glück hatte sie nicht. Aber vielleicht war Alexanders Gedächtnis nicht ganz so gut wie ihres …

»Was führt dich eigentlich nach Kirkby? Doch wohl keine Hochzeit?«

Colleen zuckte erschrocken zusammen, als seine Stimme ertönte, sie hatte ihn nicht hereinkommen gehört. Offenbar war ihm ihre frühere Begegnung inzwischen auch wieder eingefallen. Also definitiv kein Glück für sie.

»Nein«, erwiderte sie knapp. »Keine Hochzeit. Eher das Gegenteil.« Unwillkürlich tastete sie nach ihrer Handtasche, die neben dem Sessel stand.

»Eine Scheidung?« Alexander runzelte die Stirn, offenbar unschlüssig, ob er weiter nachfragen sollte. Als sie nicht antwortete, sondern nur matt den Kopf schüttelte, fuhr er fort: »Wie auch immer, dein Cottage ist fertig. Ich habe dir Feuer gemacht, damit du es gemütlich hast, aber das dient eher zur Dekoration. Wenn dir kalt ist, mach einfach die Fußbodenheizung an. Frühstück gibt es normalerweise zwischen sieben und zehn Uhr, aber da du die nächsten Tage unser einziger Gast bist, richten wir uns gerne nach dir.« Er sah sie erwartungsvoll an.

»Ich bin zu einer Beerdigung hier.«

»Oh.« Mit dieser Antwort hatte er ganz offensichtlich nicht gerechnet. »Wer ist denn gestorben? Ich habe gar nichts mitbekommen.«

Colleen angelte sich ihre Tasche und zog die gut verpackte Urne hervor. »Mein Dad. Gavin Murray. Er stammte ursprünglich aus Kirkby, ist aber vor fast siebzig Jahren nach Amerika ausgewandert.« Mist, jetzt versagte ihre Stimme, und die Tränen konnte sie auch nicht mehr zurückhalten.

»Hey, alles gut.« Er hockte sich vor sie, legte ihr tröstend eine Hand an die Wange und strich mit dem Daumen eine Träne weg.

Diese kleine, freundliche Geste ließ bei ihr endgültig alle Dämme brechen. Sie klammerte sich an die Urne und presste ihr Gesicht an seine warme Hand. Niemand hatte sie nach Daddys Tod in den Arm genommen und getröstet. Niemand war für sie da gewesen. Sie war ganz allein auf der Welt.

Vielleicht hätte sie anders reagiert, wäre sie fit und ausgeschlafen gewesen, insgesamt selbstsicherer und gelassener. Aber das war sie alles nicht. Und die qualvollen, schmerzhaften letzten Monate konnte sie auch nicht ausblenden. Daher ließ sie zu, dass Alexander Fraser sie in seine Arme zog, ihr über den Rücken streichelte und sie einfach weinen ließ, bis sie vor Erschöpfung fast einschlief.

Colleen hatte keine Ahnung, wo sie war, und es dauerte ein ganzes Weilchen, bis sich wieder halbwegs klare Gedanken in ihrem Kopf formten. Sie lag in einem Bett, dessen Leinenwäsche einen leichten Lavendelduft verströmte, durch die geschlossenen Vorhänge drang diffuses Sonnenlicht in den Raum. Sie konnte sich jedoch überhaupt nicht erinnern, wie sie auf dieses himmlisch bequeme Lager gekommen war.

Tito! Schlagartig wurde sie wach. Sie musste sich um ihren Hund kümmern, doch von dem Tier war nichts zu sehen. Bis zum letzten Atemzug ihres Vaters hatte Tito immer im Bett seines geliebten Herrn geschlafen, seitdem rollte er sich an ihrem Fußende zusammen und sorgte normalerweise dafür, dass sie rechtzeitig aufwachte. Colleen schlug die Decke zurück und stand auf. Seltsam, ihr Koffer stand unangetastet neben dem hellen Holzschrank, und sie trug noch das Langarmshirt, das sie gestern angehabt hatte, und auch ihre Strümpfe. Nur ihre Jeans hatte sie ausgezogen. Das war wirklich merkwürdig … Sie schob die Vorhänge zurück und blickte auf eine grüne Wiese, auf der in einiger Entfernung ein paar Schafe grasten. Der Himmel war klar und hellblau, vom trüben, deprimierenden Grau des gestrigen Tages war nichts mehr zu merken. Colleen sah sich nun ihr Schlafzimmer genauer an. Der Raum war zwar nicht besonders groß, wirkte dank der sparsamen Möblierung und der zurückhaltenden Farbgebung aber luftig und freundlich. Die alten Bodendielen und Deckenbalken harmonierten mit dem modernen Holzschrank und dem großen Bett. Neben dem Fenster stand ein gemütlicher Sessel, der mit einem weichen, hellgrau karierten Stoff bezogen war, der wiederum perfekt zur Leinenbettwäsche passte. Der einzige kräftigere Farbtupfer war eine rote Wolldecke, die zusammengefaltet am Fußende des Bettes lag und eine kleine Kuhle aufwies, in der vermutlich Tito geschlafen hatte. Doch wo war der Hund bloß?

Colleen öffnete die Schlafzimmertür und betrat einen schönen Wohnraum, in dem es einen Kamin gab, mit zwei Sesseln davor, eine kleine Küchenzeile und einen Tisch mit vier Stühlen in einem Erker. Auf diesem Tisch stand die Urne ihres Vaters und außerdem eine Teekanne auf einem brennenden Stövchen. Daneben fand sie einen Teller mit Keksen und eine kurze Notiz: *Wir dachten, wir lassen dich heute ausschlafen. Tito ist versorgt. Wenn du hungrig bist oder sonst etwas brauchst, findest du immer jemanden im Haupthaus. Gruß, Alex.*

Gedankenverloren goss sich Colleen eine Tasse Tee ein und biss in ein Stückchen Shortbread. Das war die gleiche Kombination wie gestern Abend, und nun fiel ihr auch alles andere wieder ein, inklusive ihres peinlichen Zusammenbruchs, bei dem sie sich, von verzweifelten Weinkrämpfen geschüttelt, an Alexanders Brust geklammert hatte. Was musste dieser Mann nur von ihr denken? Und wie war sie anschließend von der Bibliothek in Harriswood House in dieses Cottage hier gekommen? Daran hatte sie überhaupt keine Erinnerung mehr. Was, wenn sie eingeschlafen war und er sie hierhergetragen und ins Bett gebracht hatte? Oh Gott, sie konnte ihm nie mehr unter die Augen treten.

Leider war das keine Option. Tee und Shortbread waren zwar lecker, machten aber nicht ernsthaft satt. Colleen spürte, dass sie richtig hungrig war. Ein seltsames Gefühl, denn seit dem Tod ihres Vaters vor drei Wochen hatte sie kaum noch Appetit gehabt. Doch jetzt knurrte ihr Magen laut und deutlich. Wie spät war es eigentlich? Sie kramte ihr Telefon aus der Handtasche hervor und blickte auf das Display. Schon ein Uhr mittags! Sie wusste nicht genau, wann sie gestern Abend eingeschlafen war, aber es musste spätestens um acht gewesen sein, eher ein bisschen früher. Demnach hätte sie an die siebzehn Stunden geschlafen. Unfassbar. Und die letzte vernünftige Nahrung hatte es gestern Vormittag in Edinburgh gegeben, als sie sich am Bahnhof ein Käse-Sandwich gekauft hatte. Puh. Sie sah in den Kühlschrank, der natürlich leer war. Da musste sie wohl dringend einkaufen gehen. Ob es hier im Ort einen Supermarkt gab? Egal, es würde sich alles finden. Erstaunlicherweise fühlte sie sich heute viel zuversichtlicher als gestern und war sich sicher, die kommenden Herausforderungen meistern zu können. Aber erst musste sie duschen und etwas in den Magen kriegen.

● ● ●

»Ich hab mich mal ein bisschen umgehört. Jack will im Kirchenregister nachsehen und nachher vorbeikommen, und Heather will ihren Schwiegervater anrufen. Sie meint, dass er Gavin Murray kennen könnte.« Marlin Fraser war in Alexanders Büro gekommen und setzte sich.

»Danke, Dad.«

»Aber sonst weißt du nichts über unseren neuen Gast?«, bohrte sein Vater mit untypischer Neugier nach. Marlin zeigte normalerweise recht wenig Interesse an den Gästen des Bed & Breakfast, und speziell bei Amerikanern verhielt er sich regelrecht reserviert.

»Gar nichts. Nur, dass sie mit der Asche ihres Vaters unterm Arm hier ankam und sich auf unbestimmte Zeit eingemietet hat. Sie hat das Cottage für zwei Monate gebucht, mit der Option, zu verlängern.« Alex seufzte. Als die Anfrage vor zehn Tagen eingegangen war, hatte er sich zwar kurz gewundert, aber weiter keine nennenswerten Gedanken daran verschwendet. Dauergäste waren selten, aber nicht so ungewöhnlich. Vor zwei Jahren hatten sie einen Banker mit Burnout dagehabt, der über fünf Monate geblieben war und angeblich einen Roman geschrieben hatte. Doch seit Alex in seinem neuen Gast die Frau wiedererkannt hatte, die ihn vor vielen Jahren in New York fast in den Wahnsinn getrieben hatte, schrillten in seinem Kopf sämtliche Alarmglocken. Damals war sie von einer ziemlich durchgedrehten Braut und deren abstrusen Partyplänen völlig überfordert gewesen. Keine ganz ideale Voraussetzung für eine Hochzeitsplanerin. Als die Veranstaltung dann überstanden war, hatte sie ihm vor lauter Erleichterung ein eindeutig zweideutiges Angebot gemacht, das er natürlich abgelehnt hatte. Erstens, weil es unprofessionell gewesen wäre, und zweitens, weil er von Frauen ohnehin die Nase voll gehabt hatte. Zoe hatte ihn und Aidan kurz zuvor wegen dieser Fernsehrolle verlassen.

An »zweitens« hatte sich bis heute nichts geändert. Frauen bedeuteten nur Stress und Ärger, und er hatte es in den letzten Jahren sehr erfolgreich geschafft, sich von ihnen fernzuhalten. Allerdings musste er zugeben, dass der Moment des Wiedererkennens gestern nicht gänzlich unangenehm gewesen war. Schon damals in New York hatte ihn ihr ganzes Wesen ziemlich angerührt. Es war klar gewesen, dass sie im vollkommen falschen Job war, aber ihr etwas ungeschickter Charme hatte ihn nicht völlig kaltgelassen. Wer wusste schon, was passiert wäre, hätte er damals nicht gerade in einem Trennungsdrama festgesteckt? Doch das war eigentlich nur noch ein Grund mehr, professionelle Distanz zu wahren.

»Hat sie denn gesagt, was sie hier machen will?«, fragte Marlin weiter.

»Nein.«

»Du bist heute ja sehr mitteilsam.«

»Weil es nichts zu sagen gibt. Wir werden es jedoch ganz bestimmt erfahren.« Alex zuckte mit den Schultern. »Warum bist du eigentlich so wahnsinnig neugierig?«

Ein kleines Lächeln zuckte in Marlins markantem Gesicht, und Alex hätte schwören können, dass sein Vater irgendwie ertappt wirkte. »Ich bin doch nicht neugierig«, wiegelte Marlin ab. »Aber du musst schon zugeben, dass es eine ziemlich romantische Geschichte ist.«

»Romantisch?«

»Die verwaiste Tochter reist mit der Asche ihres Vaters an dessen Geburtsort, um ihn dort begraben zu lassen. Wenn das nicht romantisch ist, dann weiß ich auch nicht.«

»Wenn das dein Sinn für Romantik ist, dann ist mir auch klar, warum du nach Mums Tod nie wieder geheiratet hast«, murmelte Alex sarkastisch.

»Wer im Glashaus sitzt …« Marlin hob provozierend eine Braue, führte seinen Gedanken jedoch glücklicherweise nicht weiter aus. Zumindest nicht verbal.

»Ich finde es jedenfalls ganz schön makaber. Allein die Vorstellung, dass ich mit deiner Urne im Handgepäck um die halbe Welt reisen müsste …« Alex schüttelte den Kopf und hoffte, dass die Themen Romantik und Frauen damit erledigt waren. In dieser Hinsicht waren Vater und Sohn beide keine Helden.

»Keine Sorge, ich will hier begraben werden.« Marlin lachte.

»Dann hoffe ich von Herzen, dass du auch hier stirbst«, entgegnete Alex grinsend.

»Was sind denn das für Töne?«, unterbrach eine Frauenstimme das Geplänkel der beiden. »Ich hoffe doch, dass in absehbarer Zeit keiner stirbt. Egal wo.«

»Wir bemühen uns, Tante Alice«, sagte Alex. »Ist denn unser Gast inzwischen aufgetaucht?«

»Nein, immer noch nicht. Vielleicht sollten wir mal nachsehen, ob sie überhaupt noch lebt.« Alice klang ernsthaft besorgt und auch ein kleines bisschen sensationsgierig. Sie war die Ehefrau von Marlins jüngerem Bruder Rupert und die gute Seele von *The Cosy Thistle*, die für das leibliche Wohl der Gäste und häufig auch für das der drei Fraser-Männer in Harriswood House sorgte.

»Vor zwei Stunden hat sie jedenfalls noch gelebt«, berichtete Alex, der am späten Vormittag auf Drängen von Alice und Aidan ins Cottage gegangen war, um nach dem Rechten zu sehen, Colleen Tee zu bringen und den Hund zu retten. »Ich schätze mal, sie war einfach total erschöpft. Die lange Reise, der Jetlag …«

»… der tote Vater in der Urne«, fügte Marlin hinzu.

»Oh, das arme Kind.« Alice runzelte die Stirn. »Wie alt ist sie eigentlich? Heather und Pastor Jack meinen, dass Gavin Murray in den Achtzigern gewesen sein muss.«

»Colleen wird in zwei Wochen dreiunddreißig.«

»Ach, ihr Alter weißt du ganz genau, aber sonst nichts?«, warf Marlin ein.

»Ich habe eine Kopie von ihrem Pass gemacht – wie bei jedem Gast.«

»Na, dann hat der alte Schwerenöter wohl ziemlich spät eine Familie gegründet. Hach, ich kann es kaum erwarten, dass wir die ganze Geschichte von Colleen erfahren«, freute sich Alice. »Kommt ihr dann mal zum Mittagessen? Ich habe Shepherd's Pie gemacht, der hält sich gut im Ofen. Vielleicht hat Colleen nachher ja doch ein bisschen Hunger. Und Jack wird später ganz bestimmt auch noch eine Portion haben wollen. Sollen wir vielleicht auch Collum fragen?«

»Der schmierige Wicht kommt mir nicht ohne Not über die Schwelle!«, rief Marlin ärgerlich und starrte seine Schwägerin wütend an.

»Er ist immerhin unser Bürgermeister und könnte in der Gemeindedatenbank nachsehen, ob er was über Gavin Murray findet. Ob es hier vielleicht noch Familie von ihm gibt«, entgegnete Alice unbeeindruckt. Für Marlins Aversion gegen den neuen, jungen Amtsinhaber hatte sie nichts als Spott übrig.

»Jack prüft schon das Kirchenregister«, knurrte Marlin.

»Ja, aber Collum könnte es bestimmt gleich herausfinden, wo er doch alle Standesamtdaten der letzten zweihundert Jahre hat digitalisieren lassen...« Alice grinste maliziös. »Du platzt doch auch vor Neugier.«

»Ich habe mich vollkommen im Griff«, behauptete Marlin. »Außerdem will Jack nachher auch noch Betty Murray mitbringen. Womöglich ist sie sogar mit Gavin verwandt – und jetzt Ende der Diskussion.«

Was auch immer Colleens Pläne für ihren Aufenthalt in Kirkby waren, ein Geheimnis würden sie nicht lange bleiben. Alex hatte nun fast ein wenig Mitleid mit der jungen Frau, die gestern Abend so herzzerreißend in seinen Armen geweint hatte. Ob ihr klar war, worauf sie sich hier einließ? Er wünschte ihr noch ein paar Stunden entspannenden Schlaf, damit sie fit war für die liebevolle Dorf-Inquisition, die ihr bevorstand. Er rief nach Aidan und folgte dann Vater und Tante zum Mittagessen in die Küche.

SHEPHERD'S PIE MIT
FAMILIENANSCHLUSS

ES WAR WIRKLICH WUNDERSCHÖN HIER, stellte Colleen entzückt fest, als sie frisch geduscht und in Jeans und ihren weichen rosa Lieblingspulli gekleidet ihr Cottage verließ. Vor der Eingangstür waren zwei Rosenbüsche gepflanzt worden, an denen auch Ende Oktober noch ein paar duftende gelbe Blüten prangten. Ein gekiester, aber sehr gepflegter Pfad führte über eine Wiese zum Hauptweg, an dessen Ende das stattliche Gutshaus Harriswood House lag. Die anderen Cottages waren wie trutzige kleine Festungen in die Landschaft getupft – alle ebenfalls mit blühenden Rosen vor den Türen. Dazwischen grasten Schafe auf der noch regennassen, sattgrünen Wiese, rundherum die Hügel der Highlands, in einiger Entfernung glitzerte ein kleiner Weiher, und über allem spannte sich ein klarer, blauer Himmel. Alles, was gestern düster und bedrückend gewirkt hatte, erschien ihr nun regelrecht zauberhaft und lieblich. Unwillkürlich stahl sich ein Lächeln auf Colleens Gesicht, und sie nahm einige tiefe Atemzüge. Die Luft roch irgendwie erdig, nach Kräutern und Rosenduft, und war so frisch und sauerstoffreich, wie sie es in Boston noch nie erlebt hatte. Ihr wurde fast ein bisschen schwindlig –

was aber auch ihrem knurrenden Magen geschuldet sein konnte. Es half nichts: Sie brauchte jetzt auf der Stelle etwas zu essen, auch wenn das bedeutete, Alexander Fraser wiederzubegegnen, dem sie sich gestern so peinlich präsentiert hatte.

Entschlossen ging sie über die knirschenden Kiesel in Richtung Haupthaus. Die Tür war diesmal nicht verschlossen, aber als sie das Haus betrat, war im Rezeptionsbereich niemand zu sehen. Es gab auch keine Klingel, mit der sie sich hätte bemerkbar machen können. Aus dem Hintergrund hörte sie jedoch gedämpftes Stimmengewirr. Colleen räusperte sich, um auf sich aufmerksam zu machen, doch natürlich hörte das niemand. Oder fast niemand, denn wenige Augenblicke später ertönte fröhliches Hundegebell, und Krallen klackerten auf dem Steinfußboden. Tito kam um die Ecke gesaust und begrüßte sie enthusiastisch. Sie beugte sich nach unten, um dem kleinen Terrier die Ohren zu kraulen, aber da machte das Tier schon wieder kehrt und rannte in die Richtung zurück, aus der es gekommen war.

Colleen interpretierte das als Aufforderung, ihm zu folgen, und so stand sie wenige Augenblicke später im Türrahmen zu einer geräumigen Küche. An dem riesigen Holztisch, der eine Hälfte des Raumes dominierte, saßen neben Alex und seinem Sohn Aidan noch zwei weitere Personen. Tito war mit einem Satz wieder neben Aidan auf die Bank gesprungen und schnupperte mit zuckendem Schnäuzchen am Teller des Jungen. Die Aufmerksamkeit der Menschen war jedoch ganz auf Colleen gerichtet.

»Hallo«, sagte sie leicht verlegen. »Ich … äh … also, ich wollte nicht stören, aber …«

»Unsinn, du störst doch nicht«, entgegnete eine resolut wirkende blonde Frau in den Fünfzigern, während sie aufsprang und ihr mit einem herzlichen Lächeln und ausgebreiteten Armen entgegenkam. »Du musst Colleen sein und zweifellos am Verhungern«, mutmaßte sie, und im nächsten Augenblick fand sich Colleen in einer mütterlichen Umarmung wieder. Nicht dass sie viel Erfahrung mit einer solchen Form der Zuwendung hatte, trotzdem fühlte es sich gut an. »Ich bin übrigens Alice«, stellte sich die Frau vor und schob Colleen dann auf einen freien Stuhl neben einem älteren Mann.

»Hallo«, murmelte sie schüchtern und etwas überwältigt. War so eine Begrüßung üblich in diesem Bed & Breakfast?

»Hallo, Colleen«, begrüßte sie nun auch Alex. »Ich hoffe, du hast gut geschlafen?«

Sie nickte nur und riss dann halb staunend, halb entsetzt die Augen auf, als Alice ihr einen üppig gefüllten, dampfenden Teller vor die Nase stellte und ihr aus einer Karaffe Wasser ins Glas goss. Was immer da auf ihrem Teller lag, roch zwar durchaus verführerisch, sah aber verboten aus.

»Ich bin Marlin«, stellte sich nun der ältere Mann zu ihrer Linken vor und lächelte sie freundlich an. »Ich bin der Vater von Alex, Aidans Großvater und der Schwager von Alice, und vor dir steht ihr weltberühmter Shepherd's Pie. Guten Appetit.«

»Danke«, sagte sie leise und räusperte sich. »Vielen Dank, wirklich. Das ist sehr lieb, aber …« Sie zögerte und blickte ratlos auf das auflaufartige Gebilde auf ihrem Teller. Sie hatte keine Ahnung, was ein Shepherd's Pie war, und eigentlich aß sie lieber klar definierbare Speisen wie gegrillte Hähnchenbrust mit Salat oder Pasta.

»Bist du etwa Vegetarierin oder gar Veganerin?«, rief Aidan und klang regelrecht schockiert.

»Nein, aber …« Himmel, sie sollte sich nicht so anstellen, schimpfte sie im Geiste mit sich selbst.

»Keine Sorge, Schätzchen, wenn dir mein Pie nicht schmeckt, dann mach ich dir ein Sandwich oder ein schnelles Omelett. Aber probier ihn doch wenigstens. Ich hab ihn ganz frisch zubereitet, aus Lammhack und Kartoffelbrei.«

Alice sah sie freundlich an, doch die drei männlichen Frasers musterten sie mit einer gewissen Skepsis, die tendenziell beinah feindselige Züge annahm, sodass es Colleen schien, als bewegte sie sich auf ganz dünnem Eis. Es fühlte sich fast wie eine Mutprobe oder ein Initiationsritus an. Aß sie diesen Auflauf, wäre sie willkommen – wenn nicht, dann könnte es schwierig werden. Sie schloss kurz die Augen. So schlimm konnte es doch nicht sein, oder? Aber Lamm? Hatte sie nicht erst vorhin die niedlichen Schäfchen auf der Wiese beobachtet? Tito unterbrach ihre Gedanken mit einem schrillen Bellen, und Colleen riss sich zusammen. Probieren musste drin sein! Das war sie diesen netten Menschen einfach schuldig. Ihr Dad hatte über ihr Essverhalten auch immer nur traurig den Kopf geschüttelt und mehr als einmal trocken kommentiert, dass so etwas im Mutterland von Porridge und Haggis nicht möglich wäre. Todesmutig lud sie sich schließlich etwas von dem Pie auf die Gabel und schob sich den Bissen in den Mund. Das Hackfleisch war saftig und sehr aromatisch, das Püree locker und samtig, die Kruste schön knackig. Es war … »Absolut göttlich!«

Colleens regelrecht euphorischer Ausruf überraschte sie selbst am meisten, aber sie war sich sicher, nie in ihrem ganzen Leben etwas Besseres gegessen zu haben.

»Gerade noch die Kurve gekriegt«, konstatierte Aidan grinsend und forderte seinerseits noch einen Nachschlag von seiner Großtante.

»Sagte ich doch, weltberühmt, der Shepherd's Pie«, bemerkte Marlin amüsiert und zwinkerte Colleen verschwörerisch zu.

Alex enthielt sich jeden Kommentars, doch selbst wenn er etwas gesagt hätte, wäre es ihr egal gewesen. Ihre Konzentration galt nur noch dem Mittagessen. Ganz undamenhaft verputzte sie die große Portion in Rekordzeit und lehnte auch einen Nachschlag nicht ab.

»Nein danke«, winkte sie kurze Zeit später dann doch ab, als Alice ihren Teller noch ein drittes Mal befüllen wollte. »Ich platze gleich, aber es war wirklich unglaublich lecker. Vielen Dank, das hat mir buchstäblich das Leben gerettet.«

»Na, wenn das alles ist, was du brauchst, bist du bei mir an der richtigen Stelle«, gab Alice zurück und lachte herzlich. »Aber nun, wo du ausgeschlafen und gesättigt bist, magst du uns vielleicht ein bisschen was von dir und deinen Plänen erzählen?«

»Ähm…« Colleen fühlte sich etwas überrumpelt.

»Ich hab euch doch erklärt, dass Colleen vor allem wegen der Beerdigung ihres Vaters hier ist«, schaltete sich Alex ein und warf seiner Tante einen warnenden Blick zu.

»Aber das kann doch nicht die ganze Geschichte sein«, beharrte Alice und legte Colleen dann eine Hand auf den Arm. »Mein aufrichtiges Beileid natürlich, das ist bestimmt keine leichte Zeit für dich«, sagte sie voller Mitgefühl. »Wir haben schon unseren Dorfpfarrer Jack McTavish informiert. Er will nachher auch noch vorbeikommen, und dann kannst du alles mit ihm besprechen. Vielleicht treibt er auch noch jemanden auf, der deinen Vater gekannt hat. Weißt du, ob ihr noch Familie hier im Ort habt?«

»Ich glaube nicht. Dad war ein Einzelkind, oder vielmehr der Einzige unter seinen Geschwistern, der überlebt hat«, berichtete Colleen leise. »Seine Eltern sind gestorben, als er sechzehn beziehungsweise siebzehn war, und kurz nach dem Tod seiner Mutter ist er in die Vereinigten Staaten ausgewandert. Von anderer Verwandtschaft hat er nie etwas erzählt.«. Darüber, dass es womöglich noch entfernte Verwandte geben könnte, hatte sie nie nachgedacht. Irgendwie fand sie die Vorstellung aber schön. Wieder irgendwo dazugehören. Sie fühlte sich im Augenblick so fürchterlich entwurzelt, dass ihr sogar die unwahrscheinliche Vorstellung einer uralten Tante tröstlich vorkam, die bislang nichts von ihrer Existenz geahnt hatte.

»Wenn deine Familie hier gelebt hat, dann hat sie auch Spuren hinterlassen«, sagte Alice sanft, und Colleen schien es fast so, als würde die ältere Frau ihre Gedanken lesen. »In Kirkby leben einige Murrays. Die meisten sind noch nicht lange genug hier, dass es passen könnte, aber Jack wollte Betty fragen.«

»Alice, findest du nicht, dass das hier schon ein bisschen viel Dorftratsch ist?«, grätschte Alex dazwischen. »Colleen muss doch glauben, dass wir ihr hinterherspionieren.«

Colleen sah ihn verwundert an. Ja, es war eine seltsame Situation für sie, aber …

»Wir spionieren nicht, wir kümmern uns!«, sprach Marlin aus, was Colleen empfand.

Ehe sie sich dazu äußern konnte, sprang Tito wieder aufgeregt bellend von der Bank und rannte aus der Küche, nur um Augenblicke später mit zwei Neuankömmlingen im Schlepptau zurückzukommen.

»Wenn man vom Teufel spricht«, sagte Marlin und stand auf, um die Besucher zu begrüßen. »Hallo, Betty«, sprach er erst die stattliche alte Dame an und half ihr aus dem karierten Cape, das sie sich umgeworfen hatte.

Colleen fiel dabei auf, wie klein Marlin eigentlich war. Sie schätzte ihn auf ungefähr einen Meter siebzig. Dieser schmale, fast hagere Mann sollte der Vater des beeindruckend großen und breitschultrigen Alex sein? Das komplette Fehlen von Haupthaar glich Marlin mit einem etwas wilden Bart aus, der mehr grau als rot war. Seine Augen funkelten in einem stürmischen Graublau, nur die markante Nase hatte er an seinen Sohn weitervererbt.

»Das ist also die Tochter von unserem verlorenen Sohn Gavin«, stellte Betty fest, als sie sich aus ihrem Cape geschält hatte.

»Kannten Sie ihn?«, wollte Colleen wissen und merkte, wie ihr Herz schneller schlug. War das womöglich eine echte Verwandte von ihr? Sie stand auf, um nicht unhöflich zu wirken, und war hochgradig beeindruckt von der Statur der Frau. Der Name Betty klang so niedlich, doch an dieser Lady war ganz sicher gar nichts putzig. Stattdessen wirkte sie geradezu majestätisch.

»Ich fürchte, nein, meine Liebe«, entgegnete Betty bedauernd, nahm am Tisch Platz und bedeutete Colleen, sich ebenfalls wieder zu setzen. »Aber wir müssen noch ein bisschen tiefer im Kirchenarchiv kramen, um ganz sicher zu sein.«

»Wir haben aber immerhin schon die Kernfamilie von Gavin gefunden«, sagte nun der zweite Besucher, ein Mann in Marlins Alter und von ähnlicher Größe, der aber aussah wie ein Whisky-Fässchen auf zwei Beinen. »Ich bin Jack McTavish«, stellte er sich mit einem warmherzigen Lächeln und funkelnden goldbraunen Augen vor.

»Dann sind Sie Pastor McTavish?« Colleen hatte sich den Dorfpfarrer irgendwie anders vorgestellt, womöglich weniger eindeutig weltlich.

»Nenn mich bitte Jack. Wir sind nicht so förmlich hier in Kirkby, und wenn du Gavin Murrays Tochter bist, dann gehörst du ohnehin zu uns.«

Colleen schluckte und merkte, wie sich ihre Augen mit Tränen füllten. Bitte nicht wieder losheulen, beschwor sie sich selbst im Geiste und griff zu ihrem Wasserglas. »Das ist wirklich sehr lieb«, sagte sie leise, nachdem sie einige große Schlucke getrunken hatte.

»Ach was, das ist ganz normal«, winkte Jack ab. »Hast du dir schon Gedanken gemacht, wann die Beisetzung stattfinden und wie sie aussehen soll?«

Colleen schüttelte den Kopf. Nein, ihr Plan hatte exakt bis zur Ankunft in Kirkby gereicht. Alles, was nun anstand, war Neuland für sie. Seit dem Tod ihres Vaters vor drei Wochen war sie kaum zum Nachdenken gekommen. Es musste so unglaublich viel organisiert werden. Sie hatte komplett unterschätzt, was für einen Verwaltungsaufwand so ein Todesfall auslöste und worum man sich alles kümmern musste. Dabei hatte ihr Dad etliches selbst schon im Vorfeld organisiert und sehr detaillierte Wünsche dazu hinterlassen, was zu tun war. Auch die anderen Partner seiner Anwaltskanzlei hatten sie bei allem unterstützt, aber um viele Dinge musste sie sich selbst kümmern. Daddy war ja schon lange sehr krank gewesen. Kurz nach seiner Diagnose, als bereits klar gewesen war, dass er den Krebs nicht würde besiegen können, er aber noch einigermaßen fit gewesen war, hatte er mit Colleen all seine persönlichen Dinge durchgesehen, hatte einiges seinen Freunden und Arbeitskollegen geschenkt, vieles andere gespendet oder sogar weggeworfen. Es schien, als habe er möglichst wenig Spuren zurücklassen und Colleen nicht mehr als unbedingt nötig belasten wollen. Das war ein schmerzhafter Prozess gewesen, aber auch eine schöne Zeit, denn Gavin und Colleen hatten sich über Wochen und Monate mit all den Erinnerungsstücken, dem Krimskrams, den Utensilien beschäftigt, die ein erfülltes Leben so ausmachen.

Außer einigen Büchern, seinen Uhren und Manschettenknöpfen hatte sie nur Fotoalben behalten – und natürlich Daddys heißgeliebten Terrier Tito. Alles andere bedeutete ihr nichts. Sie trug ihren Dad in ihrem Herzen, und da würde er immer sein. So war es ihr immerhin erspart geblieben, die persönlichen Dinge direkt nach seinem Tod durchzusehen. Doch trotzdem hatte sie während der letzten Wochen kaum Zeit zum Innehalten und Nachdenken gehabt. Sie hatte sich um die Einäscherung kümmern müssen und um all die Formulare, die sie gebraucht hatte, um mit seiner Urne nach Schottland reisen zu dürfen. Schließlich hatte es noch eine große Trauerfeier in Boston gegeben, zu der all seine Freunde und Kollegen gekommen waren – nicht jedoch seine Ex-Frau. Colleen fand das Verhalten ihrer Mutter unsagbar niederträchtig, aber andererseits hätte sie es noch abstoßender gefunden, wenn Gloria am Ende die trauernde Witwe gegeben hätte. Nein, es war besser so, wie es war. Auch einige ihrer alten Freundinnen waren da gewesen, Frauen, die sie zum Teil schon seit Jahren nicht mehr gesehen hatte und mit denen sie überhaupt nichts mehr verband. Es war seltsam, aber sie hatte das Gefühl, dass mit Gavins Tod auch ihre eigenen Wurzeln abgestorben waren. Sie hatte sich von Tag zu Tag fremder gefühlt in der Stadt, die zweiunddreißig Jahre lang ihre Heimat gewesen war, die sie geliebt und in der sie sich immer wohlgefühlt hatte. Nun gehörte sie nicht mehr dazu.

»Hier, meine Liebe.«

Colleen schreckte hoch, als ihr Betty ein Stofftaschentuch in die Hand drückte. Sie hatte gar nicht bemerkt, dass sie schon wieder weinte. Dankbar und ziemlich verlegen tupfte sie mit dem leicht nach Lavendel duftenden Tuch ihre Tränen weg. »Es tut mir leid, ich war in Gedanken«, schniefte sie leise.

»Schon gut«, sagte Pastor Jack jovial. »Das muss eine schwere Zeit für dich sein. Wir sprechen das jetzt alles ganz in Ruhe durch.«

Colleen nickte, war sich aber nicht sicher, ob sie dafür die nötige Kraft hatte. Doch es half ja nichts. »Okay, danke.«

»Ähm«, schaltete sich Aidan ein. »Ich würde dann mal Hausaufgaben machen und vorher vielleicht noch kurz mit Tito rausgehen, wenn das okay ist?«

Colleen sah zu dem schlaksigen rothaarigen Jungen, der sie aus wachen blauen Augen bittend ansah. »Na klar.« Sie versuchte sich an einem Lächeln und räusperte sich. »Tito ist ganz bestimmt lieber mit dir unterwegs als mit mir. Der hat nach den letzten Monaten auch mal ein bisschen mehr Action und Fröhlichkeit verdient. Habt viel Spaß.«

»Werden wir haben!«, jubelte Aidan begeistert und war wie der Blitz aus der Küche, Tito dicht auf seinen Fersen.

»Aber die Hausaufgaben nicht vergessen«, rief Alex seinem Sohn noch hinterher, doch da knallte auch schon die Haustür.

»Die zwei haben sich gesucht und gefunden«, meinte Alice lächelnd. »Ich hab dir doch schon immer gesagt, dass du Aidan einen eigenen Hund besorgen sollst«, wandte sie sich an Alexander.

Der hob nur abwehrend und kopfschüttelnd die Hände und stand auf. »Braucht ihr mich noch? Wenn nicht, würde ich mich jetzt nämlich um meinen Bürokram kümmern. Colleen, wenn ich etwas für dich tun kann, findest du mich neben der Bibliothek, aber ich schätze, du bist in den allerbesten Händen.« Er nickte ihr knapp zu und verließ dann ebenfalls die Küche.

Es war bestimmt völlig irrational, aber irgendwie hatte Colleen den Eindruck, dass der plötzliche, fast fluchtartige Aufbruch der beiden jungen Frasers mit ihr und ihren Tränen zu tun hatte. Beschämt dachte sie wieder an ihren peinlichen Auftritt von gestern Abend. Kein Wunder, dass die beiden auf eine Neuauflage keine Lust hatten.

»Das möchte ich meinen, dass du bei uns in den besten Händen bist«, nuschelte Jack ein wenig undeutlich. Er hatte den Mund voller Shepherd's Pie, den er mit sichtlichem Genuss aß. Er schluckte den Bissen runter und fuhr dann klarer fort: »Erzähl uns doch ein bisschen von Gavin, während Betty und ich noch essen, danach besprechen wir, wann und wie wir die Beerdigung durchführen.«

»Und wenn du dabei weinen musst, dann tu das, Schätzchen«, sagte Alice liebevoll. »Es ist schließlich nie leicht, einen geliebten Menschen zu verlieren. Wir haben das alle schon mitgemacht, es gibt also keinen Grund, sich zu schämen.«

Colleen schluckte und war unsicher, wie sie anfangen

sollte, doch dann entschied sie, einfach von vorne zu beginnen: »Ich weiß, dass mein Dad vor sechsundachtzig Jahren hier in Kirkby geboren wurde, als einziges überlebendes Kind seiner Eltern. Er hat mir von seiner Kindheit und Jugend nicht allzu viel erzählt, nur dass er es sehr geliebt hat, hier zu leben. Aber es waren auch schwierige Zeiten, mit dem Krieg und so. Und dann sind seine beiden Eltern kurz hintereinander gestorben, und er hat die Gelegenheit ergriffen, in die USA auszuwandern. Dort hat er erst ein paar Jahre gejobbt, nebenbei seinen Schulabschluss nachgemacht und anschließend Jura studiert. Mit Mitte dreißig hat er eine eigene Kanzlei in Boston eröffnet, die dann ziemlich schnell ziemlich erfolgreich war. Über sein Privatleben aus der Zeit weiß ich fast gar nichts. Er hat in seinen letzten Tagen eine Frau erwähnt, die er sehr geliebt hat, mit der er aber aus irgendwelchen Gründen nicht zusammenkommen konnte. Irgendwann hat er dann meine Mutter kennengelernt – da war er schon gut fünfzig und sie Anfang zwanzig. Sie haben geheiratet und mich bekommen.«

Colleen stockte und trank noch einen Schluck Wasser. »Daddy hat immer gesagt, dass ich das größte Glück seines Lebens war.« Nun kämpfte sie erneut gegen die Tränen, die unaufhaltsam über ihre Wangen liefen. »Meine Mutter war es jedenfalls nicht, also, sein größtes Glück. Ich kann mich eigentlich kaum an wirklich harmonische Zeiten erinnern, und vor acht Jahren hat sie … ähm … haben sie sich schließlich getrennt.« Aus irgendeinem Grund wollte sie nicht erzählen, dass ihre Mutter erst gegangen war, als sie einen anderen, deutlich jüngeren und ebenso wohlhabenden Mann an ihrer Seite wusste. Nicht weil sie Gloria schonen wollte – ganz bestimmt nicht –, sondern weil sie Angst hatte, diese Geschichte könnte ihren Vater und sie selbst in den Augen dieser netten Menschen herabsetzen. Colleen holte noch einmal tief Luft und fuhr dann fort: »Als Daddy vor zwei Jahren an Krebs erkrankt ist und kurz darauf absehbar war, dass es keine Heilung für ihn geben würde, sondern nur noch eine Lebensverlängerung, bin ich wieder in mein Elternhaus gezogen, um mich um ihn zu kümmern. Das ist eigentlich die ganze Geschichte«, schloss sie ihren Bericht.

Jack, Marlin und Betty hatten aufmerksam zugehört. Alice sicher auch, doch die hatte im Hintergrund noch ein wenig herumgewerkelt und kam in diesem Moment mit einer Kanne Tee und fünf Tassen zurück. Sie nahm die leeren Teller von Jack und Betty mit und brachte stattdessen ein Schüsselchen mit dem köstlichen Shortbread, das Colleen schon zweimal hatte probieren dürfen. »Wer mag Tee?«, fragte sie in die Runde und wartete gar nicht erst auf eine Antwort, sondern versorgte alle mit dem starken, aromatischen Gebräu.

»Dann denkst du nicht, dass viele Angehörige oder Freunde zur Beisetzung anreisen? Wir müssen sie also nicht lange aufschieben, oder?«, fragte Jack schließlich.

»Nein, wir hatten schon in Boston eine Trauerfeier für alle Freunde und Kollegen. Hierher kommt keiner.«

»Auch nicht deine Mutter?«, wollte Betty wissen.

Colleen lachte bitter auf. »Das wäre so ziemlich das

Letzte, was meiner Mutter in den Sinn käme. Immerhin waren sie geschieden.«

»Na ja, aber du bist ihre Tochter, und seinem Kind möchte man in so einer schweren Zeit doch vielleicht beistehen«, mutmaßte Alice mit einem leichten Stirnrunzeln und nahm dann auch wieder Platz.

Colleen zuckte nur mit den Schultern. »So funktioniert meine Mutter nicht. Ich bin also allein. Was mich betrifft, können wir die Zeremonie jederzeit durchführen, Pastor McTavish, äh, ich meine, Jack.«

»Ein bisschen Vorlauf brauche ich schon. Was hältst du von Samstag? Da haben die Leute auch Zeit.«

»Welche Leute?«, fragte Colleen verwirrt. »Es kennt uns hier doch niemand.« Sie sah verwundert, wie Marlin, Jack, Betty und Alice wissende und auch ein wenig mitleidige Blicke austauschten.

»Ich finde, Samstag klingt gut«, sagte Marlin, und damit schien die Diskussion beendet zu sein.

»Komm doch morgen Vormittag zu mir ins Pfarrhaus, dann besprechen wir alle Details, und ich kann dir auch das Familiengrab zeigen. Du willst doch, dass dein Dad bei seinen Eltern und Geschwistern beigesetzt wird, nicht wahr?« Jack sah sie mit einem warmherzigen Lächeln an.

»Ähm, ja …« Sie räusperte sich. Offen gestanden hatte sie sich auch darüber noch keine Gedanken gemacht, und auch Daddy hatte nichts zu diesem Thema gesagt. Sein Wunsch lautete schlicht, in seinem Geburtsort Kirkby beerdigt zu werden. »Ich glaube, das würde ihm gefallen. Und mir auch.«

»Sehr gut. Dann wäre das schon geklärt. Ich muss jetzt leider gehen. Die McKenzies erwarten mich zum Taufgespräch für den jüngsten Enkel. Aber vielleicht finde ich nachher noch etwas über mögliche Verwandte von deinem Vater und dir heraus.« Jack stand auf und legte Colleen tröstend eine Hand auf die Schulter. »Keine Sorge, Colleen, wir kümmern uns um dich.« Dann wandte er sich an Alice. »Vielen Dank für das wundervolle Mittagessen. Marlin, sehen wir uns heute Abend?« Die Frage galt dem schweigsamen Fraser-Patriarchen, der nicht viel zum Gespräch beigetragen hatte und auch jetzt nur kurz nickte.

»Hast du dich schon ein bisschen in unserem Dorf umgesehen?«, wollte Betty von Colleen wissen, als Jack gegangen war.

»Nein, noch gar nicht. Das wollte ich gleich noch machen.«

»Wenn du willst, begleite ich dich«, bot die alte Dame an. »Auch wenn unsere verwandtschaftliche Beziehung noch nicht geklärt ist, kann ich doch trotzdem schon mal Tantenpflichten übernehmen.« Sie lächelte verschmitzt, was ihr strenges Gesicht gleich viel zugänglicher und jünger wirken ließ.

»Ich freu mich«, sagte Colleen aus tiefstem Herzen und merkte, wie dankbar sie für diese Zuwendung war. Vielleicht war sie doch nicht so allein auf dieser Welt, wie sie befürchtet hatte?

DAS GLÜCK DER ERDE …

»VERRÄTST DU MIR, WARUM DU VORHIN so fluchtartig die Küche verlassen hast?«, wollte Marlin von Alexander wissen.

»Ich muss noch ein paar Rechnungen überweisen und die Buchungen checken und außerdem ein neues Konzept für das Spa erarbeiten«, entgegnete Alex, wohl wissend, dass es sich dabei um lahme Ausreden handelte. Ihm ging Colleens Geschichte näher, als er zugeben wollte. Dieser verlorene, traurige Blick in ihren grünen Augen traf eine Stelle tief in ihm, an die er nicht gerne rührte.

»Schön, wenn du dir selbst was vormachen kannst«, versetzte sein Vater knurrig. »Mir kannst du so einen Mist jedenfalls nicht verkaufen. Aus irgendwelchen Gründen macht dir die Kleine Angst.«

»Angst?«, rief Alex halb empört, halb amüsiert. »Kann es sein, dass du nicht wirklich ausgelastet bist? Wieso sollte ich Angst vor Colleen haben?«

»Keine Ahnung, das versuche ich ja gerade herauszubekommen. Ich finde das Mädchen übrigens sehr nett, und wenn du ein guter Gastgeber wärst, würdest du dich jetzt um sie kümmern und sie nicht mit Queen Betty durchs Dorf streifen lassen.« Marlin spähte durch den Vorhang und sah, dass die große Betty Murray, bei der zierlichen Colleen untergehakt, gerade auf der Zufahrtsstraße von Harriswood House in Richtung Dorfzentrum spazierte.

»Du hast sie mit Betty losziehen lassen?« Alex starrte seinen Vater fassungslos an. »Dann kennt sie heute Abend den Klatsch und Tratsch über alles, was dieses Dorf in den letzten hundert Jahren erlebt hat.«

»Was hätte ich tun sollen? Mich dazwischenwerfen? Womöglich ist Betty irgendeine entfernte Tante von Colleen, und wenn das Mädel eines dringend braucht, dann ist es Familienanschluss. Aber wenn du da gewesen wärst, hättest du eingreifen können«, behauptete Marlin. »Übrigens weiß Betty definitiv nicht alles.« Er presste seine Lippen aufeinander und verschränkte die Arme vor der Brust.

»Stimmt«, brummte Alex leicht genervt, »der Obergeheimniskrämer im Dorf bist ja sowieso du.« Die Standpauke seines Vaters gab ihm zu denken. Es war mehr als offensichtlich, dass Colleen Halt und Anschluss brauchte, aber er hielt es für vollkommen ausgeschlossen, dass er der Richtige dafür war. Dass sie jetzt ausgerechnet mit dem größten Klatschweib des Ortes unterwegs war, konnte er allerdings auch nicht gutheißen. »Ich will noch das eine Angebot prüfen und die Mail fertig schreiben, dann mach ich mich auf den Weg und rette sie aus den Klauen unserer Königin«, sagte er resigniert.

»Tu das. Ich mach mich auf zu Rupert. Ich muss heute noch drei Pferde beschlagen.« Marlin wandte sich zur Tür, blieb dann aber noch einmal kurz stehen. »Und warte nicht zu lange mit deiner Rettungsaktion.«

»Ja, ja«, winkte Alex ab. »Und wenn du schon im Stall bist, könntest du dir bitte auch Dorians Hufe ansehen? Er hat sich vorgestern hinten links einen Kiesel eingetreten, und da hatte ich den Eindruck, dass das Eisen nicht mehr ganz richtig sitzt.«

»Und das sagst du mir heute?«, empörte sich sein Vater.

»Tut mir leid. Der Ausflug mit Aidan ins Krankenhaus und Colleens Ankunft gestern haben alles andere etwas in den Hintergrund treten lassen.« Alex ärgerte sich, weil er so defensiv klang, und noch mehr darüber, dass er sein Pferd bei all der Aufregung tatsächlich vergessen hatte.

»Du hättest es mir gleich vorgestern erzählen müssen«, regte sich Marlin auf. »Wenn das Tier jetzt lahmt, ist das deine Schuld!«

»Würde er lahmen, hätte Rupert schon was gesagt«, meinte Alex und winkte ab, als sein Vater sich für einen weiteren Entrüstungssturm aufplusterte. Pferde waren den Fraser-Männern schon immer heilig gewesen, und dass er den Kodex so fahrlässig ignoriert hatte, ärgerte ihn selbst am allermeisten. »Spar dir deine Predigt«, bat er. »Ich weiß, dass ich es vermasselt habe, aber ich bin mir sicher, dass Dorian in Ordnung ist. Schau bitte einfach nach dem Eisen. Ich kümmere mich jetzt um meine Arbeit und dann um unseren Hausgast.«

Es dauerte jedoch fast zwei Stunden, bis Alexander tatsächlich dazu kam, ins Dorf zu gehen und nach Colleen zu sehen. Aidans Klassenlehrerin hatte ihn angerufen und prompt das nächste Fass aufgemacht: Sie hatte den Verdacht, dass der Junge Alex' Unterschrift auf den letzten beiden Tests gefälscht hatte. Ein Aufsatz und eine Geschichtsklausur – beide mit Note fünf. Und von beiden hatte Alex keine Ahnung gehabt. Die Lehrerin berichtete weiter, Aidans Verhalten in den letzten paar Wochen hätte deutliche Auffälligkeiten gezeigt. Offensichtlich war der Junge unausgeglichen und gegenüber den Lehrern zunehmend pampig und aufsässig, auch mit einigen Mitschülern hatte es schon Stress gegeben. Die Lehrerin hatte die einsetzende Pubertät in Verdacht, Alex nach einigen Nachfragen jedoch eher seine Ex. Denn wie sich herausstellte, war Aidans Wesensveränderung etwa zeitgleich mit seinem Geburtstag eingetreten. Dem Geburtstag, den seine Mutter Zoe fast sechs Wochen lang ignoriert oder verdrängt hatte … Natürlich machte das etwas mit einem Kind. Wenn Alex daran zurückdachte, welchen Stress er damals in der Schule gehabt hatte, als seine Mutter gestorben war … Er war elf Jahre alt gewesen und hatte seinen Schmerz vor allem durch aggressives Verhalten kanalisiert. Warum musste sein eigener Sohn so etwas auch durchmachen? Noch dazu ohne Grund, denn Zoe war ja nicht gestorben, sondern einfach nur egoistisch und gedankenlos.

Er schrieb also – nach der von gestern Abend – eine weitere wütende Mail an Zoe, ehe er sich auf die Suche nach Aidan machte, um ihn sachte auf die vermasselten Tests und die Schwierigkeiten in der Schule anzusprechen. Natürlich verlief dieses Gespräch ebenfalls nicht gut. Aidan tat alles schulterzuckend ab und gab Alex den Rat, sich doch mal locker zu machen – er hätte alles im Griff.

Hätte Alex sein eigenes elfjähriges Ich nicht so unglaublich präsent vor Augen gestanden, wäre er an dieser Stelle vermutlich gepflegt ausgerastet. So riss er sich mit größter Mühe zusammen und bestand lediglich darauf, dass Aidan sich nun auf der Stelle um seine Hausaufgaben kümmerte und sie ihm ab sofort jeden Abend vorlegte. Das gefiel seinem Sohn nicht, dennoch machte er sich an die Arbeit – murrend zwar, aber mit seinem neuen Freund Tito auf dem Schoß.

Manchmal hasse ich mein Leben, dachte Alex frustriert, als er sich schließlich seine Lederjacke anzog und das Haus verließ. Seine Ex interessierte sich kein bisschen für den gemeinsamen Sohn, der wiederum seine berühmte, ferne Schauspieler-Mutter vergötterte. Alex' Mitarbeiterinnen waren beide offiziell krank, obwohl er darauf wetten würde, dass sie gerade bei diesem Tanzworkshop auf der Isle of Skye abhingen, und ihre Mutter Alice tat so, als wüsste sie von nichts. War er in dieser Familie eigentlich der Pausenclown? Dann entpuppte sich der neue amerikanische Dauergast auch noch als Spuk aus seiner Vergangenheit und darüber hinaus als verlorene Seele mit unklarer Bedürfnislage. Was wiederum seinen Vater und seine Tante zu wildem Aktionismus inspirierte und vermutlich im Handumdrehen das halbe Dorf auf den Plan rufen würde. Alex seufzte und tat sich für ungefähr dreißig Sekunden gepflegt selbst leid. Dann wehte eine erstaunlich milde Brise die einmalige Duftmelange von Kräutern, Rosen und Schafen in seine Richtung, und er merkte, wie er umgehend ruhiger wurde. Hier war er zu Hause. Egal, wie widrig die Umstände manchmal sein mochten oder wie genervt er von einzelnen Familienmitgliedern war, er würde mit niemandem auf der Welt tauschen wollen.

Er hatte es versucht, war über zehn Jahre lang im Ausland unterwegs gewesen, doch nur hier in den schottischen Highlands kam er zur Ruhe und fühlte sich vollständig. Ein verstohlenes Grinsen huschte über seine Lippen, als ihm bewusst wurde, wie pathetisch seine Gedanken waren. Es war ihm egal, ob ihn manche Menschen für hinterwäldlerisch hielten. Das hier war sein Kraftort, und hier konnte er allen Widrigkeiten trotzen.

Mit großen Schritten hielt Alex von der Zufahrt zu seinem Bed & Breakfast auf die Dorfstraße zu. Ungefähr hundert Meter weiter befand sich das kleine Ortszentrum, bestehend aus Kirche, Pfarrhaus, dem ehemaligen, inzwischen seit Jahrzehnten verwaisten Pub, dem Rathaus, das der neue Bürgermeister Collum McDonald erst kürzlich prächtig hatte restaurieren lassen, und einigen anderen schmucken Häusern, in denen in früheren Zeiten Handwerksbetriebe und ein Tante-Emma-Laden untergebracht gewesen waren. Heute waren diese Gebäude ganz normale Wohnhäuser. In der alten Bäckerei lebte seit Jahrzehnten Betty Murray, und das war nun auch Alex' erste Station auf der Suche nach Colleen. Er klopfte an die leuchtend blau lackierte Eingangstür, doch nichts regte sich. Vermutlich waren die beiden noch irgendwo unterwegs. Ziellos schlenderte er durch die verwinkelten Gassen, traf aber niemanden, der Betty und Colleen gesehen hatte. Womöglich hatte er sie auch verpasst, und Colleen war schon längst wieder zurück in ihrem Cottage? Alex seufzte, es war wohl nicht zu ändern. Aber weil er schon mal unterwegs war, bog er am Ende der Hauptstraße rechts auf einen schmalen Weg ab, der zum Hof seines Onkels Rupert führte. Dort konnte er wenigstens selbst nach Dorian sehen.

Rupert Fraser züchtete Clydesdales, genügsame, großrahmige, barocke Kaltblüter, wie sie hier früher weitverbreitet gewesen waren. Tiere, die man für die Landwirtschaft einsetzen konnte, die aber auch trittsicher genug waren für lange Ritte über das teils unwegsame Gelände und furchtlos bei den zahlreichen Kämpfen und Scharmützeln, für die die Highlander berühmt-berüchtigt waren. Mit solchen Herausforderungen waren die Pferde heute zwar nicht mehr konfrontiert, aber sie waren vor allem bei Freizeitreitern sehr beliebt und in den USA und Kanada als Showpferde für Brauereien. Onkel Rupert galt zudem als versierter Pferdeflüsterer, der noch die verkorkssteste Kreatur in den Griff bekam, und so beherbergte sein Stall neben den rund dreißig eigenen Tieren immer auch einige Gäste. Vom kämpferischen Pony, das seine kindlichen Reiter reihenweise abwarf, über hochsensible Dressurpferde bis hin zum royalen Paradepferd war schon alles dabei gewesen.

Auf der Gästeweide grasten drei hochbeinige, elegante, in Decken gehüllte Tiere, die vorgestern eindeutig noch nicht da gewesen waren. Alex ließ den Blick über die Hauptkoppel schweifen. Von seinem stattlichen Rappen Dorian war nichts zu sehen, also ging er direkt in Richtung Stall. In der Schmiedescheune, die an das Stallgebäude angrenzte, bearbeitete sein Vater mit präzisen Schlägen ein glühendes Hufeisen, das wohl für die nervöse junge Schimmelstute gedacht war, die Rupert gerade beruhigend am Mähnenkamm kraulte. Neben der grauen Stute stand ganz entspannt sein Dorian. Er spitzte die Ohren, als Alex an seine Seite trat und ihm den Hals streichelte. »Na, mein Großer, alles klar bei dir?«, fragte er sein Pferd.

»Ihm geht's bestens«, antwortete Rupert an dessen Stelle. »Marlin hat ihm das Eisen neu befestigt, und jetzt steht er nur noch hier, damit sich Airgead nicht so fürchten muss.« Er tätschelte dem verschreckten Jungtier die Nüstern, während Alex' Vater das Eisen am rechten Hinterbein befestigte.

»So, meine Hübsche, jetzt hast du's überstanden«, sagte Marlin liebevoll zu der Stute und wandte sich dann an seinen Sohn. Jede Freundlichkeit war aus seiner Stimme verschwunden, als er ihn anknurrte: »Wolltest du dich nicht um deinen Gast kümmern?«

»Wollte ich und tu ich ja auch. Ich hab sie allerdings noch nicht gefunden«, entgegnete Alex ruhig. »Ich finde übrigens, dass du es ein bisschen übertreibst mit deiner Beschützerrolle. Wenn es dir so wichtig gewesen wäre, dass Colleen nicht allein mit Betty durch den Ort strolcht, dann hättest du sie ja begleiten können.«

»Ja, das wäre ganz sicher die beste Lösung gewesen, denn nun hat sich ausgerechnet Collum auf sie gestürzt.«

»Was meinst du mit ›auf sie gestürzt‹?«, fragte Alex nach und konnte sich ein Augenrollen nur mit Mühe verkneifen. Marlin Frasers Abneigung gegen den jungen

Bürgermeister Collum McDonald, der seit zwei Jahren im Amt war, nahm immer bizarrere Formen an.

»Wie genau es passiert ist, weiß ich nicht, aber vor einer halben Stunde fuhr er mit Colleen im Auto auf den Hof und hat ihr alles gezeigt, als wäre er hier der Großgrundbesitzer. Anschließend sind sie nach Inverness gefahren, weil sie ein paar Besorgungen machen wollte.«

»Irgendwo muss sie ja einkaufen«, mischte sich Onkel Rupert ein, und Alex meinte ein leichtes Grinsen im Gestrüpp seines Rauschebarts zu erkennen. Auch er fand Marlins Aufregung offensichtlich übertrieben.

»Aber doch nicht mit Collum!«, rief Marlin so empört, dass die nervöse Airgead einen Satz zur Seite machte.

»Jetzt krieg dich mal wieder ein, und hör auf, die Pferde zu erschrecken«, brummte Rupert und streichelte der Stute sanft über die Nüstern. »Es ist doch sehr nett von Collum, dass er eurem Hausgast hilft. Aidan hat mir vorhin erzählt, dass sie gestern mit dem Bus nach Kirkby gekommen ist, und ohne Auto ist man hier ja wirklich aufgeschmissen.«

»Er ist nicht nett, er unterminiert mich!«, regte sich Marlin weiter auf, allerdings mit deutlich gedämpfter Stimmlage. »Offenbar hat er dich und Alice inzwischen auch schon eingewickelt. Deine Frau wollte ihn vorhin zum Mittagessen einladen, und du findest sein Verhalten offenbar auch total in Ordnung.«

Rupert schien kein Interesse daran zu haben, sich die absurden Vorhaltungen seines Bruders noch länger anzuhören, denn er löste den Anbindestrick und führte Airgead ohne weiteren Kommentar aus der Schmiedescheune und auf die Koppel. Alex beneidete seinen Onkel, denn nun würde zweifellos er die volle Ladung der väterlichen Rage abbekommen. Und darauf hatte er nicht die allergeringste Lust. »Wann genau bist du eigentlich zum paranoiden alten Sack geworden?«, blaffte er nun seinerseits Marlin an. »Ich weiß, dass dir Collum auf die Nerven geht, aber inwiefern ›unterminiert‹ er dich, nur weil er Colleen in die Stadt fährt?«

»Ich habe keine Lust, das schon wieder mit dir durch-zukauen. Collum McDonald ist ein hinterlistiges Wiesel, das Kirkby in den Ruin treiben wird! Ihr werdet das alle sehen und euch dann an meine Worte erinnern. Und er-zähl mir nicht, es gefällt dir, dass die Kleine mit ihm unter-wegs ist. Ich hab doch mitgekriegt, wie du sie angesehen hast. Du hättest sie fahren sollen.«

Damit hatte sein Vater einen Volltreffer gelandet, doch das würde Alex niemals zugeben. Ja, es nervte ihn, dass Colleen ausgerechnet mit Collum unterwegs war, aller-dings aus Gründen, die rein gar nichts mit dem vermeint-lich gefährdeten Dorfwohl zu tun hatten, dafür alles mit ihren traurigen grünen Augen. Und ja, verdammt noch mal, das hatte sein listiger Erzeuger scharfsinnig erkannt. »Wie du weißt, betreibe ich ein Hotel und keinen Taxi-service«, entgegnete er betont kühl.

»Wie du meinst. Wenn du mich jetzt entschuldigen würdest, ich habe zu tun.« Mit diesen Worten stapfte Marlin in seinen schweren Stiefeln zum Stall, um seinen nächsten vierbeinigen Kunden zu holen.

»Komm mit, mein Großer«, sagte Alex zu seinem Pferd und führte den mächtigen Rapphengst in Richtung Koppel. »Ich hoffe, dass ich morgen wieder Zeit für einen schönen Ausritt habe.« Kurz vor dem Gatter blieb er stehen. Warum eigentlich auf morgen warten? Zu Hause müsste er nur mit Aidan über dessen Hausaufgaben diskutieren und Rechnungen bezahlen. Beides konnte locker noch ein paar Stunden warten – das schöne Wetter jedoch nicht. Also führte er Dorian kurz entschlossen zurück in den Stall, zog sich in der Sattelkammer die Ersatzreithose an, die er dort immer deponiert hatte, putzte das Pferd, sattelte und zäumte es und war eine halbe Stunde später in Richtung Wald unterwegs.

Dorian schien den Ausflug ebenso zu genießen wie er und platzte offenbar fast vor Bewegungslust. Also gab Alex ihm die Zügel und ließ das Tier rennen. Der gleichmäßige Rhythmus der raumgreifenden Galoppsprünge und das unvergleichliche Aroma von herbstlicher Natur und Pferd lösten in Alex wie immer wahre Glücksgefühle aus. Das Leben konnte so schön und einfach sein, dachte er und nahm sich – wie jedes Mal – vor, zukünftig täglich auszureiten. Doch dann verwarf er diesen Gedanken wieder. Er wusste, dass er es nicht schaffen würde, und eigentlich war es auch egal. Zumindest in diesem Moment. Gerade zählte nur das Hier und Jetzt, und das war perfekt.

Es war bereits fast sieben und schon ziemlich dunkel, als Alex vom Hof seines Onkels nach Hause zurückkehrte. In Colleens Cottage brannte kein Licht, stellte er fest, als er an dem kleinen Häuschen vorbeikam. Ob sie wohl immer noch mit Collum in Inverness war? Aus irgendeinem Grund ging ihm diese Vorstellung gehörig gegen den Strich, und er merkte, dass seine Tiefenentspannung sich gerade wieder verabschiedete.

Harriswood House war einladend beleuchtet. Als er das Haus betrat, kam es ihm allerdings verdächtig ruhig vor. Klar, Alice war um diese Zeit längst wieder bei sich zu Hause, und Marlin traf sich donnerstagabends mit Pastor Jack und einigen anderen Männern zum Kartenspielen. Zumindest lautete so die offizielle Bezeichnung. Alex war sich jedoch sicher, dass die Herren regelmäßig Pläne und womöglich die ein oder andere Intrige schmiedeten – sozusagen als Schattenparlament von Kirkby. Richtig merkwürdig aber war, dass nicht, wie sonst um diese Zeit, der Fernseher im sogenannten Salon plärrte. Eigentlich diente der als Aufenthaltsraum für Gäste, denen in den eigenen Cottages die Decke auf den Kopf fiel, doch Aidan liebte es, hier unten vor der Glotze zu hängen und nicht im Familienwohnzimmer im ersten Stock. Heute war aber alles ruhig, oder nein, nicht ganz. Aus dem ersten Stock hörte er gedämpfte Stimmen und ein helles Lachen.

Leise erklomm Alex die Treppen und vermied es dabei automatisch, auf die besonders knarzenden Stellen zu treten. Die Stimmen kamen aus Aidans Zimmer, und als er sich näherte, sah er, dass Aidan und Colleen einträchtig nebeneinander am Schreibtisch saßen und – über englische Literatur diskutierten? Das konnte doch wohl nicht ernsthaft sein, oder? Er räusperte sich und schreckte damit zunächst das kleine, weiße Fellknäuel auf, das auf dem Bett zusammengerollt geschlummert hatte und nun aufgeregt kläffte. »Stör ich?«, fragte er, als sich auch Aidan und Colleen mit leicht geröteten Wangen und überraschten Blicken zu ihm umdrehten.

»Colleen hilft mir bei den Hausaufgaben«, erklärte Aidan stolz. »Sie kennt sich voll gut mit dem ganzen Bücherkram aus. Bei Geschichte hat sie mir auch geholfen und mich außerdem Latein-Vokabeln abgefragt und die Mathe-Aufgaben kontrolliert.«

»Wow, ich bin beeindruckt«, sagte Alex und musste über den verschreckten, beinahe schuldbewussten Ausdruck auf Colleens Gesicht lächeln.

»Ich hoffe, das ist okay für dich. Ich … ähm … also, ich hab vorhin nach Tito gesucht und … also, jedenfalls war Aidan ein bisschen … nun ja, gestresst von seinen Hausaufgaben und so …« Sie knetete nervös ihre Hände.

In Alexanders Augen verdiente jeder, der freiwillig mit seinem Sohn Hausaufgaben machte, mindestens einen Orden. »Du ahnst gar nicht, wie okay«, sagte er daher voller Inbrunst. »Ich dachte nur, du wärst noch in Inverness.«

»Nein, ich bin schon lange wieder zurück. Ich wollte nur in einen Supermarkt und mir ein paar Lebensmittel kaufen, damit ich autark bin. Es gibt im Ort ja leider keinen Laden.«

»Das stimmt. Einkaufsmäßig sind wir hier nicht gut bestückt. In Drumnadrochit gibt's zwar einen kleinen Tante-Emma-Laden, aber erstens ist das auch fünf Meilen entfernt, und zweitens bekommt man da längst nicht alles.« Er fühlte sich lächerlich erleichtert, weil Colleen offensichtlich keinen Drang verspürt hatte, mehr Zeit mit Collum zu verbringen. Diese Erleichterung musste auch der Grund für seinen nächsten Vorstoß sein, dafür, dass die Worte ungefiltert aus seinem Mund purzelten: »Wenn du was brauchst, kannst du mich jederzeit fragen. Ich fahre mindestens zweimal in der Woche nach Inverness und kann dich mitnehmen oder dir etwas mitbringen. Und wenn du hungrig bist, kannst du auch mit uns essen.«

»Wow, das ist sehr großzügig«, sagte Colleen, und ihre rosigen Wangen wurden womöglich noch eine Spur röter. »Ich will mich aber wirklich nicht aufdrängen. Ich meine, das *Cosy Thistle* ist doch eine Frühstückspension und kein Hotel mit Vollversorgung. Und ich habe in meinem Cottage ja eine voll ausgestattete Küche und jetzt auch ein paar Lebensmittel und so …« Ihr hoffnungsvoller Blick nahm ihren sachlichen Argumenten allerdings jede Überzeugungskraft.

»Also ich fände es cool, wenn du mit uns essen würdest!« Aidan sprach aus, was Alex insgeheim dachte, auch wenn er wusste, dass sein Sohn eine eigene Agenda hatte.

»Deine Gründe für diese Gastfreundschaft kann ich mir lebhaft vorstellen. Du glaubst, dass wir nicht über deine Schulprobleme reden, wenn Colleen bei uns am Tisch sitzt.«

»Das ist nicht wahr, ich habe Colleen sogar schon davon erzählt. Deswegen hat sie mir heute ja auch bei den Hausaufgaben geholfen, stimmt's?« Aidan sah die Amerikanerin treuherzig an.

»Stimmt. Und ich helfe dir gerne auch in der nächsten Zeit«, entgegnete sie mit einem Lächeln. »Ich hab ja bisher nicht viel anderes geplant.«

»Siehst du«, rief Aidan triumphierend. »Und außerdem kann ich so auch mehr Zeit mit Tito verbringen! Muss ich morgen eigentlich echt schon wieder in die Schule gehen? Ich meine, mein Arm tut noch ganz schön weh, und vielleicht habe ich ja eine Gehirnerschütterung? Der Arzt hat doch gestern gesagt, das könne er nicht restlos ausschließen.«

»Ist dir schlecht?«, wollte Alex wissen, und Aidan schüttelte den Kopf. »Hast du Kopfschmerzen?« Wieder ein Kopfschütteln. »Dann hast du auch keine Gehirnerschütterung und kannst morgen wieder in die Schule.«

»Aber es ist doch sowieso Freitag, ich meine, der eine Tag ist doch auch egal«, bettelte der Junge.

»Genau, es ist nur ein Tag, und dann ist sowieso wieder Wochenende. Für einen Tag kannst du auch in die Schule gehen«, sagte Alex und konnte sich ein Grinsen dann doch nicht verkneifen. Es war wirklich nicht einfach, immer den strengen Spielverderber zu geben. »Dein flehender Hundeblick ist übrigens grandios, davon kann sich Tito noch eine Scheibe abschneiden.«

Wie aufs Stichwort bellte der Terrier einmal kurz, sprang vom Bett und stellte sich schwanzwedelnd vor Alex.

»Ich glaube, dein neuer Freund hat Hunger. Lasst uns mal in die Küche gehen und nachsehen, ob noch was vom Shepherd's Pie übrig ist.«

… LIEGT AUF DEM RÜCKEN
DER PFERDE

COLLEEN HATTE DAS GEFÜHL, IN EINER BLASE gefangen zu sein – mitten im Geschehen und doch seltsam von allem getrennt. Nach dem erstaunlich netten Abend mit den beiden rothaarigen Fraser-Männern gestern war sie mit Tito in ihr Cottage zurückgekehrt und hatte noch lange stumm Zwiesprache mit der Urne ihres Vaters gehalten. Sie war in Kirkby, dem Heimat- und erklärten Sehnsuchts-ort von Gavin Murray. Hier war er geboren worden, und hier würde er morgen seine letzte Ruhe finden, ganz so, wie er es sich gewünscht hatte. Ob sich allerdings sein zweiter Wunsch ebenso leicht würde erfüllen lassen?

Dad hatte sie eindringlich gebeten, nach seinem Tod Zeit in Kirkby zu verbringen. Zumindest ein Weilchen, genug, um sich so weit wieder zu sortieren, dass sie wusste, was sie mit ihrem Leben anstellen wollte. Tja, irgendeine Form von Geistesblitz wäre schon schön, dachte sie. Sie war fast dreiunddreißig, und ihr Leben war bislang eher nach dem Zufallsprinzip verlaufen. Begonnen hatte sie es als heißgeliebtes Prinzesschen eines Vaters, der erst mit Anfang fünfzig den Traum von einer eigenen Familie ver-wirklicht hatte, mit einer schönen, jungen Mutter, deren

Rolle zwischen Trophäe und Goldgräberin mäanderte und deren Interesse vor allem Statussymbolen und ihrer Hochzeitsplaner-Agentur galt. Colleen war ein verwöhntes Einzelkind gewesen, das viele Jahre lang durchaus zufrieden in dem goldenen Käfig gesessen hatte, den ihre Eltern ihr gebaut hatten. Sie hatte Ballett- und Klavierunterricht gehabt, Reitstunden bekommen und hatte segeln lernen dürfen. Wenn jeder Wunsch erfüllt wurde, blieb nicht mehr viel Raum für eigene Träume. Kämpfe? Konflikte? Das war nie ein Thema für sie gewesen.

Nach der Highschool hatte sie angefangen, Englische Literatur zu studieren, und nebenbei einen Wirtschaftsgrundkurs belegt. Letzteres auf Anraten ihrer Mutter, die gehofft hatte, Colleen würde ebenfalls Hochzeitsplanerin werden. Doch die zwei Jahre in der mütterlichen Agentur waren die absolute Hölle gewesen. Colleen hatte fast alles daran gehasst: die meist völlig überspannten Bräute, denen vor allem wichtig war, dass ihre Hochzeit schöner, glamouröser, aufsehenerregender wurde als die der Freundinnen oder Kolleginnen. Die hysterischen Mütter, die entweder alles dafür taten, ihre eigenen Ideen und Visionen durchzusetzen, oder ihren Töchtern noch absurdere Pläne in die Köpfe pflanzten und sie bei denen nach Kräften unterstützten. Am schlimmsten jedoch war es für Colleen gewesen, ihre eigene Mutter dabei erleben zu müssen, die sich vordergründig zuckersüß und freundlich gab, in Wahrheit aber nur ein Ziel hatte: mit immer spektakuläreren Events das eigene Image weiter aufzupolieren. Gloria Murray war da knallhart. Hochzeiten waren für sie

»Big Business«, und sie wollte die unangefochtene Königin in dieser Branche sein. Für Colleen war das der absolute Horror – sollte es beim Heiraten nicht um Liebe gehen? Um ein Versprechen, das sich zwei Menschen gaben? Offensichtlich nicht. Es war einfach nur ein Geschäft. Ein richtig fettes Geschäft, bei dem man sich nicht zu schade dafür sein durfte, auch mit harten Bandagen in den Ring zu steigen.

Irgendwann war ihr das unerträglich geworden, und sie hatte ihren Job in der Agentur hingeschmissen, was prompt zu einem nachhaltigen Zerwürfnis mit Gloria führte. Vermutlich auch deshalb, weil zu diesem Zeitpunkt der Scheidungskrieg zwischen ihren Eltern getobt und Colleen sich tendenziell auf die Seite ihres Vaters geschlagen hatte. Alles in allem eine wirklich unangenehme und traurige Situation. Sie war fünfundzwanzig gewesen, ohne abgeschlossene Ausbildung, und hatte keine Ahnung, was sie tun sollte.

Schließlich hatte sie in der Kanzlei ihres Vaters angefangen. Zunächst als Empfangssekretärin, später unterstützte sie auch die Anwaltshelfer. Es hatte ihr Spaß gemacht, und eine Zeit lang erwog sie sogar, Jura zu studieren. Eine Karriere als Anwältin erschien ihr deutlich nobler als die der Hochzeitsplanerin.

Doch dann war wieder das Leben dazwischengekommen, diesmal in Gestalt von Marc, einem erfolgreichen Immobilienmakler, mit dem sie drei schöne Jahre verbrachte, bevor zwei scheußliche folgten. Marc jedenfalls war der Meinung gewesen, der Aufwand eines so komple-

xen Studiums lohne sich für sie gar nicht, denn in absehbarer Zeit würde sie ja doch vor allem Ehefrau und Mutter
der gemeinsamen Kinder sein. Ja, das hatte in ihren Ohren
durchaus verführerisch geklungen. Sie hätte wirklich gerne
eine Familie gegründet, aber Marc war einfach nicht der
richtige Mann für sie gewesen. Blöd nur, dass es fast fünf
Jahre gedauert hatte, bis sie es verstand. Zur endgültigen
Trennung war es gekommen, als ihr Vater erkrankte und
Colleen sich um ihn kümmern wollte. Dafür hatte Marc
kein Verständnis gezeigt, und das war es dann mehr oder
weniger – mit der Beziehung und mit allen Zukunftsträu-
men. Sie war aus der gemeinsamen Wohnung aus- und
wieder in ihr Elternhaus eingezogen. Und im letzten halben Jahr, als es Gavin immer schlechter ging, hatte sie
nicht mehr gearbeitet, sondern sich nur noch um ihn gekümmert. Nun hatte sie zwar ein durchaus beruhigendes
Vermögen geerbt, sodass sie wenigstens keine Geldsorgen
hatte, war aber ansonsten vollkommen ahnungslos, was sie
mit ihrem Leben anfangen sollte.

Colleen kraulte Tito die seidigen Öhrchen und starrte
auf den Tisch, auf dem bis vor zwei Stunden noch die
Urne ihres Vaters gestanden hatte. Vorhin war sie bei Pfarrer McTavish gewesen – nein, bei Jack natürlich! Der vertrauliche Umgang mit den Dorfbewohnern fiel ihr immer
noch schwer. Sie hatte nicht im Geringsten damit gerechnet, doch restlos alle Menschen, denen sie bislang in
Kirkby begegnet war, behandelten sie wie eine von ihnen.
Ein wirklich schönes, tröstliches Gefühl. Mit Jack hatte sie
vorhin die Details der Trauerfeier morgen besprochen und

das alte Familiengrab der Murrays besucht. Gavins Urne hatte sie schließlich in der Kirche gelassen, was ihr erschreckend schwergefallen war. Natürlich wusste sie, dass sie nun endgültig loslassen musste, aber irgendwie hatte sie bisher das Gefühl gehabt, ihr Dad sei noch bei ihr. Sie schniefte und versuchte die Tränen wegzublinzeln, die sich schon wieder in ihren Augen sammelten. Tito rappelte sich auf ihrem Schoß hoch und leckte ihr über die Wange.

»Ich weiß, du vermisst ihn auch«, sagte sie mit erstickter Stimme und drückte das kleine Tier fest an sich.

Sie fuhr hoch, als es klopfte. Tito wand sich bellend aus ihren Armen und rannte freudig zur Tür. Colleen wischte sich rasch die Tränen weg und folgte ihrem Hund. In der Mittagssonne stand eine lächelnde Alice, die einen großen Weidenkorb in der Hand hielt.

»Ich war so frei und hab dir ein paar Sandwiches gemacht«, begann sie und reichte Colleen den Korb. »Du brauchst eine kleine Stärkung, ehe du zum Reiten gehst.«

»Ähm … danke«, entgegnete Colleen leicht verwirrt. Reiten? Hatte sie etwas verpasst?

»Ich hab dir eine Reithose von Kristie mitgebracht«, fuhr Alice munter plappernd fort und schien Colleens fragendes Gesicht nicht weiter wahrzunehmen. »Sie ist zwar ein Stückchen größer als du, aber genauso schmal. Insofern müsste die Hose eigentlich passen, notfalls musst du sie unten einmal umkrempeln. Alex erwartet dich in einer halben Stunde im Stall. Du weißt, wie du zu unserem Hof kommst? Du kannst durchs Dorf laufen, aber schneller geht es, wenn du diesen Pfad nimmst.« Sie deutete auf einen Feldweg, der von Harriswood House wegführte. »Da brauchst du maximal zwanzig Minuten zu Fuß. Soll ich Tito vielleicht mitnehmen? Aidan kommt in ungefähr einer Stunde aus der Schule und wird sich sicher gern um ihn kümmern.«

Colleen hatte einige Schwierigkeiten, diese unerwartete Informationsflut zu verarbeiten. Sie hatte Alex gestern erzählt, dass sie früher gerne geritten war, aber seit ungefähr zehn Jahren auf keinem Pferd mehr gesessen hatte. Er hatte ihr angeboten, »bei Gelegenheit« mal mit ihr auszureiten, doch dass es so schnell gehen würde … Offensichtlich hatte er zudem haarscharf geschlossen, dass sie bestimmt keine Reitbekleidung dabeihatte, und auch dafür eine Lösung gefunden. Wirklich sehr aufmerksam von ihm – Hotelier durch und durch eben. Nun gut, dann würde sie jetzt also reiten gehen. Das war ganz bestimmt besser, als weiter in Trauer und Selbstmitleid zu versinken.

Als sie Alice' erwartungsvollen Blick erhaschte, wurde ihr klar, dass sie langsam mal etwas sagen sollte. »Vielen Dank, das ist sehr aufmerksam. Also alles – die Sandwiches, die Reithose und Tito. Ich glaube, er verbringt sowieso am liebsten Zeit mit Aidan.« Colleen seufzte. »Dann beeil ich mich wohl besser.« Sie merkte, wie sich Aufregung in ihr breitmachte. Nach so langer Zeit würde sie wieder auf dem Rücken eines Pferdes sitzen. Ob sie es überhaupt noch konnte oder bei der erstbesten Gelegenheit stürzen würde? Dann kam ihr ein zweiter Gedanke, der sie nicht minder beunruhigte: Sie würde nach einer gefühlten Ewigkeit auch wieder Zeit allein mit einem

Mann verbringen, der nicht über achtzig, ein Anwaltskollege ihres Vaters oder der Dorfpfarrer war. Ein Mann, der ihr, als sie ihm vor Jahren zum ersten Mal begegnet war, derart unwiderstehlich vorgekommen war, dass sie sich ihm regelrecht an den Hals geworfen hatte. Die zweite Begegnung vorgestern war nicht viel besser abgelaufen. Sie merkte, wie ihr Hitze in die Wangen schoss. Vielleicht war das doch keine so tolle Idee?

»Es ist wirklich sehr amüsant, dir beim Denken zuzusehen«, sagte Alice mit einem hellen Lachen. »Viel Spaß beim Reiten.« Sie zwinkerte Colleen verschwörerisch zu und rief dann nach Tito, der, ohne sich noch einmal nach seinem Frauchen umzublicken, fröhlich hinter ihr herlief.

Pünktlich eine halbe Stunde später erreichte Colleen den Hof von Alex' Onkel Rupert. Der alte Bauernhof, den sie gestern schon kurz bewundert hatte, stammte aus dem achtzehnten Jahrhundert und war zwar längst nicht so imposant wie das stattliche Herrenhaus Harriswood House, wirkte dafür aber viel gemütlicher und charmanter. Die Stallungen dagegen waren ziemlich neu, wie Collum ihr erklärt hatte, auch wenn für die Fassaden alte Steine und das Holz einer ehemaligen Scheune verwendet worden waren. Colleen wusste nicht, ob das dem sprichwörtlichen schottischen Geiz geschuldet war oder eher einer ausgeprägten Stilsicherheit, denn in ihren Augen war es ein absolut stimmiges und sehr hübsches Ensemble.

Immer noch etwas unsicher, aber doch voller Vorfreude betrat sie den Stall, wo sie Alex vermutete. Gestern hatte sie das Gebäude nur von außen gesehen und war jetzt überrascht, wie großzügig, luftig und modern es von innen wirkte. Nur wenige Boxen waren besetzt. Die meisten Tiere standen auf der Koppel, aber ein hübscher Dunkelfuchs mit breiter weißer Blesse erweckte sofort ihre Aufmerksamkeit. Das Pferd sah sie mit gespitzten Ohren und glänzenden Augen derart neugierig an, dass sie nicht anders konnte, als zu ihm zu gehen. »Matilda« las sie auf dem Namensschild, das an der Boxentür angebracht war. »Du bist ja eine Hübsche«, sagte sie leise und ließ die Stute erst an ihrer Hand schnuppern, ehe sie sanft ihren Hals streichelte. Matilda stupste sie mit ihrem weichen Maul an – entweder auf der Suche nach einer kleinen Leckerei oder als Aufforderung zu etwas kräftigeren Krauleinheiten. Colleen lehnte sich mit dem Rücken an die Boxentür, und das Pferd legte vertrauensvoll den Kopf über ihre Schulter. »Du bist wirklich süß.« Gehorsam begann Colleen mit Liebkosungen an Kopf und Mähne. Das warme Fell unter ihren Fingern und der typische Pferdegeruch beruhigten sie, und sie merkte, wie ihre Anspannung ein wenig schwand.

»Wie schön, du hast dich bereits mit Tilly angefreundet«, riss Alex sie kurz darauf aus dem innigen nonverbalen Zwiegespräch.

»Oh ja. Heißt das, sie ist mein Pferd? Ähm, ich meine … also, für den Ausritt natürlich nur, sonst ist sie natürlich nicht mein Pferd.« Warum nur ließ sie sich ständig so aus dem Tritt bringen, fragte sie sich irritiert, als sie merkte, dass ihre Wangen wieder knallrot anliefen. Sie fühlte sich ertappt und … Ja, was eigentlich? Alex grinste sie an, und seine unverschämt blauen Augen blitzten selbst im gedämpften Stall-Licht so strahlend wie ein frischer Frühlingshimmel.

»Für diesen Ausritt und für alle weiteren, wenn du möchtest. Ich hab mir schon gedacht, dass ihr gut miteinander harmonieren könntet. Ihr habt ja sogar die gleiche Haarfarbe.« Er lachte und musterte sie dann von oben bis unten. »Ah, gut, Tante Alice hat dir eine Reithose besorgt. Die Stiefeletten werden auch gehen. Komm mit in die Sattelkammer, da finden wir bestimmt noch passende Minichaps und einen Reithelm.«

Colleen gab Tilly noch einen leichten Klaps und folgte Alex ans andere Ende des Stalls. Die Sattelkammer war geräumig, ordentlich aufgeräumt und wirkte sehr gemütlich. Es gab einen großen Tisch, an dem man sicher nett zusammensitzen konnte, wenn man das Zaumzeug putzte oder einfach … vor sich hin träumte. Sie merkte kaum, dass ihre Gedanken schon wieder abschweiften, zu Erinnerungsfetzen aus früheren Zeiten, als sie sich mit ihren Freundinnen in dem schicken Reitstall in Boston getroffen hatte. Viele der Mädchen waren ausschließlich für die Reitstunde gekommen und hatten so profane Dinge wie das Putzen der Pferde und die Pflege der Ausrüstung den angestellten Mitarbeitern überlassen, doch Colleen hatte es immer geliebt, das volle Programm mitzumachen. Ein echtes Pferdemädchen eben. Warum genau hatte sie damals eigentlich aufgehört? Undeutlich nahm sie wahr, dass Alex in einem Schrank herumwühlte und etwas sagte. »Entschuldige, was hast du gesagt?«

»Ich hab dich nach deiner Hutgröße gefragt«, entgegnete er und kam gleich darauf mit drei Reithelmen zurück.

»Keine Ahnung.« Sie zuckte mit den Schultern und nahm sich den ersten Helm, der viel zu groß war. Der zweite dagegen passte perfekt.

»Sehr schön«, kommentierte Alex, räumte die beiden anderen Kopfbedeckungen wieder weg und brachte drei Paar Minichaps mit – eine Art Stulpen, die die Unterschenkel schützten und im Grunde die Schäfte von hohen Reitstiefeln simulierten, ohne aber so unpraktisch zu sein. Hier passte bereits das erste Paar, und Colleen betrachtete sich verstohlen in dem Spiegel, der an einer Schranktür angebracht war. Die beige Reithose saß wie angegossen. Dazu hatte sie einen dunkelgrünen Hoodie und eine dunkelbraune Steppweste angezogen. Von ihren Schuhen waren ihr die kräftigen braunen Schnürboots am besten geeignet erschienen. Zusammen mit den dunkelbraunen Lederchaps und der ebenfalls braunen Reitkappe wirkte sie beinahe wie eine echte Reiterin. Was zwar an sich vollkommen egal war, denn Tilly war es mit Sicherheit einerlei, wie sie aussah, doch sie war froh, dass sie wenigstens im Vorfeld einen guten Eindruck machte. Auf Alex. Der übrigens umwerfend aussah, wie ihr in diesem Moment bewusst wurde. Er trug dunkelgraue Reithosen, schwarze Stiefel und eine ziemlich coole schwarze Lederjacke. Nicht gerade ein besonders traditionelles Outfit, aber ganz schön sexy. Und dazu die leuchtend roten Haare … Sie schluckte trocken. Woher kamen denn diese Gedanken schon wieder?

»Du siehst gut aus«, stellte er mit Kennerblick und einem rätselhaften Lächeln fest. Bestimmt war ihm ihr peinliches Starren aufgefallen. »Dann würde ich sagen, schnapp dir Tillys Sattelzeug, und wir machen unsere Pferde fertig.« Er legte ihr den Sattel über den linken Arm, reichte ihr die Trense und den Beutel mit Putzutensilien. »Kommst du zurecht, oder brauchst du beim Putzen und Zäumen Hilfe?«

»Ich denke, das krieg ich hin. Du kannst aber zur Sicherheit alles noch mal checken, wenn ich fertig bin«, sagte sie und merkte, wie ihr Herzklopfen sich noch weiter verstärkte. Diesmal lag es aber weniger an ihm, mehr an der Aussicht, gleich tatsächlich wieder zu reiten. Nach gut zehn Jahren Pause. Wow.

»Mach ich«, versprach er. »Und wenn was ist, dann ruf einfach.« Damit verschwand er in einer Box, die fast unmittelbar neben der Sattelkammer lag, und Colleen ging zu Matilda.

Die Stute war wirklich ausgesprochen freundlich und geduldig, und bald bekam Colleen immer mehr Zutrauen zu ihren verstaubten Fähigkeiten. Mit langen Bürstenstrichen striegelte sie vor allem die Rückenpartie des Tiers, achtete peinlich genau darauf, dass auch der Bereich, an dem der Sattelgurt anliegen würde, glatt und frei von Schmutzverkrustungen war, und säuberte schließlich noch die Hufe. Tilly hob brav nacheinander alle vier Beine und schubberte freundschaftlich ihren Kopf an Colleens Bauch, als die noch ein paar vereinzelte Strohhalme aus der üppigen Mähne zog. Auch das Satteln und Aufzäumen klappte problemlos, und sie war sehr zufrieden, als sie nach rund zwanzig Minuten mit dem Pferd auf die Stallgasse trat, wo Alex und ein imposanter schwarzer Riese bereits auf sie warteten.

»Wow«, stieß sie beeindruckt aus.

»Meinst du ihn oder mich?«

Täuschte sie sich, oder flirtete Alex gerade mit ihr? Sie räusperte sich. »Euch beide natürlich. Aber dein Pferd ist wirklich ein besonderer Hingucker. Ist das ein Friese?«

»Er sieht fast so aus wie einer«, bestätigte er. »Und vermutlich gab es unter seinen Vorfahren auch einige. Aber Dorian ist ein Clydesdale. Das ist eine schottische Kaltblutrasse, die in den letzten Jahrzehnten kaum mehr in Arbeitslinien gezüchtet wird, sondern als etwas leichtere Freizeitpferde. Seine Farbe ist ungewöhnlich, die meisten Clydesdales sind Braune, Füchse oder Schecken, viele haben auch weiße Beine und weiße Abzeichen am Kopf.«

»Er ist wunderschön«, bekräftigte sie. »Rabenschwarz und kein einziges weißes Haar. Wie groß ist er? Neben ihm wirkt Tilly wie ein Pony.«

»Er hat ein Stockmaß von eins fünfundachtzig und ist wirklich ein ganz schöner Brocken, der es außerdem faustdick hinter den Ohren hat.« Alex hob lächelnd Dorians üppigen Stirnschopf hoch und zeigte Colleen den weißen Stirnfleck. »Ein bisschen Weiß hat er doch. Und am linken Hinterbein auch.« Er klopfte dem Tier den Hals und trat dann zu Tilly, um Sattel und Zäumung zu überprüfen. »Tadellos«, lobte er lächelnd. »Dann können wir los. Sollen wir erst für eine Runde auf den Reitplatz, damit du dich wieder an die Bewegungsabläufe gewöhnen kannst?«

Colleen nickte, und gemeinsam führten sie ihre Pferde aus dem Stall. »Ist Tilly auch ein Clydesdale?«, wollte sie wissen. »Sie ist so viel kleiner und zierlicher als Dorian.«

»Ist sie. Du wirst es nicht glauben, aber Matilda und Dorian haben sogar dieselbe Mutter. Ich werde dir Abby nachher mal zeigen. Sie liegt größenmäßig zwischen den beiden und ist ein Braunschecke. Tillys Vater ist auch ein eher feingliedriger Vertreter seiner Rasse. Rupert vermutet, dass unter seinen Vorfahren vielleicht das eine oder andere Highland-Pony war. Aber er steht offiziell im Zuchtbuch der Clydesdales. Da sieht man mal, welche Überraschungen die Genetik zu bieten hat.«

Sie betraten den sehr gepflegten Reitplatz, der ebenso gut auch in einem Bostoner Turnierstall hätte zu finden sein können. Hier in den schottischen Highlands hätte sie so eine professionelle und hochwertige Ausstattung nicht erwartet. »Sehr edel«, stellte sie beeindruckt fest und ließ sich von Alex in den Sattel helfen. Er hatte Dorian einfach abgestellt, und das Pferd wartete brav, ohne Anstalten zu machen, allein loszulaufen. Auch Tilly stand geduldig wie eine Statue da, während Colleen sich richtig auf dem Sattel platzierte, Alex den Sattelgurt fester anzog und sie ihre Füße in die Steigbügel steckte.

»Nimm die Zügel auf, und dann dreh mal eine Runde.«

Colleen tat, wie ihr geheißen, und zu ihrer großen Freude reagierte Tilly sofort auf ihre Signale und setzte sich in Bewegung. Es fühlte sich wirklich gut an, wieder auf einem Pferd zu sitzen. Während sie ihre erste Runde auf dem Reitplatz drehte, blieb Dorian weiterhin ganz ruhig in der Mitte stehen, und Alex lief neben ihr her.

»Rupert hat ja viele Kunden aus aller Welt, durchaus auch sehr wohlhabende Menschen, die einen gewissen Standard erwarten«, erklärte er. »Es kommen auch Sportpferde her, die die unterschiedlichsten Probleme haben, Angst vor Hindernissen beispielsweise oder vor der Begrenzung bei einem Dressurviereck. Das müssen wir hier simulieren können. Vor einiger Zeit hat sich Rupert um ein Paradepferd aus dem königlichen Stall gekümmert. Du machst dir keine Vorstellung davon, was für ein Zauber das war …« Er lachte dieses tiefe, vibrierende Lachen, das Colleen so anziehend fand.

Vor zehn Jahren, bei der Horror-Hochzeit in New York, war ihr das noch gar nicht aufgefallen – vermutlich, weil es damals keinen Grund zum Lachen gegeben hatte –, aber jetzt berührte sie dieser Sound ganz tief. Im Bauchraum. Oder noch ein bisschen tiefer … »Was?«, fragte sie erschrocken. Alex hatte wieder etwas gesagt, doch sie war so damit beschäftigt gewesen, dem Nachhall seines Lachens nachzuspüren, dass sie es nicht verstanden hatte.

»Ich habe dir vorgeschlagen, anzutraben. Schritt sieht schon sehr gut aus. Wenn Trab und Galopp auf dem Reitplatz auch klappen, können wir gleich losziehen.« Er warf ihr einen wissenden Blick zu, und um seine Augen kräuselten sich Lachfältchen.

Ohne darauf zu antworten, nahm Colleen die Zügel etwas kürzer und gab Tilly ein wenig mehr Schenkeldruck, sodass die Stute antrabte. An der übernächsten Ecke ließ Colleen das Pferd angaloppieren und drehte eine Runde in kontrolliertem Tempo. Sie war glücklich, dass alles noch so gut klappte. Anscheinend war Reiten wie Fahrradfahren – wer es einmal gelernt hatte, verlernte es nicht mehr. Wenn sie jetzt auch noch ihre ewig streunenden wilden Gedanken in den Griff bekäme, könnte es ein richtig schöner Ausritt werden. Sie parierte Tilly durch und kam in der Mitte des Reitplatzes zum Stehen. »Ich denke, ich bin bereit«, sagte sie.

»Definitiv«, bestätigte Alex grinsend und schwang sich auf sein Pferd. »Dann wollen wir mal.«

Schweigend ritten sie nebeneinander im Schritt an den Koppeln vorbei, doch als sie nach wenigen Minuten auf einen Feldweg trafen, der in sanften Kurven und leicht ansteigend in Richtung eines Waldstücks führte, merkte Colleen, wie Tilly unruhig wurde. Die Stute begann zu tänzeln und schnaubte mehrmals. Dorian verhielt sich ähnlich. »Kann es sein, dass das eure Rennstrecke ist?«

»Ist sie«, bestätigte Alex. »Aber die beiden sind hier nicht diejenigen, die das Tempo vorgeben, das sind und bleiben wir. Wir können auch ganz gemütlich im Schritt weiterreiten.«

»Ich hätte nichts gegen ein bisschen Geschwindigkeit«, entgegnete Colleen, die von der Vorfreude der Pferde regelrecht angesteckt wurde. Wie weggeblasen waren ihre Sorgen, dass sie sich blamieren könnte. Die Minuten auf dem Reitplatz hatten ihr das nötige Vertrauen in ihre reiterlichen Fähigkeiten zurückgegeben, und so gut erzogen, wie sich die Pferde präsentierten, hatte Tilly auch ganz bestimmt keine bösen Hintergedanken.

»Na dann mal los!«, rief Alex, und viel mehr war auch nicht nötig, um das riesige Energiebündel zwischen seinen Schenkeln zum Rennen zu bringen.

Das konnte Tilly nicht auf sich sitzen lassen. Sie explodierte regelrecht, machte sich lang und galoppierte hinter dem prächtigen Rappen her, ohne allerdings die geringste Chance zu haben, ihn einzuholen.

Mit einem Mal kamen Colleens dauerkreisende Gedanken zur Ruhe. In ihrem Kopf passierte für einige süße Minuten nichts mehr, ihr Körper und ihre Seele übernahmen das Ruder. Der Wind pfiff ihr um die Ohren, und sie kauerte sich flach über Tillys Hals, sodass ihr Strähnen der üppigen Pferdemähne ins Gesicht peitschten. Von der Umgebung nahm sie nicht mehr viel wahr, doch es fühlte sich an, als würde sie durch Raum und Zeit fliegen. Zum ersten Mal seit sehr langer Zeit fühlte sich Colleen Murray wieder rundum glücklich.

ABSCHIED UND NEUANFANG

RUND ZWANZIG STUNDEN SPÄTER WAR von diesem Gefühl nichts mehr zu spüren. Colleen saß in der kleinen Dorfkirche von Kirkby und versuchte sich auf die Worte von Pastor Jack zu konzentrieren. Doch es gelang ihr einfach nicht. Immer wieder sah sie zu der Urne, die auf einem kleinen Podest stand und von einem blau-grün karierten Wollstoff umhüllt war, dem Murray-Tartan. Daneben waren ein Foto von Gavin mit Trauerflor und ein Strauß Blumen platziert worden – einige Rosen und viele Gräser und Pflanzen, die irgendeine großherzige Seele direkt in der Natur geschnitten hatte. Es war wunderschön – und todtraurig.

Und doch war es genau der Abschied, den sich Gavin gewünscht, den er verdient hatte. Ob er hatte ahnen können, wie viel Anteilnahme seine Tochter hier erleben würde? Die Kirche war nämlich gut gefüllt – mit Menschen, die sie und Gavin überhaupt nicht kannten. Menschen, die an einem Samstagvormittag normalerweise ganz sicher andere Pläne hatten, als einer Beerdigung beizuwohnen. Es waren viele alte Leute da, aber auch junge Familien mit kleinen Kindern, und restlos alle Männer trugen Kilts. Der Kirchenchor hatte bereits zwei wunderschöne Lieder gesungen, die Colleen nicht kannte, und als ein Dudelsack-spieler *Amazing Grace* angestimmt hatte, waren bei ihr alle Dämme gebrochen. Der Schmerz war schier unerträglich. Gavin Murray, ihr über alles geliebter Vater, war tot. Es war, als hätte sie diese Tatsache erst jetzt so richtig begriffen.

Nur undeutlich bekam sie mit, wie ihr Alexander, der zu ihrer Rechten saß, den Arm um die Schultern legte und Betty ihre linke Hand nahm, sie fest drückte und nicht mehr losließ.

Pastor Jack sprach wieder, und dann erhob sich ein stattlicher alter Mann mit vollem weißen Haar von einer Kirchenbank auf der anderen Seite des Mittelgangs, nahm die Urne und verließ hinter dem Priester die Kirche. Colleen nahm das alles wie durch einen Schleier wahr. Sie hatte später keine Erinnerung mehr daran, wie sie zum Grab gekommen war, doch Alex und Betty waren die ganze Zeit an ihrer Seite, ebenso Aidan, der Tito auf dem Arm trug und neben seinem Vater stand.

»…übergeben wir unseren Bruder Gavin nun der Erde. Mögest du in Frieden ruhen. Asche zu Asche, Staub zu Staub.« Das waren die ersten Worte, die Colleen wieder bewusst wahrnahm. Der Dudelsackbläser hatte eine feierlich-traurige Weise angestimmt, während der weißhaarige Mann sich hinkniete und die Urne in das vorbereitete Loch im Familiengrab hinabsenkte. Nun warf Jack mit einer kleinen Schaufel Erde hinterher und signalisierte Colleen, es ihm gleichzutun.

»Ich liebe dich, Daddy«, sagte sie mit leiser, erstickter

Stimme, während sie erst eine einzelne weiße Rose in das Grab warf und anschließend Erde auf die Urne rieseln ließ. Danach verschwammen die Eindrücke wieder, bis sie sich wenig später im Pfarrhaus wiederfand, umringt von vielen Menschen und mit einem Glas Whisky, das ihr irgendjemand gerade in die Hand gedrückt hatte.

»Auf Gavin Murray«, rief der weißhaarige Mann, der aus irgendeinem Grund, den Colleen nicht kannte, eine herausragende Rolle bei den Feierlichkeiten spielte. »Slàinte!« Damit hob er sein Glas und leerte es in einem Zug.

Die übrige Gemeinde tat es ihm gleich, und auch Colleen trank einen großen Schluck. Der starke, aromatische Drink brannte in ihrer Kehle, wärmte aber sogleich ihren Bauch. Es war vermutlich keine gute Idee, vor allem, weil sie heute früh keinen Bissen runtergebracht hatte, aber das war ihr jetzt egal. Auch sie leerte ihr Glas und sah sich um. Ungefähr zwanzig Leute drängten sich nun im Wohnzimmer von Pastor Jack und plauderten munter vor sich hin.

»Was machen all die Leute hier?«, fragte sie verwundert Alex, der nach wie vor nicht von ihrer Seite wich, wofür sie ihm unglaublich dankbar war. »Ich meine, die kennen mich doch gar nicht. Und Dad kannten sie auch nicht.«

»Wie wir dir schon mehrmals klarzumachen versucht haben: Du bist eine von uns, und in Kirkby hält man zusammen«, entgegnete er lapidar. »Und außerdem lässt sich kein Schotte eine Gelegenheit für kostenlosen Whisky und Snacks entgehen.«

In diesem Moment betraten zwei hübsche junge Frauen mit Tabletts den Raum und verteilten Häppchen an die

Gemeinde. Als sie bei Colleen ankamen, war fast nichts mehr übrig. Die Ältere der beiden, eine rotblonde Schönheit, drückte Alex ihr Tablett in die Hand, breitete die Arme aus und zog Colleen an ihre üppigen Rundungen. »Mein aufrichtiges Beileid«, sagte sie. »Ich bin Hailey, Alex' Cousine. Ich war bis gestern Abend … ähm … unpässlich, sonst hätte ich mich schon früher vorgestellt. Es tut mir so leid, was du mitmachen musstest, aber aus ganz egoistischen Gründen freue ich mich sehr, dass du in Kirkby gelandet bist. Es gibt hier nicht allzu viele Leute in unserer Altersgruppe, und …« Sie verstummte abrupt, als Alex sich vernehmlich räusperte. »Sorry, ich plappere schon wieder zu viel. Das ist übrigens meine jüngere Schwester Kristie«, sie deutete zu der schlanken Brünetten, die das andere Tablett trug und sich im Hintergrund hielt.

»Schön, euch kennenzulernen«, antwortete Colleen mit einem schwachen Lächeln. Die temperamentvolle junge Frau war ihr sofort sympathisch.

»Herzliches Beileid auch von mir«, sagte Kristie leise und nickte Colleen nur scheu zu, da sie immer noch mit beiden Händen das riesige Tablett hielt.

»Danke schön. Ich hoffe, euch geht's wieder besser?« Colleen erinnerte sich, dass die Töchter von Alice und Rupert ebenfalls in *The Cosy Thistle* arbeiteten, aber während der letzten Tage krank gewesen waren. Zumindest hatte Alex so etwas in der Art erwähnt.

»Die beiden haben allerhöchstens Wasserblasen an den Füßen und Wadenkrämpfe«, brummte er mit gerunzelter Stirn.

»Hör nicht auf ihn«, winkte Hailey ab. »Probier lieber eines der Häppchen. Isla hat sie mit ihrem Team gemacht. Schottische Tapas.« Sie nahm Alex das Tablett wieder ab und präsentierte es Colleen. »Haggis auf Haferkeksen, Mini-Scones mit Schafskäsecreme, Pilzquiches – und was das Gemüsezeugs ist, weiß ich gerade nicht mehr, aber es ist lecker.«

Colleen war zwar überhaupt nicht nach Essen zumute, aber sie hätte es unhöflich gefunden, abzulehnen, daher nahm sie sich einen winzigen Scone und biss hinein. »Köstlich.«

»Wir holen Nachschub«, kündigte Hailey an und schlängelte sich mit Kristie im Schlepptau durch den Raum.

»Deine Cousinen sind sehr nett«, befand Colleen, weil sie das Gefühl hatte, irgendetwas sagen zu müssen, dabei fühlte sie sich bleischwer und hätte sich am liebsten in ihrem Bett zusammengerollt.

»Das ist eine Einzelmeinung«, knurrte er und schüttelte dann den Kopf. Offenbar wollte er das Thema im Moment nicht vertiefen. »Ich soll dich von Isla übrigens herzlich grüßen. Es tut ihr leid, dass sie dich immer noch nicht kennengelernt hat und auch heute nicht dabei sein kann, aber Samstage sind immer die heftigsten Tage im Restaurant. Sie lädt dich aber ein, nächste Woche am Donnerstag oder Sonntag bei ihr zu essen. Wenn du willst, begleite ich dich.«

Bat Alex sie gerade um ein Date, auf der Beerdigung ihres Vaters, oder war es schlicht der Whisky, der ihr zu Kopf stieg? Colleen starrte ihn mit großen Augen an.

»Du musst das nicht gleich entscheiden«, beeilte er sich hinzuzufügen. »War vermutlich blöd, es überhaupt zu erwähnen. Aber weil sie eben die Tapas geschickt hat …«

»Das ist wirklich sehr lieb von deiner Schwester. Ich freue mich darauf, sie kennenzulernen«, entgegnete Colleen rasch und wunderte sich darüber, wie verlegen er wirkte. Dann fiel ihr Blick wieder auf den weißhaarigen Mann, der sich angeregt mit Marlin, Betty und einer weiteren Frau unterhielt. »Wer ist der eigentlich?«, fragte sie und deutete dezent in seine Richtung. »Vorhin am Grab haben mir so viele Menschen kondoliert, und ich bin mir sicher, er hat sich vorgestellt, aber ich kann mich an nichts mehr erinnern.«

»Verständlich«, nickte Alex. »Das ist Angus Stewart, der Schwiegervater meiner Tante Heather. Sollen wir zu ihm gehen? Wenn ich es richtig mitbekommen habe, kannte er deinen Vater, und ich bin mir sicher, dass er dir eine Menge erzählen könnte. Aber natürlich nur, wenn du das willst.«

»Kann es sein, dass du echt viel Familie hier im Ort hast?« Colleen schwirrte der Kopf von den vielen Namen.

»Ach was, das sind gar nicht so viele. Meine beiden jüngsten Geschwister Lennox und Shona beispielsweise leben gar nicht hier. Eigentlich sind es nur Hailey, Kristie und Isla in meiner Generation, dann Dad, sein Bruder Rupert und dessen Frau Alice, seine Schwester Heather und deren Mann George. Das war's schon.«

»Das ist mehr Familie, als ich jemals gehabt habe«, sagte Colleen traurig. Nicht nur Gavin war ein Einzelkind gewesen, auch ihre Mutter Gloria. Deren Eltern waren auch schon lange verstorben, sodass Colleen nicht einmal mehr Großeltern hatte. »Ich habe keine einzige Cousine, und du hast sogar zwei. Und drei Geschwister.«

»Das ist auch nicht immer die helle Freude«, behauptete er. »Ich habe sogar noch eine dritte Cousine, aber die gondelt derzeit in der ganzen Welt herum, und mein Cousin Ian lebt seit ein paar Jahren in San Francisco.«

»Bitte nicht noch mehr Namen!«, wehrte sie ab. Sie fühlte sich langsam vollkommen überfordert. »Ich kann mir das alles nicht merken. Aber Mr Stewart würde ich gerne kennenlernen.«

»Ich habe Gavin immer sehr bewundert«, berichtete Angus Stewart. Nachdem Alex sie vor einer halben Stunde offiziell bekannt gemacht hatte, hatte der imposante alte Mann Colleen sofort in Beschlag genommen und sie auf ein Sofa gelotst. Er hatte sich höflich nach ihrem Befinden erkundigt und sie ein wenig über ihr und Gavins Leben in den USA ausgefragt. Doch dann war er schnell ins Erzählen gekommen und hatte von der gemeinsamen Kindheit in Kirkby berichtet.

»Er war knapp zwei Jahre älter als ich und für mich so etwas wie eine Leitfigur«, erzählte er. »Sein Vater war Anwalt und der einzige studierte Mann hier im Ort. Außerdem war er bei seinem ersten Kriegseinsatz so schwer verwundet worden, dass er für kampfunfähig erklärt wurde und sehr früh wieder nach Hause zurückkehren konnte – als einer von wenigen Männern seiner Generation. Gavin hat jedenfalls schon früh davon geträumt, ebenfalls Anwalt zu werden und gegen das Unrecht auf der Welt zu kämpfen.« Er lächelte gedankenverloren. »Das war im Ort natürlich absolut ungewöhnlich. Die meisten Bewohner waren Bauern oder Handwerker und hatten mit ›Rechtsverdrehern‹ nichts am Hut. Ich kann mich auch nicht erinnern, wie der alte Murray seine Familie ernähren konnte, denn Bedarf an Rechtsberatung gab es hier nicht. Also, vermutlich schon, aber die alten Sturköpfe sind sich lieber an die Gurgel gegangen, als einen Anwalt einzuschalten. Ich fand das allerdings absolut inspirierend. Mein Vater war ursprünglich ein Kleinbauer, der aber Ambitionen auf mehr hatte und es mit Regeln ohnehin nicht genau nahm. Auch er musste nicht im Krieg kämpfen, doch im Gegensatz zu Gavins Vater hat meiner das mit irgendwelchen Tricksereien geschafft. Er war ein leidenschaftlicher Spieler und hat in einer haarsträubenden Wette das Anwesen des alten Montrose gewonnen …« Er pausierte kurz und hing offensichtlich irgendwelchen Erinnerungen nach.

»Wie geht's dir, meine Liebe?« Wie aus dem Nichts war plötzlich wieder Betty aufgetaucht und quetschte sich neben Colleen aufs Sofa. »Quält dich Angus mit alten Geschichten?«

»Ähm …« Colleen wusste nicht recht, was sie darauf antworten sollte. »Er erzählt mir von der gemeinsamen Kindheit mit meinem Dad«, fügte sie jedoch schnell hinzu.

»Richtig«, bestätigte Angus und räusperte sich. »Ich wollte nicht abschweifen. Was mir an Gavin immer am meisten imponiert hat, neben seinen Plänen, Jura zu studieren, war sein Wunsch, mehr von der Welt zu sehen als nur unser Dorf und maximal Inverness. Er hatte Bücher von Mark Twain, die haben wir beide verschlungen und uns dabei vorgestellt, wie es wohl wäre, durch die unterschiedlichsten Länder zu reisen.« Er seufzte und fügte dann hinzu: »Gavin hat vor allem von Amerika geträumt – mir hätte es schon gereicht, nach Edinburgh zu fahren. Und letztlich ist es ja auch genauso gekommen: Nach dem Tod seiner Eltern ist er Hals über Kopf in Richtung USA verschwunden, und ich bin ein paar Jahre später tatsächlich nach Edinburgh gezogen. Eigentlich hatten wir uns versprochen, in Kontakt zu bleiben, doch wenn man jung ist und so viele andere Abenteuer warten, dann verliert sich das ganz schnell. Ich glaube, ich habe einen Brief von ihm bekommen, den er noch auf der Überfahrt nach New York geschrieben hat.«

»Dad hat mir von einem guten Jugendfreund erzählt, aber der hieß Finn und nicht Angus«, sagte Colleen mit Bedauern in der Stimme. Es tat ihr wirklich sehr leid, dass dieser alte Mann, der offensichtlich so viele und so bunte Erinnerungen an ihren Vater hatte, für Letzteren nicht erwähnenswert gewesen war.

Angus sah sie an, und in seinen hellen Augen blitzte der Schalk. »Das war mein Spitzname, angelehnt an Huckleberry Finn. Ich habe ihn dafür Tom genannt.« Er lachte leise. »Daran habe ich seit ewigen Zeiten nicht mehr gedacht. Ach, es ist wirklich schade, dass wir es nicht geschafft haben, in Kontakt zu bleiben – oder uns später wiederzufinden. Dabei hätte ich doch einfach nur mal das Internet befragen müssen, und ich hätte ihn gefunden. Wo wir doch sogar beide Anwälte geworden sind und Kanzleien gegründet haben.« In seiner Stimme schwang aufrichtiges Bedauern mit. »Jetzt ist es dafür zu spät.«

»Wir sollten nicht über das weinen, was wir verloren haben, sondern uns über das freuen, was wir bekommen haben«, fuhr Betty resolut dazwischen.

Colleen wollte schon protestieren, denn sie war durchaus der Meinung, dass sie um ihren verstorbenen Vater weinen durfte, doch da sprach Betty bereits weiter.

»Natürlich dürfen wir um geliebte Menschen trauern und weinen, sollen uns an sie erinnern und an die schönen Zeiten zurückdenken. Aber es bringt niemanden weiter, wenn wir uns selbst zerfleischen, weil wir gewisse Möglichkeiten nicht ausgeschöpft haben. Ja, ihr hättet euch googeln können und es vielleicht sogar tun sollen«, sagte sie, an Angus gewandt. »Aber es ist nicht passiert, und das ist jetzt nicht mehr zu ändern. Vielleicht hätte Gavin auch schon zu Lebzeiten hierher zurückkehren können – allein schon, um Colleen ihre Wurzeln zu zeigen –, aber auch das ist nicht geschehen. Sollten wir uns nicht besser darauf besinnen, was wir jetzt haben? Ein neues Mitglied in unserer Dorfgemeinschaft.« Sie nahm Colleens Hand und drückte sie fest.

»Nun ja, zumindest temporär …«, warf Colleen ein. »Ich weiß noch nicht, wie lange ich bleibe.«

»Das wird sich alles beizeiten finden. Ich würde mich jedenfalls sehr freuen, wenn du ein Weilchen bleibst, schließlich bist du praktisch meine einzige lebende Verwandte.«

»Bist du also tatsächlich mit Gavin verwandt?«, wollte Angus wissen.

»Wenn Jack und ich die Daten richtig rekonstruiert haben, war mein Vater ein Cousin zweiten Grades von Gavins Vater, aber meine Eltern und ich sind erst nach Kirkby gezogen, als Gavin bereits nach Amerika ausgewandert war, und ich war ohnehin noch viel zu klein damals, als dass ich mich an ihn hätte erinnern können.« Sie zuckte mit den Schultern. »Aber das spielt keine Rolle. Familie definiert sich nicht nur über Blut. Hast du denn noch alte Fotos aus deiner Kinderzeit, Angus? Vielleicht ein paar Bilder von dir und Gavin?«

»Es müsste bestimmt noch etwas da sein. Mein Vater war ja auch Bürgermeister von Kirkby und hat nebenbei als Fotograf gearbeitet und ziemlich viele Schnappschüsse gemacht. Ich frag mal Heather, ob sie spontan weiß, wo die alten Alben sind.«

»Das ist eine gute Idee«, freute sich Betty. »Was hältst du davon, wenn Colleen und ich entweder heute oder morgen bei euch vorbeischauen? Dann kannst du ihr auch euer skurriles Schloss zeigen. Oder musst du etwa heute schon wieder zurück nach Edinburgh?«

»Nein, ich bin noch ein paar Tage da. Ich fände es wirklich schön, wenn wir uns die alten Alben gemeinsam ansehen würden«, entgegnete Angus mit einem Lächeln. »Wenn du auch willst, natürlich«, fügte er an Colleen gewandt hinzu.

Sie nickte zunächst nur – einigermaßen überrollt von dem Redeschwall der beiden alten Menschen, die aufrichtig mitfühlend wirkten und gemeinsam in Erinnerungen an ihren geliebten Vater schwelgen wollten. Sie merkte, wie sich wieder ein Kloß in ihrem Hals bildete.

»Schon gut, meine Liebe«, tröstete Betty und streichelte ihr aufmunternd die Schulter. »Wusstest du, dass Angus' Vater Malcolm sein Schloss ›Monroe Manor‹ genannt hat, weil er rettungslos in Marilyn Monroe verliebt war?«

»Es ist kein Schloss. Es ist maximal ein Herrenhaus«, wiegelte Angus sichtbar genervt ab. »Aber ja, ansonsten stimmt die Geschichte.«

Colleen sah ihn mit großen Augen an. Das hörte sich sehr schräg an. »Ernsthaft?«, fragte sie und schniefte leicht. »Reden wir von dem Haus, das er bei einer Wette gewonnen hat?«

»Na schön, vielleicht sollte ich ein bisschen weiter ausholen. Wie schon erwähnt, war mein Vater ein etwas extravaganter und leicht größenwahnsinniger Zeitgenosse. Eine Existenz als Kleinbauer, wie alle seine Vorfahren sie geführt hatten, war ihm zu wenig. Nichts gegen Ehrgeiz, den habe ich ganz sicher von ihm geerbt, aber …«

»Aber nur den Ehrgeiz«, unterbrach ihn Betty mit einem leisen Lachen. »Von seiner Schlitzohrigkeit und Kreativität hast du nichts abbekommen. Malcolm war einfach nur grandios!«, schwärmte sie.

»Wenn du meinst«, entgegnete Angus knapp und fuhr dann fort: »Jedenfalls war er ganz sicher sehr kreativ, wenn es darum ging, sein Leben und das seiner Familie aufregend zu gestalten. Eines Tages kam er nach Hause – da war er mal wieder tagelang auf Achse gewesen, ohne dass wir wussten, wo – und hat verkündet, dass wir umziehen. Er hatte tatsächlich bei einer Wette Montrose Manor gewonnen. Fragt mich nicht, wie genau, das hat er nicht verraten, aber irgendwie hatte er den alten Alasdair Montrose dazu gebracht, ihm das Haus zu überschreiben. Juristisch einwandfrei. Also haben wir, die kleine Bauernfamilie, 1946 unser winziges Cottage verlassen und sind in das riesige Herrenhaus gezogen. Das übrigens ziemlich heruntergekommen war, wie ihr euch vielleicht vorstellen könnt. Mein Vater hat es aber geschafft, immer das nötige Geld aufzutreiben, um die endlosen Renovierungsarbeiten zu bezahlen. Ich will gar nicht wissen, wie er es gemacht hat.« Angus schüttelte den Kopf.

»Ach, jetzt sei nicht so«, schimpfte Betty mit ihm. »Er hat es jedenfalls wunderbar hinbekommen, das Schlösschen ist einfach ein Traum! Im Keller hat er sogar einen Kinosaal einbauen lassen – mit einem kleinen Marilyn-Schrein –, und er hat ständig Kinovorführungen für die Dorfbewohner gemacht. Auch für uns Kinder. Hach, waren das Zeiten. Aber davon hast du ja fast nichts mehr mitbekommen«, sagte sie tadelnd zu Angus und erklärte dann, an Colleen gewandt: »Du musst wissen, dass Angus sich mit achtzehn Jahren aus dem Staub gemacht hat und zum Studieren nach Edinburgh gegangen ist. Seitdem sitzt er da in seiner internationalen Großkanzlei und taucht nur alle Jubeljahre bei uns Sterblichen in Kirkby auf.«

»Du übertreibst schamlos«, behauptete Angus, musste

aber doch ein wenig schmunzeln. »Außerdem musst du gerade reden, du warst doch auch jahrzehntelang unterwegs.«

»Ja, aber um mich geht's hier jetzt nicht. Hätten meine Eltern ein Schloss mit Kino gehabt, wäre ich vielleicht geblieben.« Betty blickte versonnen ins Nichts, dann lächelte sie. »Nein, wäre ich wohl nicht. Aber entscheidend ist, dass ich jetzt seit etlichen Jahren wieder hier bin, was man von dir nicht behaupten kann.«

»Ich bin oft genug hier. Würdet ihr mich jetzt bitte entschuldigen? Ich frage meine Schwiegertochter, wo die Alben sind, und dann würde ich mich sehr freuen, wenn wir uns gegen vier zum Tee treffen könnten. Bis dahin habe ich bestimmt etwas gefunden.« Angus stand auf und nickte den beiden Frauen zum Abschied zu.

»Siehst du, da haben wir prompt ein Date für heute Nachmittag«, sagte Betty und schaute dem stattlichen Mann hinterher.

»Interesse?«, erkundigte sich Colleen amüsiert und fragte sich, woher dieser plötzliche Impuls zu Klatsch und Tratsch kam. Und das ausgerechnet heute.

»An Angus? Nein. Wir hatten ein Mal ein Date – ein paar Jahre nachdem Janet, seine Frau, gestorben ist. Aber es hat überhaupt nicht gefunkt zwischen uns. Angus ist ein wahrer Gentleman, aber für meinen Geschmack viel zu streng und korrekt. Sein Vater wäre etwas anderes gewesen, solche Freigeister imponieren mir. Angus' Sohn George ist übrigens ganz ähnlich, der Mann von Heather.« Betty deutete auf eine Gruppe Männer, und Colleen nahm an, dass der große Dunkelhaarige mit dem lauten Lachen wohl George sein musste. »Man munkelt, dass die Kreativität bei den Stewarts immer eine Generation überspringt. Georges und Heathers Kinder sind jedenfalls auch überehrgeizige Anwälte, aber der Sohn ist im Sommer Vater geworden. Da darf man gespannt sein, wie sich die neue Generation präsentiert.« Betty lachte. »Ach, eine schöne Anekdote habe ich übrigens noch für dich: Malcolm ist am 5. August 1972 gestorben – am zehnten Todestag von Marilyn Monroe. Ist das nicht eine zauberhafte, romantische Geschichte?«

»Für einen echten Fan bestimmt«, erwiderte Colleen und musste sich mit einiger Mühe ein Gähnen verkneifen.

»Ich mach dir einen Vorschlag, Schätzchen. Wir verschwinden jetzt heimlich und halten einen schönen Mittagsschlaf. Du kannst mich dann gegen halb vier abholen, und wir spazieren gemeinsam nach Monroe Manor. Was meinst du?«

»Das klingt toll, aber denkst du, ich kann mich einfach so aus dem Staub machen?«

»Kein Problem, die meisten hier dürften mindestens beim dritten Whisky sein, die kriegen das ohnehin nicht mehr mit.«

Was für ein Tag, dachte Colleen einige Stunden später. Sie war gerade nach einer ausgedehnten Teestunde bei Angus, Heather und George Stewart in den Ort zurückgekehrt und hatte Betty zu ihrem Häuschen begleitet. Auf dem Heimweg zu ihrem Cottage kam sie an der Kirche und am

Friedhof vorbei. Es war zwar schon dunkel, aber trotzdem ging sie noch einmal zum Grab ihres Vaters, auf dem sich reichlich Blumenschmuck türmte und einige Kerzen brannten.

Sie hatte am Vormittag nicht mitbekommen, wie viele Menschen Blumen gebracht und auch auf diese Weise ihre Anteilnahme gezeigt hatten.

»Das hätte dir gefallen, Daddy«, sagte sie leise. »Auch wenn dich die meisten Menschen gar nicht gekannt haben, warst du ihnen doch wichtig genug, dass sie dir einen so schönen Abschied bereitet haben. Und schau mal, was ich hier habe.« Sie klopfte auf die schwere Tasche, die sie an ihren Oberkörper gepresst hielt. »Da sind Fotoalben drin, mit Bildern von dir. Es hat dir doch immer so leidgetan, dass du keine Fotos aus deiner Kindheit hattest. Jetzt haben wir welche, dank deines Freundes Finn. Wusstest du, dass er auch Anwalt geworden ist? Wirklich schade, dass ihr euch nicht mehr getroffen habt.« Sie schluckte und erinnerte sich dann an Bettys Worte. »Aber es wird dich vielleicht freuen, dass er sehr nett zu mir ist. Wie alle Menschen hier. Und wahrscheinlich ist Betty deine Großcousine und irgendwie eine Tante für mich. Daddy, ich vermisse dich so wahnsinnig, aber ich bin froh, dass du mich hierhergeschickt hast. In Kirkby bin ich längst nicht so allein wie in Boston. Danke dafür. Ich hab dich lieb.«

KAFFEEGIER MIT FOLGEN

»WEISST DU, OB ICH MIR HIER irgendwo ein Fahrrad ausleihen kann?«, fragte Colleen zwei Tage später beim Frühstück Alice. Das Wetter hielt sich noch einigermaßen, und
sie hatte Lust, ein wenig die Gegend zu erkunden, wollte
aber niemanden wegen einer Mitfahrgelegenheit ansprechen.

»Für eine kurze Spritztour kannst du meins haben, aber
ich brauche es nachher wieder, um heimzuradeln. Isla
müsste auch eines haben, und ich kann mich nicht erinnern, wann sie es das letzte Mal benutzt hat. Dasselbe
gilt für meine Mädels. Frag sie doch mal. Aber wenn du
irgendwo hinwillst, dann sag Bescheid. Es fährt dich jederzeit jemand nach Inverness oder so.«

»Danke, das ist wirklich lieb, aber ich wollte einfach nur
ein bisschen rumfahren. Ich frag gleich mal Isla.« Colleen
stand vom Küchentisch auf, wo sie als derzeit einziger Gast
immer frühstückte, und trug ihren Teller und die Teetasse
zur Spüle. »Ich muss mich bei ihr ohnehin noch für die
Snacks zur Beerdigung bedanken. Und bei dir natürlich
auch noch mal für all die Kuchen, die du gebacken hast.«

»Hör auf, dich ständig für alles zu bedanken. Das hast
du jetzt schon ein halbes Dutzend Mal gemacht, und ich

sage dir immer wieder das Gleiche: Gern geschehen! Wirklich. Mach dir nicht zu viele Gedanken, sondern schau lieber zu, dass du dich von den traurigen Wochen erholst. Hörst du?« Alice zog sie in ihre Arme, und Colleen genoss den mütterlich anmutenden Trost.

»Mach ich«, murmelte sie und atmete den süßen Duft von frischen Scones und Keksen ein, den die ältere Frau verströmte. Es war wirklich schön, so umsorgt zu werden. Den gestrigen Tag hatte sie eigentlich allein in ihrem Cottage verbringen wollen, mit den Fotoalben, die Angus ihr geliehen hatte. Doch das Vorhaben war mehrfach torpediert worden. Erst hatte Aidan geklopft, um sie um Rat bei seiner Textanalyse-Hausaufgabe zu bitten, aber vor allem, um Tito abzuholen. Kurz darauf war Alex aufgetaucht, um sie zu einem weiteren Ausritt zu überreden. Der war wieder so schön geworden wie der erste, aber ihr Muskelkater hatte es jetzt auch in sich. Den Abend schließlich hatte sie mit Hailey verbracht, die auf einem ausgedehnten Sauna-Besuch im hoteleigenen »Druiden-Spa« bestanden hatte. Danach war Colleen erschöpft in ihr Bett gefallen und hatte traumlos zehn Stunden am Stück geschlafen.

Heute fühlte sie sich zum ersten Mal seit Langem wieder fast wie sie selbst. Beerdigungen waren wohl tatsächlich ein so wichtiger Meilenstein beim Abschiednehmen, wie immer gesagt wurde. Natürlich war die Trauer damit nicht weg, ganz und gar nicht, aber dieses Abschlussritual half ihr zumindest, wieder etwas nach vorn zu blicken. Sie war zwar immer noch vollkommen ahnungslos, wohin genau der Weg sie führen würde, aber immerhin verspürte sie heute ein wenig Neugier, wollte die Umgebung erkunden und sich vielleicht die umliegenden Dörfer ansehen. Und Zeit genug hatte sie ja definitiv.

»So, dann schau ich mal bei Isla vorbei und frag sie nach dem Fahrrad«, sagte Colleen, als sie sich nach einer gefühlten Ewigkeit aus Alice' Umarmung löste. »Darf Tito hierbleiben? Ich weiß nicht, wie lange ich unterwegs sein werde, aber er ist es definitiv nicht gewohnt, neben einem Fahrrad herzulaufen.«

»Ich kümmere mich um den kleinen Kerl«, antwortete Marlin an Alice' Stelle. Colleen und auch Alice selbst hatten ihn nicht in die Küche kommen hören, sie sahen beide überrascht zu ihm.

»Das ist wahnsinnig nett. Danke schön.« Colleen wurde rot, als Alice dramatisch mit den Augen rollte. »Ich kann nicht aus meiner Haut. Wenn jemand nett zu mir ist, dann sage ich Danke. So bin ich erzogen worden.«

»Das haben deine Eltern gut hinbekommen, aber übertreib's nicht«, brummte Marlin. »Und was Tito betrifft, der bekommt mein Spezial-Ausbildungsprogramm. Wenn er hier länger lebt, muss er wissen, wie er sich gegenüber Schafen und Pferden zu verhalten hat. Komm, Kleiner!« Der Terrier hopste prompt von der Bank und rannte Marlin hinterher. Ein Abenteuer ließ er sich nicht entgehen.

»Marlin hat eine ähnliche Gabe mit Hunden wie Rupert mit Pferden. Die meisten folgen ihm einfach so und vertrauen ihm blind«, erklärte Alice, als sie Colleens verwunderten Gesichtsausdruck bemerkte. »Außerdem ist mein geschätzter Schwager der Meinung, dass man restlos alle

Hunde zu Hütehunden ausbilden kann, wenn man es nur geschickt genug anstellt.«

»Aha.« Colleen wusste nicht so genau, was sie auf diese überraschende Eröffnung sonst erwidern sollte. »Das ist bestimmt ... ähm ... total sinnvoll und praktisch«, fügte sie dann doch noch hinzu.

»Oder totaler Quatsch. Aber ihm macht's Spaß, den Hunden auch, und die Schafe sind Kummer gewohnt.« Alice grinste übers ganze Gesicht.

»Ich muss sagen, dass es hier in Kirkby wirklich sehr viele sehr überraschende Menschen gibt.«

»Da sagst du was ...«

»Ich kann einfach nicht glauben, dass Marlin Hufschmied ist. Das passt irgendwie nicht zu ihm«, platzte es aus Colleen hervor. Sie hatte das eigentlich nicht aussprechen wollen, doch seit sie den vergleichsweise zarten Marlin vor ein paar Tagen beim Beschlagen der riesigen Clydesdales im Stall von Rupert gesehen hatte, war sie irritiert. Irgendwas störte sie an diesem Bild.

»Tja, unser Marlin ist ein Mann mit vielen Talenten«, entgegnete Alice kryptisch und machte sich dann daran, das Frühstücksgeschirr in die Spülmaschine einzuräumen. Ganz offensichtlich wollte sie dieses Thema nicht weiter vertiefen.

Das war Colleen auch recht, denn sie hatte ja ihre eigene Mission. »Ich bin dann mal weg. Bis später!«

Kurz darauf stand Colleen ein wenig ratlos vor dem schicken Restaurant *The Scottish Thistle*, das Isla betrieb.

Alex hatte erwähnt, dass seine Schwester in der Wohnung über dem Restaurant lebte, aber Colleen hatte keine Ahnung, ob es dafür einen Extra-Eingang gab. Die Restauranttür war jedenfalls verschlossen. Langsam ging sie um das Häuschen herum. Es sah ganz ähnlich aus wie die Cottages für die Feriengäste, aber sie vermutete, dass auch dieses Gebäude neu und nur in dem typischen Look aus unebenen grauen Granitbrocken erbaut worden war. Ähnlich wie der Stall von Rupert und das Druiden-Spa. Hinter dem Haus gab es einen kleinen Garten, der auf einer Seite von einer niedrigen Hecke und an den anderen drei Seiten von halbhohen Steinmauern begrenzt wurde. Dort fand sie eine schmale, rothaarige Frau, die voller Konzentration in einem Beet wühlte.

Colleen räusperte sich, um Aufmerksamkeit zu erregen, doch die Frau reagierte nicht. »Hallo?«, sagte sie etwas lauter und trat näher. Immer noch keine Reaktion. Gerade als sie überlegte, ob sie vielleicht wieder gehen sollte, drehte sich die Frau um.

»Huch«, rief sie erschrocken und pulte gleich darauf einen kleinen Kopfhörer-Stöpsel aus ihrem Ohr. »Du bist bestimmt Colleen, oder?«

»Sorry, ich wollte dich nicht erschrecken, ich …«

»Schon gut, ich hab nur ein bisschen Musik gehört und die Welt um mich herum vergessen.« Isla wischte sich ihre erdverschmutzten Finger notdürftig an der Jeans ab und reichte Colleen mit einem offenen Lächeln die Hand. »Ich freu mich, dass wir uns endlich persönlich kennenlernen. Und mein herzliches Beileid.«

»Danke schön, das ist sehr lieb von dir. Ich wollte mich für die fantastischen Snacks bedanken, die du für Daddys Beerdigung gemacht hast. Jack meinte, dass du dafür kein Geld willst, aber das kann ich unmöglich annehmen.«

»Warum nicht? Ehrlich gesagt, wart ihr meine Testobjekte. Ich will schon lange ›schottische Tapas‹ in meine Speisekarte aufnehmen, aber bisher waren meine Experimente noch nicht ganz zufriedenstellend. Die Auswahl, die ihr hattet, könnte aber klappen. Zumindest hat meine Küchenmannschaft die recht zügig hinbekommen, und nach dem, was ich so höre, gab es keine Klagen. Insofern hast du mir sozusagen einen Gefallen getan.«

»Wenn dem so ist: vielen, vielen Dank! Vielleicht kann ich mich bei Gelegenheit mit etwas anderem revanchieren.« Colleen hatte in der kurzen Zeit hier begriffen, dass es absolut sinnlos war, sture Schotten von ihrer Meinung abbringen zu wollen, also hielt sie die Klappe und freute sich einfach. »Damit komme ich mir jedenfalls ziemlich lächerlich vor«, sagte sie, während sie ein Rosensträußchen aus dem Korb zog, den Alice ihr geliehen hatte. Sie hatte ein paar Rosen von den Sträuchern an ihrem Cottage geschnitten und sie mit etwas Grünzeug, das sie nicht näher definieren konnte, zu einem kleinen Bouquet gebunden. Doch in Islas Garten blühte es trotz der fortgeschrittenen Jahreszeit noch so üppig, dass Colleen sich nun fast ein bisschen schäbig fühlte. »Das ist wie Eulen nach Athen tragen.« Sie deutete auf die Blumenpracht.

»Ich finde es wunderschön, vielen Dank.« Isla wirkte absolut aufrichtig, als sie an den gelben Blüten schnupperte.

»Ich hab ja nur rosa Rosen, und die duften längst nicht so intensiv wie die gelben. Magst du vielleicht einen Kaffee oder Tee?« Ohne eine Antwort abzuwarten, ging sie durch eine schmale Tür ins Haus, und Colleen folgte ihr.

»Wow, damit hätte ich jetzt nicht gerechnet«, entfuhr es ihr, als sie sich in einer hochmodernen Restaurantküche wiederfand, die blitzblank sauber war. Kein Wunder, es war Montag und somit Ruhetag. »Mit wie vielen Leuten kochst du hier?«

»Wir sind in der Regel nur zu dritt«, erklärte Isla, während sie den kleinen Rosenstrauß in ein Wasserglas stellte. »Ich, mein Souschef und ein Jungkoch, aber relativ regelmäßig haben wir noch Praktikanten oder Gastköche hier. Kaffee oder Tee?«

»Ein Kaffee wäre toll.«

»Americano, Espresso, Cappuccino, Latte macchiato?«

»Am liebsten einen Cappuccino, bitte.« Colleen sah sich neugierig um, während Isla an der großen italienischen Kaffeemaschine hantierte. Sie war noch nie in einer Restaurantküche gewesen, sondern hatte nur mal im Fernsehen welche gesehen. Diese hier schien ihr recht klein zu sein. Sie konnte sich nicht vorstellen, wie vier Köche hier drin unfallfrei nebeneinander arbeiten sollten.

Wenige Augenblicke später war Isla wieder an ihrer Seite, ein Tablett in den Händen, auf dem zwei dampfende Tassen Cappuccino standen, ein Schälchen mit Gebäck und der zarte Blumenstrauß. »Wollen wir draußen Kaffee trinken? Das schöne Wetter sollten wir dringend ausnutzen.«

Im Garten probierte Colleen den Kaffee, der köstlich schmeckte. So wunderbar das Frühstück im Bed & Breakfast auch war, kaffeemäßig war es eine Enttäuschung – Alice' Talente lagen eindeutig in der Teezubereitung. Sie seufzte genüsslich. »Endlich wieder Koffein!«

»Ist die Plörre meiner Tante immer noch so ungenießbar?«, fragte Isla mit einem mitfühlenden Lachen. »Alice hält nichts von Kaffee. Sie ist der Meinung, dass wahre Schotten nur Tee zu trinken haben. Alex hat vor ein paar Jahren eine gute Maschine gekauft, aber meist nimmt er sie nur in Betrieb, wenn mindestens drei Cottages besetzt sind. Sonst lohnt sich der Aufwand angeblich nicht – behauptet jedenfalls mein fauler Bruder. Also, wann immer es dich nach richtigem Kaffee gelüstet, komm zu mir!«

»Das ist die beste Nachricht des Tages!« Einer der Gründe für Colleens Ausflugswunsch war gewesen, dass sie erkunden wollte, ob es in einem der Nachbardörfer vielleicht einen Coffeeshop oder wenigstens einen Pub mit anständigem Kaffee gab, doch diese Sorge war sie jetzt erfreulicherweise los.

»Hat Alex ausgerichtet, dass ich dich gerne mal zum Abendessen ins Restaurant einladen würde? In der Nebensaison haben wir immer nur von Donnerstag bis Sonntag geöffnet. Freitags und samstags sind wir fast immer ausgebucht, aber an den Donnerstagen habe ich meistens einen Tisch frei, auch sonntags ist es immer mal möglich. Sag einfach Bescheid, dann reserviere ich dir einen.«

»Das ist echt sehr großzügig von dir. Vielen Dank, ich werde ganz sicher bald kommen.« Colleen leerte ihre Tasse und stellte sie zurück aufs Tablett. »Dürfte ich dich um einen weiteren Gefallen bitten?«

»Klar, jederzeit.«

»Kann ich mir vielleicht dein Fahrrad ausleihen? Ich würde gerne das Wetter ausnutzen und ein bisschen die Gegend erkunden. Alice meinte, dass du dein Rad nur selten benutzt.«

»>Selten< ist die Untertreibung des Jahres. Ich weiß gar nicht, ob es noch fahrtüchtig ist. Da müsste ich in meinem Schuppen nachsehen. Aber klar kannst du es haben. Ich kann dir aber auch mein Auto leihen, ich brauch es heute nicht.«

»Ernsthaft? Du würdest mir dein Auto leihen, nachdem du mich … wie lange kennst? Seit drei Minuten?« Colleen starrte Isla ungläubig an. Diese Menschen hier hatten doch allesamt einen Knall. Einen guten, keine Frage, aber einen Knall. In Boston könnte sie so etwas komplett vergessen – obwohl die Amerikaner ja angeblich so superfreundlich waren.

»Warum nicht? Das Auto steht nur doof rum.« Isla kramte in ihrer Hosentasche und ließ den Schlüssel an einem Finger baumeln. »Hier, nimm ihn.«

»Du bist verrückt.« Colleen lachte. »Ich kann es leider nicht annehmen, weil …«

»Ach, nicht schon wieder diese Leier. Ich brauch das Auto nicht, nimm es schon.«

»Weil ich keinen Führerschein habe«, beendete Colleen ihren Satz.

»Du hast keinen Führerschein?« Nun war es Isla, die

einigermaßen fassungslos wirkte. »Und wie willst du dich hier in der Gegend vom Fleck bewegen?«

»Mit dem Fahrrad?« Das war zumindest der Plan, der angesichts des nahenden Winters womöglich seine Tücken haben würde. »Und außerdem fährt ja ab und zu ein Bus. Ich komm schon irgendwie zurecht. Aber mir war ja bis vor ein paar Monaten nicht klar, dass ich Zeit in der Wildnis verbringen würde. In Boston jedenfalls habe ich kein Auto gebraucht, und deshalb habe ich auch nie den Führerschein gemacht.« Deswegen und weil sie insgeheim auch Angst vorm Autofahren hatte, doch das würde sie hier und jetzt nicht offenbaren. Es reichte schon, dass sie als Freak angesehen wurde, da musste sie ihr Image nicht noch weiter beschädigen.

»Und ich dachte immer, dass alle Amerikaner schon mit sechzehn ihren Führerschein machen und von diesem Moment an jeden Meter mit dem Auto zurücklegen.«

»Das trifft bestimmt auf viele zu, aber in Großstädten sind Autos eher unpraktisch. Können wir vielleicht mal nach dem Fahrrad sehen?«

Eine halbe Stunde später radelte Colleen frohgemut aus Kirkby hinaus und in Richtung Loch Ness. Das war die Route, die auch der Bus genommen hatte, und sie erinnerte sich vage daran, dass sie durch mindestens einen etwas größeren Ort gekommen waren, der nicht so schrecklich weit entfernt sein konnte. Islas Fahrrad, ein gemütliches Hollandrad, war prima in Schuss und hatte lediglich platte Reifen gehabt. Und dieses Hindernis war mit der Luftpumpe leicht zu bewältigen gewesen. Ganz im Gegensatz zu den Hügeln, die so harmlos und sanft wirkten – sich mit dem schweren Rad bergauf zu bewegen fühlte sich wie eine mittlere Gipfelbezwingung bei der Tour de France an. Kein Wunder, dass Isla ihren Drahtesel im Stall ließ, dachte Colleen, als sie keuchend die nächste enge Kurve entlangkroch.

Einen Moment später lag sie im Straßengraben. Ein Auto war ihr recht flott auf ihrer Spur entgegengekommen, und sie hatte vor lauter Schreck den Lenker verrissen und war gestürzt. Wehgetan hatte sie sich nicht, weil sie ja im Schneckentempo unterwegs gewesen war, aber blöd war es trotzdem. Was fiel diesem Autofahrer überhaupt ein?

»Haben Sie sich verletzt?«, rief eine Stimme. Sie gehörte zu dem Mann, der nur Augenblicke später am Wegesrand aufgetaucht war, und sie kam Colleen bekannt vor. Allerdings stand das Sonnenlicht gerade so, dass sie nur Umrisse erkennen konnte.

Sie rappelte sich mühsam auf und nahm die Hand des Mannes, der ihr hochhalf. »Alles okay«, murmelte sie und zupfte sich ein paar Zweige vom Pulli. Jetzt erkannte sie den Mann auch. Es war Collum McDonald, Kirkbys Bürgermeister.

»Tut mir leid, Colleen«, sagte er, »ich war zu dieser Jahreszeit nicht auf Touristen eingestellt.« Offenbar hatte er sie auch wiedererkannt, aber die Bedeutung seiner Worte verstand sie trotzdem nicht.

»Was hat das denn mit Touristen zu tun? Fahren Einheimische etwa nicht gelegentlich mit dem Fahrrad?«

»Doch, aber in der Regel auf der richtigen Straßenseite.« Er lächelte schief. »Wir haben hier Linksverkehr.«

»Oh.« Sie kratzte sich verlegen am Kopf und schüttelte dann ein paar Blätter aus ihrem Haar. »Das hatte ich wohl nicht auf dem Schirm. Tut mir leid.«

»Mir tut's leid. Ich bin nur froh, dass dir nichts passiert ist. Kann ich dich vielleicht irgendwo hinbringen? Du wolltest mit dem Fahrrad doch nicht etwa nach Inverness fahren? Das wäre ein ziemlicher Ritt.«

»Nein, ich wollte nur in den nächsten Ort, nach Drum… dingens.« Sie konnte sich an den seltsamen Ortsnamen nicht mehr erinnern.

»Drumnadrochit meinst du wohl. Willst du Nessie finden?«

»Ähm?«

»In Drumnadrochit gibt es das große ›Monster-von-Loch-Ness‹-Erlebniscenter, außerdem starten da auch Schiffstouren«, erklärte er amüsiert.

»Ich wollte eigentlich nur gucken, ob ich dort vielleicht ein paar Läden finde, einen Coffeeshop oder einen Pub.«

»Ja zum Pub, nein zu Läden und Coffeeshops. Dafür musst du nach Inverness. Das heißt, zur Tankstelle gehört ein kleiner Shop, aber ob der Kaffee schmeckt?« Er schien es zu bezweifeln. »Wenn du guten Kaffee möchtest, kannst du jederzeit zu mir ins Rathaus kommen. Ich habe vor Kurzem eine tolle Maschine gekauft – es wird gemunkelt, dass es bei mir den besten Kaffee in den Highlands gibt.« Er straffte die Schultern und sah so stolz aus, dass Colleen lachen musste.

»Ich werde es bei Gelegenheit testen«, versprach sie und angelte dann nach ihrem Fahrrad.

»Ich mach das!« Collum griff so übermotiviert ein, dass Colleen wieder ins Straucheln kam und er sie beherzt in seine Arme zog. »Sorry.«

Huch, was war das denn? Erst lag sie auf der Böschung und nun in den Armen des Bürgermeisters. Letzteres war gar nicht mal so übel. Sein Tweedsakko war zwar ein bisschen kratzig an ihrer Wange, aber er roch nicht schlecht – nach frischer Luft und einem herben Aftershave. Und er fühlte sich beruhigend solide an. Nicht so überwältigend wie Alex, sondern irgendwie vertrauenerweckend normal. Und was bitte schön dachte sie jetzt eigentlich für einen Unsinn? »Schon gut«, sagte sie und befreite sich aus seiner Umarmung, nur um sich einen Augenblick später erschrocken wieder an ihn zu klammern, weil ein weiteres Auto aus Richtung Kirkby angebraust kam und erst im letzten Moment bremste.

»Vielleicht solltest du dir einen angemesseneren Ort für ein Schäferstündchen suchen, Collum«, tönte gleich darauf eine knurrige Stimme aus dem offenen Autofenster. Es war Alex.

»Es ist nicht so …«, begann Colleen und verstummte, als sie Alex' Gesichtsausdruck sah, der zwischen Erstaunen und Entsetzen schwankte. Offensichtlich hatte er sie erst jetzt erkannt.

»Colleen! Was machst du denn hier? Ist dir etwas passiert? Brauchst du Hilfe? Bedrängt er dich?«

»Nein, alles gut. Ich hatte einen kleinen Fahrradunfall,

und Collum war so nett, mir zu helfen«, beschwichtigte Colleen und wusste selbst nicht so genau, warum sie verschwieg, dass Collum der Auslöser für ihren Sturz gewesen war.

»Verstehe«, brummte Alex misstrauisch. »Soll ich dich zurückbringen?«

»Ich kümmere mich um sie«, schaltete sich Collum ein und zog Colleen noch ein Stückchen näher zu sich. »Du bist doch irgendwohin unterwegs und hast sicher einen Termin.«

»Den könnte ich verschieben.«

Colleen sah mit wachsender Verwunderung und Amüsement zwischen den Männern hin und her. Auf die Idee, dass sie selbst vielleicht auch ein Wörtchen über ihr weiteres Schicksal hinzufügen könnte, kam wohl keiner der beiden Herren. Auch wenn der Ausflug nach Drumnadrochit längst nicht mehr so verführerisch klang wie noch heute Morgen. »Ich bin sehr gut in der Lage, allein zurückzufinden«, behauptete sie.

»Ach ja?«, ertönte es zeitgleich von beiden Männern.

»Nicht mit diesem Fahrrad jedenfalls.« Collum hatte Colleen losgelassen und das Fahrrad aus dem Graben gehoben. »Du hast vorne einen Plattfuß, damit kommst du nicht mehr weit. Aber ich kann dir den Reifen gerne flicken.«

»Und ich bring dich jetzt heim!«

»Das ist doch Unsinn, Alex«, sagte Colleen energisch. »Du hast einen Termin, der bestimmt wichtig ist, und da Collum ohnehin auf dem Rückweg nach Kirkby ist, kann ich doch einfach mit ihm fahren. Wir sehen uns dann später. Ich habe Aidan versprochen, ihm bei seinen Hausaufgaben zu helfen.«

»Na schön«, seufzte Alex und gab sich geschlagen. »Dann bis später. Pass auf dich auf.«

»Keine Sorge, ich kümmere mich um sie.« Collum lächelte breit und legte wieder den Arm um Colleens Schultern.

»Genau das habe ich befürchtet.« Colleen war sich nicht sicher, ob Alex das tatsächlich geraunt hatte, ehe er weiterfuhr, oder ob sie es sich eingebildet hatte. Jedenfalls fand sie das Verhalten der beiden Männer ziemlich schräg.

»Wollen wir?«, fragte Collum und deutete auf seinen alten Kombi, der ein paar Meter entfernt am Straßenrand stand.

»Gerne. Aber passt das Rad ins Auto?«

»Nein, aber ich hab einen Fahrradträger im Kofferraum, den kann ich ganz fix montieren.«

»Wie praktisch«, murmelte Colleen, als sie zum Auto gingen. Langsam wunderte sie sich über gar nichts mehr, aber sie wollte sich auch nicht beklagen, denn ihr tat alles weh. Der Muskelkater vom Reiten hatte durch den Sturz noch Verstärkung bekommen. Vielleicht war ein gemütlicher, fauler Tag doch die bessere Alternative?

»Ich bin oft mit dem Mountainbike unterwegs, deshalb habe ich den Fahrradträger immer im Auto«, erklärte Collum, während er das seltsame Ungetüm mit schnellen, routinierten Bewegungen montierte und schließlich Islas Hollandrad daran befestigte. »Wenn du gerne radelst, kann ich dich mal auf eine Tour mitnehmen. Ich kann dir auch ein richtiges Mountainbike besorgen. Ich habe letzten Sommer einige Räder für Touristen gekauft, aber das Geschäft muss erst noch in Schwung kommen.«

»Hmm«, gab Colleen unbestimmt zurück. Nach weiteren Radabenteuern stand ihr akut nicht der Sinn, schon gar nicht auf einem Mountainbike, aber da Collum so begeistert wirkte, wollte sie ihn nicht vor den Kopf stoßen. Sie ließ sich auf dem Beifahrersitz nieder und war froh, dass sie für den Moment überhaupt nicht mehr radeln musste.

»Willst du direkt in dein Cottage, oder kann ich dich für einen Kaffee begeistern? Danach könnte ich auch direkt den Reifen reparieren.«

»Musst du nicht arbeiten?«

»Ich arbeite ja.« Collum grinste breit, als er losfuhr. »Ich bin zwar sieben Tage die Woche, vierundzwanzig Stunden am Tag Bürgermeister, aber unsere knapp sechshundert Einwohner brauchen mich nicht die ganze Zeit. Das Rathaus ist täglich geöffnet, aber im Moment kümmert sich Leslie um die Sprechstunde, ich hab also Zeit.«

»Wenn das so ist, nehme ich das Angebot mit dem Kaffee und dem Reifenflicken gerne an. Es wäre mir peinlich, wenn ich Isla ein kaputtes Rad zurückbringen müsste.«

»Das können wir nicht riskieren!«, entgegnete Collum höchst erfreut.

Collum McDonald war ein sehr netter Mann, und Colleen war ziemlich beeindruckt davon, wie viel Energie der junge Bürgermeister hatte. Nachdem seine Mitarbeiterin Leslie Turner sie mit einem wirklich leckeren Cappuccino versorgt hatte, war Collum mit seiner Besucherin durchs Rathaus gelaufen und hatte ihr alles gezeigt: das historische Trauzimmer mit dem schönen Erker samt Buntglasfenstern, sein schickes Büro und die Touristeninformation. Letztere befand sich in einem großen, verschlossenen Raum im Erdgeschoss, der bis auf einige Regale, eine Theke und acht unbenutzt aussehende Mountainbikes leer war.

»Jetzt ist ja keine Saison mehr«, erklärte Collum. »Aber mein Plan ist, dass wir im nächsten Jahr touristisch so richtig durchstarten. Unser Dorf ist superschön, die Gegend märchenhaft, und wir haben schon ein paar Highlights, mit denen wir internationale Gäste anlocken könnten. Ich denke da an das Restaurant von Isla oder den Trainingsstall von Rupert, aber ich arbeite an erheblich ambitionierteren Konzepten.«

»Ach?«

»Du kennst doch bestimmt die Outlander-Reihe, oder? Die Fernsehserie ist in den USA angeblich besonders beliebt.« Er fuhr sich mit einer Hand durch seinen mittelblonden Schopf, und seine Augen blitzten vor Begeisterung.

»Ich hab schon ein paar Folgen gesehen«, entgegnete Colleen vage. Sie würde aber garantiert nicht zugeben, wie attraktiv sie vor allem die Hauptfigur Jamie fand, den schneidigen rothaarigen Outlaw, der sie optisch verdammt an Alex erinnerte.

»Jedenfalls ist die Serie ein Mega-Hit. Das wiederum hat dazu geführt, dass das Interesse an Schottland-Reisen in den letzten Jahren sprunghaft zugenommen hat. Ich hatte vorhin einen Termin mit einer Mitarbeiterin von VisitScotland, unserer nationalen Tourismusorganisation. Ich würde in Kirkby nämlich gern ein offizielles Outlander-Zentrum etablieren.«

»Klingt spannend.«

»Ja? Finde ich auch. Man könnte Outlander-Wanderwege ausweisen, Reittouren veranstalten, Outlander-Hochzeitspakete anbieten und viele, viele Sachen mehr«, schwärmte er, doch dann verdüsterte sich sein Gesicht. »Nur leider sind einige Dorfbewohner sehr skeptisch. Man könnte auch sagen: negativ.«

»Aber warum? Ich finde, das hört sich nach einer guten Idee an. Kirkby ist wirklich zauberhaft, aber viel Infrastruktur für Touristen gibt es nicht.«

»Das ist das nächste Problem«, gab Collum zu. »Als Übernachtungsmöglichkeit haben wir nur *The Cosy Thistle*. Das ist zwar ein wirklich tolles Bed & Breakfast, aber sehr exklusiv. Alex hat eine recht spezielle Klientel. Viele gestresste Städter, die Ruhe und Entspannung suchen, Gourmets, die bei Isla essen gehen wollen, und immer auch mal solvente Langzeitgäste, die sich eine ausgedehnte Auszeit nehmen. Mein Plan ist, in den nächsten Monaten einen Käufer oder Pächter für unseren alten Pub zu finden, der auch die Gästezimmer wieder in Betrieb nimmt. Die Bausubstanz ist gut. Es müsste natürlich einiges an Renovierung passieren, doch dann hätte Kirkby fünf weitere

Hotelzimmer zusätzlich – und endlich wieder ein Restaurant, in dem auch Normalverdiener glücklich werden. Idealerweise sollte es vom Frühstück bis zum Abendessen alles geben.«

Colleen nickte, das klang in ihren Ohren sehr einleuchtend. Bisher hatte sie praktisch jeden Abend mit den Frasers gegessen, aber das war ja keine dauerhafte Lösung – schon gar nicht für andere Gäste. Natürlich könnte sie sich in ihrem voll ausgestatteten Cottage auch selbst versorgen, aber ein Pub, in dem es zum Beispiel Fish and Chips oder ähnlich Handfestes gab, wäre schon schön. Schade, dass sie das wohl nicht mehr mitbekommen würde.

»Hätten wir mehr Touristen, würde sich hier bestimmt auch ein Laden wieder lohnen. Vielleicht eine Bäckerei mit einem kleinen Zusatzangebot und ein Souvenirshop. Das funktioniert in Drumnadrochit ja auch, wo sie Nessie bis zum Umfallen ausschlachten«, fuhr Collum fort. »Höchst ärgerlich, dass mir speziell Marlin so in die Parade fährt. Ihn im Boot zu haben wäre perfekt, denn er beeinflusst das ganze Dorf.«

»Was hat Marlin denn für ein Problem?« Colleen mochte Alex' Vater. Er machte zwar manchmal einen etwas knurrigen Eindruck – ähnlich wie sein Sohn –, aber eigentlich fand sie ihn sehr nett.

»Wenn ich das so genau wüsste.« Collum kratzte sich an seinem Dreitagebart. »Einerseits ist er unglaublich großzügig, was die Renovierung unserer historischen Gebäude angeht. Die Kirche, das Pfarrhaus und sogar ein großer Teil des Rathauses konnten nur dank seiner Spenden saniert werden. Er engagiert sich sehr für das Dorf, aber wenn es darum geht, dass wir uns Besuchern öffnen sollten, stellt er auf stur und blockiert alle Ideen. Dabei brauchen wir den Tourismus, um als Ortsgemeinschaft funktionieren zu können. Es ist toll, dass in den letzten Jahren etliche junge Familien hierhergezogen sind, aber noch besser wäre es, wenn wir den Leuten hier wirkliche Perspektiven bieten könnten – Infrastruktur, Arbeitsplätze. Das will der alte Fraser aber nicht hören und attackiert stattdessen mich persönlich.«

»Nicht sehr nett«, fand Colleen, der Collums Ideen absolut nachvollziehbar und sinnvoll erschienen. »Und du hast keine Ahnung, was der Grund für seine Ablehnung sein könnte?«

»Nicht die allergeringste. Er ist ein Geheimniskrämer, das weiß jeder hier im Ort, aber das Geheimnis seiner Ignoranz behält er besonders intensiv für sich.« Collum seufzte. »Aber mit diesem Dorfklatsch will ich dich nicht langweilen. Ich werde schon Mittel und Wege finden, Kirkby zum Blühen zu bringen. Und jetzt werde ich erst mal dein Fahrrad reparieren.«

DATES UND
ANDERE KATASTROPHEN

ALEX WAR HOCHGRADIG GENERVT, als er am frühen Abend endlich wieder auf dem Heimweg nach Kirkby war. Seine beiden Termine in Inverness hatten viel länger gedauert als gedacht – und waren erheblich unerfreulicher verlaufen. Zunächst hatte er sich mit Sarah, einer Mitarbeiterin der Tourismusorganisation, getroffen, um über mögliche Promotion-Pakete auf der Website von VisitScotland zu sprechen. Sarah hatte ihm prompt von einem Gespräch mit Collum berichtet, das sie heute Morgen geführt hatte, und sich begeistert über dessen Pläne geäußert. Ihr Ratschlag war, dass sich Alex, Isla, Collum und Rupert zusammentun und ein gemeinsames, größeres Paket schnüren sollten, um die Touristenströme ins Hinterland zu ziehen. Alex sah durchaus die Chancen und Möglichkeiten, die mehr Feriengäste für Kirkby bringen würden – auch für seinen eigenen Betrieb. Er kannte aber auch seinen Vater und dessen Einstellung und wusste nicht, ob er die Nerven für die endlosen Auseinandersetzungen hatte, die zweifellos folgen würden. *The Cosy Thistle* lief gut – auch ohne große Tourismuskampagne. Ähnliches galt für das Restaurant seiner Schwester und den Pferdehof seines Onkels.

War eine mögliche Verbesserung den Stress mit Marlin wert?

Natürlich kannte er die Antwort darauf. Genau genommen sogar beide Antworten. Die vernünftige Reaktion eines smarten Kaufmanns würde darin bestehen, die Vorhaltungen des alten Mannes zu ignorieren und zu tun, was gut für die gesamte Dorfgemeinschaft wäre. Die Reaktion des Sohnes, der lieber in Frieden mit seinem Vater leben wollte, sah so aus, dass er Sarah beim gemeinsamen Mittagessen charmant mit schwammigen Versprechen abspeiste und das Problem weiter vor sich herschob. Was für ein Weichei er doch war!

Der zweite Termin hatte dann rein gar nichts dazu beigetragen, seine Laune zu verbessern. Er hatte sich mit seinem Anwalt getroffen – einem Freund, noch aus Schulzeiten –, weil er mit ihm über das Thema Sorgerecht für Aidan sprechen wollte. Zoe hatte sich nie darum gekümmert und ihm keine Steine in den Weg gelegt, als er mit Aidan nach Schottland zurückgekehrt war, aber sie hatten auch nie etwas Verbindliches vereinbart. Nach Lage der Dinge hatte er rein formal das Sorgerecht für seinen Sohn, aber Zoe hatte wohl jedes Recht, dagegen zu intervenieren. Nicht dass er damit rechnete, denn sie hatte auf seine verärgerten Mails nach Aidans Unfall erst gar nicht und dann nur nichtssagend geantwortet. Aidan selbst hatte sie mit einer kleinen »Gute-Besserung«-Sprachnachricht abgespeist. Das war's. Kein Nachfragen, kein Trost, rein gar nichts. Vom Thema Weihnachten hatte Alex da noch gar nicht angefangen, obwohl er wusste, wie sehr sich Aidan danach sehnte, Zeit mit seiner Mutter zu verbringen. Neben der Sorgerechtsfrage wollte Alex vor allem wissen, wie er für Aidan vorsorgen konnte, für den Fall, dass ihm etwas zustieß. Er wollte sichergehen, dass der Junge hier in Schottland, in seinem vertrauten Umfeld, bleiben konnte, doch auch dazu war nach Auskunft seines Kumpels Zoes Zustimmung erforderlich.

Eine wirklich mehr als vertrackte Situation, dachte er ärgerlich. Aber vielleicht war Patrick mit seiner Einmann-kanzlei auch nicht der beste Ansprechpartner. Womöglich sollte er doch mal mit den Anwälten der Stewart-Kanzlei sprechen. Angus, der Schwiegervater seiner Tante Heather, hatte schon häufiger seine Unterstützung angeboten. Na ja, das war ja nichts Akutes, da musste er nichts übers Knie brechen. Jetzt freute er sich auf den Abend mit Aidan – und hoffentlich Colleen.

Der Anblick heute Vormittag – sie in Collums Armen am Straßenrand – hatte sich ihm eingebrannt, und zwar nicht auf gute Art und Weise. Vielleicht war es tatsächlich nur eine unschuldige Rettungsaktion gewesen, für die er dem Bürgermeister besser danken sollte. Aber die beiden hatten so vertraut miteinander gewirkt, dass es Alex erneut einen Stich versetzte, als er jetzt daran dachte. Dabei wuss-te er ganz genau, dass er vollkommen überreagierte. Zum einen konnten sich Colleen und Collum noch gar nicht besonders gut kennen, denn seines Wissens hatten sie sich nur am ersten Tag gesehen, als Collum sie nach Inverness zum Einkaufen gefahren hatte, und dann vorgestern bei Gavins Beerdigung. Da hatte er selbst schon viel mehr Zeit mit ihr verbracht. Zum anderen: Was ging es ihn an? Konnte Colleen nicht tun und lassen, was sie wollte und mit wem sie es wollte? Sein Verstand bejahte diese Frage ganz klar. Herz, Körper und Seele dagegen schrien nach Leibeskräften: »Nein!«, und das verstörte ihn mehr als alles andere.

Er parkte vor Harriswood House und beschloss, für den restlichen Abend nicht mehr über all den unangenehmen Dingen zu brüten, sondern eine gute Zeit mit seinem Sohn und Colleen zu verbringen. Als er jedoch das Haus betrat, fand er die beiden nicht etwa beim Lernen in Aidans Kinderzimmer vor, wie er es erwartet hatte. Vielmehr lungerten Aidan und Isla Schokoriegel essend auf dem Sofa herum und sahen sich auf Netflix die Serie an, in der Zoe mitspielte. Tito lag zusammengerollt zwischen den beiden und schlief tief und fest. So fest, dass nicht einmal er Alex wahrnahm. Grandios! Einfach nur grandios.

Er räusperte sich vernehmlich, und die beiden sahen ihn überrascht und mit einem leicht schuldbewussten Ausdruck auf ihren Gesichtern an.

Isla ließ in Windeseile die Verpackung ihres Cadbury-Riegels in der Hosentasche verschwinden und würgte den letzten Bissen Schokolade hinunter. »Hi, Bruderherz«, grüßte sie betont munter. »Schon zurück?«

»›Schon‹ ist gut«, brummte er. »Normalerweise wäre ich längst zurück gewesen, aber es hat alles länger gedauert als gedacht.«

»Was hat Sarah vom Tourismusverband gesagt?«, fragte Isla.

»Das willst du nicht wissen … Wo ist denn Colleen?

Wollte die nicht mit dir lernen?«, wandte sich Alex nun an seinen Sohn, der wie gebannt auf die Mattscheibe starrte, auf der gerade Zoe zu sehen war. »Und musst du wirklich diesen Schund anschauen?«

Isla warf ihm einen warnenden Blick zu, was ihn noch ärgerlicher machte. Sie wusste ganz genau, dass er es unangemessen fand, wenn sich sein zwölfjähriger Sohn diese Lügen-und-Intrigen-Soap ansah, nur um einen Blick auf seine Mutter erhaschen zu können. Immerhin passte die Rolle erstklassig zu ihrem Charakter, dachte er zynisch.

»Das ist kein Schund!«, fuhr ihn Aidan prompt empört an. »Die neue Staffel fängt schon wieder megaspannend an. Ich muss wissen, ob Mum zu ihrem Langweiler-Freund zurückkehrt oder sich für den Rodeoreiter entscheidet. Den finde ich eigentlich ziemlich cool.«

Alex mobilisierte alles, was er an Willensstärke aufbieten konnte, um nicht auf der Stelle auszurasten. Er holte einmal tief Luft und fragte dann erneut: »Was ist mit deinen Hausaufgaben? Sind die erledigt? Wo ist Colleen? Sie wollte dir doch helfen, oder? Und was um alles in der Welt ist mit dem Hund los? Ist der im Koma?«

Tito zuckte kurz mit den Ohren und öffnete müde ein Auge, nur um sich dann gleich noch enger zusammenzurollen.

»Alles erledigt«, antwortete Aidan einsilbig, ohne seinen Blick vom Fernseher zu nehmen.

So kam Alex nicht weiter. Er seufzte frustriert und ging in die Küche. Kurz darauf kam seine Schwester hinterher.

»Du hast ja eine Laune«, stellte sie fest.

»Wundert dich das?«, blaffte er sie an. »Nach einem echten Scheißtag komme ich heim, nur um meinen Sohn mit seiner Tante Schokoriegel mampfend auf dem Sofa zu finden, wo sie sich diese gottverdammte Drecksserie von Zoe anschauen! Das ist auf so vielen Ebenen ätzend, dass ich gar nicht weiß, wo ich anfangen soll, mich aufzuregen, und wo ich wieder aufhören kann.«

»Wow, gleich mehrere Ebenen …«, konterte Isla sarkastisch.

»Du weißt ganz genau, dass ich nicht will, dass Aidan diese Serie guckt. Das hättest du verhindern müssen. Stattdessen veranstaltet ihr eine Zuckerorgie – und das kurz vor dem Abendessen! Ich kann ja verstehen, dass er so auf Süßkram steht, aber du müsstest es eigentlich besser wissen.«

Ein Hauch von Schuldbewusstsein huschte über Islas Gesicht, doch dann antwortete sie ruhig: »Komm mal wieder runter von deinem hohen Ross. Aidan hat Sehnsucht nach seiner Mutter. Ihm hilft es, wenn er sie wenigstens in der Glotze sehen kann, und die Schokolade wird ihn auch nicht umbringen. Wir können beide nichts dafür, dass du einen doofen Tag hattest. Willst du darüber reden? Auch über Sarahs Ideen?«

»Nein, will ich nicht«, sagte er bockig und zog eine Flasche Bier aus dem Kühlschrank. »Weißt du denn, wo Colleen ist und was mit ihrem Hund passiert ist?«

»Das arme Tier hat einen harten Vormittag mit Dad und den Schafen hinter sich.« Sie grinste. »Und Colleen ist vor ungefähr einer Viertelstunde in ihr Cottage verschwunden, um sich für ihr Date mit Collum umzuziehen.«

Alex verschluckte sich an seinem Bier. »Was?«, krächzte er und bekam dann einen Hustenanfall.

»Sie wollte gern einen typisch schottischen Pub besuchen, und unser Bürgermeister hat sich freudig bereit erklärt, sie in einen auszuführen.«

»Colleen hat ein Date mit Collum?«, wiederholte Alex ungläubig. Er hätte nicht gedacht, dass der Tag noch mieser werden könnte, fragte sich aber auch, warum ihn das so nervte.

»Ja, wieso auch nicht? Oder stört dich das etwa auch?« Isla schien das alles wahnsinnig witzig zu finden, denn sie grinste bereits wieder übers ganze Gesicht. »Allein die Namen passen schon so hübsch zusammen: Colleen und Collum! Ein Traum.«

Alex hatte große Lust, seine Schwester wahlweise zu schütteln oder zu würgen, konnte sich jedoch gerade noch beherrschen. »Denkst du, sie ist noch da?«

»Warum? Willst du sie etwa davon abhalten, in Collums Auto zu steigen?«

Genau das wollte er! Was fiel diesem Wicht von Bürgermeister ein, sich an eine verletzliche, trauernde Amerikanerin ranzumachen? Genau genommen hatte er, Alex, doch eine gewisse Sorgfaltspflicht gegenüber seinen Gästen und musste sie warnen. Das musste der Grund für sein Unbehagen sein! Glasklar. Doch als er den Blick seiner Schwester erhaschte, kam er wieder zu Sinnen. Mit einem frustrierten Aufstöhnen setzte er sich an den Tisch und trank einen weiteren Schluck Bier.

»Entweder sind bei dir ein paar Schräubchen locker,

oder du bist in Colleen verknallt«, stellte Isla scharfsinnig fest und setzte sich zu ihm.

»Dann sind es wohl die Schrauben ...«

»Sicher? Ich hab sie ja erst heute kennengelernt und finde sie wirklich toll. Dein Sohn ist verrückt nach ihr, Alice ist ganz bezaubert, und auch unser knurriger Vater schwärmt in den höchsten Tönen von ihr.« Isla lehnte sich zurück und sah ihren Bruder an. »Findest du nicht, dass es langsam mal Zeit wäre für eine neue Frau an deiner Seite?«

»Schon möglich, aber so viele geeignete Kandidatinnen gibt es nicht, die Lust haben, sich auf einen griesgrämigen Hotelier in den Highlands einzulassen, der noch dazu einen pubertierenden Sohn hat.« Er schüttelte den Kopf.

»Colleen scheint mit Aidan kein Problem zu haben, und ich glaube, sie findet es hier sehr schön.«

»Himmel, sie ist noch nicht mal eine Woche da! Sie weiß gar nichts davon, wie lang und einsam die Winter hier sein können. Außerdem ist sie Amerikanerin, und wenn ich eins aus dem Zoe-Desaster gelernt habe, dann, dass ich mich nicht mehr auf Amerikanerinnen einlasse.«

»Wie gut, dass du keine Vorurteile hast ...« Isla verdrehte die Augen.

»Darum geht's doch gar nicht. Aber Colleen hat ja nicht vor, länger hierzubleiben, und ...«

»Bist du sicher? Hailey hat mir heute erzählt, dass sie von Betty erfahren hat, dass Colleen so lange hierbleiben wird, bis sie weiß, was sie mit ihrem Leben anfangen soll. Ich finde, das klingt ziemlich ergebnisoffen. Vielleicht entscheidet sie sich ja dafür, zu bleiben. Bei einem grantigen, alleinerziehenden Hotelier in den Highlands. Ich finde, das klingt romantisch.«

»Es klingt, als hättest du ein Zucker-High oder zu viel Alkohol intus«, entgegnete Alex genervt. Doch ein winzig kleiner Teil von ihm schöpfte bei Islas Worten tatsächlich Hoffnung – was ihn aber gleich noch mehr ärgerte. »Du solltest nicht so auf den Dorfklatsch hören! Ja, ich gebe zu, ich mag sie. Aber sie ist im Augenblick auch ganz bestimmt weit von ihrem wahren Ich entfernt. Das kann keine leichte Zeit für sie gewesen sein in den letzten Wochen. Und ich habe sie schon anders erlebt, als völlig überspannte, hysterische Zicke, die mir erst den letzten Nerv geraubt und mich dann auch noch offensiv angebaggert hat.« Er biss sich auf die Zunge, den letzten Satz hätte er sich besser gespart. Zu spät.

»Ach?« Islas Augen waren vor Sensationslust tellergroß. »Das musst du mir näher erläutern.«

»Da gibt's nicht viel zu sagen. Es war vor zehn Jahren. Sie war Hochzeitsplanerin und mit der Situation völlig überfordert. Blöderweise fand die Hochzeit in meinem Hotel statt, und ich war ihr Ansprechpartner.«

»Sie hat dich angebaggert?« Völlig klar, dass Isla ausgerechnet auf diesen Teil der Information ansprach. »Und du hast dich nicht drauf eingelassen?«

»Natürlich nicht! Erstens war ich gerade frisch von Zoe getrennt …«

»Umso mehr Grund für einen kleinen Flirt«, unterbrach ihn Isla.

»Ganz bestimmt nicht! Du hättest sie damals erleben müssen.«

»Wenn ich mit Anfang zwanzig eine Hochzeit in New York hätte organisieren müssen, wäre ich auch nicht in Topform gewesen«, befand Isla trocken. »Ich glaube also nicht, dass du damals ihr ›wahres Ich‹ kennengelernt hast. Sicher ist sie im Augenblick sehr traurig, aber auf mich wirkt sie ausgesprochen authentisch. Und gib's zu: Sie gefällt dir.«

»Schön, ja, sie gefällt mir, aber …«

»Kein Aber«, würgte ihn Isla ab. »Ich finde das toll! Auch dass du eifersüchtig auf Collum bist.« Sie zwinkerte ihm frech zu, dann fuhr sie fort: »Lade sie doch auch auf ein Date ein. Begleite sie zu mir ins Restaurant …«

»Damit du dann die ganze Zeit aus der Küche rausglotzt und mir Anweisungen gibst?«

»Pffft, als hätte ich während der Arbeit Zeit, mich um das Liebesleben meiner Gäste zu kümmern. Aber egal, dann fahr mit ihr nach Inverness, oder lade sie zu einem Picknick ein.«

»Im Herbst?«

»Warum nicht? Mach einen langen Reitausflug mit ihr, nimm Decken und ein paar Leckereien in den Satteltaschen mit, und dann kann sie sich schön an dich kuscheln, wenn ihr kalt ist.«

»Vielleicht solltest du dir mal Gedanken über dein eigenes Liebesleben machen?«

Isla winkte ab. »Nicht das Thema wechseln. Gerade geht's um dich. Schnapp sie dir!«

»Vor ungefähr fünf Minuten hast du noch gesagt, dass Colleen und Collum so gut zusammenpassen. Wie kommt's zu dem plötzlichen Meinungsumschwung?«

»Ich meinte das nur von den Namen her, sonst nicht. Außerdem war Collum heute Nachmittag bei mir, weil er mich mal wieder dazu überreden wollte, ein Outlander-Menü auf meine Karte zu setzen. Der hat doch einen Knall.«

»Da sagst du was ... Aber apropos Essen, ich muss jetzt Abendessen für Aidan und mich machen. Isst du mit uns?«

»Gerne. Aber was ist mit deinen Date-Plänen mit Colleen?«

»Das waren vor allem deine Pläne. Aber wenn sie deine Einladung ins Restaurant annimmt, werde ich sie begleiten. Wäre doch schade, wenn sie allein essen müsste.« Alex fand, dass dies ein schlauer Kompromiss war. Kein Date, sondern einfach nur eine freundschaftliche Begleitung ins Sternerestaurant seiner Schwester. Spitzenplan.

»Dann können wir nur hoffen, dass sie nicht Collum fragt ...«

● ● ●

Eine Woche war sie erst in Kirkby, stellte Colleen ein paar Tage später verwundert fest. Eine Woche, in der mehr passiert war als in den letzten zwei Jahren in Boston. Na schön, das mochte eine Spur übertrieben sein, aber ganz sicher hatte sie so viele neue Menschen getroffen wie seit ewigen Zeiten nicht mehr. Und die meisten von ihnen schienen aufrichtig an ihr und ihrem Wohlbefinden interessiert zu sein. Das war es, was sie womöglich am meisten überraschte – aber vielleicht lag es auch nur daran, dass die Leute hier insgesamt so wenig Abwechslung hatten?

Der Montag hatte sich nach ihrem kleinen Fahrradunfall noch richtig nett weiterentwickelt. Collum war ein ausgesprochen charmanter Mann, und seine Leidenschaft für Kirkby und dessen Einwohner war geradezu ansteckend. Sie bewunderte ihn für seinen Elan und seinen Ehrgeiz, das Beste aus dem Dorf herauszuholen. Außerdem hatte er einen guten Humor, und sie hatte das Abendessen mit ihm sehr genossen. Sie waren in einem wirklich recht urigen Pub in einem Nachbarort gewesen und hatten ganz rustikal Fish and Chips gegessen und Bier getrunken. Sie musste ihm recht geben, so ein Pub fehlte Kirkby eindeutig.

Er hatte ihr freimütig von sich und seinem Leben erzählt. Er stammte aus einem Dorf in der Nähe, hatte aber in Edinburgh ein Marketingstudium absolviert und dann einige Jahre in der Tourismusbranche gearbeitet. Irgendwann hatte ihm seine Mutter berichtet, dass der Bürgermeister von Kirkby, der das Amt seit über dreißig Jahren innegehabt hatte, gestorben war und dass sich keiner der Einwohner als Kandidat aufstellen lassen wollte. Aus einem Impuls heraus hatte er seinen sicheren Job gekündigt, war in die Highlands zurückgekehrt und hatte sich in Kirkby ein kleines Häuschen gekauft. Er hatte sich drei Monate Zeit dafür genommen, möglichst viele Dorfbewohner kennenzulernen, Sympathien und Antipathien ausgelotet und sich schließlich zur Wahl gestellt. Das hatte für einigen Aufruhr im Ort gesorgt, denn nicht alle waren begeistert, dass ein »Fremder« die Amtsgeschäfte der Gemeinde übernehmen wollte. Allerdings hatte der Unmut auch nicht dazu geführt, dass sich jemand als Gegenkandidat hätte aufstellen lassen, und so war Collum McDonald mit damals zweiunddreißig Jahren zum jüngsten Bürgermeister in der Geschichte des Ortes gewählt worden.

Es war offensichtlich, wie stolz er auf sein Amt war und wie sehr ihm selbst seine störrischsten Gegner am Herzen lagen – von denen inzwischen fast nur noch Marlin Fraser und seine engsten Freunde übrig geblieben waren. Alle anderen hatten verstanden, dass seine Pläne gut für die Gemeinde und alle Einwohner waren, und unterstützten seine Vorhaben mehr oder weniger aktiv.

Privat dagegen lief es für den smarten Collum nach eigenem Bekunden nicht ganz so geschmeidig. Seit seinem Umzug nach Kirkby hatte er keine der wenigen ortsansässigen Singlefrauen betören können, und auch sonst sah es in Liebesdingen düster aus. Doch sofort war sein unerschütterlicher Optimismus wieder durchgeblitzt: Die richtige Frau würde schon noch kommen, dessen war er sich sicher.

Colleen ihrerseits war sich ganz und gar nicht sicher, ob Collum mit ihr geflirtet hatte oder einfach nur freundlich gewesen war. Und auch nicht, wie sie im Fall eines Flirts reagieren sollte. Sie fand ihn zweifellos sehr nett und verbrachte gern Zeit mit ihm, aber ob sie sich mehr vorstellen konnte? Momentan beschränkte sich ihre Zukunftsplanung auf sehr überschaubare Zeitintervalle. Morgens überlegte sie, was sie tagsüber machen wollte. Punkt. Zu mehr fühlte sie sich noch nicht in der Lage. Doch das würde schon noch kommen – hoffte sie jedenfalls.

Am Dienstagnachmittag war sie mit Isla, Hailey und Kristie nach Inverness gefahren, zum Bummeln, Abendessen und zu einem anschließenden Kinobesuch. Ein richtig netter Mädelsabend war das gewesen, wie sie ihn schon seit ewigen Zeiten nicht mehr erlebt hatte. Sie hatte sich so entspannt und ausgelassen gefühlt und nebenbei die erstaunlichsten Klatsch-und-Tratsch-Geschichten über die Dorfbewohner zu hören bekommen. Sie grinste ihr Spiegelbild an, als sie ihre dicken kastanienbraunen Haare mit einer Rundbürste glatt föhnte. Demnach waren Hailey und Collum sogar ein Weilchen miteinander ausgegangen. Allerdings hatte sich das vielversprechende Techtelmechtel ziemlich schnell wieder erledigt, weil Hailey keine Lust darauf gehabt hatte, zur »First Lady von Kirkby« zu werden. Ganz hatte Colleen ihr das aber nicht abgenommen, auch weil sich Hailey auffällig interessiert nach ihrem Montagsdate erkundigt hatte.

Wenn das am Montag ein Date war, dann steht wohl gleich das nächste an, dachte sie. Oder vielleicht auch nicht. In einer halben Stunde würde sie jedenfalls zum Abendessen in Islas Restaurant *The Scottish Thistle* gehen – mit Alex an ihrer Seite. Als Begleiter. Nicht als Date. Das hatte er aus irgendwelchen Gründen deutlich betont, als er sie gestern Abend gefragt hatte. Nicht dass sie derzeit besonders erpicht auf Dates war – egal, welche Intention tatsächlich dahintersteckte. Dass Alex aber so explizit darauf hingewiesen hatte, dass es eben keines war, fand sie schon ein bisschen seltsam. Womöglich waren die Highlander wirklich eher verschrobene Zeitgenossen, wie Betty ihr gestern versichert hatte, und keine Traummänner à la Jamie aus *Outlander* – dem Alex so verdammt ähnlich sah … Moment, hatte sie gerade »Traummann« und »Alex« in einem Satz gedacht? Sie schüttelte ihre Haare aus, die ihr nun weich und glänzend auf die Schultern fielen. Sie würde jetzt nicht weiter über Traummänner und Date/ Nicht-Date-Fragen nachdenken, sondern einfach ihren ersten Besuch in einem Sternerestaurant genießen.

Colleen war sich nicht ganz sicher, ob es einen Dresscode gab, ging aber davon aus, dass sie mit ihrem schwarzen Kostüm und einer weißen Bluse auf der sicheren Seite sein würde. Sie betrachtete sich im Spiegel und fand, dass sie wie eine Chefsekretärin aussah. Oder nach Beerdigung. Mist. Rasch zog sie sich die Jacke aus, schlüpfte stattdessen in einen weichen, smaragdgrünen Cardigan und schlang sich ein buntes Seidentuch um die Taille. Besser. Viel besser sogar. Kurz entschlossen kickte sie sich auch das einzige Paar High Heels, das sie dabeihatte, von den Füßen und zog stattdessen ihre flachen dunkelgrünen Lieblings-Loafers an, die zwar nicht sexy, aber bequem waren. Und angesichts der Tatsache, dass das Wetter seit vorgestern wieder richtig schottisch, sprich: nass war, der Weg zum Restaurant auf etwa zweihundert Metern über Kies führte und sie sowieso nicht sexy aussehen musste, weil sie ja kein Date hatte, schien ihr das ein sinnvoller Kompromiss zu sein.

»Wow, sehr schick«, befand Alex prompt, als er sie fünf Minuten später abholte, mit einem riesigen Regenschirm bewaffnet.

»Danke.« Sie ärgerte sich ein wenig, dass ihr bei seinem Kompliment schon wieder die Hitze in die Wangen geschossen war. Aber es freute sie ungemein, dass er ihren Look überhaupt zur Kenntnis nahm. Es war ja schließlich kein Date. Doch dafür hatte auch er sich in Schale geworfen: dunkle Jeans, weißes Hemd, lässiges dunkelblaues Sakko. Und frisch rasiert war er auch. »Ich wusste nicht, wie man sich für ein so edles Restaurant am besten anzieht.«

»Ich kann nicht für alle Sternerestaurants sprechen, aber Isla sieht das locker.« Als er ihren fragenden Blick bemerkte, fügte er noch rasch hinzu: »Und so, wie du aussiehst, könnten wir auch jeden New Yorker Edelschuppen besuchen.«

Das wagte Colleen zwar zu bezweifeln – ihre Erinnerungen an New York waren nicht die besten –, aber nun war sie definitiv beruhigt. »Ich bin total gespannt, ich war nämlich noch nie in einem Sternerestaurant.«

»Nicht? Gibt es in Boston keine?«

»Kann schon sein, dass es welche gibt, aber es hat sich jedenfalls nie ergeben.« Sie zuckte mit den Schultern. »Ich hatte auch nie das Gefühl, etwas verpasst zu haben.«

»Na, dann werden wir bald wissen, ob du mit dieser Einstellung recht hattest.« Er lächelte verschmitzt. »Zieh besser noch deinen Mantel an, draußen ist es richtig ungemütlich geworden.«

Das war die Untertreibung des Tages, befand Colleen Augenblicke später. Der leichte Nieselregen hatte sich zu einem ausgewachsenen Wolkenbruch entwickelt, und so rannten sie förmlich den kurzen Weg zum Restaurant entlang. Trotz Schirm und Mantel hatten sie einiges abbekommen, als sie lachend unter dem Vordach ankamen.

»Womit sich die Frage nach dem angemessenen Outfit praktisch von allein erledigt hat«, sagte Alex grinsend und schüttelte sich wie ein Hund.

Colleen sprang quiekend zur Seite. Ganz offensichtlich war Alex viel nasser geworden als sie, weil er sie mit dem Schirm geschützt hatte. »Können wir trotzdem reingehen?«, fragte sie kichernd.

»Ich habe nicht vor, mich weiter vollregnen zu lassen, und außerdem habe ich einen Bärenhunger.« Mit diesen Worten öffnete er die Tür, und einen Moment später standen sie im Vorraum des Restaurants, wo sie sogleich herzlich von Kristie in Empfang genommen wurden, die ihnen den Schirm und Colleens Mantel abnahm.

»Ich wusste gar nicht, dass du bei Isla arbeitest«, sagte Colleen überrascht.

»Nur aushilfsweise. Michael hat sich kurzfristig krankgemeldet, und so bin ich eingesprungen.«

»Schön, wenn man so flexible Cousinen hat«, entgegnete Colleen warmherzig.

»Darf ich euch zu eurem Tisch bringen?«

Colleen entfuhr ein ehrfürchtiges »Wow«, als sie und Alex Kristie in den Gastraum folgten. Besonders groß war er nicht, Colleen schätzte, dass es höchstens ein gutes

Dutzend Tische gab, die locker gruppiert verteilt waren. Die Wände waren nicht verputzt, sondern ließen die rohen, grauen Granitsteine sehen, und trotzdem wirkte es sehr gemütlich. Es war behaglich warm, was sicher an dem munter flackernden Feuer lag, das im Kamin brannte. Die Stühle waren schlichte, einheitliche Polstersessel, aber jeder war mit einem anderen Stoff bezogen – die meisten mit grobem Leinen oder weichem Samt in Naturtönen, einige andere in farbenfrohen Tartans. Die Holztische waren nicht mit Tischdecken verhüllt, sondern schimmerten matt unter der gedämpften Beleuchtung, die auch die edlen Kristallgläser zum Funkeln brachte. Auf jedem Tisch stand zudem ein kleiner Blumenstrauß, der weitgehend aus Disteln bestand – der Pflanze, die dem Restaurant seinen Namen gegeben hatte. Im hinteren Bereich war der Raum durch eine große, getönte Glasscheibe von der Küche abgetrennt, sodass man zwar erkennen konnte, was dort passierte, aber ohne dass es aufdringlich oder störend wirkte.

Kristie führte sie zu einem Tisch in einem Erker, der Colleen besonders intim und romantisch vorkam. Hatte sie gerade wirklich »romantisch« gedacht? Sie war dankbar für die schummrige Beleuchtung, denn unter Garantie war sie eben wieder tomatenrot angelaufen. Aber in einem Eiskühler wartete bereits eine Flasche Champagner, und das gehörte doch ganz bestimmt nicht zum Standardangebot, oder? Auch Alex schien überrascht, denn er hob eine Braue und sah Kristie fragend an.

»Zum Aperitif«, erklärte Kristie und entkorkte die

Flasche fachgerecht mit einem sanften Plopp. »Mit den besten Empfehlungen der Küchenchefin.«

»Wie nett«, freute sich Colleen und war irritiert, als sie den grimmigen Blick erspähte, den Alex in Richtung Küche schickte. »Stimmt was nicht?«, fragte sie ihn, als Kristie sie allein gelassen hatte.

»Nein, alles gut. Entschuldige bitte«, sagte Alex schnell. Dann nahm er sein Glas und prostete ihr zu. »Auf deinen ersten Abend in *The Scottish Thistle*! Mögen all deine kulinarischen Träume wahr werden.«

Was für ein seltsamer Toast, dachte Colleen, aber vermutlich passend zu einem Nicht-Date. »Auf einen schönen Abend«, erwiderte sie und probierte dann einen Schluck. »Lecker«, befand sie und betrachtete das feine Perlenspiel des Champagners.

»Ja, schlecht ist er nicht. Weine sind übrigens die einzige Ausnahme, die Isla bei ihrem Konzept macht. Ansonsten legt sie größten Wert darauf, ausschließlich lokale und saisonale Produkte zu verwenden, aber die britische Weinproduktion steckt eben noch in ihren Kinderschuhen.«

»Ich wusste gar nicht, dass es überhaupt Wein in Großbritannien gibt«, sagte Colleen erstaunt.

»Doch, der Klimawandel macht es möglich.« Alex trank einen weiteren Schluck. »Auch wenn das eine ziemlich zweifelhafte Errungenschaft ist.«

»Hm«, murmelte Colleen unbestimmt. Sie kannte Alex noch nicht so gut, dass sie sich wohl dabei gefühlt hätte, Themen von globaler Tragweite mit ihm zu diskutieren. Um das Gespräch aufs Hier und Jetzt zu lenken, ließ sie die Hand über die rauen Steine an der Wand gleiten. »Ich hätte erwartet, dass es hier wegen der rohen Mauer kalt und zugig wird.«

Alex schmunzelte. »Ist dein Weltbild arg erschüttert, wenn ich dir verrate, dass die Steinwand nur eine bessere Kulisse ist? Zwischen der Außenmauer und der Innenwand gibt es eine Dämmschicht aus Holz und Schafwolle, die für ein gutes Raumklima sorgt. Der Granit erwärmt sich durch das Kaminfeuer und strahlt dann eine angenehme Temperatur ab. Das Restaurant sieht zwar von außen alt aus, existiert aber erst seit gut drei Jahren.«

»Das habe ich schon vermutet. Ähnlich wie dein Spa und der Stall von deinem Onkel, richtig? Ich finde es wirklich toll, dass ihr Frasers so großen Wert auf ein stimmiges Architekturkonzept legt. Ich meine, ich mag moderne Bauwerke sehr gerne, aber hier im Ort wären sie doch ein Störfaktor.«

Alex lächelte zufrieden und entspannte sich sichtlich. Was auch immer ihn vorhin irritiert hatte, schien sich in Luft aufgelöst zu haben. »Wir geben uns Mühe«, antwortete er bescheiden, aber mit kaum verbrämtem Stolz in der Stimme.

»Collum hat mir erklärt, dass diese Mischung aus Historischem und Neuem ein besonderes Alleinstellungsmerkmal von Kirkby ist, das er gerne noch prominenter machen würde.«

»Hat er das?«, kam es eisig zurück, und Colleen starrte Alex befremdet an. Was hatte er an diesem Abend bloß für ein Problem?

Ehe sie jedoch nachfragen konnte, kam Isla in schwarzer Küchenchef-Montur aus ihrer Küche gerauscht, grüßte kurz an jedem Tisch und eilte dann zielstrebig auf Colleen und Alex zu. »Herzlich willkommen«, begrüßte sie die beiden. »Colleen, ich freu mich sehr, dass du heute hier bist, und wollte nur wissen: Wie abenteuerlustig bist du?« Sie sah sie mit einem erwartungsvollen Lächeln an.

»Ähm …« Abenteuerlust und Essen waren nicht gerade Colleens bevorzugte Kombination. Doch dann erinnerte sie sich an den köstlichen Shepherd's Pie von Alice und die schottischen Tapas auf der Beerdigung. Trotzdem fragte sie nach: »Was genau meinst du mit ›abenteuerlustig‹?«

»Mein Überraschungsmenü«, erklärte Isla. »Wir haben zwar auch eine kleine Karte, aber die meisten unserer Gäste entscheiden sich für das Überraschungsmenü und sagen vorher nur, ob sie drei, vier oder fünf Gänge essen möchten und ob sie die passende Weinbegleitung dazu genießen wollen. Natürlich sollten sie auch etwaige Unverträglichkeiten erwähnen.« Sie warf Colleen einen Blick zu, der sie erneut an die Shepherd's-Pie-Szene erinnerte.

»Wenn das so ist, lass ich mich gerne überraschen!« Sie besiegelte ihren Entschluss mit einem Schluck Champagner. Notfalls würde sie sich das Essen eben schöntrinken müssen.

»Gute Wahl«, freute sich Isla. »Fünf Gänge mit Wein?«

Colleen sah hilfesuchend zu Alex, der mit den Schultern zuckte. »Dein Abend, deine Entscheidung. Ich bin nur deine Begleitung und beuge mich deinen Wünschen.«

»Charmant«, sprach Isla stirnrunzelnd aus, was Colleen

dachte, doch dann lächelte sie erneut und wünschte den beiden einen schönen Abend, ehe sie rasch wieder in ihre Küche ging.

»Hab ich irgendwas Falsches gesagt?« Colleen fühlte sich mehr als nur ein bisschen verunsichert, denn Alex' Stimmung schwankte schneller als das schottische Wetter.

Alex schloss kurz die Augen und fuhr sich dann mit beiden Händen durch die Haare. Nach einem kaum unterdrückten Seufzen erklärte er: »Nein, natürlich nicht. Es tut mir leid, ich bin ein Idiot. Ich bin nur ganz offensichtlich etwas aus der Übung, was das ...« Er deutete mit einer vagen Geste über den Tisch und lächelte sie dann schief an.

»Was die korrekten Umfangsformen bei einem Nicht-Date betrifft?«, half Colleen aus und sah ihn mit einem kecken Augenaufschlag an.

»So ungefähr«, gab er zu. »Vielleicht wäre es schlauer gewesen, ganz auf ein Etikett für den heutigen Abend zu verzichten.«

»Ach, geklärte Fronten sind doch auch ganz schön«, behauptete Colleen, und fast glaubte sie sich selbst.

»Dann stehen Dates bei dir auch nicht auf der Agenda?«, fragte er hoffnungsfroh.

Sie zögerte ein Weilchen mit einer Antwort. »Ich habe vor fünf Tagen meinen Vater beerdigt, ich weiß also gerade nicht, was wirklich auf meiner Agenda steht, außer aus jedem Tag einen möglichst guten zu machen.« Sie ließ ihre Worte ein wenig auf sich wirken und stellte fest, dass dies die reine Wahrheit war.

Alex sah sie lange an. Auf seinem Gesicht spiegelten

sich Mitgefühl und noch etwas anderes, das Colleen nicht wirklich fassen konnte. Schließlich sagte er: »Dann wünsche ich dir ab sofort nur gute Tage. Einen schönen Abend werden wir jetzt sicherlich haben, denn Isla ist wirklich eine Küchengöttin.«

Dieses Urteil konnte Colleen zwei Stunden später uneingeschränkt bestätigen, auch wenn sie kaum noch in der Lage war, die zahlreichen Köstlichkeiten zu benennen, die sie gegessen hatte. Viel Gemüse, Kräuter, ein bisschen Fisch und Fleisch – und alles in derart ungewöhnlichen Darreichungsformen, wie sie es noch nie erlebt hatte. Zum wiederholten Mal stellte sie fest, wie beschränkt ihr Speiseplan bisher immer gewesen war. Nie hätte sie es für möglich gehalten, dass eine geräucherte Lachsleber mit Rote-Beete-Mousse und Brennnesselschaum für solche Geschmacksexplosionen sorgen würde. Niemals hätte sie früher ein derartiges Gericht probiert. Nachdem sie den letzten Bissen des Desserts – winzige Scones mit einem warmen Kompott aus Walderdbeeren und Clotted Cream – hinuntergeschluckt hatte, lehnte sie sich zufrieden zurück und legte die Leinenserviette auf den Tisch. »Das war absolut göttlich«, schwärmte sie, als Kristie wie aufs Stichwort ankam und nach weiteren Wünschen fragte.

»Ich würde noch einen Espresso nehmen«, sagte Alex und sah dann zu Colleen. »Was ist mit dir? Auch einen Kaffee? Oder lieber einen Tee oder einen Digestif?«

»Bitte auch einen Espresso, und richte Isla aus, dass ich völlig begeistert bin. Ich werde mich morgen persönlich bei ihr bedanken.«

»Freut mich, dass es dir gefallen hat«, sagte Alex, als Kristie wieder verschwunden war.

»Mehr als gefallen. Danke, dass du mich begleitet hast. Das war das beste Nicht-Date aller Zeiten.«

»Und ich dachte schon, du hättest es vergessen«, seufzte Alex gespielt dramatisch.

»Dass wir ein Nicht-Date haben? Wie könnte ich?« Colleen lachte. Sie fühlte sich entspannt und glücklich. Was sicher an dem guten Essen, vermutlich auch am Wein, aber ganz bestimmt an der netten Gesellschaft lag. Alex war – wenn er nicht gerade seine knurrigen fünf Minuten hatte – ein ausgesprochen witziger Mann, mit dem man sich wunderbar über Gott und die Welt unterhalten konnte. Nach diesem Abend konnte sie sich vorstellen, dass sie wirklich Freunde werden würden. Und das war doch besser als alles andere. Oder fast alles andere …

»Vielen Dank für den schönen Abend«, sagte sie eine Viertelstunde später erneut, als sie vor ihrem Cottage standen. Der Regen hatte nachgelassen, doch die herbstliche Nachtluft ließ sie frösteln. Sie sehnte sich nach ihrem warmen Bett.

»Es war mir ein Vergnügen«, entgegnete er leise und zögerte.

Colleens Herzschlag beschleunigte sich. Wollte er aus dem Nicht-Date doch noch ein Date machen und sich einen Kuss sichern? Sie stellte fest, dass sie nichts dagegen hätte. Nicht das Allergeringste.

Er räusperte sich. »Soll ich dir noch Tito bringen?«

Tito? Wie kam er denn jetzt bitte auf den Hund? Ach ja – es lag wohl daran, dass sie einfach Freunde waren und sie beschwipste Fantasien entwickelt hatte, dachte sie ernüchtert. »Nein, lass ihn ruhig. Er ist doch ohnehin lieber bei euch als bei mir.«

»Das wiederum kann ich mir nur ganz schwer vorstellen«, entgegnete er rau. »Aber wie du willst. Gute Nacht, Colleen, und süße Träume.« Er hauchte ihr ein freundschaftliches Küsschen auf die Wange und ging dann rasch in Richtung Harriswood House, ohne sich noch einmal umzudrehen.

»Gute Nacht«, sagte sie – mehr zu sich selbst – und schlüpfte in ihr Häuschen, weitgehend ungeküsst und mehr als nur ein bisschen ratlos.

HAPPY BIRTHDAY

MIST, MIST, MIST! WELCHER TEUFEL hatte ihn geritten? Warum hatte er das Abendessen so entschieden als Nicht-Date behandeln müssen?

Alex wälzte sich noch Stunden später schlaflos im Bett. Colleen hatte so zauberhaft ausgesehen, als er sie abgeholt hatte, dass er sie am liebsten auf der Stelle geküsst hätte, doch stattdessen hatte er sich nur merkwürdig verhalten. Woran seine Schwester nicht ganz unschuldig war. Warum bitte schön hatte Isla den romantischen Erkerplatz für sie reserviert? Warum hatte sie eine Flasche Champagner springen lassen? Das sah doch alles ziemlich nach einem Komplott aus, oder? Und dass dann auch noch Cousine Kristie für den Service zuständig gewesen war, konnte ebenfalls kein Zufall sein. Er hatte sich in die Ecke getrieben gefühlt, und es war nicht besser geworden, als Colleen wie aus dem Nichts Collum erwähnt hatte – eindeutig mit Bewunderung in der Stimme. Seine Reaktion darauf war, um es vorsichtig zu formulieren, nicht seine glanzvollste Stunde gewesen. Eher wie die eines eifersüchtigen Teenagers. Dämlich. Idiotisch.

Erstaunlich genug, dass der restliche Abend dann weitgehend nett und harmonisch verlaufen war. Isla hatte mit ihrem Menü mal wieder alles gegeben, und die passenden Weine hatten die Stimmung weiter aufgelockert. Bis er am Ende beinahe vergessen hatte, dass er eigentlich nur Colleens Begleiter für den Abend war, damit sie nicht allein essen musste. Es hatte sich fast wie ein richtiges Date angefühlt. Ganz besonders in dem Moment, als sie vor ihrem Cottage gestanden hatten und sie ihn mit ihren großen grünen Augen angesehen hatte. So viel Sehnsucht hatte er darin gelesen – Sehnsucht nach mehr. Nach Zuneigung, nach Berührung. Nach Liebe?

Aber vielleicht hatte er auch nur seine eigenen Sehnsüchte in ihren Blick hineininterpretiert? Ja, er hätte sie liebend gern in seine Arme gezogen, als sie sichtbar gefröstelt hatte. Hatte sie wärmen und schützen wollen. Am liebsten jedoch hätte er sie geküsst. Leidenschaftlich. Voller Hingabe und mit der Option auf mehr. Auf viel mehr.

Und was hatte er getan? Über ihren Hund gesprochen! Wie dämlich konnte man überhaupt sein? Dann hatte er ihr einen keuschen Kuss auf die Wange gehaucht und fast fluchtartig das Weite gesucht. Sehr souverän von ihm!

Alex seufzte frustriert und stand auf. Es war fast zwei Uhr morgens, doch nach Lage der Dinge würde er so schnell keinen Schlaf finden. Er zog sich einen dicken Pullover über den Pyjama, schlich im Dunkeln die Treppe hinunter und ging in sein Büro. Da konnte er genauso gut seine Buchhaltung erledigen.

Oder weiter dumpf brüten. Denn das Sortieren von Belegen half ihm auch nicht weiter. Er konnte ihren Blick nicht vergessen und seine körperliche Reaktion nur sehr schwer ignorieren. Himmel, was war los mit ihm? Er sollte froh sein, dass er in letzter Minute die Notbremse gezogen hatte, denn was wäre passiert, wenn er sie tatsächlich geküsst hätte? Er war sich ziemlich sicher, dass es nicht bei einem Kuss geblieben wäre – zumindest nicht, wenn es nach ihm gegangen wäre. Und dann? Dann wäre es in den nächsten Tagen vermutlich einfach nur richtig peinlich geworden. Colleen war sein Gast. Ein Gast, der viel Geld für den Aufenthalt in seinem Cottage zahlte. Eine Frau, die sich derzeit in einer emotionalen Ausnahmesituation befand und mit Sicherheit unglaublich verletzbar war. Nein, es war definitiv die richtige Entscheidung gewesen, die Notbremse zu ziehen! Auch wenn es sich im Augenblick ganz anders anfühlte.

Alex gab auf und ging nach nebenan in die Bibliothek, wo er nur eine Tischlampe anschaltete und in dem schummrigen Licht zum Barschrank trat. Mit einem doppelten Whisky und einem tiefen Seufzer nahm er auf einem der bequemen Sessel Platz. Natürlich war Alkohol keine Lösung. Schon gar nicht, nachdem er bereits zum Abendessen reichlich Wein getrunken hatte. Aber irgendwie musste er seinen rasenden Geist und seinen unruhigen Körper betäuben.

Er nahm einen großen Schluck und schloss die Augen, als die starke Flüssigkeit seine Kehle hinunterrann und Speiseröhre und Magen angenehm wärmte. In ein paar Stunden würde er froh sein, dass er Colleen nicht geküsst hatte. Ganz bestimmt. Und falls nicht, wäre er in den nächsten Tagen wenigstens abgelenkt genug, um nicht ständig daran zu denken. Morgen erwartete er nämlich sechs Frauen, die drei Cottages gemietet hatten. Ein ausgiebiger Junggesellinnen-Abschied mit Wanderungen, Ausritten, Wellness und zwei Abenden im Restaurant seiner Schwester – das jedenfalls hatte die Organisatorin der Reise bei der Buchung angekündigt. Alex wusste zwar nicht, wie man auf die Idee kommen konnte, im November zu heiraten, und unter einem Junggesellen-Abschied stellte er sich auch andere Aktivitäten vor, als in den verregneten Highlands zu wandern, doch er wollte sich nicht beschweren. In der Nebensaison war er für jede Buchung dankbar. Und sobald die Damen abgereist waren, würde er sich Gedanken um Colleens Geburtstag machen. Vielleicht war die Idee mit dem Picknick gar nicht so blöd?

In Gedanken ging er schon geeignete Plätze durch. Es gab ein paar sehr lauschige und romantische Orte, die auch bei schlechtem Wetter … Himmel, er war völlig am Arsch! Er schaute auf sein halb geleertes Glas. Das würde noch eine sehr lange Nacht werden. Und ein verdammt langer Tag mit Kater morgen.

Alex war so in Gedanken versunken, dass er es gar nicht mitbekam, als sein Vater die Bibliothek betrat. Marlins leises Räuspern erschreckte ihn derart, dass er fast den restlichen Whisky verschüttete.

»Dad, was machst du hier?«, rief er und hatte Mühe, sein galoppierendes Herz zu beruhigen.

»Ich war auf der Toilette und hab deine offene Schlafzimmertür gesehen. Aber da warst du nicht. Dann habe ich in Aidans Zimmer nachgeschaut, doch der Junge schläft tief und fest, mit Colleens Hund im Arm. Und dann bin ich halt runtergekommen.« Marlin musterte seinen Sohn aus erstaunlich wachen blaugrauen Augen. »Ist alles in Ordnung mit dir?«

»Sieht es so aus?«

Statt zu antworten, ging Marlin zur Bar und goss sich ebenfalls einen Whisky ein. Nach kurzem Zögern nahm er die Flasche mit, stellte sie auf ein kleines Tischchen und setzte sich seinem Sohn gegenüber in einen Sessel. »Willst du darüber reden?«

Wollte Alex darüber reden? Mit seinem Vater? Darüber dachte er lange nach. »Warum hast du nach Mamas Tod eigentlich nie mehr geheiratet?«, fragte er schließlich statt-dessen.

Marlin ließ sich mit seiner Antwort so viel Zeit, dass Alex schon glaubte, er würde überhaupt nichts mehr sagen. »Ich war mir sicher, dass ich keine andere Frau so lieben könnte wie deine Mutter«, kam es nach einer gefühlten Ewigkeit und einem Glas Whisky leise zurück.

»Du warst dir sicher. Heißt das, du bist es jetzt nicht mehr?«

Marlin schüttelte mit einem rätselhaften Gesichtsaus-druck den Kopf. »Ich fürchte, ich kann dir diese Frage nicht beantworten. Aber wie ist es mit dir? Warum hast du nach der Trennung von Aidans Mutter keine Frau mehr in dein Leben gelassen?«

Gute Frage, dachte Alex. Sehr gute Frage. Und es gab eine sehr bittere Antwort. Es musste an der späten Stunde, der gedämpften Beleuchtung und vor allem am Alkohol liegen, dass er es sich zum ersten Mal nicht nur eingestand, sondern sogar laut aussprach: »Weil ich zu feige bin.« Jetzt war die Wahrheit raus. Eine Wahrheit, die sich mit seinem Selbstverständnis als gestandener Mann, als stolzer Highlander, erfolgreicher Geschäftsmann und wenigstens mitteltalentierter Vater nur schwer vereinbaren ließ. Die Wucht seiner eigenen Worte brachte ihn dazu, sich einen weiteren Drink einzuschenken. Betäubung war nun die einzig erträgliche Reaktion. Marlin hielt ihm sein Glas hin, und Alex goss ihm ebenfalls noch einen Schluck ein.

»Du bist nicht feige. Du bist auf jeden Fall der mutigere Mann von uns beiden«, behauptete Marlin und starrte lange in sein Glas, als könne er in der bernsteinfarbenen Flüssigkeit die Wahrheit entdecken. »Vielleicht ist ja was dran an dem Spruch, dass Erkenntnis der erste Schritt zur Besserung ist?« Er schenkte seinem Sohn ein wehmütiges Lächeln.

»Meinst du wirklich, dass es für uns noch Hoffnung gibt?«

»Zumindest für dich, mein Sohn, zumindest für dich.« Marlin hob sein Glas. »Darauf trinke ich.«

»Auf die Erkenntnis«, prostete Alex zurück. Er war sich zwar nicht so sicher wie sein Vater, dass ein Eingeständnis seiner Feigheit hilfreich war, aber er wollte es gern glauben. Irgendwie begann er den merkwürdigen Verlauf dieser Nacht zu genießen. Ja, vermutlich würde er in ein paar Stunden einen fürchterlichen Kater haben. Aber dass er, zum ersten Mal in seinem Leben, mit seinem Vater auf Augenhöhe über die wirklich essenziellen Dinge sprechen konnte, war ihm jedes Unbehagen wert. Langsam entspannte er sich, und etwas, das sich nach Zuversicht anfühlte, ergriff Besitz von ihm. Seine Lider wurden schwer, und Schläfrigkeit machte sich breit.

»Colleen könnte die Richtige für dich sein. Du solltest dich ein bisschen mehr um sie bemühen.«

Was? Woher war das gekommen? Schlagartig war jede Entspannung verschwunden. »Wie kommst du …? Wie meinst du das?«, brachte er hervor und starrte seinen Vater schockiert an.

»Weisheit des Alters?« Marlin zuckte mit den Schultern, als wäre er sich selbst nicht so sicher. »Intuition?«

»Beeinflussung von Isla?«, schlug Alex mit kaum verbrämtem Ärger vor.

»Vielleicht auch das«, gab Marlin zu. »Aber ich muss ihr zustimmen. Colleen ist eine wunderbare Frau, und ich finde, du solltest euch eine Chance geben.«

»Ich kann nicht glauben, dass wir dieses Gespräch führen!« Wie weggeblasen war das Gefühl der Nähe, das er gerade noch gespürt hatte. Im Augenblick kam er sich nur manipuliert vor.

»Irgendjemand muss dir die Wahrheit sagen. Mach nicht denselben Fehler wie ich, Alex. Ab einem gewissen Punkt sind Herzen so verhärtet, dass sie nur noch schwer zu knacken sind – und du hast noch dein ganzes Leben vor dir.«

Alex schloss die Augen und versuchte sich zu beruhigen. Sein Vater hatte an seinen wundesten Punkt gerührt, und das war kein gutes Gefühl. »Selbst wenn es so wäre, wie kommst du darauf, dass Colleen interessiert sein könnte?«

»Ich mag alt und aus der Übung sein, aber ich habe Augen im Kopf. Doch das musst du selbst herausfinden.« Marlin stand auf und legte Alex kurz eine Hand auf die Schulter. »Ich geh jetzt ins Bett. Gute Nacht.« Damit stellte er sein Glas neben der Flasche auf den Tisch und überließ Alex wieder der nächtlichen Einsamkeit, die durchdrungen war von verstörenden, verwirrenden Gedanken.

● ● ●

Waren November-Geborene besonders melancholisch veranlagt, fragte sich Colleen am frühen Morgen ihres dreiunddreißigsten Geburtstags. Sie hatte nicht gut geschlafen, und die lange Nacht war einem düstergrauen Regenmorgen gewichen, der ihre aktuelle Stimmung vortrefflich spiegelte.

Die letzten Tage waren ein wenig seltsam gewesen, um es vorsichtig zu formulieren. Alex schien ihr nach dem Nicht-Date und dem Nicht-Kuss regelrecht aus dem Weg gegangen zu sein, was allerdings auch an dem überraschenden Gäste-Ansturm am Wochenende liegen konnte. Sechs Engländerinnen in den Dreißigern hatten drei Cottages gemietet, um den Junggesellinnen-Abschied einer der Damen ausführlich zu begehen. Colleen fand diesen Ansatz durchaus charmant, vor allem weil die Frauen eine fröhliche Truppe gewesen waren, die statt auf Alkohol-Exzesse und Schönheitsterror lieber auf gutes Essen,

Sauna und Reitausflüge setzte. Was für sie selbst allerdings den Nachteil gehabt hatte, dass sie nicht reiten gehen konnte, denn Tilly war gebraucht worden. Genau wie Alex, den sich die Frauen als Begleitung ausgebeten hatten, anstelle der eigentlich dafür vorgesehenen Hailey. Am selben Tag wie die Engländerinnen hatten kurz entschlossen noch zwei mittelalte Paare eingecheckt, die mit ihrem ursprünglich gebuchten Quartier unzufrieden gewesen waren. Das alles hatte unter anderem dazu geführt, dass Colleen ihren Porridge nun seit Tagen im Frühstücksraum aß, zusammen mit den anderen Gästen, weil es ihr mit einem Mal merkwürdig vorgekommen wäre, weiterhin mit der Familie in der Küche zu frühstücken. Eigenartig, dass man sich in der Gesellschaft vieler Menschen besonders einsam fühlen konnte …

Gestern waren aber auch die beiden Paare abgereist, und Alice hatte Colleen eindringlich aufgefordert, wieder in die Küche zu kommen. Heute jedoch würde sie am liebsten einfach nur im Bett bleiben. Traurig dachte sie an frühere Geburtstage zurück. Die waren speziell während ihrer Kindheit eine ganz große Sache gewesen. Sie konnte ihrer Mutter sicher einiges vorwerfen, aber Glorias Geburtstagsfeiern für Colleen waren immer wundervoll gewesen. Immer hatte frühmorgens schon ein Geburtstagstisch mit Blumen, Kerzen, Kuchen und Geschenken auf sie gewartet, und ihre Eltern hatten sich ausgiebig Zeit für sie genommen. Am Nachmittag oder spätestens am folgenden Wochenende gab es dann eine große Party, zu der Colleen all ihre Freundinnen einladen durfte. Als sie älter wurde und nicht mehr unter den kritischen Augen von Erwachsenen feiern wollte, hatte ihre Mutter meist eine tolle Location organisiert. An ihrem sechzehnten Geburtstag hatte sie dabei auch ihren ersten Kuss bekommen – von Kyle aus ihrem Segelclub …

Sie seufzte wehmütig. Nachdem sie sich vor Jahren mit ihrer Mutter überworfen hatte, war Daddy für die Geburtstagsüberraschungen zuständig gewesen. Selbst letztes Jahr, als es ihm schon ziemlich schlecht gegangen war, hatte er ein wunderbares Frühstück für sie zubereitet und sie abends in ein schickes Restaurant ausgeführt. Sein Geschenk war ihr damals etwas seltsam vorgekommen: eine schlichte Silberkette mit einer stilisierten Distel als Anhänger. Damals hatte er angefangen, immer lebhafter von Schottland zu schwärmen und ihr von seiner Kindheit in Kirkby zu erzählen. Sie hatte die Kette seit diesem Tag fast immer getragen – vor allem, um ihrem Vater eine Freude zu machen –, aber erst seit sie selbst nach Schottland und speziell in diesen Ort gekommen war, hatte sie begriffen, wie symbolbehaftet die Distel war. Die Nationalblume Schottlands fand sich im Namen von Alex' Bed & Breakfast und in dem von Islas Restaurant. Fast schien es ihr, als habe ihr Dad da irgendwas vorausgesehen. Doch was? War das ein subtiler Hinweis gewesen, dass Schottland ihre eigentliche Heimat war? Wohl kaum.

Colleen vergrub ihr Gesicht im Kissen, um so ihre wirren Gedanken zu stoppen. Das war doch ausgemachter Blödsinn, was sie sich da gerade zusammenreimte. Sie würde sich jetzt zusammenreißen, aufstehen, ganz normal zum Frühstück gehen und dann den Vormittagsbus nach Inverness nehmen. Dort würde sie sich etwas Nettes gönnen und auf diese Weise ihren Geburtstag feiern. Vollkommen abgeklärt und erwachsen. Jawohl! Mit diesem Plan im Sinn stand sie auf und ließ sich von der heißen Dusche die trüben Gedanken wegspülen.

Als sie eine gute halbe Stunde später Harriswood House betrat, kam zur Begrüßung Tito angeflitzt, der sich sichtlich freute, sie zu sehen, und seltsamerweise eine rote Schleife statt seines Halsbandes trug. Colleen lachte und hob den kleinen Hund hoch, der ihr gleich enthusiastisch über die Wange leckte. »Schön, dass du mich doch noch magst«, sagte sie zu dem Tier und vergrub ihre Nase in seinem Fell. Seit dem Nicht-Date hatte der Terrier jede Nacht bei Aidan verbracht. Am ersten Abend hatte sie noch versucht, Tito mit in ihr Cottage zu nehmen, doch den herzzerreißend traurigen Blicken, die sich Hund und Kind zugeworfen hatten, konnte sie nichts entgegensetzen. Was hätte sie auch tun sollen? Nachdem sein erster Herr verstorben war, hatte Tito sein kleines Hundeherz nun ganz offensichtlich Aidan geschenkt. Und umgekehrt. Da konnte und wollte sie nicht dazwischenfunken. Immerhin schien Tito sie weiterhin als netten Menschen zu akzeptieren, und sie wollte dankbar für die kleinen Dinge sein. Mit dem Hund auf dem Arm ging sie zur Küche.

»Happy birthday to you, happy birthday to you, happy birthday, dear Colleen, happy birthday to you!«, schallte es vielstimmig von dort, kaum dass sie die Schwelle überschritten hatte.

»Alles Gute, Colleen!«, rief Aidan begeistert. Er hatte bereits seine Jacke an und war offenbar startbereit für die Schule. »Cool, dass du so früh aufgekreuzt bist. Jetzt kann ich noch dabei sein, wenn du unser Geschenk aufmachst!«

Colleen konnte es nicht fassen. Auf dem Tisch thronten eine große Schokoladentorte, ein wunderschöner Blumenstrauß und eine einzelne dicke Kerze. Und ein riesiges Paket, das mit einer ähnlichen roten Schleife verziert war wie Tito. Alice, Hailey, Isla, Marlin, Alex und Aidan standen mit erwartungsvollen Gesichtern im Halbkreis. »Ich weiß nicht, was ich sagen soll …«, brachte sie hervor und merkte, wie ihr Herz ganz leicht wurde, während sich ihre Augen mit Tränen der Rührung füllten. Da stand an diesem trüben Mittwochmorgen Familie Fraser in Mannschaftsstärke in der Küche, nur um ihr zum Geburtstag zu gratulieren!

»Nicht weinen, meine Süße«, sagte Alice und schloss sie in die Arme. »Alles, alles Gute zum Geburtstag. Ich wünsch dir von ganzem Herzen ein glückliches neues Lebensjahr, in dem all deine Wünsche und Träume in Erfüllung gehen mögen.«

Hailey, Isla und Marlin waren die nächsten Gratulanten, dann kam Alex, und als er sie in den Arm nahm, schien ihr Herzschlag kurzfristig auszusetzen. Doch schon quetschte sich Aidan ungeduldig dazwischen. Auch er umarmte Colleen, ein wenig linkisch, und drängte sie dann dazu, das Geschenk zu öffnen. »Mein Bus geht in ein paar Minuten, und ich will doch sehen, wie du unser Geschenk findest.«

Colleen wischte sich die Freudentränen aus dem Gesicht – froh darüber, dass sie heute Morgen auf jede Form von Make-up verzichtet hatte – und löste die rote Schleife, die eine edle, cremefarbene Schachtel verschloss. Sie hob den Deckel, entfernte eine Lage Seidenpapier, die sich Tito sogleich begeistert schnappte und zu Konfetti verarbeitete. Doch davon bekam sie gar nichts mit. Nacheinander und mit wachsender Fassungslosigkeit zog sie einen nagelneuen Reithelm, gefütterte Leder-Reitstiefeletten, Minichaps, eine Reithose, Handschuhe und eine warme Reitjacke hervor. »Wow…«, hauchte sie nur und starrte die Frasers mit offenem Mund an.

»Ich glaube, es gefällt ihr«, stellte Aidan grinsend fest. »Ich muss los«, fügte er bedauernd hinzu. »Hab einen tollen Tag, Colleen!«

»Ihr seid verrückt«, sagte Colleen schließlich mit rauer Stimme und drückte andächtig die dunkelgrüne Jacke an die Brust.

»Wir haben gedacht, dass du ein anständiges Reit-Outfit brauchen kannst, damit du Tilly keine Schande machst.« Haileys strahlendes Lächeln wirkte ansteckend.

»Aber…«

»Kein Aber«, schaltete sich Marlin mit gespielter Strenge ein. »Die korrekte Antwort wäre: Danke!«

»Danke, danke, danke! Ich kann es gar nicht oft genug sagen. Ehrlich, das ist so toll, aber das…«

»Ja, ja, schon klar«, unterbrach sie Isla. »Das wäre nicht nötig gewesen. Fanden wir aber schon. Außerdem wollten wir dir einfach eine Freude machen.«

»Das ist euch gelungen. Ich freu mich wahnsinnig und kann es kaum erwarten, die Sachen auszuprobieren.«

»Dann trifft es sich gut, dass wir heute Nachmittag einen Ausritt machen werden«, entgegnete Alex mit einem schwer zu deutenden Gesichtsausdruck. War es Nervosität? Vorfreude? Oder Verlegenheit?

»Machen wir das? Ich dachte, Tilly muss sich nach den wilden Hochzeitsdamen noch schonen?« Colleen sah Alex fragend an.

»Tilly ist wieder fit«, berichtete er. »Sie war auch nicht überanstrengt, nur etwas genervt. Sie ist eigentlich ein sehr ausgeglichenes Tier, aber das Rudel laut schnatternder Frauen war ihr dann doch zu viel.«

In Colleens Ohren klang das nach einer etwas seltsamen Rechtfertigung, denn sie war sich sicher, dass Matilda das nervenstärkste Pferd auf diesem Planeten war. Doch im Grunde war es ihr auch egal, sie musste es nicht hinterfragen. Entscheidend war, dass sie heute noch auf dem großen Kuscheltier würde ausreiten können. In nagelneuer, todschicker Ausrüstung. Und darauf freute sie sich wahnsinnig.

»So, genug von Pferdebefindlichkeiten«, unterbrach sie Marlin mit leichter Ungeduld in der Stimme. »Du musst jetzt die Kerze ausblasen und dir etwas wünschen und dann deinen Kuchen anschneiden – so will es die Tradition.«

»So will es nur mein Schwager«, bemerkte Alice kopfschüttelnd. »Marlin tut immer wie der härteste Hund des Landes, doch bei Schokoladentorte wird er schwach. Aber es ist dein Kuchen, und wenn du zum Frühstück lieber eine Portion Porridge haben möchtest oder Eier mit Speck, dann hat der Herr des Hauses das zu akzeptieren.« Sie warf Marlin einen warnenden Blick zu.

»Ich finde, dass man am Geburtstag geradezu Schokoladentorte frühstücken *muss*«, entgegnete Colleen und fühlte sich mit einem Mal ganz leicht und fröhlich. »Und es wäre mir eine Ehre und ein Vergnügen, wenn ihr alle mir dabei helfen würdet.« Sie wandte sich dem Tisch zu, nahm das Messer und begann den wundervollen Kuchen zu zerteilen.

»Wenn du sie dir nicht schnappst, dann tu ich es!« Hatte Marlin Alex das eben tatsächlich zugeraunt, oder hatte sie es sich eingebildet? Colleen sah kurz über die Schulter, doch Marlins Blick war felsenfest auf die Torte fixiert, und Alex war dabei, ihr Reit-Outfit wieder in die Schachtel zu packen, und wirkte ansonsten völlig unbeteiligt. Sprach also alles für einen Verhörer. Oder für Wunschdenken. Sie legte großzügige Stücke auf die von Hailey bereitgestellten Teller und verteilte sie an die Familie.

»Die Kerze musst du aber wirklich ausblasen und dir was wünschen«, rief Isla.

Colleen war nicht abergläubisch, aber in diesem Moment schien ihr das vertraute Ritual plötzlich unendlich wichtig zu sein. Was sollte sie sich wünschen? Früher war es ein kleiner Bruder, ein eigenes Pony oder eine Topnote in Mathe gewesen – nichts davon hatte sich im Übrigen erfüllt –, doch heute sollte es etwas ganz Besonderes sein. Sie schloss kurz die Augen und dachte an immaterielle

Werte wie Seelenfrieden oder Inspirationen für die Zukunft. Aber als sie die Lider hob, um die Kerze anzuvisieren, erhaschte sie Alex' intensiven Blick – und schon fiel ihr Wunsch auch diesmal wieder ausgesprochen prosaisch aus.

PICKNICK IM REGEN

COLLEEN BLIEB NICHT VIEL ZEIT dafür, über poetische und weniger poetische, konkrete oder eher ideelle Wünsche nachzudenken. Kaum hatte sie den ersten sündig-cremigen Bissen der Schokoladentorte im Mund, kamen die nächsten Gratulanten: Pastor Jack, Betty Murray, Kristie, Marlins Schwester Heather und ihr Mann George tauchten im Abstand von wenigen Minuten nacheinander auf, und bald war die Küche gefüllt mit fröhlichen, Kuchen essenden Menschen. Zwischendurch klingelte ihr Handy, und Bürgermeister Collum war dran.

»Weiß wirklich das ganze Dorf, dass ich heute Geburtstag habe?«, fragte sie ungläubig, als sie das kurze Gespräch beendet hatte und aufstand. »Ich muss mal kurz raus. Collum kann mir sein Geschenk nur draußen geben.«

Sie merkte, wie sich Marlins Gesichtszüge für einen Moment verhärteten, als sie Collum erwähnte, doch dann besann er sich wohl eines Besseren und lächelte verbindlich. »Dann solltest du den Bürgermeister nicht warten lassen. Um deine Frage zu beantworten: vielleicht nicht das ganze Dorf, aber die wichtigsten Menschen. Und Collum.«

Colleen ignorierte den Sarkasmus genauso wie Alex'

grimmigen Blick und Islas Augenrollen. Sie freute sich, dass auch Collum an sie gedacht hatte, schnappte sich ihre Jacke und eilte nach draußen. Vor ihrem Cottage wartete Collum mit einem breiten Lächeln und einem wunderschönen Blumenstrauß in der Hand.

»Herzlichen Glückwunsch!« Er nahm sie kurz in den Arm, ein wenig umständlich wegen der vielen Blumen, und drückte ihr einen freundschaftlichen Kuss auf die Wange.

»Wow, der ist aber wunderschön«, freute sich Colleen über den Strauß und öffnete die Tür zu ihrem Häuschen. »Lass ihn uns ins Wasser stellen. Vielen Dank für dieses Prachtstück.«

Er folgte ihr ins Cottage und sah zu, wie sie in ihren Küchenschränken nach einem geeigneten Gefäß für den Strauß suchte. Schließlich nahm sie einen Kochtopf und füllte ihn mit Wasser. »Vielleicht hätte ich gleich noch eine Vase dazuschenken sollen«, kommentierte er amüsiert das ungewöhnliche Arrangement.

»Ich werde nachher Alice fragen. Sie hat ganz bestimmt noch eine Vase, die sie mir leihen kann. Möchtest du mit ins Haus kommen? Mit ein bisschen Glück ist noch ein Stück von meinem Geburtstagskuchen da.«

»Ich hab leider keine Zeit, weil ich gleich einen Termin im Rathaus habe, den ich nicht verschieben kann«, entgegnete er mit Bedauern. »Aber vorher will ich dir unbedingt noch dein Geschenk zeigen.«

»Hast du das nicht gerade?« Colleen deutete auf den Strauß.

»Nein, das war nur die Zugabe.« Ein spitzbübisches

Grinsen machte sich in seinem Gesicht breit, und seine Augen glitzerten. »Komm mit.«

Er lotste sie nach draußen und ging um das Cottage herum. An der hinteren Wand lehnte ein nagelneues Trekking-E-Bike mit einem großen Korb auf dem Gepäckträger, in dem ein grüner Fahrradhelm lag.

Colleen war sprachlos. »Das kann doch nicht dein Ernst sein, oder?«, brachte sie schließlich hervor. »Ich meine, du kannst mir doch kein Fahrrad schenken, ich weiß doch gar nicht, wie lange ich …«

Collum unterbrach sie, indem er einen Finger auf ihre Lippen legte. »Psst. Keine Panik«, beruhigte er sie. »Das Rad ist nur eine Dauerleihgabe für die Zeit, in der du hier bist – auch wenn ich persönlich hoffe, dass dieser Zeitraum noch sehr lang sein wird. Aber da ich ja verantwortlich dafür war, dass dein erster Fahrradausflug so schnell geendet hat, ist das nur eine kleine Geste der Wiedergutmachung. Mein Geschenk ist, dass ich dich am Freitag gerne nach Inverness einladen würde. Erst zum Essen und dann zu einem kleinen Jazz-Konzert in einem wirklich coolen Club. Was meinst du?«

Das klang in Colleens Ohren verdächtig nach einem echten Date. Aber andererseits, wäre das wirklich schlimm? Leckeres Essen, ein schönes Konzert, und das alles in ziemlich guter und amüsanter Gesellschaft – es gab eindeutig schlechtere Geschenke. Seltsam nur, dass ihr die ganze Zeit ein anderer Mann durch den Kopf ging. Einer, der lieber Nicht-Dates veranstaltete, sie aber nachher zu einem Ausritt mitnehmen würde.

»Oder hast du keine Zeit?« Collums Lächeln wirkte mit einem Mal etwas besorgt. »Notfalls verschieben wir, auch wenn das mit dem Gig ein bisschen schade wäre, aber …«

»Entschuldige bitte«, unterbrach ihn Colleen. »Ich war in Gedanken. Nein, ich habe nichts anderes vor am Freitag und würde mich sehr freuen, einen Abend in Inverness mit dir zu verbringen. Vielen, vielen Dank! Auch für die Leihgabe und alles!«

»Das freut mich sehr!« Er wirkte sichtbar erleichtert. »Ich hatte schon Angst, dass du das falsch interpretieren könntest oder so.«

»Keine Sorge.« Colleen hatte wenig Zweifel, dass sie es genau richtig interpretiert hatte. »Ich freue mich wirklich. Sicher, dass du keinen Kuchen möchtest?«

»Ganz sicher. Ich muss dringend ins Rathaus zurück. Hab noch einen schönen Tag, und bis Freitag.« Erneut nahm er sie kurz in den Arm und küsste sie zum Abschied, doch diesmal fühlte sich der Kuss nicht mehr ganz so freundschaftlich an.

»Bis Freitag«, rief sie ihm hinterher, und er hob im Gehen noch einmal die Hand. Dann hauchte sie ungläubig: »Wow, was für ein Tag.« Sie sah auf ihre Uhr. Es war noch nicht einmal zehn Uhr morgens, und schon waren mehr aufregende Dinge passiert als in den letzten Wochen zusammen. Sie straffte die Schultern und ging zurück zu Harriswood House. Ihre letzten Wochen und Monate waren schrecklich gewesen, da hatte sie ein bisschen positive Aufregung ja wohl verdient, oder? Und Aufmerksamkeit. Und Geschenke. Sie lächelte in Gedanken an ihren

Melancholie-Anfall von heute früh. Schon erstaunlich, wie schnell sich die Dinge ändern konnten, wenn man es zuließ.

»Wollte Collum keinen Kuchen?«, fragte Alice, als Colleen gleich darauf in die Küche zurückkehrte, wo nach wie vor eine ausgelassene Stimmung herrschte.

»Er hat einen wichtigen Termin«, entgegnete sie und nahm wieder Platz, nur um im nächsten Moment irritiert auf die Torte zu schauen. »Die war doch vorhin schon fast weg, und jetzt fehlt gerade mal ein kleines Stück.«

»Mum kennt unsere Sippe«, erklärte Hailey mit einem fröhlichen Lachen. »Sie backt immer mindestens zwei oder sogar drei identische Geburtstagskuchen, damit auch jeder sicher ein Stück abbekommt.« Beherzt schnitt sie sich ein Stück von dem frischen Kuchen ab. »Aber jetzt erzähl, was hat dir Collum geschenkt?«

»Ein Elektrofahrrad als Dauerleihgabe, solange ich hier bin – und einen Sturzhelm.« Sie sah zu dem großen Karton, aus dem ihre ebenfalls brandneue Reitkappe hervorlugte. »Mir scheint, ihr seid alle um meinen Kopf besorgt.«

»Das ist aber sehr aufmerksam von unserem Bürgermeister«, schaltete sich Betty mit einem verräterischen Flackern in den Augen ein und linste in Richtung Marlin und Alex.

»Finde ich auch«, bestätigte Colleen und meinte ein leises Schnauben von der rechten Seite des Tisches her zu hören – von da, wo Marlin und Alex saßen. Aber vielleicht irrte sie sich auch. Collums eigentliches Geschenk verschwieg sie der Truppe jedoch wohlweislich, einen lupenreinen Date-Abend wollte sie mit keinem der Anwesenden diskutieren. Das fiel aber auch nicht weiter auf, denn gleich war wieder eine muntere Diskussion darüber im Gange, ob die Erlöse des diesjährigen Weihnachtsbasars für ein Gemeindefest genutzt oder an eine Hilfsorganisation gespendet werden sollten. Colleen beteiligte sich kaum an dem Gespräch, aber sie genoss die Geborgenheit und Wärme dieser Gemeinschaft. Bald darauf verabschiedete sich erst Marlin, mit Tito an den Hacken, und dann verließen die meisten anderen Besucher nach und nach die Küche. Auch Alex entschuldigte sich, er habe noch einen Auswärtstermin, verabredete sich aber für halb zwei im Stall mit Colleen.

Sie nutzte die Zeit bis dahin, um zum ersten Mal, seit sie in Schottland angekommen war, ihr Laptop hochzufahren, ihre Mails zu checken und mal wieder auf Facebook vorbeizuschauen. Viel hatte sie nicht verpasst, offensichtlich lief das Leben in Boston auch ohne sie weiter. Ein Anwalt aus der Kanzlei ihres Vaters, der mit der Verwaltung von Gavins Nachlass betraut war, hatte überraschend von einem möglichen Kaufinteresse für ihr Elternhaus geschrieben. Doch auch das war nichts, worüber sie sich akut Gedanken machen musste. Einige wenige Bekannte hatten ihr auch schon gratuliert, was sie einigermaßen verwunderte, da es in Amerika ja noch fast Nacht war. Von ihrer Mutter noch keine Silbe. Gut, auch für sie galt die Zeitverschiebung, aber insgeheim hatte Colleen wenigstens mit einer Mail gerechnet, schließlich waren Geburtstage für Gloria immer eine Riesensache. Aber sie hatte ja schon auf Colleens Ankündigung, dass sie auf unbestimmte Zeit nach Schottland reisen würde, recht schnippisch und für ihre Verhältnisse eher einsilbig reagiert. Gloria verstand nicht, warum Colleen den letzten Wunsch ihres Vaters so wörtlich hatte interpretieren wollen. Wäre es nach ihr gegangen, hätte man die Urne auch über ein Bestattungsunternehmen verschicken können. Zukunftspläne hätte Colleen ja in Boston schmieden können – und wäre dabei womöglich auf die Idee gekommen, doch wieder ins Hochzeitsplaner-Geschäft einzusteigen. Seit Colleen das alles rundweg abgelehnt hatte, herrschte Funkstille zwischen ihr und ihrer Mutter.

»Nein, nicht heute!«, sagte Colleen laut und klappte energisch den Computer zu. Heute würde sie sich nicht über ihre Mutter ärgern oder traurig sein. Heute würde sie ihren Ehrentag genießen. Sie stand auf und packte fein säuberlich ihre komplette neue Reitgarderobe aus der Präsentschachtel. Das war ein ausgesprochen großzügiges Geschenk, denn es war auf den ersten Blick erkennbar, dass es sich um hochwertige Produkte handelte. Auf Jacke und Hose prangten sogar Markennamen, die sie kannte und dementsprechend einordnen konnte. Vielleicht sollte sie die Sachen schon mal anprobieren – auch wenn sie keinen Zweifel daran hatte, dass die Größen passen würden.

Die Sachen waren wirklich ein Traum. Die rehbraune Reithose war innen warm angeraut, hatte einen Ledervollbesatz und saß wie angegossen. Die rotbraun glänzenden Leder-Reitstiefeletten sahen aus wie klassische Chelsea-Boots und waren mit Lammfell gefüttert. Die

Minichaps hatten exakt die gleiche Farbe wie die Stiefeletten, sodass sie fast wie edle klassische Reitstiefel wirkten. Die flaschengrüne Jacke war knielang und hatte an den Seiten Reißverschlüsse, die sich öffnen ließen, sodass die Oberschenkel bedeckt blieben, während der hintere Teil der Jacke auf dem Pferderücken liegen konnte. Das Futter war kariert, in einem typischen Tartan-Muster in Rot-, Grün- und Blautönen. Alles in allem sah sie aus wie eine schottische Landadelige, fand sie und grinste ihrem Spiegelbild zu.

Sie beschloss, ein wenig früher zum Stall zu gehen, um genügend Zeit für Tilly zu haben. Doch erst schaute sie noch einmal kurz in Harriswood House vorbei, um bei Alice einen Apfel oder eine Möhre für das Pferd zu schnorren.

»Wow, wenn das mal nicht eine Augenweide ist«, lobte Alice sie enthusiastisch. »Passt denn alles?«

»Wie für mich gemacht. Es ist so toll, vielen Dank.« Colleen drehte sich einmal im Kreis und ließ sich von allen Seiten bewundern. »Ich wollte dich um ein Mitbringsel für Tilly bitten. Ein Äpfelchen oder so.«

»Das lässt sich einrichten«, sagte Alice mit einem warmherzigen Lächeln. »Aber du willst doch nicht jetzt schon los? Es ist ja gerade mal halb eins. Alex erwartet dich doch erst in einer Stunde.«

»Ich dachte mir, ich könnte die Gelegenheit nutzen, um Tilly gründlich zu putzen und einfach ein bisschen mehr Zeit mit ihr zu verbringen. Meinst du, Alex hat was dagegen, wenn ich allein in den Stall gehe? Ich könnte ja

Rupert fragen, wenn Alex von seinem Termin noch nicht zurück ist.«

»Das ist ganz bestimmt kein Problem, aber …« Alice wirkte mit einem Mal etwas nervös und schien nach einer Ausrede oder Ablenkung zu suchen.

»Aber?«

»Kein Aber. Ich finde jedoch, dass du vor der Tour unbedingt noch eine Kleinigkeit essen solltest. Setz dich, ich mach dir ein Sandwich.«

»Ich bin noch satt von der phänomenalen Torte«, entgegnete Colleen lächelnd und strich sich wie zur Bekräftigung über ihren flachen Bauch.

»Nix da, Reiten ist anstrengend, da braucht man Energie, und ich habe keine Ahnung, wie lange ihr unterwegs sein werdet.«

»Ehrlich, Alice, ich habe wirklich nicht den allergeringsten Hunger.«

»Das sagst du jetzt, Kind. Setz dich hin und iss. Nachher wirst du mir noch dankbar sein.«

Ehe Colleen noch etwas entgegnen konnte, piepste ihr Telefon. Sie fischte das Handy aus der Innentasche ihrer neuen Jacke und entsperrte das Display. Ihre Mutter hatte geschrieben:

Happy Birthday, Sweetheart! Ich hoffe, du hast bald genug von deinem albernen Abenteuer bei den Wilden und kehrst zurück in die Zivilisation und ins Leben. Mein Geschenk für dich steht auf deinem brandneuen Schreibtisch, also komm rasch nach Boston und hol es dir ab. Love, Mom.

PS: Wir müssen dann auch dringend über das Haus reden!
Ich will mit der Agentur dorthin umziehen.

Garniert war die Nachricht mit einem Foto von dem er-
wähnten Schreibtisch – ein hässliches Glasungetüm mit
vergoldeten Rokoko-Beinen, auf dem eine türkisfarbene
Tiffany-Schmuckschatulle lag.

Colleen hatte mit einigem gerechnet, aber auf diesen
Schreck hin musste sie sich jetzt erst einmal setzen.

● ● ●

Puh, keine Minute zu früh! Alex lehnte sich erleichtert an
die Stalltür. Alle Vorbereitungen waren erledigt, auch wenn
es länger gedauert hatte als geplant. Nun war es Punkt halb
zwei, und er sah Colleen auf ihrem neuen Fahrrad über
den Feldweg brausen. Der Anblick des Gefährts versetzte
ihm einen leichten Stich. Er wusste, dass es albern war,
sich über Collum zu ärgern. Sollte er sich nicht vielmehr
mit Colleen freuen? Vielleicht in einem nächsten Leben …

»Entschuldige bitte, bin ich zu spät?«, fragte Colleen, als
sie Augenblicke später leicht atemlos abstieg und das
Fahrrad an die Stallmauer lehnte. »Kann es da bleiben?«

»Natürlich, das wird nicht wegkommen«, entgegnete
Alex. »Und du bist absolut pünktlich. Hattest du noch
einen schönen Vormittag?« Er hoffte inständig, dass sein
Lächeln echt wirkte, und fragte sich, warum er so gereizt
war. Himmel, es war ein Fahrrad, ein seelenloser Gegen-
stand und nicht … Nein, er musste jetzt schleunigst seinen
Kopf frei kriegen.

»Ja, es war schön«, entgegnete Colleen und wirkte ihrerseits eine Spur abwesend. »Bis mir meine Mutter gratuliert hat …«, fügte sie noch hinzu.

Das hörte sich ziemlich ominös an, dachte Alex und überlegte, ob er nachfragen sollte. Er wusste, dass Colleens Verhältnis zu ihrer Mutter schwierig war, kannte aber keine Details. »Willst du drüber reden?«

Colleen sah ihn an, und er bemerkte, wie ein Schatten über ihre grünen Augen huschte, als würde sie einen inneren Kampf austragen. Doch dann straffte sie die Schultern und schüttelte den Kopf. »Nein, will ich nicht. Ich würde jetzt wahnsinnig gerne meine neuen Klamotten einweihen und ausreiten.«

»Dann komm.« Er öffnete die Stalltür und ließ sie eintreten.

Colleen schälte sich aus ihrer warmen Jacke und posierte vor Alex. »Was sagst du?«, fragte sie mit einem strahlenden Lächeln. Jede Spur der vorherigen Irritation war verflogen. »Wird Tilly mich so akzeptieren?«

Tilly war ihm gerade vollkommen schnuppe. Er starrte die Frau vor sich voller Bewunderung an. Hailey und Kristie hatten bei ihrer Shoppingtour wirklich ganze Arbeit geleistet. Die Reithose betonte Colleens zierliche Figur. Sie hatte sie mit einem cremefarbenen Rollkragenpullover kombiniert – nicht sehr praktisch, aber Alex hatte die irrationale Hoffnung, dass sie sich für ihn hübsch gemacht hatte. Er war jedenfalls sehr froh, dass er noch seine Jacke trug. Seine eigene Reithose würde nämlich auf der Stelle verraten, wie anziehend er sie fand. Ihre Reitstiefel hatten den gleichen Farbton wie ihre kastanienbraunen Haare und schimmerten verführerisch. Also die Haare. Nicht die Stiefel! Himmel, er sollte sich jetzt schleunigst in den Griff bekommen, ehe es richtig peinlich wurde. Alex schluckte trocken, dann antwortete er: »Du siehst großartig aus! Und wenn Tilly das nicht zu würdigen weiß, dann ist sie ein Fall für den Schlachter.« Hatte er das jetzt tatsächlich gesagt?

»Was?«, rief sie prompt, halb amüsiert, halb alarmiert.

»Schottischer Humor!« Was war los mit ihm? Doch sie schien es glücklicherweise richtig zu verstehen. »Keine Sorge, Miss Matilda wird nichts geschehen – egal, wie sie zu deinem Outfit steht.«

»Da bin ich sehr erleichtert«, gab sie kichernd zurück. »Dann will ich sie mal fragen, ob ich ihr gefalle.« Sie zog eine Möhre aus der Jackentasche hervor und ging zu Tillys Box.

Alex folgte Colleen und beobachtete, wie sie überrascht stehen blieb, als sie die Stute sah. Er hatte vorhin extra das vergitterte Oberteil der Boxentür geschlossen, damit Tilly nicht rausgucken und so seine Überraschung frühzeitig verraten konnte.

»Was ist das denn?« Colleen streichelte das glänzende, makellos gestriegelte Fell und bewunderte die geflochtene Mähne. Dann griff sie nach dem kleinen Kuvert, das Alex am Halfter befestigt hatte.

»Wie mir scheint, hat sich Tilly auch für dich hübsch gemacht und will dir ebenfalls etwas sagen«, entgegnete Alex mit einem Lächeln und hinderte das neugierige Tier daran, nach der Karte zu schnappen. »Das ist nichts zum Naschen, Tilly!«

»Liebe Colleen, herzlichen Glückwunsch zum Geburtstag. Ich freue mich heute auf einen schönen Ausritt mit dir und hoffe, dass du auch in den nächsten Tagen und Wochen viel Zeit für mich hast. Alex hat nämlich beschlossen, dass ich ganz allein dir gehöre – solange du in Kirkby bist. Ich hoffe, du freust dich darüber genauso wie ich. Deine Tilly. PS: Ich brauche wirklich viel Bewegung!«

Colleen ließ die Karte sinken, die sie gerade laut vorgelesen hatte, und starrte Alex mit großen Augen an. »Ich weiß nicht, was ich sagen soll.« Ihre Stimme klang brüchig, dann schlang sie die Arme um den Pferdehals und drückte ihr Gesicht in Tillys Mähne.

»Heißt das, du freust dich?« Alex war sich nicht ganz sicher. Ein Teil von ihm hätte es nämlich erheblich lieber gesehen, wenn sich Colleen an ihn geschmiegt hätte statt an das Pferd.

»Ob ich mich freue?« Colleen wischte mit einer Hand die Tränen aus ihren Augen und verfütterte mit der anderen endlich die Karotte. »Ich bin überwältigt! Und ich weiß wirklich nicht, warum ihr alle so wahnsinnig lieb zu mir seid. Ihr kennt mich doch gar nicht!« Nun rang sie mit einer hilflosen Geste die Hände in der Luft. »Das Fahrrad von Collum, die wunderbare Reitkleidung und jetzt auch noch Tilly als Dauerleihgabe. Ich weiß echt nicht, womit ich das verdient habe, aber …« Sie zögerte einen kleinen

Moment und überlegte anscheinend, ob ihr noch ein paar Argumente mehr dafür einfielen, dass sie sich nicht freuen durfte. Doch dann gab sie auf. »Danke, Alex. Einfach nur vielen Dank! Das ist das allerbeste Geburtstagsgeschenk aller Zeiten.«

In Alex' Herz strahlte wieder die Sonne, die bei der Erwähnung von Collum kurz hinter einer grauen Regenwolke verschwunden war. Colleen schien wirklich glücklich zu sein, und das wiederum machte ihn glücklich – auch wenn sie ihm nach wie vor nicht um den Hals gefallen war, wie er es insgeheim erhofft hatte. »Um deine Frage zu beantworten: Ich kenne Collums Agenda nicht, aber meine ist, ehrlich gesagt, nicht ganz uneigennützig. Tilly braucht tatsächlich jemanden, der sich ausschließlich um sie kümmert. Ich hatte sie eigentlich für Aidan vorgesehen, aber die beiden werden überhaupt nicht warm miteinander. Er wird auf seinem Pony reiten, bis er endgültig zu groß geworden ist.« Alex seufzte. »Eigentlich müsste ich sie verkaufen, aber da sie recht klein für ein Clydesdale ist, wird es nicht viele Interessenten geben, und ich will, dass sie in gute Hände kommt.«

Colleen streichelte sanft über die samtweichen Nüstern der Stute, die mit aufmerksam gespitzten Ohren zugehört hatte, als würde sie jedes Wort verstehen. »Was ist mit Hailey und Kristie? Oder deinen Tanten? Reiten die denn nicht?«

»Doch, alle. Aber sie haben alle ihre eigenen Pferde und, mit Ausnahme von Heather vielleicht, einfach nicht die Zeit, sich auch noch um ein weiteres zu kümmern. Und

Tilly ist noch viel zu jung und zu unverbraucht, um für Reitgäste eingesetzt zu werden, das wäre wirklich nicht gut für sie. Außerdem war es zwischen euch ja buchstäblich Liebe auf den ersten Blick. Glaub mir, so anschmiegsam ist sie nicht bei jedem.« Alex hatte das Gefühl, sich um Kopf und Kragen zu reden, doch Colleen schien es nicht weiter zu bemerken. Liebe auf den ersten Blick? Anschmiegsam? Er war amtlich und offiziell am Arsch.

»Wenn das so ist, wird es mir eine große Ehre und eine noch größere Freude sein, mich um Tilly zu kümmern, so gut ich kann und solange ich hier bin«, versprach Colleen feierlich und drückte dem Tier einen Kuss auf die weiße Blesse.

»Gut. Dann sollten wir jetzt auch los, denn ich habe noch eine weitere kleine Überraschung!« *Bei der du vielleicht zur Abwechslung mich küsst und nicht das Pferd*, fügte Alex in Gedanken hinzu und ging rasch in Richtung Sattelkammer.

Eine halbe Stunde später ritten sie gemächlich nebeneinander durch den Wald. Dorian und Tilly hatten sich auf der langen Galoppstrecke ausgetobt und schritten jetzt entspannt am langen Zügel voran. Hier im Wald war es auch deutlich angenehmer als auf dem offenen Feld. Der Nieselregen kam hier kaum durch, und die Welt wirkte ruhig und idyllisch.

Colleen sah sich um. »Es ist so schön hier. Ich hab das Gefühl, als könnte einem hier nichts Schlimmes passieren«, sagte sie lächelnd.

»Früher muss das anders gewesen sein. Es gibt Geschichten von blutigen Hinterhalten in diesem Wald, wenn sich verfeindete Clans gegenseitig überfallen haben oder sie gemeinsam gegen die Engländer gekämpft haben.« Alex liebte die Geschichten aus früheren Zeiten, die viel rauer und deutlich weniger romantisch gewesen waren, als sie heutzutage dargestellt wurden. Und er war froh, dass der Wald jetzt wirklich so friedlich war, wie er aussah.

»Mag sein«, gab Colleen zu. »Aber ich denke lieber an die Geschichten von Elfen und Feen, wenn ich hier unterwegs bin.«

Alex behielt vorsichtshalber für sich, dass der Überlieferung zufolge auch das sogenannte »kleine Volk« nicht disneygleich putzig und niedlich, sondern durchaus mit Respekt und einer gewissen Vorsicht zu genießen war. Nachdem sie ein Weilchen einvernehmlich geschwiegen hatten, zügelte er Dorian und deutete auf einen schmalen Pfad, der rechts vom Hauptweg abzweigte. »Wir reiten jetzt hier weiter. Halt bitte ein bisschen Abstand mit Tilly, denn an einigen Stellen ist der Weg sehr schmal und steil. Und pass auf deinen Kopf auf, wir reiten unter ein paar tief hängenden Ästen hindurch. Aber keine Angst, die beiden kriegen das hin.«

»In Ordnung. Jetzt bin ich wirklich sehr gespannt«, sagte Colleen und wartete dann ab, bis Alex mit Dorian einige Meter Vorsprung hatte, ehe sie Tilly hinter ihnen herlaufen ließ.

Nachdem sie etwa zwanzig Minuten lang bergauf und bergab geritten waren, weitete sich der Weg zu einer kleinen Lichtung. Alex stoppte Dorian und wartete, bis Colleen aufgeschlossen hatte und neben ihm anhielt.

»Wow, das ist wirklich märchenhaft«, flüsterte sie beeindruckt, und Tilly schnaubte zustimmend.

»Freut mich, dass es dir gefällt«, entgegnete Alex, ebenfalls mit etwas gedämpfter Stimme. »Lass uns absteigen, dann zeige ich dir einen besonderen Platz.« Er ließ sich von Dorian gleiten, schob die Steigbügel hoch, lockerte den Sattelgurt und verknotete die Zügel so, dass sich das Pferd nicht verheddern konnte. Colleen tat es ihm gleich und sah ihn fragend an. »Wir lassen die Pferde hier grasen«, erklärte er.

»Laufen sie nicht weg?«

»Normalerweise nicht. Und falls doch, müssen wir eben zu Fuß nach Hause gehen.« Er grinste schief und reichte ihr dann die Hand. »Komm mit.« Er führte Colleen die wenigen Meter bis zum anderen Ende der Lichtung. Dort gab es einen Felsvorsprung mit einer geschützten Fläche darunter. Erleichtert stellte er fest, dass die beiden großen Wachstuchtaschen unversehrt waren. Auch die vorbereitete Feuerstelle sah noch gut aus. Es gab in der Gegend Wildschweine, die sich sicher begeistert auf den Inhalt der Taschen gestürzt hätten, doch bislang hatten sie ihn offensichtlich noch nicht erschnüffelt.

»Was hast du vor?«, wollte Colleen wissen.

»Wir machen ein Picknick«, antwortete er, als sei es die natürlichste Sache der Welt, bei Regen im November eine Outdoor-Mahlzeit im Wald einzunehmen. Dabei öffnete er die erste Tasche und zog daraus erst eine große karierte

Decke hervor, die er auf dem Boden ausbreitete. Es folgten zwei flache Kissen und zwei weitere Decken. »Nimm Platz«, bat er und deutete auf eines der Kissen. Als sie sich hingesetzt hatte, legte er ihr ein weiches Plaid um die Schultern und begann das Feuer anzufachen. Dafür holte er die trockenen Holzspäne hervor, die er ebenfalls in der Tasche gelagert hatte, und stopfte sie zwischen Äste und Scheite, die er zuvor schon aufgebaut hatte. Nach wenigen Minuten flackerte ein munteres Lagerfeuer und gab angenehme Wärme ab. Nun war die zweite Tasche dran. Er förderte mehrere Lunchboxen zutage, eine Thermoskanne, zwei Teller und zwei Tassen. Colleen beobachtete ihn die ganze Zeit mit einem Lächeln auf den Lippen, das von Minute zu Minute intensiver wurde.

»Nach dem Frühstück, den Geschenken und der Überraschung mit Tilly hätte ich nicht gedacht, dass der Tag noch besser werden könnte«, sagte sie und hielt ihre Tasse andächtig mit beiden Händen. Alex goss heißen Tee aus der Thermoskanne hinein und kippte gleich darauf einen kleinen Schluck Whisky aus einem Flachmann dazu. »Doch das ist einfach nur wunderschön.«

»Das war der Plan«, entgegnete er und war kurz davor, vor Stolz zu platzen. Zugegeben, die Idee mit dem Picknick stammte von Isla, aber die Details hatte er sich ganz allein ausgedacht. »Ich hoffe, du hast ein bisschen Hunger«, fuhr er fort und deponierte je zwei üppig belegte Sandwiches auf den Tellern. »Auf deinen Geburtstag und ein glückliches, gesundes neues Lebensjahr.«

»Vielen Dank.« Sie trank einen Schluck und schloss

genießerisch die Augen. Dann nahm sie ein Brot und biss mit sichtlichem Appetit hinein. »Diese Lichtung ist magisch«, bemerkte sie nach einer Weile. »So unwirklich schön, dass es fast eine Filmkulisse sein könnte.«

»Ich war zum ersten Mal mit meiner Mutter hier, da war ich ungefähr vier oder fünf Jahre alt. Es war Sommer, aber auch ein etwas verregneter Tag. Ich war so stolz, weil ich allein auf meinem Shetlandpony reiten durfte. Normalerweise hat Mum mich nämlich vor sich auf den Sattel genommen, wenn wir größere Touren gemacht haben. Ich erinnere mich noch, wie erwachsen ich mich gefühlt habe.« Er lachte leise bei der Erinnerung daran und sprach dann weiter: »Wir haben auch ein kleines Picknick gemacht, genau hier an dieser Stelle, und Mum hat mir Geschichten erzählt – von räuberischen Clansmännern in grauer Vorzeit und von Feen und Elfen.«

»Das klingt toll. Und Marlin? War der nicht dabei?«

»Nein, war er nicht.« Alex kratzte sich am Kopf und versuchte seine Erinnerungen zu sortieren. Er hatte ganz klar das Bild vor seinem inneren Auge, wie er mit seiner Mutter hier gewesen war, und auch von anderen Ausflügen mit ihr. Aber Szenen mit seinem Dad aus dieser Zeit blieben verschwommen. »Ich glaube, er war damals viel unterwegs. Keine Ahnung, was er gemacht hat. Ich habe mir immer vorgestellt, dass er Geheimagent wäre oder so.« Er grinste schief. Auch daran hatte er ewig nicht mehr gedacht. »Jedenfalls waren Mum und ich alleine hier.«

Als er davon erzählte, fielen ihm plötzlich immer mehr Ereignisse aus seiner frühen Kindheit ein, die er Colleen schilderte. Sie hörte gebannt zu und stellte nur ab und zu eine Frage. Erinnerungen waren ein seltsames Phänomen, dachte Alex. Sie überfielen einen grundsätzlich unerwartet. Eigentlich hatte er geplant, mit ihr über ihr Leben zu sprechen. Über ihre Vergangenheit, ihre Pläne, ihre Träume. Stattdessen konnte er seinen eigenen Redefluss nicht stoppen. Vielleicht war es dieser Platz unter dem Felsendach – der über die Jahrhunderte wohl schon sehr viele Geschichten von sehr vielen Menschen gehört hatte –, der ihn zum Reden brachte und dazu, sich zu erinnern.

Colleen schien sich glücklicherweise nicht daran zu stören. Im Gegenteil. Sie hatte ihre Sandwiches aufgegessen und schon eine zweite Tasse Tee mit Whisky getrunken, und nun lehnte sie an seiner Schulter und hörte einfach nur zu. Seine Kindheitserinnerungen hatte er längst hinter sich gelassen und war zu seinen ausgedehnten Auslandserfahrungen gekommen. Nach der Schule, mit achtzehn Jahren, war er erst nach Holland gegangen, um in Amsterdam ein duales Studium in internationalem Hotelmanagement zu absolvieren – praktische Ausbildung in einem Luxushotel inklusive. Anschließend war er direkt nach New York gezogen und hatte dort gute acht Jahre gearbeitet und gelebt. Sich in Zoe verliebt, Aidan bekommen, Zoe verloren. Was für ein Ritt. Irgendwann war dann die Sehnsucht nach seiner Heimat so groß geworden, dass er dem anstrengenden Stadtleben den Rücken gekehrt hatte und zurück in die Einsamkeit der Highlands gekommen war.

»Hast du es je bereut?«, wollte sie schließlich wissen.

»Keine Sekunde. Wirklich nicht.« Er schüttelte wie zur Bekräftigung den Kopf. Eigentlich hatte er noch nie ernsthaft darüber nachgedacht, aber nun wurde ihm klar, dass es die Wahrheit war. »Ich hab in den elf Jahren, die ich unterwegs war, sehr viel gelernt. Ich habe tolle Dinge erlebt, spannende und inspirierende Menschen getroffen und meinen Horizont so erweitert, dass ich jetzt mit Sicherheit sagen kann, dass ich auf dem schönsten Flecken Erde lebe, den es gibt. Zumindest für mich.«

»Das ist schön. Offen gestanden beneide ich dich ein bisschen um diese Gewissheit. Ich bin nie viel herumgekommen, nicht mal in den USA. Ich war ein einziges Mal in Kalifornien und ansonsten nur an der Ostküste. Das hier ist mein erster Auslandsaufenthalt überhaupt – wenn man Kanada nicht mitzählt.« Sie sah ihn ein wenig betrübt an. »Seltsamerweise hatte ich nie den großen Drang, die Welt zu erkunden, aber ich weiß ganz sicher, dass ich mit Boston nicht dasselbe verbinde wie du mit Kirkby und den Highlands.«

»Und hier? Fühlst du dich hier denn wohl?«, wollte er wissen und hatte Angst vor der Antwort. Ein Nein würde ihn ziemlich enttäuschen, doch ein Ja wäre fast noch gefährlicher. Für sein Herz und seine Seele.

MUTTERLIEBE

WAS FÜR EINE FRAGE, DACHTE COLLEEN. Und da sie selbst Angst vor der Antwort hatte, goss sie sich und Alex noch etwas Tee in die Tassen. Diesmal ohne Whisky, denn der Alkohol hatte ganz sicher ihre Denkfähigkeit getrübt – und Alex in Plauderlaune versetzt. Letzteres fand sie toll. Es hatte sie unglaublich berührt, wie liebevoll er über seine Mutter gesprochen hatte. Die beiden mussten ein sehr inniges Verhältnis gehabt haben. Sie konnte sich nicht vorstellen, wie schrecklich es für ihn gewesen sein mochte, sie so früh zu verlieren. Das war mit Sicherheit nicht mit ihrer Trauer zu vergleichen.

Ihr Dad hatte sie über so viele Jahre begleitet, hat sie aufwachsen sehen, sie bei ihren ersten Schritten ins Berufsleben unterstützt und war einfach immer für sie da gewesen. Vielleicht war es manchmal sogar zu viel gewesen. Sie war nie in die Verlegenheit gekommen, eigene Entscheidungen treffen oder eigene Träume durchsetzen zu müssen. Das war sicherlich ein Grund dafür, dass sie nun mit dreiunddreißig Jahren ziemlich ratlos in die Zukunft blickte. Der Schmerz nach Gavins Tod war schlimm, aber er war ja nicht plötzlich gekommen, sondern sie hatte sich über Monate darauf vorbereiten können. Wie schrecklich musste es dagegen für den elfjährigen Alex gewesen sein, seine Mutter zu verlieren? Er hatte ihr erzählt, dass Bonnie kurz nach der Geburt ihrer jüngsten Tochter an Krebs gestorben war, den man während der Schwangerschaft diagnostiziert hatte. Sie hatte die Wahl gehabt: ein Abbruch der Schwangerschaft und eine Krebstherapie oder ein gesundes Kind. Sie hatte sich für ihr Kind und gegen ihr eigenes Leben entschieden.

Colleen lief es eiskalt den Rücken hinunter, wenn sie an Alex' nüchterne Worte dachte. Er selbst hatte von den näheren Umständen erst Jahre später erfahren und war von dem – seiner Wahrnehmung nach – plötzlichen Tod der Mutter fürchterlich traumatisiert gewesen. Ihr Herz schmerzte für ihn. Und noch ein bisschen mehr für seine Mutter. Wie musste sie sich gefühlt haben? Wie grausam konnte das Schicksal sein, dass es solche Entscheidungen verlangte? Wie hätte sie selbst in so einer Situation reagiert? Sie hatte keine Ahnung, hatte keine Vorstellung von der bedingungslosen Liebe, die eine Frau für ihr ungeborenes Kind empfinden musste, dass sie dessen Leben als wichtiger einschätzte als ihr eigenes. Doch ihre Hochachtung vor dieser mutigen Frau war riesengroß. Auch weil sie es geschafft hatte, ihrem Sohn in der kurzen Zeit, die sie zusammen gehabt hatten, eine so fundamentale Liebe zur Heimat zu vermitteln, ihm richtige Wurzeln zu geben.

Da war sie auch schon wieder beim Thema, denn Wurzeln hatte sie selbst keine. Sie hatte zwar mehr als drei Jahrzehnte in Boston verbracht, doch verband sie mit der Stadt nichts von dem, was Alex für seine Heimat empfand.

Vielleicht lag es daran, dass ihre Eltern auch von anderswo stammten: ihre Mutter Gloria aus South Carolina und ihr Dad von hier. Am Ende seines Lebens hatte er immer häufiger von seiner Kindheit gesprochen, und jetzt wurde Colleen auch klar, dass Gavin seine Wurzeln hier in Kirkby gehabt und sich mit dem Land genauso tief verbunden gefühlt hatte wie Alex. Daran hatten nicht einmal fast siebzig Jahre Abwesenheit etwas geändert. Und wenn sie nun ganz tief in sich hineinspürte, hatte sie beinahe den Eindruck, dass sie selbst schon zarte Wurzeln entwickelte. Sie fühlte sich in dieser rauen und doch so märchenhaften Landschaft aufgehoben und geborgen. Aber war das echt? Entsprang dieses Gefühl nicht nur einem Wunschdenken? Der Sehnsucht, irgendwo dazuzugehören? Lag es an den Menschen hier, die sie mit offenen Armen in ihre Gemeinschaft aufgenommen und ihr genau diese Zugehörigkeit vermittelt hatten? Oder war es schlicht der Whisky, der ihre Gedanken Kapriolen schlagen ließ? Oder Alex?

Sie seufzte tief. Ob er seine Frage vergessen hatte? Sie sah zu ihm und fing seinen Blick auf, der aufmerksam, ein wenig angespannt und definitiv erwartungsvoll auf ihr ruhte.

»Ich fühle mich hier sehr wohl«, antwortete sie schließlich. »So wohl wie noch nirgendwo zuvor. Und das macht mir gerade höllisch Angst.«

Alex stieß deutlich hörbar seinen Atem aus, so als hätte er die Luft angehalten. Fast wirkte er ein bisschen erleichtert. »Du brauchst dich nicht zu fürchten«, sagte er sanft. »Lass einfach alles auf dich zukommen, und schau, wie es sich für dich entwickelt. Aber eines weiß ich sicher: Solltest du dich dafür entscheiden, zu bleiben, wird dir Kirkby eine gute Heimat sein.«

Seine leicht kryptischen Worte begleiteten sie auf dem Rückweg, den sie kurz darauf antraten. Es wurde bereits dämmrig, und sie ritten schweigend durch den ruhigen Wald. Es stimmte schon, sie musste nichts übers Knie brechen. Sie hatte Zeit genug, um gründlich über ihre Zukunft nachzudenken. Würde sie hier leben, bräuchte sie jedoch mittel- bis langfristig einen Job. Sie hatte zwar ein nicht unerhebliches Vermögen von ihrem Vater geerbt, aber endlos lange würde das auch nicht reichen. Mal abgesehen davon, dass sie das dringende Bedürfnis hatte, einer erfüllenden und sinnstiftenden Arbeit nachzugehen. Doch das war nichts, worüber sie sich heute noch den Kopf zerbrechen musste. Heute war ihr Geburtstag, und den Abend würde sie ganz gemütlich zusammen mit Alex und Aidan verbringen.

Letzterer wartete bereits mit Tito im Stall auf sie. »Na, wie findest du unser Geschenk?«, wollte er wissen, als Colleen Tilly in ihre Box brachte, sie absattelte und ihr das Zaumzeug abnahm.

»Meinst du mein Reit-Outfit? Das finde ich absolut großartig. Die Sachen passen perfekt.« Sie lächelte den Jungen an, der ihr die Trense abnahm und sie außen an der Boxentür an einen Haken hängte.

»Nein, Klamotten interessieren mich nicht. Ich meine Tilly. Dass sie jetzt dein Pferd ist und so.«

»Das ist das allertollste Geschenk der Welt!« Colleen streichelte die Stute am Hals und begann dann, ihre Hufe auszukratzen. »Aber sie ist ja nicht mein Pferd. Ich darf sie nur reiten und mich um sie kümmern, solange ich hier bin.«

»Wenn du für immer bleibst, gehört sie für immer dir«, stellte er fest und grinste. »Ich hab mir gedacht, das wäre ein toller Tausch. Du bekommst Tilly und ich Tito.« Er beugte sich zu dem kleinen Hund, der wie angeklebt an seiner Seite hing, und kraulte ihm die Ohren. »Das ist ein Mega-Deal, allein schon, weil so ein Pferd ja viel größer ist.«

»Dann war das also deine Idee?«

»Dad und ich haben es uns zusammen ausgedacht. Aber er sagt auch, dass Tito offiziell noch dir gehört und dass er, falls du doch wieder nach Amerika gehst, wohl mitkommen muss. Deshalb fände ich es schon gut, wenn du hierbleiben würdest.«

Colleen linste unter dem Pferdebauch hindurch zu Aidan und Tito, die binnen weniger Tage die allerbesten Freunde geworden waren. Niemals würde sie die beiden wieder auseinanderreißen können – auch wenn Tito die letzte Verbindung zu ihrem Dad war. »Tito kann sich glücklich schätzen, dass er in dir einen so guten, neuen Freund gefunden hat. Er war nämlich sehr traurig, als mein Dad gestorben ist. Ich glaube nicht, dass er jemals wieder mit mir irgendwohin gehen würde.«

»Ehrlich?« Aidan klang so hoffnungsvoll, dass es Colleen fast das Herz zerriss.

»Ganz ehrlich«, entgegnete sie. »Ich bin froh, dass ihr Freunde seid.«

»Und ich bin froh, dass Tilly jetzt dich hat!«

»Weil du dich nicht so gut mir ihr verstehst?«, ächzte Colleen, denn Tilly verlagerte ihr Gewicht auf das Hinterbein, dessen Huf sie gerade bearbeitete.

»Na ja, sie ist halt ein Mädchen-Pferd«, entgegnete Aidan schulterzuckend. »Sie ist schon lieb und alles, aber … Sie ist einfach nicht so cool wie mein Gandalf oder Dads Dorian.«

»Tilly, hör nicht auf ihn. Für mich bist du sehr cool!«, tröstete sie, leicht amüsiert, das Pferd und nahm sich noch den letzten Huf vor. »Deinen Gandalf würde ich auch gerne mal kennenlernen«, sagte sie, an den Jungen gewandt. »Aber erst muss ich Tilly noch bürsten und ihr vielleicht eine Decke überlegen. Es war ja doch ziemlich feucht draußen, und ich will nicht, dass sie sich erkältet.«

»Okay, ich mach dann schon mal dein Zaumzeug und den Sattel sauber«, bot Aidan an und schleppte die Sachen in die Sattelkammer.

Colleen rieb ihr Pferd mit Stroh ab, um es ein wenig trockener zu bekommen. Dann bürstete sie das Fell wieder glatt und ging zu Alex, der noch Dorian versorgte. »Soll ich Tilly eindecken?«, fragte sie und kraulte Dorian, der sie neugierig nach Leckereien absuchte.

»Ja, es war dann doch ganz schön nass. Ihre Decke findest du in der Sattelkammer bei ihrer Ausrüstung. Rupert wird bei der Fütterung und ehe er ins Bett geht, noch einmal kontrollieren, ob sie wieder vollständig trocken ist.«

»Okay, danke. Soll ich dir Dorians Decke auch gleich mitbringen?« Als Alex nur nickte, schnappte sie sich Sattel und Trense und trug sie zur Kammer. Wenn Aidan schon dabei war, ihre Sachen zu säubern, dann würde er das für seinen Vater vielleicht ebenfalls machen.

Aidan war mit seinem bandagierten Arm zwar noch etwas gehandicapt, ging aber trotzdem mit sicheren Handgriffen ans Werk, als hätte er sein Leben lang nichts anderes gemacht. Was in dieser pferdeverrückten Familie vermutlich sogar stimmte. Colleen legte sich die Decken über den Arm und schnappte sich noch zwei Karotten, die in einer großen Steingutschale lagen. »Ich bin gleich fertig, dann kannst du mir Gandalf vorstellen«, sagte sie, ehe sie die Sattelkammer wieder verließ, erst Dorians Decke ablieferte und dann zurück zu Tilly ging. Sie legte dem Pferd – ihrem Pferd! – das karierte Plaid auf den Rücken und befestigte die Schließen an Brust und Bauch. Dann verfütterte sie die beiden Möhren. Tilly lehnte den mächtigen Kopf gegen ihre Brust und genoss es sichtlich, von Colleen am Kinn gekrault zu werden.

»Na, meine Süße«, raunte sie dem Tier ins Ohr. »Ich kann es immer noch nicht fassen, dass du jetzt mir gehören sollst. Also, bis auf Weiteres.« Sie schloss die Augen und atmete tief den Duft nach warmem Pferd ein. In ihrem Kopf kreisten zwei Gedankenfetzen, Aussagen der Fraser-Männer, die ihr nicht mehr aus dem Sinn gehen wollten. Kirkby würde ihr eine gute Heimat sein, sollte sie sich zum Bleiben entschließen – das hatte Alex gesagt. Aidans Kommentar war noch simpler und geradliniger gewesen: *Wenn du für immer bleibst, gehört sie für immer dir.* Konnte es wirklich so einfach sein?

»Kommst du?«, riss Aidan sie aus ihren Gedanken. »Ich will dir doch Gandalf zeigen. Aber du musst dir deine Jacke wieder anziehen, denn er steht draußen im Offenstall.«

Colleen verabschiedete sich von Tilly, zog gehorsam ihre Jacke über und folgte dann ihrem jungen Freund, um den Tito begeistert herumsprang. Ganz geheuer waren dem Terrier die großen Tiere offensichtlich noch nicht, denn erst draußen war er wieder so fröhlich und ungebärdig wie gewohnt. Sie mussten nicht weit gehen, die große Koppel mit dem Offenstall war nur etwa hundert Meter entfernt. Es war jetzt allerdings schon so dunkel, dass man nicht mehr viel erkennen konnte. Aidan schien das nicht zu stören, er kletterte geschickt durch den Koppelzaun hindurch und stieß einen schrillen Pfiff aus. Dann stapfte er in Richtung Offenstall, und Colleen war überrascht, als aus der Dunkelheit einige schemenhafte Schatten auf sie zukamen.

Sie kramte in ihrer Jackentasche nach dem Telefon, um die Taschenlampe zu aktivieren. Den ganzen Nachmittag über war es stummgeschaltet gewesen, und nun stellte sie fest, dass es einige Textnachrichten und drei Anrufe gab. Einer stammte von der Kanzlei ihres Vaters. Gavins langjähriger Partner hatte knapp gratuliert und dann um möglichst raschen Rückruf gebeten. Anscheinend hatte es nach seiner Mail von letzter Nacht neue Entwicklungen gegeben. Die beiden anderen waren Anrufe von ihrer

Mutter, die nicht auf die Mailbox gesprochen, dafür aber Textnachrichten in einem zunehmend unangemessenen Tonfall geschrieben hatte. Aus Gründen, die wohl nur Gloria selbst verstand, wollte sie plötzlich das Testament anfechten. Nicht dass Colleen sehr überrascht war, schon gar nicht, nachdem sie ihrer Mutter heute Mittag schriftlich mitgeteilt hatte, dass sie weder in absehbarer Zeit zurückkehren noch Gloria das Haus zur Verfügung stellen und erst recht nicht in die Hochzeitsplaner-Agentur mit einsteigen würde. Die Heftigkeit ihrer Worte schmerzte trotzdem.

Sie fuhr zusammen, als sie gleichzeitig am Rücken und an der Seite angestupst wurde. Erschrocken riss sie den Blick vom Display ihres Smartphones los und sah sich um. Viel konnte sie nicht erkennen, doch sie fühlte, dass sie von mehreren Leibern umgeben war, und hörte leises Schnauben. »Huch«, entfuhr es ihr, als sie samtige Nüstern an ihrem Ohr fühlte.

»Du hast doch keine Angst?«, hörte sie Aidan, den sie ein paar Meter von ihr entfernt verortete und der ebenfalls von Pferden umringt sein musste.

»Nein, keine Sorge. Ich kann nur praktisch nichts erkennen.« Sie lachte, als sich ein Pferdemaul gezielt ihrer Jackentasche näherte. »Wie viele Tiere habt ihr hier draußen? Und gehören die auch alle euch?«

»Im Moment hat Onkel Rupert fünfzehn Pferde in der Offenstallhaltung. Davon gehören nur drei uns. Mein Gandalf und die beiden alten Ponys von Hailey und Kristie. Die anderen Pferde gehören Leuten aus dem Dorf.«

»Ihr Schotten scheint ja ein wirklich pferdeverrücktes Volk zu sein. Aber vielleicht solltest du mir Gandalf lieber bei Tageslicht vorstellen.« Sie quiekte, weil ein Tier an ihren Haaren zog.

»Hier ist er doch schon.« Aidan stand mit einem Mal wieder direkt vor ihr, und als sie ihr Handy mit der angeschalteten Taschenlampe hob, sah sie sein fröhliches sommersprossiges Gesicht mit der noch verpflasterten Platzwunde auf der Stirn. Neben ihm stand ein hübscher, leicht verzottelter Rotschimmel, der einen ähnlich schelmischen Gesichtsausdruck hatte wie der Junge.

»Hallo, Gandalf«, begrüßte sie das Pony. »Du bist ja ein lustiger Kerl.« Sie ließ ihn an ihrer Hand schnuppern und tätschelte dann seine Wange. »Wie lange hast du ihn schon?«, wollte sie von Aidan wissen.

»Schon ewig«, entgegnete er lässig. »Als wir von New York hergezogen sind, war er noch ein Fohlen, und wir haben zusammen gespielt. Mit sieben durfte ich ihn das erste Mal reiten, stimmt's, mein Dicker?«

Colleen fand es hinreißend, wie die coole Fassade des Beinahe-Teenagers innerhalb weniger Augenblicke dem Landkind gewichen war, das sein Pony offensichtlich sehr liebte. Mit genau dem gleichen Blick sah er sonst nur Tito an. Apropos. »Wo ist eigentlich Tito?«

»Der wartet am Zaun auf uns«, behauptete Aidan im Brustton der Überzeugung, die Colleen nicht so ganz teilen konnte. »Er ist ein kluger Hund und würde sich in der Dunkelheit nicht in eine Herde von Pferden wagen, die ihn noch nicht so gut kennen.«

»Nicht so wie ich also«, sagte Colleen trocken. Sie war nicht übermäßig besorgt, aber ein wenig unheimlich war es schon, zwischen den vielen großen Tieren zu stehen, ohne wirklich etwas sehen zu können.

»Dir passiert nichts. Ich bin schließlich dabei«, beruhigte Aidan sie. »Wenn mein Arm wieder okay ist, können wir ja mal gemeinsam ausreiten«, schlug er vor. »Dad hat nicht immer Zeit, und allein ist es auch langweilig.«

»Das fände ich sehr schön.« Colleen wurde ganz warm ums Herz. »Aber du bist vielleicht lieber mit deinen Freunden unterwegs.«

»Das ist schon okay, für eine Erwachsene bist du ziemlich cool.«

»Du bist ja ein echter Charmeur!« Sie fühlte sich sehr geschmeichelt. Mehr Lob aus dem Mund eines Zwölfjährigen war wohl nicht möglich.

Aidan grinste halb verlegen, halb erfreut. »Sollen wir nach Hause gehen? Ich hab langsam echt Hunger.«

Wirklich schade, dass man nicht jeden Tag Geburtstag haben konnte, dachte Colleen am nächsten Vormittag. Sie hatte nach dem Offenstall-Abenteuer mit Aidan sofort ihr Handy ausgeschaltet, um gar nicht erst in die Verlegenheit zu kommen, noch weitere Anrufe oder Textnachrichten entgegennehmen zu müssen. Stattdessen hatte sie mit Alex, Aidan und Marlin gegessen und später, als der Junge schon im Bett gewesen war, mit den Fraser-Männern noch einen Whisky vorm Kamin getrunken. Es war ein wunderschöner Tag gewesen, der beste seit langer Zeit, doch nun musste sie sich wohl den Problemen in der Heimat stellen.

Seufzend las sie die Mail, die ihr Arthur Cooper, der Partner ihres Vaters, gestern noch geschickt hatte. Ihre Mutter habe sich einen Anwalt genommen und sei nun wild entschlossen, das Testament ihres Ex-Mannes anzufechten. Colleen schüttelte traurig, aber auch mit wachsendem Ärger den Kopf. Gloria hatte nach der Scheidung sehr viel Geld und ein kleines Ferienhäuschen an der Küste erhalten, in Gavins Letztem Willen war sie jedoch nicht mehr bedacht worden. Warum auch? Sie hatte sich nach der Scheidung kein einziges Mal mehr bei ihm blicken lassen, hatte ihn nie besucht, als er krank wurde, und selbst der Trauerfeier war sie ferngeblieben. Warum hätte Dad ihr noch etwas vererben sollen? Sein komplettes Vermögen, die Anteile an seiner Kanzlei und das Haus hatte Colleen als einzige Angehörige bekommen.

Da sie keinerlei tiefer gehendes Interesse an der Juristerei hatte, war schon vereinbart worden, dass die verbleibenden Partner sie ausbezahlen würden. Was sie mit dem Haus machen wollte, hatte sie bei ihrer Abreise noch nicht entschieden. Wenn sie jedoch ehrlich zu sich selbst war, musste sie sich eingestehen, dass sie vermutlich schon vor langer Zeit Abschied davon genommen hatte. Sie hatte glückliche Jahre in diesem Haus verbracht – als sie ein Kind gewesen und es zwischen ihren Eltern noch gut gelaufen war. Doch schon als Jugendliche hatte sie den riesigen Kasten zunehmend als unpersönlich empfunden, was vielleicht auch am manischen Dekowahn ihrer Mutter gelegen hatte. Gloria hatte mindestens alle drei Jahre die Einrichtung verändert und erhebliche Umgestaltungen vorgenommen. Obwohl Colleen ein College in Boston besucht hatte, war sie bei ihren Eltern aus- und zunächst in ein Studentenwohnheim eingezogen. Bald darauf hatte sie sich eine eigene Wohnung gemietet und dann einige Jahre mit Marc zusammengelebt – bis ihr Dad so krank geworden war, dass er ihre Hilfe gebraucht hatte, und sie wieder zurückgekehrt war.

Abgesehen davon, dass sie die Zeit mit ihrem Vater trotz aller mitschwingenden Trauer sehr genossen hatte, war ihr das Haus immer fremd geblieben. Sie konnte sich keine Umstände vorstellen, unter denen sie dort wieder würde leben wollen. Am wenigsten natürlich, wenn sie allein wäre, aber nicht mal mit einer eigenen Familie. Nein, dieses Kapitel war abgeschlossen. Und da es offensichtlich schon einen Kaufinteressenten gab, würde sie das so schnell wie möglich durchziehen.

Blieb noch das Problem mit ihrer Mutter. Gloria hatte das Haus immer geliebt und schon bei der Scheidung mit allen Mitteln versucht, es zu bekommen. Doch in diesem Punkt war Gavin stur geblieben – er würde sich auf seine alten Tage keine neue Bleibe mehr suchen. Colleen wusste nicht, warum ihre Mutter nach wie vor so scharf darauf war, denn mit ihrem neuen Ehemann hatte sie vor ein paar Jahren ein noch größeres, spektakuläreres Haus bezogen. Sie wollte auch gar nicht über mögliche Begründungen nachdenken, sondern wappnete sich innerlich schon für das Schlimmste. Aber sie war entschlossen, sich der Situation zu stellen. Sie schrieb eine ausführliche Mail an Arthur und bat für später am Tag um einen Skype-Termin. Ihrer Mutter mailte sie nur knapp, dass sie hoffte, alle Probleme in einem Telefonat oder per Video-Chat – ebenfalls heute – klären zu können. Dann sah sie auf die Uhr. Es war kurz nach elf, also sechs Uhr nach Bostoner Zeit. Sie schätzte, dass ihr mindestens zwei bis drei Stunden blieben, ehe sich Arthur bei ihr melden würde. Das sollte für einen Besuch bei Tilly und vielleicht für eine kleine Runde auf dem Reitplatz reichen.

Also zog sie sich rasch um und machte sich auf den Weg. Zu Fuß, denn ihr nagelneues Rad hatte sie gestern im Stall gelassen, als sie mit Aidan nach Hause gelaufen war. Unterwegs beobachtete sie Marlin, der Tito offenbar dazu bringen wollte, einige Schafe einzukreisen und in einen abgezäunten Paddock zu treiben. Ein Vorhaben, das in Colleens Augen zum Scheitern verurteilt war, denn das Stadthündchen Tito, das bis vor zwei Wochen in seinem ganzen fünfjährigen Leben noch kein Schaf zu Gesicht bekommen hatte, schien keine ausgeprägten Hütehund-Qualitäten zu haben. Aber es war lustig anzusehen, weshalb sie stehen blieb und das Spektakel verfolgte. Der Terrier rannte kläffend zwischen den Schafen hin und her, die jedoch stoisch weiterfraßen und den kleinen Hektiker weitgehend ignorierten. Marlin versuchte den Hund zu beruhigen und ihm klare Anweisungen zu geben, und brach doch selbst immer wieder in schallendes Gelächter aus.

»Ich fürchte, da ist Hopfen und Malz verloren«, sagte sie beim Nähertreten.

»Nein, nein, das kriegt er schon hin. Vielleicht nicht heute oder morgen, aber mit ein bisschen Geduld kann aus ihm ein echter Schäferhund werden«, widersprach Marlin, die blaugrauen Augen immer auf den Hund gerichtet.

»Ich bin da nicht so optimistisch«, kicherte sie, als Tito just in diesem Moment einen großen Satz machte und auf den Rücken eines Schafes sprang, das daraufhin die Contenance verlor und empört blökte.

»Wart's ab!« Marlin grinste und schaute kurz zu Colleen. »Ich wollte dich gerade fragen, was deine Pläne sind, aber ich seh schon, du bist unterwegs zum Stall.«

»Ja, ich wollte Tilly besuchen und vielleicht für eine Runde mit ihr auf den Reitplatz gehen. Am Nachmittag habe ich dann leider ein paar unangenehme Telefonate vor mir.« Sie seufzte und fragte sich gleichzeitig, warum sie das jetzt ausgerechnet vor Marlin herausposaunt hatte. »Mit meinem Anwalt und meiner Mutter«, fügte sie hinzu, ehe sie sich bremsen konnte.

»Oh«, sagte er nur neutral.

»Meine Mutter will urplötzlich das Testament meines Vaters anfechten.« Okay, der Drang, darüber zu sprechen, war offensichtlich übermächtig.

»Hast du nicht erzählt, dass deine Eltern schon lange geschieden sind?«

»Ja, seit acht Jahren, und sie hat eine wirklich großzügige Abfindung bekommen – obwohl sie diejenige war, die die Scheidung eingereicht und kurz darauf einen anderen, jüngeren, reicheren Mann geheiratet hat.«

»Das heißt also, dass sie dein Erbe haben will?« Marlin runzelte die Stirn. »Welche Mutter tut so etwas?«

Gute Frage. Eine wirklich sehr gute Frage, dachte Colleen. »Vermutlich eine, die von ihrem Kind bitter enttäuscht ist«, sagte sie leise. Das musste der wahre Grund sein, da war sie sich mit einem Mal absolut sicher.

»Ich kann mir beim besten Willen nicht vorstellen, wie du deine Mutter enttäuscht haben könntest.«

»Das ist lieb von dir, aber ich fürchte, Menschen haben ein Talent dafür, ihre Liebsten zu enttäuschen.« Sie seufzte, sparte sich aber diesmal die Details. Sie wollte Marlin nicht mit Hochzeitsplaner-Anekdoten irritieren, mit denen ein so bodenständiger Mann sicher nicht das Geringste anfangen konnte. »Oder haben dich deine Kinder noch nie enttäuscht?«

Colleen war überrascht, dass diese Frage Marlin offensichtlich zu längerem Nachdenken zwang. Er war ganz ernst geworden, doch schließlich antwortete er: »Natürlich haben sie das – und umgekehrt sicher auch. Aber es war nie so schlimm, dass wir uns nicht verzeihen konnten. Und ganz sicher würde ich keinem der vier sein Erbe streitig machen.«

»Das ist schön für euch. Bei mir liegt die Sache wohl ein wenig anders, so bedauerlich ich das auch finde. Ich bin fest entschlossen, das schnellstmöglich zu klären, aber jetzt will ich erst mal mein Pflegepferd besuchen.« Sie zwang sich zu einem Lächeln und ging dann rasch weiter in Richtung Stall.

Marlins ehrliche Worte hatten sie berührt. Er hatte zugegeben, dass er nicht perfekt war, und akzeptierte offenbar auch, dass seine Kinder nicht perfekt waren und im Zweifel eigene Entscheidungen trafen. Bisher kannte sie nur Alex und Isla, und mit diesen beiden schien es gut zu laufen. Seine jüngsten Geschwister – Lennox und Shona – hatte Alex bislang nur kurz erwähnt und dabei keine Andeutungen hinsichtlich einer familiären Entfremdung gemacht. Ganz im Gegenteil. Die gesamte Familie, auch Marlins Geschwister, deren Partner und Kinder, ließ erkennen, dass sie einander sehr nahestanden und fest zusammenhielten. Wohingegen die einzige echte Verwandte, die Colleen noch hatte, ihre Mutter, nun aus irgendwelchen idiotischen Gründen der Meinung war, sie müsse sich ihr weiter entfremden. Das tat wirklich weh, und doch merkte Colleen, wie sie sich innerlich stählte. In diesem Fall würde sie ganz bestimmt nicht klein beigeben. Sie hatte vielleicht keinen großen familiären Rückhalt, aber ein klares Werte- und Moralgerüst, das ihr vor allem ihr Vater mitgegeben hatte. Und unerklärlicherweise fühlte sie sich hier in Schottland wohler damit als in Amerika. Vielleicht trat da ihr schottisches Erbe zutage – erweckt von den geheimnisvollen Kraftquellen, die hier den Boden durchzogen?

Was immer es war, sie würde es nutzen. Aber jetzt war erst einmal Tilly dran.

● ● ●

Alex saß im Büro und kümmerte sich gerade um seine Social-Media-Kanäle, als sein Handy klingelte und Zoe anrief. Um diese Zeit? War irgendetwas geschehen? »Zoe? Alles in Ordnung bei dir?«

»Ja, klar. Warum auch nicht?« Ihre Stimme klang glockenhell und fröhlich aus dem Telefon.

»Weil es hier elf Uhr vormittags ist und es bei dir an der Westküste mitten in der Nacht sein dürfte.«

»Ach Süßer, ich bin doch nicht in Kanada. Ich bin auf Promotour durch Europa, für die neue Staffel, und rufe gerade aus London an. Kann ich mal Aidan sprechen? Er geht nicht an sein Telefon.«

In Alex' Kopf begann es zu rattern. Zoe war in Europa und hatte es nicht für nötig gehalten, ihnen vorher Bescheid zu geben? Oder hatte er etwas verpasst? »Aidan ist in der Schule und muss dort sein Telefon abschalten«, erklärte er mit deutlicher Irritation in der Stimme. »Warum hast du uns nicht gesagt, dass du nach Europa fliegst? Wann kommst du hierher?«

»Na, du bist ja naiv. Willst du wissen, wie mein Zeitplan getaktet ist? Ich hab ja kaum mal Gelegenheit zu einer Mahlzeit, geschweige denn für Privatleben hier auf dem Trip. Dass ich jetzt anrufen kann, liegt nur daran, dass sich ein Interview-Termin verschoben hat. Außerdem habe ich bestimmt erwähnt, dass ich hier sein würde. Und falls es nicht explizit war – man kann es ja auf meinem Instagram-Kanal verfolgen«, plapperte sie weiter und reagierte gar nicht auf das ungläubige Schnauben, das Alex nicht unterdrücken konnte. »Sei ein Schatz, und ruf mal in der Schule an, damit ich jetzt kurz mit Aidan sprechen kann.«

»Das werde ich ganz sicher nicht tun«, entgegnete er eisig.

»Jetzt sei doch nicht so ein Spielverderber. Ich bin mir sicher, er würde sich freuen.«

»Er würde sich vor allen Dingen freuen, wenn du ein Mal unsere Verabredungen einhalten würdest. Zum Skypen. Oder an seinem Geburtstag. Oder wenn du es möglich gemacht hättest, ihn zu sehen, nachdem du sowieso schon im Land bist. Himmel, Zoe, Aidan ist dein Sohn!«

»Es gibt keinen Grund, laut zu werden. Wir hatten eine klare Vereinbarung, und es ist eben nicht so einfach, bei meiner Arbeit private Termine einzuhalten. Das musst du doch verstehen. Also ruf in der Schule an, damit ich kurz mit meinem Sohn plaudern kann. Ich werde ihm dann schon erklären, warum ich ihn auf meinem Europa-Trip nicht besuchen kann.«

Alex zählte im Kopf langsam bis zehn, um nicht komplett auszurasten. Schließlich hatte er sich so weit wieder im Griff, dass er antworten konnte. »Ich werde nicht in der Schule anrufen, weil Aidan gerade in diesem Augenblick einen Mathe-Test schreibt.«

»Ach so? Wie ungünstig, wo ich mir extra die Zeit genommen habe … dann werde ich ihm eben einfach eine Sprachnachricht schicken.«

»Tu, was du nicht lassen kannst.«

»Ich würde mir von dir wirklich etwas mehr Verständnis für meine Situation und mehr Flexibilität wünschen.«

»Zoe, auf diesem Niveau werde ich nicht mit dir weiterdiskutieren, denn sonst könnte es sein, dass ich auf der

Stelle nach London komme und dir persönlich deinen Schwanenhals umdrehe«, grollte er und fühlte sich regelrecht atemlos von dem Gefühl verzweifelter Ohnmacht, das ihn überrollte.

»Kein Grund, so melodramatisch zu werden.«

Alex hatte größte Lust, einfach aufzulegen, doch wo er seine Ex schon mal am Telefon hatte, konnte er auch das nächste leidige Thema ansprechen. »Wenn du noch fünf Minuten hast, würde ich gern mit dir über Weihnachten reden.«

»Was ist mit Weihnachten?«, kam es betont ahnungslos zurück.

»Wir haben doch schon etliche Male darüber gesprochen – ich zumindest. Wir haben hier an Weihnachten eine große Hochzeitsgesellschaft mit reichlich Trubel. Das wäre eine gute Gelegenheit für dich, etwas Zeit mit Aidan zu verbringen. Du hast doch Drehpause. Ich könnte ihn am 22. Dezember in einen Flieger nach Vancouver oder Los Angeles setzen – wo immer du die Feiertage halt verbringst –, und dann feiert ihr Weihnachten zusammen. Glaub mir, für ihn wäre es das Größte überhaupt.« Die Vorstellung, das Weihnachtsfest ohne sein Kind zu verbringen, drehte ihm zwar fast den Magen um, doch Alex wusste, wie wichtig und schön es für Aidan wäre, auch ein bisschen mit seiner Mutter zusammen zu sein. Einer Frau, die er fast nur noch aus dem Fernsehen kannte, die er seit drei Jahren nicht mehr persönlich getroffen hatte und die er doch vergötterte und idealisierte.

»Oh«, gab Zoe einsilbig zurück, und Alex ahnte schon,

dass gleich wieder eine Latte absurder Ausreden auf ihn einprasseln würde.

»Was ›Oh‹?«, rief er gereizt. »Weihnachten! Du weißt schon, das Fest der Liebe, das Ende Dezember stattfindet. Das man mit seinen Liebsten verbringt.« Er konnte sich seinen bitteren Sarkasmus nicht verkneifen.

»Ich weiß, was Weihnachten ist. Es ist nur ...« Zoe zögerte und hatte immerhin den Anstand, leicht schuldbewusst zu klingen. Andererseits war sie ja auch Schauspielerin, gespielte Emotionen sollten also drin sein.

»Lass mich raten: Es ist nur so, dass dir etwas dazwischengekommen ist, etwas Wichtigeres als dein Sohn!«

»Jetzt sei nicht so unfair. Es ist nur so, dass ich doch noch nicht lange mit Dylan zusammen bin, und er hat dieses tolle Haus auf den Bahamas, und da wollten wir die Feiertage und den Jahreswechsel verbringen.«

»Kein Problem, dann fliegt Aidan eben in die Karibik!«, behauptete Alex. Den Teufel würde er tun, seinen Sohn allein auf einen Umsteigeflug zu schicken, doch das würde ganz sicher ohnehin nicht nötig werden, denn ...

»Das wäre keine gute Idee. Ich meine, Aidan kennt Dylan doch gar nicht, und die Karibik ist auch nichts für ihn mit seinen roten Haaren und der hellen Haut. Er ist doch die Temperaturen gar nicht gewohnt, sondern nur diese arktische Kälte, die bei euch herrscht.«

»Wir sind hier in Schottland, nicht am Nordpol ...«

»Wo ist der Unterschied?«

»Zoe, hör einfach auf mit dem Scheiß!«, brüllte er sie rasend vor Wut an. »Du willst Aidan nicht sehen, weil du deinen neuen Kerl in der Karibik tagelang vögeln willst und dein Sohn dabei nur stören würde. Sag's doch einfach, wie es ist!«

»Gott, mit dir kann man auch überhaupt nicht sachlich sprechen«, seufzte Zoe und fuhr im nächsten Moment ganz geschäftsmäßig fort: »Dann wäre das ja nun geklärt. Richte Aidan aus, dass ich ihn vermisse. Ich schaff das jetzt nicht mehr mit der Sprachnachricht. Meine Assistentin hat mir gerade signalisiert, dass das Interview losgeht. Man hört sich. Ciao, ciao!«

Sie hatte tatsächlich aufgelegt. Einfach so. Alex starrte bebend vor Ärger auf das Display. Wie er diese Frau verachtete! Und wie gern er sie ein für alle Mal aus seinem Leben streichen würde. Doch das ging nicht. Sie war Aidans Mutter und damit einer der wichtigsten Menschen seines allerwichtigsten Menschen. Er atmete ein paarmal tief durch, um sich einigermaßen zu beruhigen. Es würde also wieder laufen wie so oft. Er würde seinem Sohn erklären, dass auch das kommende Weihnachtsfest ohne Mutter stattfinden würde. Einmal mehr würde er eine wohlklingende Lüge erfinden, damit die Enttäuschung des Jungen nicht ganz so grenzenlos ausfiel. Und er würde alles dafür tun, dass sie gemeinsam ein schönes Fest hatten – trotz der Hochzeit seines Cousins, die garantiert reichlich Trubel bringen würde.

● ● ●

»Wie siehst du denn aus?«, schallte es zur Begrüßung aus dem Laptopmonitor.

Colleen war gerade mit ihrem Fahrrad vom Stall zurückgekehrt und trug noch ihre Reitkluft, inklusive Helm. Kaum hatte sie ihr Cottage betreten, hatte ihr Computer das typische Skype-Signal von sich gegeben. Sie hatte eigentlich damit gerechnet, dass es Arthur Cooper wäre, doch nun wurde sie kritisch von ihrer Mutter Gloria gemustert, die ihrerseits wie aus dem Ei gepellt aussah.

»Hallo, Mom. Ich war beim Reiten«, erklärte Colleen und zog den Helm ab.

»Beim Reiten?« Aus irgendeinem Grund schien das Gloria ziemlich zu irritieren, denn sie runzelte die Stirn.

»Ja. Auf einem Pferd.«

Gloria presste die Lippen aufeinander und machte eine wegwerfende Handbewegung. »Was auch immer. Wenn du meinst, du müsstest dich den Freuden des Landlebens hingeben, dann ist das deine Sache. Mich interessieren im Augenblick nur zwei Dinge. Erstens, wann kommst du wieder nach Hause? Zweitens, warum komme ich nicht mehr ins Haus rein?«

Colleen stutzte kurz und brauchte einen Moment, um das eben Gehörte vollständig zu verstehen. »Ich weiß noch nicht, wann ich zurückkomme. Jedenfalls nicht in absehbarer Zeit. Und was wolltest du im Haus?«

»Ich wollte nach dem Rechten sehen und die Räume ausmessen.«

»Wozu?«

»Nun, es ist nicht gut, wenn ein Haus wochenlang leer steht und sich niemand drum kümmert.«

»Das meine ich nicht. Ich möchte wissen, wofür du

die Räume ausmessen willst«, entgegnete Colleen misstrauisch.

»Weil ich wieder einziehen werde und auch die Hochzeitsagentur dorthin verlagern möchte.« Gloria seufzte, als sei Colleen besonders begriffsstutzig. »Das hatte ich ja gestern bereits in meinen Nachrichten erwähnt. Also noch einmal die Frage: Warum komm ich nicht ins Haus rein?«

»Daddy hat vor ein paar Jahren die Schließanlage austauschen lassen.« Colleen zuckte mit den Schultern. »Das spielt aber keine Rolle für dich, weil du nicht in das Haus einziehen wirst. Es gehört mir, schon vergessen?«

»Wie könnte ich? Aber da ist das letzte Wort noch nicht gesprochen.« Gloria schickte ihrer Tochter einen hochmütigen Blick über die Datenleitung, doch dann schien sie einen radikalen Strategiewechsel zu verfolgen. »Schätzchen, es wäre doch nur zu deinem Besten. Steig in die Agentur mit ein, dann hast du endlich wieder einen vernünftigen Job und gute Aussichten für die Zukunft. Gemeinsam könnten wir ein richtiges Imperium starten und den Markt an der gesamten Ostküste dominieren. Das Haus wird unser Hauptquartier, wo wir alles aus einer Hand anbieten könnten. Sogar kleine Hochzeitsempfänge wären denkbar. Um die dürftest du dich kümmern, das müsste dir liegen, so scheu, wie du doch bist.«

»Ich bin nicht scheu! Ich mag nur diese überkandidelte Hochzeitsindustrie nicht! Ich habe dir schon vor acht Jahren gesagt, dass das nicht meine Art von Job ist, und diese Aussage steht heute noch genauso!« Colleen ärgerte sich, weil ihre Stimme so schrill klang, aber sie war fassungslos über das Verhalten ihrer Mutter. Und ja, der wenig dezente Hinweis auf ihre Zukunftsaussichten hatte ihr auch einen Stich versetzt, selbst wenn sie das sicher nicht zugeben würde.

»Irgendetwas wirst du in absehbarer Zeit tun müssen, meine Liebe.« Gloria spürte ganz offensichtlich Oberwasser, denn sie hatte sich entspannt in ihrem Sessel zurückgelehnt und betrachtete gelangweilt ihre perfekt manikürten Fingernägel. »Ewig wird dich das Erbe deines Vaters nicht versorgen. Aber sicher kannst du jederzeit wieder als Tippse in eine Anwaltskanzlei zurückkehren.«

Colleen merkte, wie sich Wuttränen in ihren Augen sammelten, aber sie wollte verdammt sein, wenn sie ihrer Mutter diesen Triumph gönnte. »Das wäre mir jedenfalls tausendmal lieber, als in deine verlogene Hochzeitsagentur einzusteigen!« Sie blinzelte ein paarmal heftig. »Abgesehen davon, weißt du doch gar nicht, wie groß das Vermögen ist, das Daddy mir hinterlassen hat. Warum bist du eigentlich so bösartig? Nur weil ich keine Lust habe, mich an deiner Firma zu beteiligen?«

»Ich und bösartig? Mein liebes Kind, ich habe meine Firma auch für dich gegründet! Ich wollte dir eine sichere Zukunft bieten.«

»Noch ein letztes Mal: Ich werde niemals wieder für dich arbeiten, verstehst du? Niemals!«

»Aber ich habe dir doch schon ein Büro eingerichtet. Mit dem schönen Schreibtisch, auf dem dein Geburtstagsgeschenk wartet.« Nun versuchte es Gloria auf die weinerliche Tour.

»Mom, hör auf mit dem Quatsch. Du wirst mir kein schlechtes Gewissen einreden können. Außerdem wäre es doch total idiotisch, ein neues Büro einzurichten, wo du angeblich sowieso umziehen willst. Warum eigentlich? Warum ist dir das Haus so wichtig?«

»Warum? Weil ich dort einige der schönsten Jahre meines Lebens verbracht habe.« Nun kullerte ihr tatsächlich eine Träne aus dem Auge.

»Du hättest ja nicht zu gehen brauchen!« Colleen ließ sich nicht beirren. Ja, Beziehungen scheiterten, aber die Art und Weise, wie Gloria ihren Mann verlassen hatte, war schon sehr unschön gewesen. Sie hatte Gavin eines Tages schlicht gegen ein deutlich jüngeres, reicheres Modell ausgetauscht und dann noch den Nerv gehabt, ihren Mann seelischer Grausamkeit zu bezichtigen. Langsam ahnte Colleen jedoch, woher der Wind wehte. »Oder hat sich Adam von dir getrennt?«

Die Gesichtszüge ihrer Mutter froren zu einer steinernen Maske ein. »Was tut mein Liebesleben dabei zur Sache, dass ich mein Traumhaus zurückhaben will? Ich war diejenige, die daraus das Schmuckstück gemacht hat, das es heute ist. Du hast deinen Vater doch um den kleinen Finger gewickelt und alles von ihm bekommen, was du wolltest. Denkst du, ich habe es nicht durchschaut, wie du ihn immer mit deinen großen grünen Kulleraugen angehimmelt hast? Du warst es doch, die einen Keil zwischen Gavin und mich getrieben hat. Seit du ungefähr siebzehn warst, hat sich dein Vater überhaupt nicht mehr für mich und meine Meinung interessiert, sondern nur noch für dich und deine versponnenen Ideen. Vor diesem Hintergrund ist das Haus noch das Allermindeste, was ich verdient habe. Du willst es doch ohnehin nicht, oder?«

Eigentlich sollte sie ohne einen weiteren Kommentar die Verbindung kappen, dachte Colleen, starrte aber nur fassungslos in das fratzenhaft verzerrte Gesicht ihrer Mutter. Sie hatte mit einer ganzen Menge gerechnet, war sich sicher gewesen, dass das Gespräch kein Vergnügen werden würde. Doch diesen Tiefschlag hatte sie nicht kommen sehen. Es spielte nicht die geringste Rolle, ob Gloria ihre Anschuldigungen genauso empfand, wie sie sie ausgesprochen hatte, oder ob sie ihre Tochter damit lediglich provozieren und ihr Schuldgefühle einimpfen wollte. Es war einfach nur grausam, wenn einem die eigene Mutter die Schuld an der Trennung der Eltern in die Schuhe schob.

Sie schüttelte den Kopf. »Weißt du, was? Du hast recht. Ich will das Haus nicht. Und du kannst es gerne haben – wenn du es dir leisten kannst. Arthur Cooper wird dir den Kaufpreis mitteilen. Wenn du mich jetzt entschuldigen würdest, ich habe zu tun.« Sie war selbst überrascht, wie fest ihre Stimme klang. Auf eine Antwort ihrer Mutter wartete sie gar nicht mehr, sondern unterbrach mit einem beherzten Mausklick die Verbindung.

GEMISCHTE GEFÜHLE

IRGENDWIE HATTE SICH COLLEEN das Zur-Ruhe-Kommen anders vorgestellt. Seit nicht einmal ganz drei Wochen war sie jetzt in Schottland, und sie hatte das Gefühl, dass in ihrem Lebensmosaik kein Steinchen mehr da lag, wo sie es vor kurzer Zeit noch für festbetoniert gehalten hatte.

Sie war heute Morgen recht früh aufgebrochen, zu Fuß und mit einem kleinen Rucksack voller Proviant auf dem Rücken. Sie wollte einfach ein paar Stunden allein sein und Zeit zum Nachdenken haben. Was für eine Ironie, dass sie sich in Boston mit seinen knapp siebenhunderttausend Einwohnern häufig viel einsamer gefühlt hatte als in dem Sechshundert-Seelen-Nest Kirkby. Tagsüber hatte sie hier kaum mal zwei oder drei Stunden am Stück für sich. Immer tauchte jemand auf, der sie zum Essen einlud, ihr Kaffee oder Tee anbot, einen Ausflug mit ihr machen oder einfach nur einen Plausch halten wollte. Seit ihrem Geburtstag war sie auch jeden Tag mit Tilly unterwegs gewesen – meist mit Alex, zweimal hatte Hailey sie begleitet, und gestern hatte zum ersten Mal seit seinem Unfall auch Aidan wieder ausreiten dürfen. Doch heute wollte sie dem Pferd eine Pause gönnen und sich Zeit nehmen, um ihre verworrenen Gedanken zu sortieren.

Sie war auf einem der gut ausgeschilderten Wanderwege losgezogen, mit dem Ziel, den nächstgelegenen Berg zu erklimmen, dessen Name komplett unaussprechlich war. Von Weitem sahen die Berge der Highlands eher wie eine sanfte Hügelkette aus, doch nach einem fast dreistündigen Marsch von ihrem Cottage zum Gipfel fühlte sich Colleen wie nach einer Alpenüberquerung. Was vielleicht an ihrer eher überschaubaren Kondition und ihrem Dauermuskelkater vom Reiten lag, denn in dem Wanderführer, den sie vorgestern in Inverness gekauft hatte, war die Tour als Anfänger-Route gekennzeichnet.

Jedenfalls war sie sehr dankbar für die Bank, die hier oben stand und auf der sie sich vor wenigen Minuten keuchend niedergelassen hatte. Sie kramte nach ihrer Wasserflasche und trank gierig ein paar Schlucke, dann sah sie sich um. Der zähe Hochnebel, der sie in den ersten zwei Stunden ihrer Wanderung begleitet hatte, löste sich langsam auf. Am Himmel waren sogar einige zartblaue Stellen zu erkennen, und in der Ferne glitzerten ein paar kleinere Seen oder »Lochs«, wie die Schotten sagten. Glücklicherweise war es beinahe windstill, sonst wäre es ihr hier oben sehr schnell sehr kalt geworden. Einen nennenswerten Baumbestand gab es nämlich nicht. Zwischen den schroffen Granitfelsen wuchsen hauptsächlich Moose und Gräser, die aber momentan in herbstlich gedämpften Farben daherkamen. Im Frühjahr und im Sommer dagegen fand sich hier eine unglaubliche Farbenpracht – zumindest wenn man den Bildern in ihrem Wanderführer Glauben schenken durfte. Doch Colleen liebte die beinah morbide

Stimmung, die im Augenblick vorherrschte. Die matten Grau-, Grün- und Brauntöne der Landschaft, das fahle Blaugrau des Himmels und die absolute Stille beruhigten ihre Sinne, und ihre wild kreisenden Gedanken verlangsamten sich von Atemzug zu Atemzug.

Was hatte sie in den letzten Wochen alles erlebt? Sie hatte ihren Vater beerdigt und in Betty Murray eine mögliche Verwandte gefunden – ganz sicher konnte man sich immer noch nicht sein, was aber niemanden störte. Mit Betty war sie später am Tag auch wieder verabredet, und darauf freute sie sich schon sehr. Die alte Dame mit ihrer königlich-stattlichen Statur und dem strengen Gesicht hatte einen messerscharfen Verstand und einen unglaublich schrägen Humor, und sie war ihr in der kurzen Zeit zur mütterlichen Freundin geworden. Was sich insofern günstig traf, als das Verhältnis zu ihrer richtigen Mutter seit dem Skype-Gespräch von letzter Woche endgültig als zerrüttet zu bezeichnen war. Gloria hatte ihr noch einige Mails geschrieben, die vom Tonfall her zwischen rasender Wut, komplettem Irrsinn und scheinbarer Verzweiflung changierten, inhaltlich aber allesamt nur eine Aussage kannten: Sie verlangte das Haus und war bereit, dafür notfalls auch über Leichen zu gehen.

Die erste Nachricht war bereits gekommen, während Colleen mit Arthur Cooper gesprochen hatte. Sie hatte ihm die Mail vorgelesen und sie dann an ihn weitergeleitet – wie alle weiteren, die sie nur noch überflogen hatte. Arthur hatte versprochen, sich um alles zu kümmern. Er hatte ihren Vater schon damals im Scheidungskrieg unterstützt und würde jetzt auch ihr zur Seite stehen. Er war absolut überzeugt, dass Gloria und ihre Anwälte keinen Hebel dafür finden würden, Colleens Erbe anzufechten, doch die Klärung würde wohl noch einige Zeit in Anspruch nehmen. Zeit, in der sie das Haus vorsichtshalber noch nicht verkaufen sollte. Die anderen Vermögenswerte sollten zwar sicher sein, doch Colleen hatte beschlossen, auch die Fonds nicht anzutasten, bis alles ausgestanden war. Nennenswerte Sorgen bereitete ihr der finanzielle Aspekt nicht. Sie hatte genügend Geld auf ihrem Konto, um noch ein Weilchen hier in Schottland durchzuhalten. Aber spätestens Anfang nächsten Jahres wollte sie alles geklärt haben. Bis dahin würde ihr hoffentlich auch klar sein, wie es in ihrem Leben weitergehen sollte, was sie arbeiten, und vor allem, wo sie leben wollte. Dass sie sich anscheinend endgültig mit ihrer Mutter überworfen hatte, tat allerdings sehr weh.

Alex hatte ihr nach dem unseligen Gespräch mit ihrer Mutter von der Auseinandersetzung erzählt, die er am selben Tag mit Zoe, seiner Ex-Freundin, gehabt hatte. Diese Frau und Colleens Mutter schienen Schwestern im Geiste zu sein. Colleen war es vollkommen schleierhaft, wie man sich seinem eigenen Kind gegenüber derart gleichgültig und hartherzig verhalten konnte. Sollte sie jemals das Glück haben, selbst Mutter zu werden, würde sie das grundlegend anders handhaben, da war sie sich absolut sicher. Es brach ihr schier das Herz, wenn sie daran dachte, wie tapfer Aidan bei ihrem gemeinsamen Ausritt gestern versucht hatte, das Verhalten seiner Mutter schönzureden.

Er hatte gesagt, dass er Weihnachten nun doch nicht mit ihr feiern könne, weil ihr wieder ein wichtiges Projekt dazwischengekommen sei. Dabei hatte Colleen bei jedem Satz gespürt, wie enttäuscht der Junge in Wirklichkeit war. Sie wurde zornig, wenn sie daran dachte – vor allem, weil Alex ihr den wahren Grund verraten hatte. Wie konnte diese Frau freiwillig auf diesen fröhlichen, großherzigen und humorvollen Jungen verzichten? Und warum stieß ihre eigene Mutter sie immer wieder weg? Sie hatte keine Erklärung dafür, sie wusste nur, dass der Grund nicht bei ihr lag. Genauso wenig, wie er bei Aidan lag.

Das Mutter-Thema war also schwierig. Um es milde auszudrücken. Doch Colleen hoffte von ganzem Herzen, dass sie lernen würde, besser damit klarzukommen. Sie gab sich nicht der Illusion hin, dass sich Substanzielles ändern würde – zumindest nicht in ihrer Beziehung zu Gloria. Da gab es keine wirkliche Hoffnung mehr, doch wie Betty neulich so weise festgestellt hatte: »Wenn du schon die Umstände nicht ändern kannst, kannst du zumindest deine Sichtweise anpassen.« Schöne Idee, leider nicht ganz so einfach in der Umsetzung.

Allerdings wollte sie sich auch nicht nur beklagen, dachte Colleen. Es gab nämlich auch eine ganze Menge erfreulicher Entwicklungen. Ihr persönliches Highlight war dabei mit Sicherheit Tilly. Sie konnte es immer noch nicht fassen, dass sie – zumindest solange sie hier in Kirkby blieb – ein eigenes Pferd hatte. Die Stunden im Stall oder beim Reiten machten sie so glücklich wie wenig anderes. Erstaunlich, wie schnell man eine innige Verbindung zu einem Tier aufbauen konnte. Das hatte sie bis dahin noch nie erlebt. Sie war mit Hunden aufgewachsen und hatte es geliebt, mit den Tieren zu spielen und zu kuscheln, aber all diese Vierbeiner waren auf Gavin geprägt gewesen. Er war ihr Herr und Meister gewesen, ihm hatten die kleinen Herzen gehört. Das hatte ihr nie etwas ausgemacht, genau genommen hatte sie bis vor wenigen Tagen nie darüber nachgedacht. Doch seit sie gemerkt hatte, wie rasch sich Tito an Aidan gebunden und wie schnell sie eine Beziehung zu Tilly entwickelt hatte, beschäftigte sie sich intensiv damit. Wenn sie nach Boston zurückkehrte, würde sie Tito auf jeden Fall hierlassen, denn sie war überzeugt, dass auch ihr Vater damit einverstanden und glücklich wäre. Sie würde den lustigen kleinen Kerl vermissen, aber der Schmerz darüber bliebe wohl überschaubar. Bei Tilly war sie sich da nicht so sicher. Wie würde sie sich fühlen, wenn sie zurückging? Wenn oder falls? Und was, wenn sie einfach hierbliebe?

An diese Möglichkeit dachte sie immer häufiger. Erst war es nur ein Gedankenspiel gewesen, das ihr Trost gegeben hatte. Hier in Kirkby fühlte sie sich ihrem Vater noch ganz nah, und die Bewohner hatten sie mit offenen Armen empfangen, und zwar in einer Art, die normale Gastfreundschaft bei Weitem übertraf. Die herzlich-schrulligen Menschen hatten sie als eine der Ihren aufgenommen, und Colleen war sich fast sicher, dass es niemanden verwundern würde, wenn sie bliebe. Ganz im Gegenteil. Vermutlich wären einige überrascht, wenn nicht sogar enttäuscht, wenn sie ginge. Die Gesichter dieser Leute rotierten vor ihrem inneren Auge wie ein Glücksrad: Collum, Betty, Marlin, Alice, Jack, Hailey, Aidan, Isla, Rupert, Kristie, George, Heather – und Alex.

Seltsam, das Bilderkarussell hatte mit Collum begonnen und mit Alex geendet. Alex, dieser introvertierte, wikingerhafte Hüne, der mal grummelig, mal melancholisch, mal humorvoll und dann wieder ganz einfühlsam war. Der Mann, der sie schon vor zehn Jahren in seinen Bann gezogen hatte, aber ihren peinlichen Auftritt von damals dankenswerterweise mit keiner Silbe erwähnte. Der Mann, mit dem sie sich über Mütter-Elend austauschen und tiefsinnige Gespräche führen konnte. Der Mann, der ihr das schönste Geburtstagsgeschenk ihres Lebens gemacht hatte, indem er ihr die zauberhafte Tilly anvertraute, als hätte er geahnt, wie wohltuend das für ihre Seele war. Und der Mann, der sie seit gestern so unerklärlich schroff und abweisend behandelte, dass es sich anfühlte, als würde eine eiskalte Klaue ihr Herz zusammendrücken.

Na gut, wenn sie ehrlich sein wollte, war es nicht vollkommen unerklärlich. Alexander Fraser hatte gestern früh mitbekommen, wie Collum McDonald sie vor ihrem Cottage zum Abschied geküsst hatte.

• • •

»Kommt Colleen heute nicht zum Mittagessen?«, fragte Marlin misstrauisch, als er mit Tito im Schlepptau die Küche betrat, wo Alex bereits am Tisch saß und Alice noch am Herd werkelte.

Alex gab als Antwort nur ein unverständliches Grunzen

von sich, das von »Keine Ahnung« über »Ist mir doch egal« bis hin zu »Soll sie doch zur Hölle fahren!« alles bedeuten konnte.

»Sie ist vorhin zu einer Wanderung aufgebrochen«, sagte Alice. »Und anschließend wollte sie zu Betty. Sie wird also nicht da sein, und ihr beiden könnt euch wieder entspannen.«

»Ich bin nicht unentspannt«, widersprach Marlin und nahm auf der Bank Platz. Tito hopste neben ihn und legte ihm den Kopf aufs Bein. »Ich finde es nur vollkommen absurd, dass sich Colleen von allen möglichen Männern ausgerechnet Collum ausgesucht hat! Hättest du dich nicht ein bisschen mehr bemühen können?«, wollte er von Alex wissen. »Ich war mir sicher, dass sie auf dich steht. Vor allem, nachdem du ihr ja praktisch das Pferd geschenkt hast.« Er rieb sich mit der Hand über den struppigen Bart und durchbohrte seinen Sohn mit einem eisigen Blick. »Collum! Ernsthaft.«

»Ich …«, begann Alex und brach dann wieder ab. Er wusste einfach nicht, was er sagen sollte. Wusste nicht einmal, was er denken oder fühlen sollte. Wobei, nein, das stimmte nicht ganz. Er fühlte sich scheiße. Das war ziemlich eindeutig. Scheiße, frustriert, wütend, enttäuscht und … ach, egal. Wie konnte Colleen ihm das antun? Wie kam sie auf die Idee, Collum zu küssen? Er wollte sich nicht ausmalen, was vor dem Kuss passiert sein musste. Es war schließlich halb acht Uhr in der Früh gewesen, und die beiden hatten Colleens Cottage verlassen, sehr vertraut miteinander gesprochen und gelacht – und dann hatten sie sich geküsst! Allein beim Gedanken daran verging ihm schlagartig der Appetit – und das, obwohl Alice heute wieder ihren Shepherd's Pie zubereitet hatte. Das erste Essen, das Colleen hier zu sich genommen hatte. Mit großen, verschreckten Augen und … Nein, er wollte nicht weiter darüber nachdenken. Keine Sekunde lang.

Vage drangen Gesprächsfetzen an sein Ohr. Alice sagte etwas von »angeblich nur Freunde« und »Tauschladen«.

»Das glaubst du doch wohl selber nicht«, fuhr Marlin sie an. »Nur Freunde! Dass ich nicht lache. Ich sag euch, Collum treibt ein ganz perfides Spiel mit Colleen. Hat sie eingewickelt mit seinen Schmeicheleien und seinen noch dümmeren Ideen. Ein Tauschladen – was soll das überhaupt sein?« Er winkte ab, als Alice etwas dazu sagen wollte. »Es interessiert mich auch gar nicht. Aber je länger ich darüber nachdenke, desto sicherer bin ich mir, dass er es mit Colleen nicht ernst meint. Bürgermeister McDonald hat nur und ausschließlich seine eigenen Interessen im Kopf. Du hast also noch eine Chance! Nutz sie auch.« Letzteres adressierte er wieder an seinen Sohn.

Wieder kam nur ein undefinierbarer Laut über Alex' Lippen.

»Jetzt regt euch doch mal wieder ab, Jungs«, beschwichtigte Alice und stellte Schwager und Neffe jeweils eine große, dampfende Portion vor die Nase. »Alex hat gesehen, dass sich Colleen und Collum geküsst haben. Colleen selbst behauptet, dass es ganz unschuldig war und dass sie nur Freunde sind, aber an einem gemeinsamen Dorfprojekt arbeiten werden. Das kann man glauben oder

214

nicht – ich bin mir nicht sicher. Aber egal, ob es stimmt, es ist kein Grund für diese unglaublich schlechte Laune, die hier seit gestern Morgen herrscht – zumindest nicht für deine, Marlin! Ernsthaft, du wirst wirklich immer wunderlicher. Was kümmert's dich, wen unser Feriengast trifft? Sie ist erwachsen und kann tun und lassen, was sie will. Und selbst wenn sie sich wirklich in Collum verliebt haben sollte, dann ist das eher ein Grund zur Freude. Das Mädel hat einiges hinter sich und verdient ein bisschen Glück. Und auch wenn du das anders siehst, Collum ist ein netter Kerl und ganz sicher nicht die schlechteste Partie.«

Bei diesen Worten pfefferte Alex seine Gabel so heftig auf den Teller, dass sie wieder hochsprang und klirrend auf dem Boden landete. Tito war mit einem Satz unterm Tisch und leckte gierig die Speisereste ab.

»Was dich betrifft, kann ich deinen Ärger unter einer Voraussetzung verstehen«, wandte sich Alice nun an ihren Neffen. »Nämlich dann, wenn du in sie verliebt bist.«

● ● ●

Alex' Verhalten wäre nur unter einer Voraussetzung erklärbar, überlegte Colleen auf dem Hügel. Nämlich dann, wenn er mehr für sie empfand als nur Freundschaft. Wofür es jedoch keine ernsthaften Indizien gab, oder? Sie dachte an das »Nicht-Date« und an alles, was danach gefolgt war. An ihren Geburtstag, an Tilly ... Oh Mann, wie hatte sie sich bloß in diese Lage bringen können? Zumal das mit Collum tatsächlich nicht so gewesen war, wie es womög-

lich ausgesehen hatte, um einen der dämlichsten Klischee-
sätze zu bemühen, die es gab.

Das Date mit Collum letzten Freitag in Inverness war
schön gewesen – leckeres Essen, klasse Musik und viel
entspanntes Plaudern. Collum war ein toller Mann, herzlich, fröhlich, voll positiver Energie, mitreißend – doch
leider überhaupt nicht ihr Typ! Zumindest nicht in roman-
tischer Hinsicht. Was ein Teil von ihr wirklich schade
fand, denn es wäre so leicht mit ihm. Unkompliziert. Entspannt. Freundschaftlich.

Genau das war das Problem, denn der Abschiedskuss
war einfach nur angenehm gewesen. Angenehm! Was war
das bitte schön für ein Kriterium? Das war noch schlimmer als »nett«! Kein Herzklopfen, kein Schmetterlings-
flattern im Bauch, kein Kribbeln auf den Lippen, geschweige denn im Unterleib, nichts. Sie hatte schlicht und
ergreifend nichts gespürt außer einer freundschaftlich
warmen Umarmung und angenehm trockenen Lippen auf
ihren.

Das einzig Gute daran war, dass es Collum ganz genauso gegangen war. Das hatte er ihr am Sonntag gestanden,
als sie mit ihrem Fahrrad von Betty in Richtung Bed &
Breakfast unterwegs gewesen war und ihn getroffen hatte.
Sie hatten herzlich darüber gelacht und beschlossen, von
nun an Freunde zu sein.

Gestern war er dann frühmorgens bei ihr im Cottage
vorbeigekommen, um ihr mitzuteilen, dass er ihren Vorschlag für einen Tauschladen toll fand und ihn gleich in
der Gemeinderatssitzung anbringen wollte. Colleen hatte

ihm davon erzählt, dass sie kürzlich von einer schwedischen Nachhaltigkeitsinitiative gelesen hatte: In einem ehemaligen Dorfladen konnten die dortigen Bewohner Dinge, die sie nicht mehr benötigten – Kleidung, Bücher, Spielsachen, Küchenutensilien, Möbel –, gegen andere Sachen eintauschen. Zu Mittsommer und Weihnachten veranstaltete die Gemeinde zudem Basare, bei denen einige der Waren und zusätzlich Selbstgemachtes wie Stricksachen oder Marmeladen verkauft und die Erlöse gespendet wurden. Collum hatte sie gefragt, ob sie sich vorstellen könnte, so einen Tauschladen in Kirkby zu initiieren. Was für eine Frage! Natürlich wollte sie das tun. Das würde sie in den nächsten Wochen beschäftigen und sie hoffentlich der Entscheidung näherbringen, was sie in Zukunft mit sich und ihrem Leben anstellen wollte. Sie war so euphorisch gewesen, dass sie ihm zum Abschied um den Hals gefallen war und ihn lachend auf den Mund geküsst hatte. Vollkommen unschuldig und ohne Hintergedanken – doch sie konnte sich lebhaft vorstellen, was für ein Bild sie dabei für Beobachter abgegeben haben mochte.

Als sie kurz darauf zum Frühstück gegangen war, hatte Alex sie nur knapp gegrüßt und sie mit einem eisigen Blick bedacht. Danach war er beinahe fluchtartig aus der Küche verschwunden und hatte sie sehr verwundert zurückgelassen. Colleen war bis dahin gar nicht bewusst gewesen, dass er sie und Collum gesehen und am Ende falsche Schlüsse gezogen haben könnte. Doch spätestens als Alice begann, neugierige Fragen zu stellen, war ihr klar gewesen, was sie da angerichtet hatte. Ihre Versuche,

Schadensbegrenzung zu betreiben, hatten die Situation wohl nur noch schlimmer gemacht, denn es war sonnenklar gewesen, dass Alice ihr keines der verlegen herausgestotterten Worte glaubte und sich stattdessen selbst eine Romanze zusammenreimte. Was für ein Schlamassel. Natürlich hatte das Gerücht in rasender Geschwindigkeit die Runde gemacht, und bereits beim Mittagessen war Marlin ausgesprochen reserviert gewesen, und Alex hatte sie gar nicht weiter zu Gesicht bekommen. Nur Aidan schien ahnungslos oder unbeeindruckt zu sein, denn er behandelte Colleen noch genauso wie zuvor.

Colleen seufzte. Warum nur fühlte sie sich wegen der Sache so elend? Sollte es ihr nicht herzlich egal sein, was die Familie Fraser und alle anderen Dorfbewohner über sie dachten? Es war schließlich ihr Leben, und sie konnte tun und lassen, was sie wollte – und auch mit wem sie wollte. Das Problem war nur, dass zwischen ihr und Collum tatsächlich nichts lief, was für eine Irritation bei den Fraser-Herren hätte sorgen können. Sie schüttelte unwillig den Kopf. Wenigstens zu sich selbst sollte sie ehrlich sein. Das Problem war, dass es ihr eben nicht egal war, was Alex von ihr hielt, sondern dass sie Herzklopfen, Schmetterlinge und Kribbeln fühlte, wenn sie nur an ihn dachte.

Sie vergrub ihr Gesicht in den Händen. Wann genau war es passiert, dass sie sich in Alex Fraser verliebt hatte, und was sollte sie jetzt tun?

Nein, zur Ruhe kommen würde sie auch auf dem Gipfel nicht so schnell. Nach einem Weilchen richtete sie sich wieder auf und straffte die Schultern. Sie musste sich ganz klar mit jemandem austauschen, der einen kühleren Kopf hatte als sie selbst. Entschlossen packte sie ihre Sachen zusammen, stand auf und marschierte zurück in Richtung Dorf.

»Da sieht man dich mal anderthalb Tage lang nicht, und schon bricht das Chaos aus«, stellte Betty lachend fest. Colleen war vor etwa einer Stunde hungrig und aufgewühlt bei ihrer Tante aufgetaucht und hatte sich seitdem praktisch nonstop alles von der Seele geredet, was sie im Moment umtrieb – nur unterbrochen von hastigen Bissen Kuchen und einigen Schlucken Tee. Jetzt wusste Betty alles – vom Kuss über die Idee mit dem Tauschladen bis hin zu den störrischen Fraser-Männern – und fand diese Enthüllungen offenbar höchst amüsant.

Colleen lehnte sich ermattet zurück. Der altmodische Ohrensessel, in dem sie saß, war unglaublich gemütlich, und sie könnte jetzt einfach die Augen schließen, einschlafen, und wenn sie wieder aufwachte, hätte sich der Kuddelmuddel in Wohlgefallen aufgelöst. *Wäre das machbar?*, bat sie im Geiste das Universum. Offensichtlich nicht, denn Betty schien jetzt so richtig in Fahrt zu kommen.

»Aus all den Dingen, die du mir jetzt erzählt hast, kann ich vor allem drei wahnsinnig gute Nachrichten raushören«, freute sich die alte Frau. »Erstens ist die Idee mit dem Tauschladen brillant, das wird man hier garantiert mit Begeisterung aufnehmen. Zweitens wäre das doch eine wirklich wunderbare Beschäftigung für dich und sinnvoll obendrein. Dabei wirst du mit Sicherheit ruckzuck auf andere Gedanken kommen und hoffentlich feststellen, dass du hierbleiben willst. Was insofern günstig wäre, als – drittens – du und Alex das absolute Traumpaar wärt! Zumindest in meinen Augen. Und was würdet ihr für hübsche Babys bekommen!«

Colleen starrte Betty erst fassungslos an, dann begann sie leise zu glucksen, und das Kichern wuchs sich binnen Sekunden zu einem fulminanten Lachanfall aus. Es dauerte ein ganzes Weilchen, bis sie sich wieder beruhigt hatte, doch schließlich wischte sie sich die Lachtränen aus den Augen und grinste Betty an. »Einen Mangel an Fantasie kann dir jedenfalls niemand vorwerfen.«

»Unabdingbar für meinen Beruf«, meinte Betty nonchalant. Betty Murray hatte viele Jahre als Investigativjournalistin für Tageszeitungen und Magazine gearbeitet und war auf der halben Welt herumgekommen, wie Colleen wusste. Seit gut fünfzehn Jahren lebte sie wieder vorwiegend in Kirkby und schrieb unter einem Pseudonym Krimis.

»Echt? Mir war nicht klar, dass du nebenbei auch Boulevard-Komödien schreibst.« Colleen fand nicht nur die Gesamtsituation, sondern vor allem das aktuelle Gespräch außerordentlich bizarr, musste aber zugeben, dass der Lachanfall gutgetan hatte. Hübsche Babys … unfassbar!

»Nicht frech werden, junge Dame, ich meine es vollkommen ernst.« Betty zwinkerte Colleen fröhlich zu. »Spaß beiseite, ich halte das alles wirklich für wunderbar. Seit du hier bist, ist so viel Leben in unser verschnarchtes Dörfchen gekommen. Die beiden attraktivsten Junggesellen laufen zu Höchstform auf und überbieten sich gegenseitig mit Geschenken für dich. Das tut ihnen gut – und dir auch! Genieß es doch einfach, und warte ab, was noch alles passiert.«

»Mit Collum wird ganz sicher nichts weiter passieren. Wir sind Freunde, und das ist schön«, warf Colleen ein. Sie war es nicht gewohnt, im Zentrum der Aufmerksamkeit zu stehen – schon gar nicht der zweier Männer. Und einer schottischen Highland-Gemeinde.

»Freundschaft ist doch großartig. Was hält dich davon ab, die brandneue Freundschaft zum Bürgermeister zu pflegen und dein tolles Projekt mit dem Tauschladen umzusetzen?«

»An sich nichts, aber wenn du erlebt hättest, wie sich Alex und Marlin aufführen …«

»Die kriegen sich schon wieder ein«, behauptete Betty. »Alex wird bald verstehen, dass Collum in puncto romantische Avancen keine Konkurrenz ist, und dann hoffentlich in Aktion treten. Und Marlin ist einfach Marlin. Er hat sich auf den armen Collum eingeschossen und setzt alles daran, ihm das Leben zur Hölle zu machen, doch das gehört inzwischen zur Ortsfolklore und muss nicht ernst genommen werden.«

»Was ist denn sein Problem?« Colleen fragte sich schon die ganze Zeit, warum der Fraser-Patriarch immer so ungehalten auf Collum reagierte, hatte sich aber nicht getraut, ihn direkt darauf anzusprechen.

»Das weiß wohl nur er selbst«, entgegnete Betty schulterzuckend. »Spielt auch keine Rolle, denn um Marlin geht's hier nun wirklich nicht, sondern nur um dich und seinen Sohn. Ich denke, wir können mit einiger Sicherheit davon ausgehen, dass er in dich verliebt ist.«

»Können wir?«, unterbrach Colleen sie skeptisch. Für sie war das alles nicht so eindeutig. Ganz im Gegenteil.

»Meine Liebe, für deine dreiunddreißig Jahre bist du ganz schön naiv und unerfahren, was Männer betrifft.« Betty schüttelte ungeduldig den Kopf. »Alex Fraser hat dir das Pferd geschenkt, das er eigentlich für seinen Sohn vorgesehen hatte …«

»Geliehen! Er hat mir Tilly nur geliehen!«, fuhr Colleen wieder dazwischen.

»Papperlapapp. Das magst du dir einreden, und vielleicht hat er es auch so formuliert, weil er genauso verkrampft und verklemmt ist wie du, aber es ist ein Geschenk. Punkt. Er vertraut dir also etwas für ihn sehr Wertvolles an. Das nächste Indiz ist seine offensichtliche Eifersucht auf Collum. Wenn du für ihn nur ein einfacher Feriengast wärst, wäre es ihm doch völlig egal, ob du mit jemandem aus dem Dorf herumknutschst oder nicht.« Betty fixierte sie so aufmerksam mit ihren wasserhellen Augen, dass Colleen am liebsten im Sessel versunken wäre.

»Wieso glaubst du, dass ich verkrampft und verklemmt bin?«, platzte sie heraus.

»Interessant, dass ausgerechnet diese Attribute deine Aufmerksamkeit erregt haben«, erwiderte Betty mit einem verschmitzten Lachen. »Es ist ein offenes Geheimnis in Kirkby, dass Alex lebt wie ein Mönch – was bei seinem Aussehen in meinen Augen mindestens eine mittlere

Sünde ist. Und was dich betrifft? Ich will dir nicht zu nahe treten, aber du machst auch einen leicht untervögelten Eindruck.«

Colleen verschluckte sich. Hatte diese siebzigjährige, alleinstehende Frau, die in jedem Historienschinken als Königin oder zumindest als strenge Gouvernante durchgehen könnte, gerade »untervögelt« gesagt?

»Ich mag alt sein, aber ich bin nicht tot. Und nur, weil ich nie geheiratet habe, heißt das noch lange nicht, dass ...«

»Schon gut, schon gut«, wehrte Colleen ab und merkte, wie sie rot anlief. Mit der älteren Frau über Sex zu diskutieren war so ziemlich das Letzte, wonach ihr jetzt der Sinn stand.

»Ich sag's ja: verklemmt und verkrampft! Aber mach dir nichts draus. Gleich und Gleich gesellt sich gern, heißt es doch so schön. Also entspann dich, und lass die nächsten Tage und Wochen einfach auf dich zukommen. Alternativ könntest du natürlich auch selbst aktiv werden, aber ...«

»Nur über meine Leiche!«, rief Colleen entsetzt. »Ich habe Alex bei unserer ersten Begegnung vor zehn Jahren sehr offensiv angebaggert. Diesen Fehler mache ich garantiert nicht noch mal!«

»Stimmt, diese Geschichte.« Betty grinste maliziös. »Dabei könntest du doch, wenn du es geschickt anstellst, im Handumdrehen bei Alex einziehen und bräuchtest nicht endlos die teure Miete für das Cottage zu bezahlen.«

»Betty, hör auf!«, quietschte Colleen und schlug sich die Hände vors Gesicht. »Das ist so was von unvorstellbar, wie ...« Sie rang um einen passenden Vergleich, doch es wollte ihr keiner einfallen. Bei Alex einziehen? Jede Nacht in seinen Armen einschlafen, nachdem sie … Nein, sie sollte sofort mit diesen Gedankenspielen aufhören! Daran war nur Betty schuld, weil sie unbedingt über Sex reden wollte. »Außerdem ist die Miete nicht so teuer. Ich habe einen Dauergast-Nebensaison-Tarif«, fügte sie stattdessen hinzu und weigerte sich, über andere Dinge nachzudenken.

»Wenn das so ist, wirst du dich wohl in der Tugend des Abwartens üben müssen. Aber ich habe die perfekte Ablenkung für dich.«

»Aha?«

»Du kannst mir beim Ausmisten helfen. Ich habe so viel Plunder, den ich nicht mehr brauche, der aber vielleicht als Warengrundstock für deinen Tauschladen dienen könnte. Habt ihr denn schon Geschäftsräume?«

»Fürs Erste will Collum den Raum der Touristeninformation im Rathaus dafür zur Verfügung stellen. Doch wenn im nächsten Jahr die Renovierung der alten Schule abgeschlossen ist, soll der Laden da reinkommen. So hat er mir das zumindest gestern früh erzählt, aber das war noch vor der Gemeinderatssitzung, und ich weiß gar nicht, ob die dem Plan überhaupt zugestimmt haben.«

»Darauf kannst du wetten, dass das passieren wird.« Betty stand auf und rieb sich unternehmungslustig die Hände. »Wollen wir mit Büchern anfangen?«

ERSTER SCHNEE

ALEX SAH AUS SEINEM BÜROFENSTER nach draußen. Seit dem frühen Morgen schneite es ohne Unterlass, sodass inzwischen eine lückenlose Schneeschicht die Landschaft bedeckte. Er seufzte. Wenn das so weiterging, würde er nachher noch die Schneeschaufel an den alten Traktor montieren und die Wege freiräumen müssen. Normalerweise fiel der erste Schnee im Jahr eher spärlich aus und kam später, doch diesmal war offensichtlich schon am 1. Dezember Winterwunderland in Kirkby angesagt.

Er beobachtete Colleen und Aidan, die gerade mit Tito aus dem Ort zurückkehrten. Die beiden waren vor zwei Stunden, mit zwei riesigen Taschen beladen, zu dem brandneuen Tauschladen im Rathaus marschiert und hatten aussortierte Spielsachen, Plüschtiere und ein paar Klamotten von Aidan dorthin gebracht. Eine Tasche hatten sie wieder dabei, und Alex nahm an, dass Aidan irgendwas gefunden hatte, was er unbedingt brauchte. Die zwei hatten ihn am Fenster entdeckt und winkten nun fröhlich, doch dann bogen sie gemeinsam zu Colleens Cottage ab und kamen nicht etwa direkt zu Harriswood House. Er runzelte die Stirn – vielleicht hatte ja Colleen ein paar Schätze gefunden?

Drei Wochen war dieser unselige Kuss nun her. Drei Wochen, in denen sich Alex in einem wahren Wechselbad der Gefühle befunden hatte. Inzwischen war ihm auch klar, dass Colleen und Collum definitiv kein Paar waren. Aber er wusste immer noch nicht, warum sie sich damals geküsst hatten, und auch nicht, warum es ihn trotzdem störte, dass sie so viel Zeit miteinander verbrachten. Dieser Tauschladen war nämlich wirklich eine gute Idee. Es war nachhaltig, praktisch, kommunikativ und machte großen Spaß. Er hatte letzte Woche einen ganzen Stapel ausrangierter DVDs hingebracht und dabei einige ziemlich coole Vinyl-LPs entdeckt, die ihn schon lange gereizt hatten. Außerdem war er mit Leuten ins Gespräch gekommen, die er bislang nur vom Sehen gekannt hatte – was in Kirkby für sich genommen schon ein mittleres Kunststück war. Gestern hatte er sogar seinen Vater dabei ertappt, wie er kritisch sein Bücherregal betrachtete. Auch wenn Marlin es bestritt, konnte es sich doch nur noch um Tage handeln, bis er selbst freiwillig das Rathaus betrat, um das Angebot im Tauschladen zu prüfen. Colleen war offensichtlich voll in ihrem Element. Sie hatte ein simples Computersystem aufgesetzt, in dem sie und die anderen freiwilligen Helfer alle Waren ein- und austrugen, und betreute den Laden an zwei Nachmittagen pro Woche in Eigenregie.

Gesprochen hatten sie natürlich weder über den Kuss noch über ihre Gefühle füreinander, ganz zu schweigen davon, dass Alex auch noch gar keinen Versuch unternommen hatte, ihr seine Gefühle zu offenbaren. Wenn das, was er fühlte, überhaupt echt war. Himmel, er war ein gottverdammter Feigling! Was hatte er schon zu verlieren? Sein Herz! ... Eben. Das konnte er nicht riskieren. Als er sich gerade vom Fenster wegdrehen wollte, sah er, dass Aidan und Colleen das Cottage schon wieder verließen und in Richtung Haus gestapft kamen – offensichtlich bester Stimmung. Wenige Minuten später hörte er, wie die Tür geöffnet wurde und sie in die Stiefelkammer polterten. Danach ein empörtes Quieken von Tito, gefolgt von aufgebrachtem Gebell und lautem Gelächter von Aidan und Colleen. Neugierig verließ Alex sein Büro und ging die paar Schritte zur Eingangshalle hinüber.

»Was habt ihr dem armen Tier angetan?«, wollte er wissen, als Tito an ihm vorbei zur Küche flitzte.

»Er hatte überall Schneebröckchen im Fell, und wir wollten ihn abtrocknen«, erklärte Aidan mit geröteten Wangen und breitem Grinsen. »Das kann er überhaupt nicht leiden.«

»Kann ich verstehen. Und, was habt ihr im Laden gemacht?«

»Ich hab meinen Kram hingebracht, und dann haben wir ein bisschen herumgestöbert. Da gibt's ja die coolsten Sachen«, schwärmte der Junge.

»Und hast du dir auch was mitgenommen?«, erkundigte sich Alex, doch von der Tasche war nichts mehr zu sehen.

»Ähm ...«, kam es zögernd zurück. »Also, das ist mein Geheimnis.« Aidan wurde noch ein bisschen röter.

»Ich hab tatsächlich eine warm gefütterte Reithose entdeckt, die mir passt, und zwei dicke Sweatshirts, die ich gut für den Stall brauchen kann«, mischte sich Colleen ein.

Auch sie hatte rote Bäckchen von der Kälte und glänzende Augen. Die beiden hatten anscheinend einen erfolgreichen Nachmittag gehabt – und teilten nun offensichtlich ein Geheimnis.

»Das ist ja toll«, entgegnete Alex lahm und fragte sich, wie sie wohl reagieren würde, wenn er sie jetzt einfach küsste und seine Hände durch ihre weichen Haare gleiten ließ, die von der Mütze ein bisschen zerwühlt wirkten. Sie sah ihn an, und irgendwie schien sie seine Gedanken lesen zu können, denn nun befeuchtete sie auch noch mit ihrer Zunge die Lippen und lächelte halb verlegen, halb verführerisch.

»Kommst du, Colleen?«, rief Aidan, der schon zur Treppe gegangen war. »Wir müssen doch noch Hausaufgaben machen.«

Alex räusperte sich vernehmlich, dann sagte er zu seinem Sohn: »*Du* musst Hausaufgaben machen, nicht Colleen!«

»Schon gut«, beschwichtigte sie, und diesmal war ihr Lächeln einfach nur warmherzig und freundlich, so wie immer. »Ich helfe gern. Und es scheint sich ja auch zu lohnen, die letzten Noten waren doch schon ein ganzes Stück besser.«

»Ja schon, aber …« Alex verstummte, als Colleen ihm eine Hand auf den Arm legte.

»Mir macht es Spaß, und auf diese Weise kann ich wenigstens ein bisschen was zurückgeben für all das, was ihr für mich getan habt.« Sie wartete seine Reaktion nicht mehr ab, sondern folgte Aidan in den ersten Stock.

Alex seufzte und ging zurück in sein Büro, wo er eine Mail von seinem Cousin Ian vorfand, der seine amerikanische Verlobte Luci an Weihnachten in Kirkby heiraten würde. Der Hochzeitsempfang würde in Monroe Manor stattfinden, Ians Elternhaus, aber einige der Gäste wollten in *The Cosy Thistle* logieren. Allerdings änderte sich ständig etwas an der Gästeliste, sodass es praktisch täglich neue Informationen dazu gab, wie viele Cottages für welchen Zeitraum gebraucht wurden. Diese Mail von Ian enthielt nun also das nächste Update – angeblich das verbindlich letzte. Demnach würden sie ab dem 20. Dezember restlos alle Häuschen für die Hochzeitsgesellschaft brauchen. Auch das Cottage, das Colleen seit knapp sechs Wochen bewohnte.

Alex lehnte sich in seinem Stuhl zurück. Sie hatte sich bislang nicht dazu geäußert, wie lang sie wirklich bleiben wollte. Fest gebucht hatte sie ihr Quartier bis zum 3. Januar, und er würde bestimmt eine gute Lösung für sie finden, etwas, wo sie während der Feiertage wohnen könnte. Doch was war dann? Ob sie bleiben wollte? Ein paar Monate länger oder gar für immer? Wo würde sie dann wohnen? In einer Wohnung im Dorf oder gar in einem eigenen Haus? Es gab ein paar hübsche Immobilien, die infrage kämen. Das hatte sie vor ein paar Tagen beim Abendessen erwähnt, ohne jedoch auf weitere Pläne einzugehen. Wollte er, dass sie in Kirkby blieb? Eindeutig ja. Doch in einem eigenen Häuschen? Weit weg von ihm? Definitiv nicht!

Fast musste er über sich selbst lachen, denn »weit weg« war in Bezug auf das Dorf ja ein ziemlich relativer Begriff.

Aber er musste zugeben, dass er sich daran gewöhnt hatte, ihr zumindest bei den meisten Mahlzeiten zu begegnen. Colleen hatte in all den Wochen vielleicht dreimal allein in ihrem Cottage zu Abend gegessen. An allen anderen Tagen war sie entweder unterwegs gewesen, bei jemandem eingeladen oder hatte mit Aidan, Marlin und ihm am Tisch gesessen. Letzteres war ihm am liebsten. Unfassbar, wie rasch er sich an ihre Gesellschaft gewöhnt hatte und wie sehr er es genoss, sie um sich zu haben. Aidan und Marlin schien es genauso zu gehen, denn sie zeigten sich inzwischen regelrecht ungehalten, wenn Colleen auswärts aß. Häufig blieb sie nach dem Essen noch ein Weilchen da, unterhielt sich mit den drei Fraser-Männern, spielte ein Spiel mit Aidan oder sah sich einfach noch die Nachrichten oder einen Film an. Es war unspektakulär. Nein, es war familiär!

Colleen passte so gut zu ihnen, als hätte sie schon immer bei ihnen gelebt. Selbst der knurrige Marlin hatte sie in sein Herz geschlossen, und Aidan vergötterte sie regelrecht. Und er selbst? Er sollte sich jetzt schleunigst mal einen Ruck geben und …

Er kam nicht dazu, seinen Gedanken weiterzuführen, denn in diesem Moment öffnete sich die Eingangstür von Harriswood House, und eine weibliche Stimme rief nach Alice. Gleich darauf hörte er rasche Schritte in Richtung Küche eilen. Wenn er sich nicht sehr täuschte, war das seine Tante Heather. Was tat sie um diese Zeit hier, und warum klang sie so aufgeregt?

Rasch beendete Alex seine Antwortmail an Ian und

ging dann selbst in die Küche. Dort saß Heather am Tisch und wirkte einigermaßen verzweifelt.

»Ist etwas passiert?«, erkundigte er sich besorgt.

»Das kann man so sagen«, antwortete Heather düster. »Der Hochzeitsplaner hatte einen Unfall und kann sich nicht mehr um Ians und Lucis Hochzeit kümmern. Ich wollte gerade mit Alice beraten, was wir tun können.«

»Kannst du nicht einen anderen fragen?«, wollte Alex wissen. »Und außerdem, wofür braucht ihr überhaupt einen Hochzeitsplaner? Es ist doch ein recht kleines Fest mit höchstens siebzig Leuten.«

»Ehrlich, für einen Hotelier, der früher mal im Eventbereich eines New Yorker Luxushotels gearbeitet hat, bist du erschreckend naiv«, entgegnete Heather grimmig. »Die gleiche Antwort habe ich auch von George bekommen.« Sie schüttelte den Kopf. »Es gibt keinen Hochzeitsplaner, der so kurzfristig einspringen kann – ich habe ungefähr ein halbes Dutzend durchtelefoniert.« Sie seufzte schwer und fuhr dann fort: »Es gibt auch für ein kleines Fest tausend Dinge zu organisieren. Wenn ich das von Anfang an getan hätte, dann wäre es kein Problem, aber Ian und Luci wollten mir das nicht zumuten und haben deshalb diesen Wedding Planner aus Edinburgh engagiert, der sich angeblich um alle Details gekümmert hat. Morgen wollte er hierherkommen, damit wir alles vor Ort besprechen. Aber vorhin hat mich sein Lebensgefährte angerufen und mir mit bebender Stimme gesagt, dass Patrice im Krankenhaus liegt und die Hochzeit nicht mehr managen kann. Ich weiß wirklich nicht, was ich jetzt tun soll.«

»Zunächst solltest du dir alle Unterlagen zuschicken lassen, die dieser Patrice für die Hochzeit erstellt hat. Ablaufpläne, Verträge mit der Catering-Firma, der Band, der Floristin – dieser ganze Kram. Und dann sehen wir weiter.« Alex fuhr sich durch die Haare. Ihm war spontan eine Idee durch den Kopf geschossen, von der er noch nicht wusste, ob sie gut oder schlecht war. Aber auch abgesehen davon – seine Tante hatte recht. Er hatte jahrelang den Eventbereich in einem großen Hotel verantwortet. Eine Hochzeit in dieser Größenordnung sollte er irgendwie hinbekommen.

»Das habe ich seinem Mann auch gesagt, und angeblich will er sich rasch darum kümmern, aber ...« Heather zögerte und schaute dann Hilfe suchend zu Alice, die bislang schweigend zugehört hatte.

»Aber du glaubst ihm kein Wort«, stellte Alice scharfsinnig fest und verschränkte die Arme vor der Brust. Alex bemerkte eine seltsame Anspannung zwischen seinen beiden Tanten, die er nicht recht greifen konnte. War da irgendetwas vorgefallen, von dem er keine Ahnung hatte?

»Ja. Nein. Ach, ich weiß auch nicht. Ich weiß nur, dass ich diesem Patrice nicht über den Weg traue. Die Telefonate mit ihm waren immer seltsam unverbindlich. Nie wollte er sich konkret auf irgendetwas festlegen, sondern hat mich mit warmen, beruhigenden Worten vertröstet und behauptet, dass alles seinen geregelten Gang geht. Als ich ihn gestern an den Termin morgen erinnert habe, war er irgendwie seltsam, und dann kommt heute der Anruf, dass er einen Unfall hatte. Das ist doch merkwürdig. Ich meine, es täte mir von Herzen leid, wenn er sich wirklich verletzt hat, aber ...« Sie starrte mit leerem Blick auf die Tischplatte.

»Tja, die Stewarts haben kein Glück mit Hochzeiten ...« Alice bemühte sich um einen mitfühlenden Tonfall, der jedoch spektakulär misslang.

Alex konnte es ihr nicht verdenken. Vor ziemlich genau einem Jahr hatte seine Cousine Robin heiraten wollen – nur um zwei Tage vor dem Jawort festzustellen, dass ihr Verlobter ein krimineller Betrüger war. Sie hatte ihn sogar höchstpersönlich angezeigt und dafür gesorgt, dass er anstelle des Honeymoons Zeit in Untersuchungshaft hatte verbringen müssen. Das war ein krachender Skandal gewesen, an dem sich Kirkby monatelang erfreut hatte. Inzwischen war Robin aber glücklich mit einem amerikanischen Entwicklungshelfer verheiratet und gondelte mit ihm und seiner zweijährigen Tochter in der Weltgeschichte herum. Ian war letztes Weihnachten mit Luci zur Hochzeit seiner Schwester nach Kirkby gekommen, doch statt des rauschenden Festes hatte es nur eine sehr lustige Familienparty in Monroe Manor gegeben. Luci war aber derart begeistert gewesen, dass sie ihre Hochzeit trotz aller vermeintlichen schlechten Omen ebenfalls an Weihnachten in Schottland feiern wollte.

»Du brauchst mir das gar nicht so reinzuwürgen«, beklagte sich Heather. »Ist schon schlimm genug, dass es so ist, wie es ist.«

»Aber Ian wird doch bestimmt eine renommierte Agentur ausgewählt haben«, unterbrach Alex seine Tanten.

»Entspann dich, Heather. Wahrscheinlich ist es tatsächlich ein Unfall gewesen, und der arme Mann hatte alles top organisiert, sodass wir nur noch die letzten Feinheiten übernehmen müssen. Bleibst du zum Abendessen? Dann können wir Colleen fragen, ob sie uns hilft. Sie ist ja vom Fach. Ich muss ihr ohnehin noch etwas schonend beibringen.«

»Bei was bin ich vom Fach, und was musst du mir beibringen?«, fragte Colleen, die unbemerkt in die Küche gekommen war. »Hallo, Heather, hallo, Alice«, grüßte sie die beiden Frauen und lächelte.

»Du weißt doch, dass mein Cousin Ian an Weihnachten heiraten wird. Vorhin hat er mir geschrieben, dass doch ein paar mehr Gäste als ursprünglich geplant bei mir absteigen werden. Ich fürchte, ich muss dich für ein paar Tage ausquartieren.«

»Oh?« Sie klang überrascht, fing sich aber sofort wieder. »Ja, klar. Das ist kein Problem. Ich kann ganz bestimmt bei Betty schlafen.«

»Oder bei Collum«, warf Alice mit einem Augenzwinkern ein.

Colleen verdrehte nur die Augen, und Alex ballte seine Hände unwillkürlich zu Fäusten. Als er Heathers wissenden Blick auffing, entspannte er sich mit Mühe.

»Kleiner Scherz«, kicherte Alice. »Kannst dich wieder beruhigen, Neffe. Aber du kannst auch bei uns übernachten, Colleen, oder bei Hailey und Kristie, wenn dich deren Chaos nicht nervt.«

»Oder du schläfst einfach bei mir«, sagte Alex. »Also, in

unserem privaten Gästezimmer im ersten Stock.« *Aber bevorzugt bei mir im Bett* – doch das fügte er nur in Gedanken hinzu und wagte es nicht, Colleen dabei anzusehen.

»Au ja, Colleen soll bei uns pennen«, rief Aidan dazwischen, der auch gerade in die Küche gekommen war. »Das wird ein Spaß.«

»Scheint so, als ob dieses Problem gelöst wäre«, meinte Colleen lächelnd. Täuschte er sich oder hatten ihre Wangen wieder ein wenig Extrafarbe angenommen? »Und was ist das andere?«

»Der Hochzeitsplaner von Luci und Ian hatte einen Unfall. Könntest du übernehmen?«

• • •

Was hätte sie tun sollen? Ablehnen? Schreiend aus der Küche rennen und das Land verlassen? Diese Alternativen erschienen Colleen drei Tage später verdammt verlockend. Sie war keine Hochzeitsplanerin, hatte niemals eine sein wollen und würde auch keine mehr werden. Nicht in diesem Leben. Sie raufte sich die Haare, als sie den Blick über die chaotische Ansammlung von Listen und Papieren auf ihrem Schreibtisch gleiten ließ. Heather hatte ihr gestern die Unterlagen vorbeigebracht, die der unselige, angeblich verunfallte Patrice geschickt hatte, der – und wenigstens das konnte Colleen mit absoluter Sicherheit sagen – ein noch schlechterer Hochzeitsplaner war als sie selbst.

Auf den ersten Blick hatte alles gut ausgesehen. Es gab eine Liste mit Dienstleistern – Catering, Servicepersonal, Dekoration, Florist, Band – und eine weitere, in der sämtliche Wünsche des Brautpaars notiert waren. Zudem lagen Angebote aller angefragten Unternehmen vor, doch das war es auch schon. Es gab keine Verträge, keine Protokolle über weitere Termine, nichts. Colleen war zunächst noch davon ausgegangen, dass Patrice womöglich anders arbeitete als ihre Mutter und nicht alles so detailliert protokollierte, doch nachdem sie die Dienstleister abtelefoniert hatte, war sie ernüchtert. Patrice hatte mit keinem von ihnen einen Vertrag geschlossen, und außer der Band waren alle inzwischen andere Verpflichtungen eingegangen und konnten sich nicht mehr um die Hochzeit von Ian und Luci kümmern. Drei Wochen vor der Hochzeit gab es also exakt: nichts! Kein Essen, keine Torte, keinen Blumenschmuck, keine Tischdeko, absolut gar nichts. Nur Musik. Wow.

»Alles klar?« Leslie, die Gemeindesekretärin, streckte den Kopf durch die Tür und sah Colleen mitfühlend an.

Collum hatte Colleen für den Tauschladen ein kleines Büro im Rathaus zur Verfügung gestellt, das sie nun auch für die Hochzeitsvorbereitungen nutzen durfte. Und offensichtlich hatte sie ihrer Verzweiflung unbewusst so lautstark Luft gemacht, dass es die patente Mittfünfzigerin im Nebenraum mitbekommen hatte. »Nicht wirklich.« Colleen schüttelte fassungslos den Kopf. »Das ist ein absolutes Desaster. Dieser Patrice hat anscheinend einfach aufgehört, sich um die Hochzeit zu kümmern. Keine Ahnung, warum. Vielleicht hatte er zu viele Projekte gleichzeitig oder …« Nein, sie wollte gar keine Erklärungen oder Entschuldigungen für ihn finden. »Jedenfalls ist das Einzige, was ich für die Hochzeit von Heathers Sohn retten konnte, die Band. Und das drei Wochen vor dem Termin. Der an Weihnachten ist, wo die Menschen traditionell ja nur darauf warten, kurzfristig eine Hochzeit zu organisieren.«

»Sarkasmus?« Leslie hob eine Braue.

»Sorry, mehr fällt mir dazu gerade nicht ein.« Sie vergrub ihr Gesicht in den Händen. Hätte sie doch bloß Nein gesagt, als Alex sie damit überfallen hatte. Doch das hoffnungsfrohe Leuchten in Heathers Gesicht hatte es ihr unmöglich gemacht, abzulehnen. Und nun musste sie die Menschen enttäuschen, die so nett zu ihr waren. An das Brautpaar in San Francisco, das mutmaßlich gerade seinem großen Tag entgegenfieberte, wollte sie gar nicht erst denken.

»Lass uns einen Kaffee trinken und dann einen Schlachtplan entwerfen!« Mit diesen Worten verschwand Leslie, und kurz darauf hörte Colleen die Kaffeemaschine zischen.

Ein Schlachtplan wäre nicht schlecht, dachte sie. Ein Wunder jedoch noch besser. Sie sah aus dem Fenster. Die wunderschöne Schneedecke, die zwei Tage lang Dorf und Landschaft überzuckert hatte, war beinahe schon wieder verschwunden. Stattdessen drückten schwere graue Regenwolken weiter auf ihre Stimmung. Wie um alles in der Welt konnte die Hochzeit noch gerettet werden?

Wenige Minuten später tauchte Leslie wieder auf und stellte ein Tablett auf den riesigen Schreibtisch, auf den einzigen Fleck, der nicht von irgendwelchen Papieren belagert war. »Ich hab ein bisschen Nervennahrung mitgebracht«, sagte sie, als sie Colleen eine dampfende Tasse Kaffee reichte, und deutete auf eine Schale mit Plätzchen.

»Danke«, murmelte Colleen matt und inhalierte den aromatischen Kaffeeduft, der ihre Lebensgeister hoffentlich bald aus dem Koma reißen würde. Sie trank einen ersten Schluck und genoss, wie die heiße, starke Flüssigkeit ihre Speiseröhre hinunterfloss und ihren Magen wärmte. Dann holte sie einmal tief Luft und wiederholte: »Schlachtplan.«

Leslie schlug ihr dickes Notizbuch auf, in dem Colleen schon seit einiger Zeit sämtliche Geheimnisse von Kirkby vermutete, und zückte ihren Stift. »Nachdem der Status quo schon analysiert ist, sollten wir jetzt über die nächsten Schritte sprechen: Wer muss informiert werden, woher bekommen wir Alternativen, und wer kann uns alles unterstützen?« Sie sah Colleen aufmerksam an.

»Genau.« Colleen rieb sich mit einer Hand die schmerzende Schläfe. »Ich werde direkt mal Heather anrufen und ihr die Katastrophe schonend beibringen«, sagte sie düster.

»Nein, so läuft das nicht«, entgegnete Leslie entschlossen. »Zuallererst musst du an deiner Einstellung arbeiten! Ja, es ist eine richtig blöde Situation, aber sie ist weit entfernt davon, katastrophal zu sein. Letztlich geht es um zwei Menschen, die sich lieben und mit Familie und Freunden ihre Hochzeit feiern wollen. Wir haben eine Kirche, einen Pfarrer, eine Party-Location und Musik! Das ist mehr als die halbe Miete. Wenn man dann noch die legendären Whisky-Vorräte der Stewarts einrechnet, ist eine erfolgreiche Party praktisch gesichert. Alles andere ist nur Zierrat. Es ist also maximal eine Herausforderung mittlerer Qualität, mit der wir es hier zu tun haben.«

Colleen starrte die dralle Leslie, die mit ihren dunklen Dauerwellenlöckchen wirkte wie einer Sechzigerjahre-Reklame entsprungen, verblüfft an. So konnte man es natürlich auch betrachten. »Okay …«, sagte sie, weil ihr nichts Schlaueres einfiel. »So kann man es auch sehen.« Sie merkte, wie sich ein kleines Lächeln auf ihre Lippen stahl. »Meinst du, das nimmt uns Heather ab?«

»Klar wird sie das. Einfach, weil sie es auch glauben will.«

»Und was ist mit dem Brautpaar? Immerhin ist Luci Amerikanerin, und amerikanische Bräute …« Sie schüttelte sich bei dem Gedanken an frühere Erlebnisse. Eins war klar, in der Welt ihrer Mutter wäre die aktuelle Situation nicht nur eine Katastrophe, sondern praktisch schon der Weltuntergang.

»Ich habe Luci letztes Jahr nur kurz kennengelernt, aber da wirkte sie sehr bodenständig. Und Ian ist einer von uns. Das wird kein Problem sein.« Leslie klang so zuversichtlich, dass Colleen tatsächlich ein wenig Hoffnung schöpfte.

»Na schön, dann werden wir uns dieser Herausforderung annehmen. Ich ruf jetzt auf der Stelle Heather an.«

Colleen konnte sich kaum erinnern, wann sie jemals so viel Spaß gehabt hatte – zumindest in einem beruflichen Kontext. Und irgendwie war diese Hochzeit im Augenblick doch ihr Job, oder? Ein Meeting in großer Runde, das letzte vor der Hochzeit, war gerade gelaufen, und in einer halben Stunde würde sie noch einmal mit Luci skypen und sie über den Stand der Dinge informieren.

Der war vier Tage vor der Hochzeit als durchweg erfreulich anzusehen. Nach dem ersten großen Schock war bei Heather ein gesunder Pragmatismus ausgebrochen. Genau wie Leslie war sie mehr als bereit, die Herausforderung anzunehmen. Innerhalb kürzester Zeit hatten sie eine regelrechte Taskforce gebildet, die neben Heather und Leslie aus Betty, Alice, Kristie und Hailey bestand – mit Colleen an der Spitze. Es hatte sich nämlich rasch herauskristallisiert, dass sie ein natürliches Talent dafür hatte, sämtliche Fäden in den Händen zu behalten und Einzelaktionen sinnvoll zu orchestrieren. Exceltabellen und Listen hatte sie schon immer geliebt, und nun erklomm diese Leidenschaft ganz neue Höhen. Wenn das ihre Mutter wüsste …

Am allerglücklichsten war Colleen gewesen, als sie Isla davon überzeugen konnte, das Catering für die Hochzeit ihres Cousins zu übernehmen. Eigentlich hatte die Köchin nämlich unmittelbar nach der Trauung in ein Flugzeug steigen und für die nächsten Wochen ins Warme fliegen wollen, weshalb sie die ursprüngliche Anfrage von Heather abgelehnt hatte. Doch nun, im Angesicht der Krise, hatte Colleen ihr klargemacht, dass Thailand oder Bali gut noch ein paar Tage länger warten konnten. Kategorisch geweigert hatte sich Isla allerdings, die Hochzeitstorte herzustellen. Das sei überhaupt nicht ihr Ding und koste zudem unfassbar viel Zeit. Colleen hatte gefühlt alle Konditoren in Schottland und ganz Großbritannien durchtelefoniert, doch keiner hatte sich erweichen lassen.

Schließlich hatten sich ausgerechnet Betty und Kristie dazu bereit erklärt, gemeinsam eine Torte zu backen. Anscheinend war das nämlich eine bislang ziemlich geheime Leidenschaft von Kristie, die für reichlich Erstaunen gesorgt hatte. Auch Betty war bisher nicht als versierte Bäckerin aufgefallen, doch da ihr Vater der letzte aktive Bäcker und Konditor in Kirkby gewesen war, musste ihr das Talent buchstäblich in die Wiege gelegt worden sein. Behauptete sie zumindest. Die alte Backstube in ihrem Haus existierte noch vollständig, und so hatte man ihr und Kristie den verantwortungsvollen Job anvertraut. Bei der Besprechung hatten die beiden neben Fotos des fast fertigen Kunstwerks auch einige Probierhäppchen dabei, die sie extra zubereitet hatten.

Den Blumenschmuck für die Kirche würde man übermorgen anbringen. Leslie hatte zwei Frauen im Dorf darauf angesprochen, von denen eine jahrelang in einem Blumenladen in Inverness gearbeitet hatte. Die andere bastelte schon seit Ewigkeiten wunderschöne Kränze aus Heidekraut und Disteln für den Weihnachtsbasar. Das würden auch die Hauptzutaten für die Deko in der Kirche sein. Bei den Bouquets im Ballsaal von Monroe Manor kamen außerdem frische Rosen zum Einsatz, ebenso bei Lucis Brautstrauß.

Zufrieden sah sich Colleen noch einmal ihre große Liste an, auf der alle Aufgaben verzeichnet waren. Heute war keine einzige Position mehr offen. Hinter jedem Listenpunkt stand ein grüner Haken, und das fühlte sich verdammt gut an.

»Na, bist du glücklich?«

Colleen hob den Kopf und sah Collum, der am Türrahmen lehnte und sie lächelnd betrachtete. »Ziemlich. Ich kann's nicht fassen, dass wir das alles hinbekommen haben.«

»Ich habe gehört, dass wir das vor allem dir zu verdanken haben«, behauptete er und kam näher.

»Quatsch, alleine hätte ich das nie geschafft«, wehrte sie ab.

»Aber du hast alles koordiniert und hältst das Heft in der Hand. So etwas können nicht viele.« Er setzte sich und fixierte Colleen mit einem Blick, aus dem tatsächlich so etwas wie Bewunderung sprach. Und noch etwas anderes, das sie nicht zu fassen bekam.

»So ein großes Kunststück ist das auch wieder nicht. Man muss nur ein bisschen organisiert sein, dann läuft das schon.« Sie zuckte mit den Schultern. Sie wollte hier keine Show veranstalten und künstliche Bescheidenheit an den Tag legen. Ihr war das alles tatsächlich recht leichtgefallen, was sie dankbar und glücklich machte. Womöglich hatte sie doch einiges von ihren Eltern geerbt. Es kam wohl immer darauf an, wie und wofür man seine Talente einsetzte. Diese Hochzeitsvorbereitungen, so hektisch und manchmal chaotisch sie auch waren, hatten ihr einfach nur Spaß gemacht. Wie sämtliche Puzzleteile an ihre Plätze gefallen waren, sodass schließlich ein wunderbares Bild entstand. Das hatte aber nichts damit zu tun, wie das Geschäft bei ihrer Mutter für gewöhnlich ablief.

»Schätz dich und deine Fähigkeiten bitte nicht zu

gering ein«, bat Collum ernsthaft und ließ nach wie vor ihren Blick nicht los. »Wir haben hier im Ort viele kreative, motivierte Menschen, aber organisatorisch haben die wenigsten etwas drauf. Dabei warten Dutzende Ideen darauf, umgesetzt zu werden. So erfolgreich wie in diesem Jahr war unser Weihnachtsbasar noch nie«, fuhr er fort. »Doch im Zusammenspiel mit dem Tauschladen und deinem neuen Konzept hat alles viel besser funktioniert. Und ich darf betonen, dass du das zusätzlich zu diesem Hochzeits-Trubel gestemmt hast.«

»Aber das war doch wirklich nichts«, protestierte Colleen, der die Lobpreisungen des Bürgermeisters langsam unangenehm wurden. Es stimmte, für den Basar hatte sie fast nichts getan, nur ein wenig die Abläufe optimiert. Und dass der Tauschladen so gut ankam, war einfach Glück gewesen.

»Doch, Colleen, das war eine ganze Menge. Daher möchte ich dir jetzt ein Angebot machen, und ich hoffe, dass du sehr gründlich darüber nachdenkst, ehe du mir eine Antwort gibst.« Er wartete so lange, bis Colleen beklommen schluckte und nickte, dann sprach er weiter: »Ich würde dir gerne einen Job anbieten. Im Gemeindebudget – plus der Unterstützung, die ich vom schottischen Tourismusverband bekommen könnte – wäre eine Teilzeitstelle drin. Du könntest unsere Event- und Festivalkoordinatorin werden und wärst außerdem zuständig für den Tauschladen – was du ja faktisch ohnehin schon bist. Während der Saison, also von Frühjahr bis Herbst, müsste ich dich zusätzlich ab und zu in unserer Touristeninformation einsetzen, dafür wäre es in der übrigen Zeit entspannter. Ich weiß, das ist keine glamouröse Karriere, und es gäbe bestimmt tausend Möglichkeiten, deine Talente gewinnbringender zu nutzen, aber vielleicht reizt es dich ja trotzdem.«

»Wow.« Colleen war sprachlos, musste aber ob seines flehenden Hundeblicks lächeln. Ein Jobangebot war das Letzte, womit sie gerechnet hätte. »Das ist ... Ganz ehrlich, ich weiß nicht, was ich sagen soll.«

»Sag erst einmal gar nichts«, bat Collum rasch. »Denk in Ruhe drüber nach. Das Angebot läuft dir nicht weg, nimm dir so viel Zeit, wie du brauchst. Ich will nur, dass du weißt, dass es hier im Ort Optionen für dich gäbe. Falls du hierbleibst. Was nicht nur mich sehr glücklich machen würde.«

»Aber ...«

»Kein Aber. Es gibt keinen Haken. Du bist mir nicht nur eine echte Freundin geworden, sondern vielmehr eine Bereicherung für das Dorf. Die Menschen hier mögen dich, und ich habe den Eindruck, dass du dich hier auch sehr wohlfühlst. Du hast Freunde gefunden, ein Pferd – und wenn es nach mir geht, auch eine berufliche Zukunft. Also bitte, überleg es dir in aller Ruhe. Ach ja, wenn du eine Wohnung oder ein Häuschen suchst, da finden wir auch ein günstiges Arrangement.« Mit diesen Worten stand er auf und ließ eine vollkommen verblüffte Colleen allein im Raum zurück.

Sollte das der Wink des Schicksals sein, auf den sie wartete, seit sie vor fast zwei Monaten in Kirkby angekommen war? Colleen starrte aus dem Fenster, ohne jedoch auf irgendetwas zu achten. Collum hatte es ziemlich präzise zusammengefasst: Ja, sie fühlte sich hier wohl, ja, sie hatte Freunde, an denen sie mehr hing als an allen Menschen zu Hause in Boston. Es gab Tilly… und jetzt auch noch einen möglichen Job. Ihr Herz fing plötzlich an, rasend schnell zu klopfen, und ein unbändiges Glücksgefühl machte sich in ihr breit. Am liebsten wäre sie aufgesprungen, um Collum auf der Stelle zuzusagen. Doch vermutlich hatte er recht, sie sollte wenigstens die Hochzeit abwarten und ein paar Nächte darüber schlafen. Dann würde sie eine Entscheidung treffen können, die nicht nur ihr Herz und ihr Bauch abgesegnet hatten, sondern auch ihr Verstand. Morgen stand auch noch der Umzug vom Cottage ins Gästezimmer von Harriswood House an. Sie lächelte beim Gedanken daran, wie sehr sich die Fraser-Männer darauf freuten. Womöglich bräuchte sie sich dann gar nicht mehr um eine andere Wohnung zu kümmern …

Der Skype-Signalton riss sie aus ihren Gedanken, und gleich darauf erschien Lucis lächelndes Gesicht auf dem Monitor.

»Hallo, Luci, was machen die Nerven?«, fragte Colleen.

»Morgen Abend steigen wir in den Flieger, und ich bin inzwischen wirklich ziemlich aufgeregt«, gab die hübsche Braut mit den langen, dunklen Locken zu und schaukelte ihr fünf Monate altes Söhnchen Niklas im Arm.

»Dafür gibt es keinen Grund, wir haben hier restlos alles unter Kontrolle«, entgegnete Colleen beruhigend und erzählte dann ausführlich vom Stand der Dinge, zeigte

Luci ein Foto der Hochzeitstorte und eines vom Brautstrauß-Dummy. Als sie über die Menüfolge und die Tischdeko sprechen wollte, wurde sie unterbrochen.

»Ich muss das alles nicht wissen«, rief Luci lachend. »Ich habe vollstes Vertrauen zu dir. Ich bin so froh, dass du dich jetzt um alles kümmerst, denn mit diesem Patrice kam ich so gar nicht klar. Du hast verstanden, worum es wirklich geht, nämlich darum, dass ich meine große Liebe heirate. Alles andere ist doch zweitrangig. Aber jetzt bin ich fest davon überzeugt, dass es einer der schönsten Tage meines Lebens wird, und ich freue mich unglaublich darauf, dich übermorgen endlich persönlich kennenzulernen.«

»Mir geht es genauso«, sagte Colleen strahlend. »Ich verspreche dir, ich werde alles dafür tun, dass dein Traum in Erfüllung geht.«

»Du hast nicht zufällig auch gute Beziehungen zum Wettergott? Mein absoluter Traum wäre nämlich eine Pferdeschlittenfahrt an den Feiertagen.« Luci lächelte verträumt und küsste dann ihr fröhlich brabbelndes Baby auf die Stirn.

Colleen grinste, stand auf und nahm ihr Laptop in die Hände. Dann ging sie zum Fenster und drehte es so, dass Monitor und Kamera nach draußen zeigten. »Kannst du es erkennen?«, fragte sie. »Es hat vor zwei Stunden wieder angefangen zu schneien, und in den nächsten Tagen soll es richtig kalt werden. Weißen Weihnachten und einer weißen Hochzeit steht also nichts mehr im Wege.«

COUNTDOWN ZUM GLÜCK

JEMAND STIEG DIE KNARZENDEN TREPPENSTUFEN hoch. Schritte näherten sich der Tür zum Nebenzimmer, die Tür wurde geöffnet und nach einer kleinen Weile wieder geschlossen. Erneut Schritte, die anscheinend kurz verharrten und sich dann zu einem anderen Raum weiterbewegten. Erneut öffnete und schloss sich eine Tür, und dann herrschte Stille.

Colleen lag seit zwei Stunden im Bett und konnte nicht schlafen. Das war das erste Mal, seit sie in Kirkby war, dass sie Schwierigkeiten beim Einschlafen hatte. Seit der ersten Nacht in ihrem Cottage war sie immer sofort in einen entspannenden, tiefen Schlaf gesunken, sobald sie sich unter ihre Decke gekuschelt hatte.

Doch nun war sie nicht mehr in ihrem Cottage. Sie lag in einem der Gästezimmer von Harrisswood House, das früher einmal Islas Kinderzimmer gewesen war. Nebenan schlief Aidan – garantiert mit Tito im Arm –, und die Schritte gehörten zweifellos zu Alex, der vermutlich noch einmal bei seinem Sohn nach dem Rechten geschaut hatte, ehe er selbst zu Bett ging. Vielleicht war er einen Augenblick lang vor ihrer Tür stehen geblieben? Um was zu tun? Colleen warf sich auf die Seite und vergrub ihr Gesicht im

Kissen. Was lief gerade falsch in ihrem Kopf? Hatte sie sich ernsthaft gewünscht, dass er sich zu ihr ins Zimmer schlich und …?

Ja, hatte sie, aber sie weigerte sich, weiter darüber nachzudenken. Sie würde sich auch nicht vorstellen, wie Alex sich auszog und womöglich nackt in sein Bett stieg. Könnte ja sein, dass er ein Nacktschläfer war. Auch wenn ihr das bei diesen Temperaturen recht unwahrscheinlich vorkam. Sie selbst trug einen warmen Flanellschlafanzug mit kleinen Schafen drauf und dicke Socken. Insofern war es geradezu ein Segen, dass er sie nicht überfallen und aus dem Bett gezerrt hatte, denn statt sie leidenschaftlich und wild zu küssen, hätte er bei ihrem Anblick zweifellos einen Lachanfall bekommen. Welcher Mann stand schon auf Frauen, die Schäfchen-Pyjamas und Kuschelsocken trugen? Eben. Erst recht, wenn der Mann selbst ein wikingerhafter Hüne war, der auf Nachtwäsche verzichten konnte und sich höchstens am willigen Fleisch einer heißblütigen Frau wärmte. Was sie eindeutig nicht war. Und sie sollte jetzt wirklich, also so richtig und vollständig wirklich aufhören, sich kompletten Unsinn einzubilden, und stattdessen schlafen!

Morgen würden das Brautpaar und die ersten Gäste aus Amerika ankommen, da würde sie all ihre Energie und vor allem ihre mentale Leistungsfähigkeit brauchen, um die allerletzten Details für die Hochzeit zu organisieren. Denn wenn sie bei ihrer früheren Arbeit in der Agentur ihrer Mutter eines gelernt hatte, dann dass unmittelbar vor Tag X noch die meisten Dinge schiefgingen.

Sie seufzte. Es hatte keinen Sinn. Nicht einmal die Aussicht auf kleinere Hochzeitskatastrophen lenkte sie von der unleugbaren Tatsache ab, dass sie nicht allein in diesem wunderbar bequemen Bett liegen wollte, sondern am anderen Ende des Flurs neben Alex. Während der letzten Wochen hatte sie seine Anziehungskraft weitgehend ignorieren können, auch deshalb, weil sie kaum Zeit zu zweit verbracht hatten, von einigen wenigen Ausritten mal abgesehen. Sie war mit der Organisation der Hochzeit beschäftigt gewesen, er mit seinem Kram, und irgendwie hatten sie sich – bewusst oder unbewusst – voneinander ferngehalten. Doch nun waren all diese Barrieren weg. Also fast alle. Wenn man zwei Türen und ungefähr zehn Meter Luftlinie ignorierte. Sie könnte einfach aufstehen und zu ihm gehen – und würde es dann so laufen wie vor zehn Jahren in dem New Yorker Hotel?

Gut, das war der ernüchternde Gedanke, den sie gebraucht hatte! Ganz sicher würde sie in Bezug auf Alexander Fraser nie wieder den ersten Schritt machen. Selbst wenn sie vor Sehnsucht verging. Entschlossen knipste sie ihre Nachttischlampe an und schnappte sich ein Buch.

●　●　●

Wie konnte es sein, dass Colleen so taufrisch und fröhlich plaudernd am Frühstückstisch saß und ihren Porridge löffelte, während Alex sich fühlte wie nach einer Zombie-Apokalypse? Mühsam unterdrückte er ein Gähnen. Er hatte letzte Nacht gefühlt keine einzige Minute geschlafen – nur weil Colleen wenige Meter von ihm entfernt im

Gästezimmer gelegen hatte. Alles an dieser Konstellation hatte sich falsch und unnatürlich angefühlt. Sie sollte nicht im Gästebett schlafen, sondern in seinem. Und bevorzugt hätte sie überhaupt nicht schlafen sollen! Zumindest ein Weilchen nicht. Ein langes, ausführliches Weilchen nicht. Er seufzte.

»Alles klar, Junge?«, wollte Marlin wissen und musterte ihn über den Rand seiner Tageszeitung.

»Alles bestens«, log Alex und fügte dann noch hinzu: »Es ist nur noch so viel zu erledigen, ehe die Gäste kommen, und irgendwie habe ich schlecht geschlafen.«

»Du auch?«, fragte Colleen und wurde rot. »Ähm, ich meine: Das tut mir leid.«

Das war interessant. Hatte Colleen womöglich auch …?

»Ja, wir haben im Moment alle viel um die Ohren«, mischte sich nun Alice ein und gähnte herzhaft. »Ich habe heute Nacht auch schlecht geschlafen. Wann kommen denn die Amerikaner? Ich muss zusehen, dass dann alle Cottages fertig sind.«

»Ich schätze mal, dass sie irgendwann mittags zwischen zwölf und eins hier eintreffen werden. Zumindest hat Ian mir das so gesagt. Der alte Angus hat ja nicht nur einen Privatjet gechartert, damit der Hund der Braut nicht im Gepäckraum fliegen muss, sondern auch noch zwei Kleinbusse, die die Truppe von Edinburgh hierherbringen. Aber von diesen Leuten übernachten nur zwei Paare bei uns, die anderen schlafen in Monroe Manor. Ich hoffe, Heather und George haben ihren Riesenkasten inzwischen anständig geheizt gekriegt.« Er rieb sich mit der Hand übers

Kinn, als er an das imposante Herrenhaus dachte. Rasieren müsste er sich vielleicht auch mal wieder … »Die anderen Hochzeitsgäste, die bei uns nächtigen, kommen erst im Laufe des Nachmittags beziehungsweise morgen an«, fügte er noch hinzu.

»Die kommen wirklich im Privatflugzeug?«, staunte Colleen.

»Wenn man eine internationale Großkanzlei betreibt, scheint sich das auszuzahlen. Da kann man den Enkel samt Anhang einfach einfliegen lassen«, erwiderte Alex amüsiert. »Dein Dad war doch auch ein erfolgreicher Anwalt.«

»Schon, aber für einen Privatjet hätte es wohl nicht gereicht«, murmelte sie und griff dann zu ihrem Ordner, der während der letzten Tage nie weit weg gewesen war. Sie blätterte ein paar Seiten durch, bis sie die Ablaufpläne für die nächsten Tage fand. »Heute Nachmittag kommt die Schneiderin vorbei, die notfalls allerletzte Änderungen am Kleid vornehmen und es dann perfekt aufbügeln wird. Ich bin ja so gespannt, wie es aussieht.« Sie lächelte. »Und dann müssen wir noch mit dem Brautpaar in die Kirche und dem Hund beibringen, wie er sich als Ringträger zu verhalten hat. Marlin, es wäre ganz toll, wenn du da dabei sein könntest. Luci hat mir zwar mehrfach versichert, dass ihr Drake das alles schon geübt hat, aber ich will nicht, dass er während der Trauung plötzlich mit den Ringen verschwindet, weil er andere Dinge interessanter findet. Und du kannst doch so gut mit Hunden.«

Alex schaute fasziniert zwischen Colleen und seinem Vater hin und her. Es war schon längst sonnenklar, dass sie ihn um den kleinen Finger gewickelt hatte, doch nun schien der alte Kauz regelrecht über seinem Stuhl zu schweben.

»Das kriegen wir schon hin. Er ist wirklich ein nettes Tier. Wir hatten ihn ja letztes Jahr schon hier«, brummte Marlin, aber es war offensichtlich, dass er sich geschmeichelt fühlte.

»Super, vielen Dank. Wir haben ja auch noch morgen und übermorgen am Vormittag Zeit, mit ihm zu üben. Morgen haben wir für die Braut und ihre Freundinnen einen Spa-Tag eingeplant. Werden die Kosmetikerinnen und Massagetherapeuten da sein?« Diese Frage stellte sie Alex, und er musste sich bemühen, nicht nur auf ihre rosigen Lippen zu starren, sondern sich auf ihre Worte zu konzentrieren.

»Ja, natürlich, ich habe mir gestern noch einmal alles bestätigen lassen. Eine Therapeutin bleibt auch über die Feiertage, sodass wir Termine für andere Hochzeitsgäste anbieten können.«

»Klingt himmlisch«, schwärmte Colleen und rieb sich mit der rechten Hand die linke Schulter.

»Wenn du verspannt bist, kann ich dir ganz bestimmt auch einen Termin besorgen«, bot Alex an. *Oder ich kümmere mich persönlich drum*, fügte er in Gedanken hinzu.

Sie schenkte ihm ein dankbares Lächeln und trank ihren Tee aus. Dann klappte sie ihren Ordner zu und stand auf. »Ich geh jetzt zu Isla und erkundige mich bei ihr nach dem Stand der Dinge, und anschließend bin ich in Monroe Manor, da sollte die Deko im Ballsaal so langsam fertig werden. Wenn etwas ist, ruft einfach an.« Mit diesen Worten huschte sie aus der Küche.

»Sie wirkt wie ausgewechselt«, stellte Marlin fest, der ihr versonnen hinterhersah. »Vor zwei Monaten war sie noch total verhuscht, und jetzt? Ein wahres Prachtweib!«

»Dad!«, rief Alex indigniert.

»Was? Ich stelle nur das Offensichtliche fest. Wenn du bei ihr nicht langsam in die Gänge kommst, dann wird jemand anders sie dir wegschnappen.« Marlin grinste.

»Du etwa?«

»Das wär's noch«, fiel Alice lachend ins Gespräch ein. »Aber Marlin hat recht, du solltest langsam Nägel mit Köpfen machen mit Colleen. Ihr passt so gut zusammen, und mit Aidan klappt es auch. Also was hindert dich?«

Alex schüttelte nur den Kopf. Zum einen, weil es für seine komplette Familie sonnenklar zu sein schien, dass er und Colleen ein Paar werden könnten, ach was: mussten. Zum anderen, weil er ihnen den wahren Grund für sein Zögern nicht verraten wollte. Denn auch daran gab es nichts zu rütteln: Er hatte immer noch Angst. Angst davor, erneut zu lieben und erneut verlassen und verletzt zu werden. Elender Feigling, der er war.

»Heather und George haben innerhalb von wenigen Monaten ihre beiden Kinder unter die Haube gebracht«, fuhr Alice fort. »Während Hailey und Kristie nicht im Ansatz daran denken, zu heiraten«, klagte sie. »Von deiner nichtsnutzigen Brut ganz zu schweigen, Marlin.«

»Nichtsnutzige Brut«, murmelte Alex leise. »Na vielen Dank auch.«

»Ist doch wahr«, verteidigte sich Alice mit einem provozierenden Grinsen. »Meine Mädchen sind ja noch jung, aber für dich wird's wirklich mal Zeit, mein Lieber.«

»Vielleicht ist Lennox ja inzwischen verheiratet«, warf Alex ein. Von seinem jüngeren Bruder hatten sie seit Monaten nichts gehört. Nicht dass das sonderlich besorgniserregend war, der Freigeist der Familie schätzte seine Unabhängigkeit.

»Das wäre auf jeden Fall gut für ihn«, behauptete Alice und ignorierte das genervte Grunzen ihres Schwagers. Marlin und sein jüngster Sohn hatten seit jeher ein schwieriges Verhältnis. »Kommt er eigentlich zu Weihnachten?«, bohrte sie weiter nach.

»Nicht dass ich wüsste«, knurrte Marlin. »Er hält es nicht für nötig, uns über seine Pläne in Kenntnis zu setzen.«

»Aber Shona wird da sein?«

»Ja, sie kommt morgen aus London«, sagte Alex, der sich schon sehr auf seine jüngste Schwester freute. »Mal sehen, von was für Abenteuern sie wieder berichten wird.« Er sah auf die Uhr. »So, ich muss auch los.« Er wollte nach Inverness fahren, um die bestellten Blumen und anderen Kleinkram für die Hochzeit persönlich abzuholen. Heather wollte sich nicht auf Lieferdienste verlassen, was bei dem anhaltenden Schneefall sicher eine schlaue Entscheidung war. Mit seinem alten, aber zuverlässigen Land Rover würde er problemlos durchkommen. »Ich sollte mittags wieder hier sein, aber falls die Gäste vor mir eintreffen, wisst ihr ja Bescheid.« Er schnappte sich einen

Schokoladen-Muffin als Wegzehrung und ging zu seinem Auto. Er würde noch rasch bei Isla vorbeischauen und fragen, ob sie etwas brauchte. Vielleicht war Colleen auch noch da, und vielleicht ergab sich dann die Möglichkeit …

● ● ●

»Das ist absolut märchenhaft!« Colleen stand mit glänzenden Augen im sogenannten Ballsaal von Monroe Manor. Sie konnte kaum glauben, wie sehr sich dieser Raum in den letzten Tagen verändert hatte. Als sie ihn vor drei Wochen zum ersten Mal betreten hatte, hatte er einer besseren Abstellkammer geglichen. Zugegeben, einer ziemlich großzügigen und feudalen Abstellkammer, aber trotzdem. In einer Ecke hatte eine Tischtennisplatte gestanden, in einer anderen hatten sich alte Hundebetten und Kisten voller Kram gestapelt, von denen niemand mehr wusste, wem er gehörte und wofür man ihn noch brauchen könnte. Außerdem war es eiskalt gewesen, weil der Saal in jenem Flügel des Gebäudes lag, der praktisch nie genutzt und daher im Winter auch nie geheizt wurde. Immerhin gab es eine Heizung, und ein Installateurteam aus Inverness hatte es auch rechtzeitig geschafft, sie zum Laufen zu bringen. So herrschten jetzt angenehme Temperaturen im Festsaal – genau wie in den Räumen darüber, die zum Teil als Gästezimmer für die Hochzeitsgesellschaft dienten. Die Fenster waren blank geputzt, der Parkettboden schimmerte, und im großen Kamin war schon alles für ein Feuer vorbereitet, das während der Party vorwiegend für Gemütlichkeit und Ambiente sorgen sollte. Gerade waren etliche fleißige Helfer damit beschäftigt, große runde Tische aufzustellen und weihnachtliche Dekoration anzubringen.

»Ich bin auch ganz zufrieden«, sagte Heather erfreut. »Schau mal, hier neben dem Kamin wollen wir die Fotostation machen, wo wir alle Gäste mit Weihnachtsmann-Mütze oder Feenflügeln fotografieren wollen.«

»Das war wirklich eine tolle Idee. Ich bin mir sicher, dass Luci entzückt sein wird«, meinte Colleen. »Eigentlich ist es eine Schande, dass dieser traumhafte Saal ansonsten nicht genutzt wird. Ihr könntet den Westflügel doch für Events vermieten, für Hochzeiten oder Geburtstagsfeiern. Das wäre bestimmt ein riesiger Erfolg, und ein bisschen Geld würde es auch bringen. So ganz günstig wird der Unterhalt ja nicht sein. Oder auch mal ein Kino-Event für die Dorfbewohner. Betty hat mir erzählt, dass es in ihrer Jugend regelmäßig Filmabende gab. Die Leute müssten nicht einmal durch das Hauptportal rein, sondern könnten ebenfalls den Eingang zum Westflügel nehmen. Da würdet ihr so gut wie gar nicht belästigt werden.«

»Man merkt dir deine Nähe zu Collum an«, entgegnete Heather lachend. »Diese Ideen könnten auch von unserem Bürgermeister stammen.«

»Er hat diesbezüglich keine Silbe gesagt«, beteuerte Colleen und errötete. Das stimmte, Collum war unschuldig, was die konkrete Fragestellung betraf. Aber seit er ihr den Floh ins Ohr gesetzt hatte, sie könnte Event- und Festivalkoordinatorin von Kirkby werden, sah sie praktisch an jeder Ecke Möglichkeiten.

»Schon gut, ich glaube dir. Ich wollte dich nur ein bisschen aufziehen.« Heather legte ihr tröstend eine Hand auf die Schulter. »Ich gebe zu, ich habe auch schon daran gedacht. Es wäre wirklich schön für uns und unser altes Gemäuer, wenn wir wieder etwas mehr Leben in die Bude bekämen. Ich muss aber ehrlich gestehen, dass mir der Antrieb dafür fehlt, das alles zu organisieren.« Sie seufzte. »Aber jetzt lass uns erst einmal die Hochzeit über die Bühne bringen, und dann sehen wir weiter.« Sie zwinkerte Colleen verschwörerisch zu.

Ob Heather am Ende mit Collum unter einer Decke steckte? Colleen wunderte sich, kam jedoch nicht dazu, nachzufragen, denn in diesem Moment erklang vom Vorplatz her ein munteres Hupkonzert, dicht gefolgt vom lauten Bellen der beiden Airedale Terrier, die Heather auf Schritt und Tritt begleiteten. »Ich glaube, das Brautpaar ist soeben eingetroffen.«

JAWORTE UND KÜSSE
UNTERM MISTELZWEIG

ALEX SAH, WIE SICH COLLEEN VERLEGEN eine Träne aus dem Augenwinkel wischte. Am liebsten hätte er sie in den Arm genommen. Oder mitgeweint. Oder beides. Gerade war das glückliche Brautpaar strahlend und winkend vor der Kirche in Richtung Monroe Manor abgefahren. Im Pferdeschlitten – ein Szenario, das so kitschig-schön gewesen war, dass es selbst den härtesten Kerl erweichen konnte. Der er nicht war.

Schon die Trauung war außerordentlich romantisch und ziemlich witzig gewesen. Für das Entertainment hatten vor allem der Ringträger und das Blumenmädchen gesorgt – der riesige Bluthund Drake und Ayana, die zweijährige Nichte des Paares. Die beiden waren vor der Braut, die am Arm ihres Vaters einhergeschritten war, in die Kirche eingezogen – der Hund mit ernster Miene, in flottem Tempo und mit erhobener Nase, wohl wissend, dass Bräutigam Ian am Altar ein Stückchen Käse für ihn in der Tasche hatte. An seiner Seite das kleine Mädchen, das von den Blütenblättern in seinem Körbchen derart fasziniert gewesen war, dass es auf halber Strecke aufhörte, sie zu verstreuen, und stattdessen stehen blieb, um sie gründlich zu analysieren. Drake, hin- und hergerissen zwischen seiner Pflicht, die Ringe zum Altar zu bringen, und der ehrenvollen Aufgabe, seiner zweibeinigen »Cousine« zur Seite zu stehen, hatte ein frustriertes Geheul angestimmt, das sogar die Orgel übertönte. Woraufhin die Braut einen fulminanten Lachanfall bekommen hatte – und mit ihr die ganze Gemeinde.

Danach war jedoch alles seinen geregelten Gang gegangen. Pastor Jack hatte eine Predigt rausgehauen, die gleichermaßen mitreißend und gefühlvoll gewesen war und vereinzelt bereits für den Einsatz von Taschentüchern gesorgt hatte. Und als sich Luci und Ian mit ihren eigenen Worten die wahre und ewige Liebe versprachen, waren bei den meisten Gästen endgültig die Dämme gebrochen. Das war keine Show, das war echt, und jeder Einzelne in der kleinen Kirche hatte es spüren können.

Nach der Trauung war Onkel Rupert mit seinem Schlitten vorgefahren – eine echte Überraschung für das Hochzeitspaar. Colleen hatte ja gewusst, dass es Lucis Traum war, einmal mit dem Pferdeschlitten zu fahren, und sie hatte Rupert dazu überredet, sein prächtiges Clydesdales-Gespann als Brautgefährt zu nutzen. Luci war in Glückstränen ausgebrochen, als die mit Glöckchen geschmückten Pferde durch den frischen Schnee herangetrabt waren. Alex hatte gestern noch mitgeholfen, den Schlitten zu säubern und aufzupolieren, denn er war in den letzten Jahren nicht zum Einsatz gekommen. Eingehüllt in warme Decken, genossen die frisch Vermählten jetzt noch eine kleine Extrarunde in der einsetzenden Abenddämmerung, damit die Gäste, die zu Fuß gingen, Monroe Manor vor ihnen erreichen konnten.

»Komm«, sagte Alex sanft zu Colleen, die immer noch ein wenig schniefte. »Lass uns rasch vorlaufen, damit wir checken können, ob alles in Ordnung ist.« Er reichte ihr seinen Arm, und sie hängte sich bereitwillig bei ihm ein. Gemeinsam stapften sie über den Pfad aus festgestampftem Schnee, der von brennenden Fackeln gesäumt war.

»Das war die schönste Hochzeit meines Lebens«, begann sie nach einer Weile, immer noch mit leicht belegter Stimme. »Und falls jemals ein weiteres Argument dafür gebraucht wird, dass ich keine gute Hochzeitsplanerin bin, dann habe ich es jetzt. Es ist sehr unprofessionell, sich derart mitreißen zu lassen. Ich sollte diejenige sein, die einen kühlen Kopf bewahrt und sich um alles kümmert.«

»Sei nicht so streng mit dir. Erstens hast du alles superprofessionell organisiert, tausendmal besser als der ursprüngliche Typ, und zweitens ist diese Hochzeit ja ein Sonderfall. Womöglich ein bisschen mehr als nur ein Job?« Alex wusste nicht, warum ihm das jetzt so wichtig war. Colleen kannte seinen Cousin Ian und dessen Braut Luci doch gar nicht. Für sie musste es tatsächlich wie eine ganz beliebige Hochzeit sein, die sie zu planen hatte. Aber er hoffte, dass ...

»Es fühlte sich an, als sei ich Teil der Familie«, sprach sie leise exakt das aus, was er sich ersehnt hatte. »Und das ist unprofessionell und distanzlos.«

»Du hast es eben nicht nur als reine Pflichterfüllung gemacht, sondern aus Freundschaft und Loyalität zu meiner

Familie, was dir keiner jemals vergessen wird.« *Vielleicht war sogar ein wenig Liebe dabei*, fügte er in Gedanken hinzu und wunderte sich, dass er im Augenblick so verdammt rührselig war.

»Das stimmt«, gab sie zu und seufzte leise. »Aber jetzt sollte ich trotzdem zusehen, dass der Rest des Abends genauso gut klappt wie die Trauung.«

Alex merkte, dass Colleen entschlossen die schmalen Schultern straffte und mit flotten Schritten weiterging. »Dann lass uns die Party mal zum Laufen bringen. Und halte dich bereit für eine wilde Fete. Wir Schotten können nämlich nicht nur die besten Hochzeiten veranstalten, sondern wissen ganz genau, wie man feiert.«

● ● ●

Was für eine wundervolle, ausgelassene Stimmung, dachte Colleen entzückt, als sie einige Stunden später mit einem Glas Weihnachtspunsch in der Hand neben dem Kamin stand und das fröhliche Treiben beobachtete. Alles hatte perfekt geklappt, auch wenn in letzter Minute noch reichlich Improvisationsbedarf bestanden hatte. Das Gastro-Personal war nämlich nur zur Hälfte erschienen, doch kurzerhand waren Kristie, Hailey, Shona und sogar Alex eingesprungen, um Islas köstliches Hochzeitsmenü unfallfrei und formvollendet zu servieren. Colleen tat es leid, dass der Cousin und die Cousinen des Bräutigams arbeiten mussten, doch den fünfen schien es nichts auszumachen. Außerdem war die Gesellschaft familiär genug, dass sie in Etappen auch mitfeiern konnten. Inzwischen waren sogar

Isla und ihre beiden Küchengehilfen aufgetaucht und tanzten in ihren Kochoutfits übermütig zwischen den elegant gekleideten Gästen.

»Wie läuft es mit den Fotos?«, fragte sie den Fotografen, der gerade ein vergnügtes Pärchen abgelichtet hatte.

»Ich müsste jetzt fast alle haben«, erwiderte der junge Mann und sah auf seine Gästeliste. Die meisten Namen waren bereits abgehakt. »Es fehlen nur noch eine Handvoll Frasers und du.«

Colleen betrachtete die Liste. »Die mussten alle arbeiten«, sagte sie. »Aber jetzt hol ich sie mal her.« Beherzt schlängelte sie sich durch die Menge auf der gut gefüllten Tanzfläche und schickte Hailey, Kristie, Shona und Isla zum Fotografen. Dann machte sie sich auf die Suche nach Alex und Aidan, die ebenfalls noch fehlten. Sie fand die beiden schließlich in dem kleinen Salon, der eigentlich nicht Teil der Party-Zone sein sollte. Alex stand dort neben der Sitzgruppe und unterhielt sich angeregt mit seinem Cousin Ian, der seinen kleinen schlafenden Sohn im Arm hielt, und Sky, dem Ehemann seiner Cousine Robin. Aidan saß mit der kleinen Ayana auf dem Sofa und zeigte ihr, welche Tricks er Tito beigebracht hatte. In einer entfernten Ecke schliefen Bluthund Drake und die beiden großen Airedale-Terrier-Hündinnen von Heather und George.

»Ah, Colleen!«, rief Ian erfreut und kam auf sie zu. »Habe ich dir schon gesagt, wie dankbar ich dir für alles bin? Es ist die perfekte Hochzeit.«

»Heute erst drei- oder viermal«, entgegnete Colleen augenzwinkernd. »Aber ich freu mich über dein Lob, und noch mehr, dass wirklich alles gut geklappt hat. Wenn ein Paar das verdient hat, dann ihr!«

»Robin und ich haben ja im Sommer recht überstürzt geheiratet, in der britischen Botschaft von Addis Abeba, damit sie Ayana ganz unkompliziert adoptieren konnte«, fiel Sky mit leuchtenden Augen ein. »Aber nachdem ich den Tag hier erlebt habe, tut's mir fast leid, dass wir nicht größer gefeiert haben.«

»Das könnt ihr ja nachholen«, sagte Ian. »Aber nur, wenn Colleen wieder das Zepter übernimmt.«

Sie merkte, wie sie rot wurde, lächelte aber geschmeichelt. »Das ist wirklich lieb von euch. Genießt den Abend noch. Alex und Aidan muss ich euch jetzt kurz entführen, die wurden nämlich noch nicht fotografiert.«

»Das geht natürlich gar nicht«, erwiderte Ian lachend.

»Aber Tito muss mit aufs Bild«, rief Aidan und sprang vom Sofa auf. »Nicht traurig sein, Ayana, morgen darfst du wieder mit ihm spielen, aber ich glaube, du musst jetzt ins Bett.«

Als der Junge dem blond gelockten kleinen Mädchen liebevoll über den Kopf strich, bildete sich ein Knoten in Colleens Hals, und sie musste schwer schlucken. Es rührte sie zutiefst, dass der schlaksige Teenager so zart mit seiner kleinen Cousine umging. Alex schien es ähnlich zu gehen, denn er sah seinen Sohn mit unverhohlenem Stolz an und verstrubbelte Aidan das Haar, sobald dieser neben ihm stand. »Dann wollen wir mal«, sagte er.

Gerade posierten Shona und Isla gemeinsam und waren offensichtlich bester Stimmung. Die schmale, fast ein wenig herbe Isla trug ein blinkendes Elchgeweih in ihren langen, feuerroten Haaren, wohingegen die kurvige, schwarzhaarige Shona mit der roten Weihnachtsmann-Zipfelmütze und ihrem knallroten Kleid wie ein Pin-up-Girl wirkte. »Unglaublich, dass die beiden Schwestern sein sollen«, entfuhr es Colleen, während sie amüsiert beobachtete, wie sich die zwei in die ulkigsten Posen warfen.

»Shona sieht genauso aus wie unsere Mutter«, meinte Alex, der neben ihr stand und ebenfalls über seine Schwestern lachte. »Lennox hat auch schwarze Haare, ist aber von der Statur her eher wie Isla und Dad. Und ich sehe eigentlich aus wie Onkel Rupert in seinen jungen Jahren.«

Du siehst aus wie ein rothaariger Highlander-Krieger, dachte Colleen, denn fast alle Männer trugen heute wieder Kilt. Laut sagte sie stattdessen: »Schade, dass Lennox nicht hier ist. Ich hätte ihn gern kennengelernt.«

»Tja, ich find's auch schade. Aber das ist eine lange, schwierige Geschichte ...« Er zögerte und schien zu überlegen, ob er darüber sprechen sollte, doch dann entschied er sich anders. »Los jetzt, Mädels. Ihr habt den armen Fotografen lange genug gequält, jetzt sind wir dran.«

Lachend reichten die beiden Schwestern Mütze und Geweih an Bruder und Neffe weiter und warfen sich wieder in das Getümmel auf der Tanzfläche. Colleen grinste, als sich Aidan das schrill blinkende Geweih aufsetzte und Alex die Mütze nehmen musste. Zu seinem roten Haar sah es nicht ganz so hübsch aus wie bei Shona.

»Colleen, du musst die Feenflügel nehmen!«, rief Aidan enthusiastisch. »Und Tito bekommt eine rote Schleife.«

»Nein, das ist euer Bild, darauf habe ich nichts zu suchen«, protestierte sie, als Alex ihr die riesigen, transparenten Flügel über die Schultern streifen wollte.

»Doch, du musst mit drauf«, beharrte Aidan, und so posierten sie schließlich zu viert – denn Tito durfte natürlich auch nicht fehlen – für den Fotografen. Es blieb nicht aus, dass sie sich dabei recht nahekamen, und mit einem Mal war sich Colleen wieder der geballten Männlichkeit bewusst, die Alex verströmte. Den ganzen Tag hatte sie es ignorieren können, weil sie zu aufgeregt darauf geachtet hatte, dass alles gut lief. Doch dafür traf es sie jetzt umso intensiver, als er seine Hand um ihre Taille legte, um sie ein wenig näher zu sich zu ziehen. Leider waren die Flügel zwischen ihnen. Oder glücklicherweise, denn wer wusste schon, was sonst passiert wäre? Vor versammelter Hochzeitsgesellschaft. Mit Aidan daneben.

»Sehr schön macht ihr das!«, motivierte sie der Fotograf zu weiteren Verrenkungen. »Ihr seid eine wirklich süße Familie!«

War das Knistern echt, oder spielten ihr überdrehter Geist und ihr erschöpfter Körper jetzt schon fiese Streiche? Colleen wunderte sich – und ließ es dann gleich wieder sein. Für einen winzigen Moment gab sie sich dem süßen Traum hin, tatsächlich eine Familie zu haben. Einen so tollen Sohn wie Aidan und einen so aufregenden Mann wie Alex, der sie ganz sicher Nacht für Nacht zu einer sehr glücklichen Frau machen würde.

Der Moment verging, aber das Gefühl blieb, auch als die Fotosession beendet war und Aidan und Marlin sich verabschiedeten, um nach Hause zu laufen. Kurz darauf reichte Alex ihr ein frisches Glas Champagner. »Auf diesen wunderbaren Tag«, sagte er mit rauer Stimme und prostete ihr zu. Seine blauen Augen leuchteten so intensiv wie Saphire, und irgendetwas flackerte in ihnen, das wild und leidenschaftlich wirkte.

»Frohe Weihnachten«, entgegnete sie und war erstaunt, wie atemlos sie klang. Sie trank einen Schluck von dem kühlen Prickelzeug und hatte das Gefühl, dass die Champagnerbläschen in ihrem ganzen Körper perlten und sich dann tief in ihr zu einem lustvollen Brodeln vereinten.

• • •

Wenn er Colleen nicht innerhalb der nächsten drei Minuten aus diesem Ballsaal brächte, würde er auf der Stelle über sie herfallen. Es kostete Alex schier übermenschliche Selbstbeherrschung, sie so nah bei sich zu fühlen und sie nicht wirklich berühren zu können. Das flaschengrüne Samtkleid schmiegte sich weich an ihren zierlichen Körper, der nur ganz zart gerundet war. Der knielange Rock war leicht ausgestellt, und der kleine runde Ausschnitt wirkte regelrecht zugeknöpft, und trotzdem kam es ihm so vor, als hätte er noch nie eine erotischere Frau gesehen. Er war sich nicht sicher, ob er es sich nur einbildete, aber seit dem Foto knisterte eine solche Energie zwischen ihnen, dass es ihn kaum wundern würde, wenn es hier gleich einen Kurzschluss gäbe.

»Komm mit«, raunte er ihr ins Ohr und nahm sie bei der Hand. Erst schaute sie ihn verblüfft an, doch dann stellte sie ihr Glas auf dem nächstbesten Tisch ab und folgte ihm, ohne eine einzige Frage zu stellen. Offensichtlich hatte sie verstanden. Er holte ihre Mäntel aus dem Raum, der als Garderobe diente, setzte ihr höchstpersönlich die Mütze auf den Kopf und knöpfte ihr mit zitternden Händen den Mantel zu, wo er doch nichts lieber getan hätte, als sämtliche Textilien von ihnen beiden zu entfernen. Aber vorher mussten sie nach Hause.

Als er die Tür öffnete, blieb Colleen jedoch wie angewurzelt stehen und starrte in den sternenklaren Nachthimmel. Es war eisig kalt, doch der Anblick der Milchstraße, die wie Millionen Diamanten funkelte, hatte sie offenbar andächtig erstarren lassen. »Wow«, hauchte sie und strahlte ihn an. Dann glitt ihr Blick knapp an ihm vorbei zum Türrahmen. »Mistelzweig?!«

War es eine Frage oder eine Aufforderung? Egal, es war die perfekte Gelegenheit. Er drehte sich zu ihr, legte seine linke Hand an ihre Wange und suchte ihren Blick. Es war zu dunkel, um das schöne Grün zu erkennen, das ihn immer an eine schattige Waldlichtung im Frühjahr erinnerte, aber hell genug für die erwartungsvolle Vorfreude, die in ihren Augen glänzte. Er senkte seinen Kopf, und als sein Mund nur noch eine Handbreit von ihrem entfernt war, schloss sie die Augen.

Er hatte ein Feuerwerk erwartet. Aber der Moment, als seine Lippen ihre berührten, glich eher dem Urknall des Universums, und als sie ihren Mund öffnete, um seiner forschenden Zunge Einlass zu gewähren, war ihm, als flögen sie zu einer fernen Galaxie. Alex war kein gläubiger

Mensch und viel zu bodenständig für esoterischen Schnick-schnack, aber in diesem Augenblick glaubte er an die Existenz einer höheren Macht. Er fühlte weder die beißende Kälte der Winternacht, noch hatte er irgendeine Vorstellung davon, wie lange sie in diesem süßesten Moment der Menschheitsgeschichte verschmolzen. Es zählten nur noch das reine Gefühl und der Kreislauf machtvollster Energie, die zwischen ihnen beiden floss.

Zu Bewusstsein kam er erst, als sich etwas Feuchtwarmes unter seinen Kilt schob und sich von der Kniekehle aus an seinem Schenkel hocharbeitete. Abrupt beendete er den Kuss und drehte sich erschrocken um. Hinter ihm stand Drake, der enthusiastisch mit dem Schwanz wedelte, flankiert von den beiden Terrier-Damen des Hauses und Alex' Onkel George, der seinen Neffen anerkennend angrinste.

»Tut mir leid, ich wollte euch nicht stören. Aber die Bande muss noch einmal raus.«

Alex räusperte sich, brachte aber kein Wort über die Lippen, sondern nickte nur.

»Vielleicht solltet ihr besser nach Hause laufen, ehe ihr euch hier draußen den Tod holt«, riet George noch, ehe er der kleinen Hundemeute in die Dunkelheit folgte.

Das war mit Sicherheit der beste Ratschlag überhaupt. »Lass uns das Auto nehmen«, krächzte er und versuchte Colleen in Richtung Parkplatz zu lotsen.

»Ich würde lieber zu Fuß gehen und die magische Nacht genießen«, entgegnete sie mit einem derart entrückten Lächeln, als befände auch sie sich noch in einem fernen Sonnensystem.

Gut so, dann war er mit seinen Empfindungen nicht allein. Aber es war wirklich sehr kalt, und der Fußweg dauerte locker zwanzig Minuten. »Mit dem Auto wären wir schneller«, warf er ein. »Und es wäre wärmer.«

»Mir ist nicht kalt«, behauptete sie. »Wir haben so lange gewartet, da kommt es auf ein paar Minuten mehr oder weniger auch nicht mehr an.« Sie griff nach seiner Hand und steuerte auf den Pfad zu, der Monroe Manor mit *The Cosy Thistle* verband.

Auf dem Weg nach Hause sprachen sie kein Wort miteinander, doch es war kein verlegenes Schweigen. Vielmehr war ihnen beiden klar, dass keine weiteren Worte nötig waren. Colleen hatte recht, diese Nacht war tatsächlich magisch. Selbst ohne Mond oder Taschenlampe war es im Licht der Sterne hell genug, dass sie problemlos ihren Weg fanden. Es war der Weg in eine gemeinsame Zukunft, da war sich Alex in diesem Augenblick ganz sicher.

• • •

Es war ein Moment, der sich für die Ewigkeit in Colleens Bewusstsein verankerte. Oder anders formuliert: Sollte sie jetzt sterben, dann mit der Gewissheit, die glücklichste Frau auf Erden zu sein. Schon merkwürdig, was einem in Situationen durch den Kopf ging, die sich eigentlich nur durch Gefühle definierten. Der Kuss vorhin auf der Schwelle zu Monroe Manor hatte ihr bisheriges Koordinatensystem aus Emotion und Intellekt eingerissen und sie in eine Dimension geschleudert, in der Regeln galten, die sie nicht kannte. Nie zuvor in ihrem Leben hatte sie sich derart durchlässig, empfindsam und berauscht zugleich gefühlt. Hätte sie ihre Empfindungen in Worte fassen müssen, wäre sie kläglich gescheitert, doch glücklicherweise war in dieser Nacht nur noch eine andere, nonverbale Kommunikation nötig.

Der Fußweg nach Harriswood House war ihr einerseits endlos – oder nein: zeitlos! – vorgekommen, andererseits nur wie ein Wimpernschlag in diesem magischen neuen Universum der rauschhaften Lust. Es gab keine Fragen mehr zwischen ihnen, vielmehr war klar gewesen, wohin die nächsten Schritte führen würden: die Treppe hinauf und in Alex' Schlafzimmer. Da standen sie nun voreinander und betrachteten sich ohne Scheu, aber voller Ehrfurcht. Colleen hatte keine Erinnerung daran, wann und wie sie ihre Kleidung abgelegt hatten, aber nun schien die Zeit stillzustehen. Jedes Detail seines prachtvollen Körpers brannte sich in ihr Unterbewusstsein ein. Niemals mehr würde sie diesen Anblick vergessen können. Doch jetzt war endgültig der Zeitpunkt zum Tasten und Erspüren gekommen. Sie hob eine Hand und legte sie auf seine breite, glatte Brust. Unter ihren Fingern fühlte sie den raschen Rhythmus seines schlagenden Herzens, der kaum langsamer sein konnte als ihr eigener, aufgeregt pochender Puls.

Die sachte Berührung stieß eine Kettenreaktion an, und als Alex sie ungestüm in seine Arme riss und erneut voller Gier und Leidenschaft küsste, versank sie wieder in einem Strudel aus Raum und Zeit. Seine Hände waren überall, seine Lippen folgten ihnen, und plötzlich standen sie beide nicht mehr im Zimmer, sondern lagen im Bett. Wie im Fieberwahn erkundeten sie sich mit Händen, Zungen und Lippen. Colleen bebte, als Alex' Finger schließlich sachte zwischen ihre Beine glitten. Sie presste ihren Unterleib an seine riesige Pranke und stöhnte laut und wollüstig auf, als er heiße Flüssigkeit verteilte und sie an ihrer empfindlichsten Stelle massierte. Sie war bereit, brauchte ihn, wollte ihn tief in sich fühlen. Alex schien es ähnlich zu gehen, denn er ließ von ihr ab, tastete im Nachttisch nach einem Kondom und streifte es mit fahrigen Fingern über seinen prächtigen, harten Penis. Als er sie mit seiner Eichel berührte, fing sie unkontrolliert zu zittern an. Sie war derart erregt, dass sie sicher war, sie würde innerhalb kürzester Zeit kommen. Doch Alex ließ sich Zeit und drang mit aufreizender Langsamkeit in sie ein. Er hielt ihren Blick gefangen, wie um stumm um Erlaubnis zu bitten.

Sie hielt es nicht mehr aus. Sie drückte ihm ihren Unterleib entgegen und krallte ihre Finger in seinen knackigen Po. »Mehr«, forderte sie keuchend. *Viel mehr*, fügte sie stumm hinzu, und glücklicherweise verstand er. Jeder Stoß war ein Versprechen, jede Nervenzelle verlangte nach Erlösung. Sie hätte nicht mehr sagen können, wo ihr Körper aufhörte und seiner anfing, und die Welle, die schließlich tief in seinem Inneren begann, überrollte sie mit einer Wucht, die auch die letzten Barrieren mitriss. Wieder verlor sie jedes Zeitgefühl und ergab sich der Supernova, die jeden Partikel ihres Seins ins Universum schleuderte. Doch anders als bei einer sterbenden Sonne war es kein überwältigendes letztes Aufbäumen, sondern eine Geburtsstunde. Nie zuvor war es ihr gelungen, sich derart fallen zu lassen, nur noch zu fühlen und nicht mehr zu bewerten oder sich und ihren Partner zu beobachten. Zum ersten Mal in ihrem Leben fühlte sie sich zutiefst befriedigt und gleichzeitig wie befreit – und das lag an diesem unglaublichen Mann, der sie nun schwer atmend im Arm hielt und schützend die warme Decke über sie zog.

»Danke«, murmelte sie, an seine breite Brust gekuschelt. Er sagte nichts, sondern gab nur ein undefinierbares Geräusch von sich. Sie hob den Kopf, um ihn anzusehen. Alexander Fraser lachte!

»Entschuldige bitte«, brachte er hervor, als er ihren fragenden Blick sah. »Ich habe nur verzweifelt darum gerungen, die richtigen Worte für dieses Naturereignis zu finden, das ich immer noch nicht ganz begreife, und du fasst es mit einem einzigen Wort zusammen. Danke.« Er rollte sich zur Seite, sodass er ihr wieder in die Augen blicken konnte. »Ich danke dir von ganzem Herzen für dieses Erlebnis. Ich hätte nicht gedacht, dass …« Er rang um die richtigen Worte. »Dass so etwas möglich ist.«

»Ich auch nicht. Ich wusste nicht einmal, dass es ›so etwas‹ überhaupt gibt.« Sie schmiegte sich wieder enger an ihn, verschränkte ihre Beine mit seinen, presste ihren Bauch gegen seinen. »Denkst du, das war etwas Einmaliges? Oder wird es beim zweiten Mal noch besser?«

WEIHNACHTEN
UND HOGMANAY

VIEL GESCHLAFEN HATTEN SIE NICHT IN dieser magischen Nacht, doch Colleen fühlte sich kein bisschen erschöpft, sondern voller Energie, als um sieben Uhr am ersten Weihnachtstag der Wecker klingelte. Das Bed & Breakfast war voll ausgebucht, und für die Gäste sollte es zwischen acht und elf ein opulentes Frühstück geben. Anschließend war Bescherung im engsten Familienkreis angesagt.

»Möchtest du noch ein bisschen schlafen?«, fragte Alex, nachdem er das durchdringende Geklingel abgestellt hatte.

»Nein, ich helfe dir.« Sie küsste ihn zart auf den Mund und stand dann auf. »Kannst du mir ein T-Shirt geben, damit ich nicht nackt in mein Zimmer flitzen muss?« Sie sah sich um und entdeckte ihr Kleid, das achtlos hingeworfen in einer Ecke lag – auf Alex' Kilt. Sie hatte keine Erinnerung mehr daran, wie es dorthin gekommen war, verspürte aber wenig Lust, es überzustreifen.

»Gott, wenn ich dich so sehe, könnte ich auf der Stelle über dich herfallen«, sagte Alex mit belegter Stimme und schwang sich ebenfalls aus dem Bett. Seine Bereitschaft war unübersehbar.

»Später«, versprach sie kokett und stolzierte mit aufreizendem Hüftschwung ums Bett herum. Sie war zwar nackt, fühlte sich in seiner Gegenwart aber kein bisschen entblößt, sondern ganz natürlich und wohl. »Bekomme ich nun ein Shirt?«

»Hier.« Er bückte sich und hob seinen Pyjama, der wohl letzte Nacht im Eifer des Gefechts abgestürzt war, vom Boden auf. Dann reichte er ihr das grün karierte Oberteil und schlüpfte selbst in die Hose. »Für den Weg über den Flur wird es wohl reichen.«

Colleen zog es über und kuschelte sich in den weichen Flanellstoff. Kein Schäfchenmuster zwar, aber offensichtlich schätzte Alex es auch gemütlich und warm – wenn er es nicht gerade siedend heiß trieb. Sie kicherte. »Weißt du, dass ich mir erst vor wenigen Nächten überlegt habe, ob du vielleicht nackt schläfst?«

»Und? Hat dich die Vorstellung angemacht?«

»Sehr.« Sie trat zwei Schritte näher und umfasste mit einer Hand die üppige Beule in seiner Hose. »Du ahnst gar nicht, wie sehr …«

»Ich habe eine ungefähre Vorstellung«, entgegnete er lachend und entzog sich dann sanft ihrem Griff. »Aber ich muss mich jetzt wirklich beeilen und Alice helfen.«

»Na schön, aber später machen wir weiter.« Sie seufzte mit gespielter Enttäuschung und huschte rasch aus Alex' Schlafzimmer.

Nach einer kurzen Dusche schlüpfte sie in eine Jeans und einen neuen Kuschelpulli. Er war rosa und hatte eine riesige eingestrickte Schneeflocke auf der Vorderseite. Letzte Woche war sie mit Betty in Inverness gewesen und hatte auf dem Weihnachtsmarkt einen Stand mit handgestrickten Pullovern entdeckt. Spontan hatte sie für Alex und Aidan ebenfalls je einen Pulli mit Weihnachtsmotiv gekauft und für die restlichen Frasers Schals, Mützen oder Handschuhe – verziert mit mehr oder weniger festlichen Motiven. Vermutlich ein bisschen albern, aber sie hatte unbedingt Weihnachtsgeschenke haben wollen und freute sich jetzt auf die gemeinsame Bescherung später. In der Bibliothek stand ein wunderschöner Baum, den sie mit Alice und Kristie schon vor zwei Wochen üppig geschmückt hatte. Nun wollte sie rasch ihre Päckchen unter die Äste legen und dann beim Frühstück für die Gäste aus den Cottages helfen.

»Guten Morgen«, grüßte sie fröhlich, als sie kurz darauf die Küche betrat, wo Alice und Hailey am Herd standen, um das »Full Scottish Breakfast« für die Gäste auf den Weg zu bringen. Colleen hatte zwar insgeheim ihre Zweifel, ob die Amerikaner wirklich weiße Bohnen und gebratene Blutwurst frühstücken wollten – sie selbst hatte sich diesen Spezialitäten bislang konsequent verweigert –, doch im Hause Fraser schien das niemand infrage zu stellen.

»Guten Morgen«, flöteten Mutter und Tochter unisono zurück und grinsten Colleen breit an. »Wir haben gehört, du hattest eine magische Nacht«, fügte Hailey hinzu und rührte den Porridge um.

»Sorry, aber die beiden haben es mir an der Nasenspitze angesehen«, sagte Alex, der gerade in die Küche gekommen war. Er umarmte Colleen von hinten und küsste sie am Hals.

»Mum, schau mal, wie rot sie geworden ist«, quiekte Hailey aufgekratzt – und Colleens Wangen nahmen prompt eine noch tiefere Rotschattierung an.

»Ich freu mich jedenfalls wahnsinnig für euch beide!« Alice ließ frisch gebratene Würstchen aus der Pfanne in eine bereitstehende Warmhalteschale gleiten. »Aber jetzt wird nicht mehr geknutscht. Wir müssen zusehen, dass wir das Frühstücksbüfett fertig kriegen. Ich bin mir sicher, dass hier gleich eine schwer verkaterte Truppe aufschlägt und nach Nahrung verlangt.«

Für Colleen war es eine Selbstverständlichkeit, dass sie in den folgenden drei Stunden mithalf und sich zusammen mit Alex und Kristie um die Gäste im Frühstücksraum kümmerte, während Alice und Hailey weiter im Akkord Eier und Speck brieten und regelmäßig frische Brötchen aus dem Ofen holten. Seit sie vor vier Tagen aus ihrem Cottage aus- und in Harriswood House eingezogen war, hatte sich auch ihr Status geändert, vom zahlenden Gast mit Familienanschluss zum Familienmitglied mit Pflichten. Nicht dass sie sich beklagen wollte, ganz im Gegenteil. Sie genoss ihre neue Rolle, zu der seit letzter Nacht noch eine weitere Facette hinzugekommen war. Sie konnte es kaum erwarten, heute Abend erneut mit Alex allein zu sein, doch bis dahin standen noch einige andere Programmpunkte an.

»Gefallen euch die Pullis wirklich?«, fragte sie, als Aidan und Alex im Partnerlook vor dem Baum standen und sie breit angrinsten. Es waren dunkelblaue Wollpullover, bei

Alex mit einem eingestrickten weißen Rentiergeweih auf der Vorderseite und bei Aidan mit einer Weihnachtsmann-Mütze. »Ich finde, ihr seht großartig aus, aber ich gebe zu, es ist nicht cool.« Der letzte Halbsatz war an Aidan gerichtet, dessen Leben sich derzeit nur in zwei Kategorien zu teilen schien: Dinge, die cool waren, und der Rest.

»Mir gefällt's!«, behauptete der Junge jedoch gnädig.

»Mir auch!«, fiel sein Vater ein.

»Stellt euch doch mal zu dritt vor den Baum, damit ich ein Foto von euch mit euren albernen Überziehern machen kann«, forderte ein höchst vergnügter Marlin, der seine nagelneue blaue Mütze auf dem Kopf trug.

»Tito muss auch aufs Bild«, rief Aidan und schnappte sich den kleinen Hund, dem Colleen ein rotes Hundemäntelchen im Tartan-Muster geschenkt hatte.

Alex legte einen Arm um Colleens Schultern, den anderen um Aidan, und zu dritt posierten sie erneut vor einer Kamera – genau wie letzte Nacht, wonach dann alles seinen aufregenden Lauf genommen hatte. Allein beim Gedanken daran bekam sie schon wieder Herzklopfen.

»Colleen, du hast unser Geschenk noch gar nicht ausgepackt«, sagte Marlin, als er sein Handy wieder weggesteckt hatte, und deutete auf ein ziemlich großes Paket, das neben dem Baum stand und von dem sie angenommen hatte, es sei reine Deko.

Es war erstaunlich schwer, und als Colleen das Papier entfernt hatte, stockte ihr der Atem. Es war eine wunderschöne Stalltruhe, auf deren Deckel ein poliertes und graviertes Messingschild angebracht war. Darauf stand: »Matilda – Besitzerin: Colleen Murray«. Colleen hatte in der Sattelkammer ähnliche Truhen bewundert. Alex hatte eine für Dorian, Aidan eine für Gandalf, und einige andere Besitzer benutzten ebenfalls welche. Darin konnte man beispielsweise das Putzzeug und andere Ausrüstungsgegenstände unterbringen. Sicher war das nicht die allerpraktischste Methode, auch weil die Kisten viel Platz erforderten, aber Colleen fand sie wunderschön und hatte mehr als einmal neidvoll die lackschwarze Truhe von Alex bewundert. Nun hatte sie selbst so eine Zauberkiste, in einem warmen, rotbraun schimmernden Holzton, passend zu Tillys Fell, und voll ausgestattet mit nagelneuem, hochwertigem Putzzeug. »Ihr seid verrückt«, brachte sie mit bebender Stimme hervor und kämpfte hart gegen die Rührung an.

»Nicht der Rede wert«, wiegelte Marlin ab. »Genau genommen ist es ja ein Geschenk für Tilly. Das arme Tier hat sich bestimmt schon völlig zurückgesetzt gefühlt.«

»Wir haben auch ein paar von Tillys Lieblingsleckerchen in ein Fach gelegt«, sagte Aidan.

»Dann in Tillys und meinem Namen vielen Dank!« Colleen strahlte die drei Generationen Fraser-Männer an. »Wer von euch begleitet mich nachher auf einen Ausritt? Das Wetter ist ein Traum, und ich will Tilly unbedingt ihr Geschenk bringen.«

»Ich!«, rief Aidan.

»Ich auch«, kam es laut und deutlich von Alex, doch Colleen war sich sicher, dass sein Blick etwas anderes

sagte: *Wenn du wirklich lieber auf einem Pferd reiten willst …*
Aber vermutlich waren das ihre durchdrehenden Hormone, die jede Regung kühn uminterpretierten.

»Ich werde passen, ich bin nachher mit Jack verabredet«, erklärte Marlin und sah auf die Uhr. »Es ist halb zwölf, wollen wir vielleicht endlich mal frühstücken?«

»Gute Idee!« Colleen fühlte sich regelrecht ausgehungert, aber zunächst hatten die Gäste versorgt werden müssen, und dann hatte Aidan auf einer Bescherung vor dem Frühstück bestanden. »Ihr könnt den ganzen restlichen Black Pudding allein aufessen, ich will nur Porridge«, sagte sie, als sie in der Küche in die drei Warmhaltebehälter linste, die aus dem Frühstücksraum hierhergebracht worden waren. Wie sie erwartet hatte, war von der Blutwurst noch reichlich da.

»Du weißt einfach nicht, was gut ist«, behauptete Aidan und häufte sich einen Berg von Blutwurst, Würstchen, Speck und Rührei auf seinen Teller.

»Das lernt sie schon noch. Erinnert ihr euch noch an ihren ersten Tag, als sie sogar vom Shepherd's Pie schockiert war?« Marlin grinste gutmütig und zwinkerte ihr zu.

»Ich hab inzwischen sogar Haggis gegessen, und zwar mehrfach«, verteidigte sich Colleen. »Aber Blutwurst zum Frühstück – nein danke!« Damit häufte sie sich zwei üppige Kellen von dem warmen, cremigen Haferbrei in eine Schüssel, träufelte etwas Ahornsirup darüber und tauchte mit einem verzückten Lächeln voller Vorfreude ihren Löffel hinein. »Das ist ein wahres Lebenselixier.«

»Junge, starr sie nicht so an, sondern iss auch etwas«,

sagte Marlin nun zu Alex, der Colleen tatsächlich wortlos angesehen hatte. »Ich schätze mal, du wirst deine Kräfte noch brauchen.«

Colleen wurde schon wieder rot und beugte sich tief über ihre Porridge-Schüssel, während Alex sich räusperte und ebenfalls seinen Teller belud. Ein Weilchen aßen sie schweigend, doch dann fragte Aidan plötzlich: »Seid ihr jetzt so richtig zusammen?«

Colleen verschluckte sich und musste husten, aber Alex antwortete seinem Sohn ganz ruhig: »Kommt ein bisschen darauf an, was du mit ›richtig zusammen‹ meinst.«

»Na, wie es halt so läuft. Küssen, verknallt sein, Sex machen und so«, schmatzte Aidan ungerührt.

»Ich glaube, dann kann ich deine Frage mit einem klaren Ja beantworten«, sagte Alex und warf Colleen einen vielsagenden Blick zu, ehe er sich erneut an Aidan wandte und fragte: »Ist das okay für dich?«

Colleen hatte das Gefühl, dass ihr Herz gleich aussetzen würde – zum einen, weil Alex indirekt zugegeben hatte, in sie verliebt zu sein, zum anderen aber wegen Aidans möglicher Reaktion. Was wäre, wenn er ein Problem damit hätte? Sie spähte verstohlen über den Schüsselrand zu dem Jungen und den beiden erwachsenen Fraser-Männern. Marlin schien ebenfalls gespannt auf die Antwort seines Enkels zu lauern, der gelassen weitermampfte. Alex dagegen wirkte vordergründig ganz ruhig, doch sie sah, wie sein unrasierter Kiefer zuckte.

»Klar ist das okay«, kam es schließlich von Aidan, nachdem er den aktuellen Bissen hinuntergeschluckt hatte.

»Colleen ist cool.« Er warf ihr einen treuherzigen Blick zu, der ihr Herz zum Schmelzen brachte, und stopfte sich dann mit der Gabel die nächste Portion in den Mund. Damit schien das Thema für ihn erledigt zu sein.

Colleen tastete mit ihrer Hand nach der von Alex und drückte fest zu, als er sie ergriff. »Wann wollen wir los zum Stall?«, fragte sie.

● ● ●

Alex konnte sich nicht erinnern, wann er sich das letzte Mal so beschwingt gefühlt hatte wie heute. Er bekam das Dauergrinsen gar nicht mehr aus dem Gesicht, als er eine Stunde nach dem Frühstück mit Colleen und Aidan zum Stall fuhr. Sie waren im Auto unterwegs, weil sie Colleens schwere Stalltruhe transportieren mussten. Hätte er geahnt, dass sich ihre Beziehung ausgerechnet in der Weihnachtsnacht so signifikant verändern würde, hätte er ein anderes, ein romantischeres Geschenk für sie besorgt. Doch sie hatte sich offenbar wirklich gefreut, und außerdem waren auch Aidan und sein Dad daran beteiligt, wodurch es vielleicht sogar noch symbolträchtiger wurde.

Es machte ihn glücklich, wie die beiden auf seinen neuen Beziehungsstatus reagiert hatten – auch wenn es ihn kaum überraschte. Marlin hatte, als sie sich morgens in der Küche getroffen hatten, nur ein »Wurde ja auch Zeit« gemurmelt und ihm auf die Schulter geklopft. Und auch Aidan schien nur darauf gewartet zu haben. Alice und Hailey hatten erwartungsgemäß ebenfalls recht begeistert reagiert, und so wunderte es ihn kaum, dass inzwischen mutmaßlich das halbe Dorf, ganz sicher aber der Rest seiner Verwandtschaft Bescheid wusste. Als sie am Stall ankamen, war Letztere in Mannschaftsstärke vertreten, was ihn dann doch ein bisschen erstaunte. Vor allem, weil auch das Brautpaar mit von der Partie war – mindestens so glücklich strahlend wie er und Colleen.

»Na, müsst ihr euch nicht von den Hochzeitsstrapazen erholen?«, fragte er Ian, der seinen kleinen Sohn im Arm hielt, während seine frisch Angetraute verzückt mit einem lustigen Rotschecken namens Kelloggs kuschelte.

»Nicky war bereits um halb acht wach und hat die Hochzeitsnacht für beendet erklärt«, sagte Ian grinsend und drückte dem brabbelnden Baby einen Kuss auf den Kopf.

»Ich finde nicht, dass du reiten solltest«, hörte Alex nun eine aufgeregte Stimme aus einer benachbarten Box. »Was, wenn du stürzt?«

»Ich fall schon nicht runter«, entgegnete seine Cousine Robin.

»Mummy reiten!«, piepste ein Stimmchen, von dem Alex annahm, dass es der kleinen Ayana gehörte.

Alex trat zu der Box, die Bentley bewohnte, ein sanftmütiger älterer Wallach, der gerade an dem begeisterten kleinen Mädchen schnupperte.

»Sag ihm, dass ich nicht runterfallen werde«, forderte ihn Robin auf.

»Robin ist eine sehr gute Reiterin«, bestätigte Alex, doch das beruhigte ihren Mann Sky kein bisschen, der sich sichtlich unwohl fühlte und sich an die Stallwand presste.

»Auf Bentley setzen wir auch die totalen Anfänger, und er bleibt die Ruhe selbst. Willst du nicht mal eine Runde auf ihm reiten? Robin könnte dann Harry oder Eden nehmen, die haben ein bisschen mehr Pfeffer.«

»Robin ist schwanger, die sollte nicht mal in die Nähe dieser Kolosse kommen«, rief Sky empört.

Alex hob in einer beschwichtigenden Geste die Hände und grinste. Irgendwie fand er es sehr süß, wie besorgt Robins Ehemann sich gab, auch wenn seine Cousine sicher wusste, was sie tat. Er würde sich da nicht einmischen. Und gleichzeitig überlegte er, ob er Colleen davon abhalten würde, auf ein Pferd zu steigen, wenn sie sein Baby im Bauch trüge ... Himmel, woran dachte er bloß? Es hatte ihn ganz offensichtlich mehr als nur ein bisschen erwischt. »Vielleicht mag Ayana ja auf einem der Esel reiten? Ihr könntet ihn führen und zusammen eine Runde spazieren gehen«, schlug er vor. Womöglich war das die beste Lösung für alle?

»Na schön«, gab sich Robin geschlagen und tätschelte Bentley noch einmal die Flanke. »Dann darfst du jetzt auf einem Eselchen reiten, das ist auch ganz toll«, versprach sie dem kleinen Mädchen und nahm es auf den Arm.

»Danke«, brummte Sky leise in Richtung Alex und schien wirklich erleichtert zu sein.

Alex legte ihm in stummem Einvernehmen kurz die Hand auf die Schulter, dann sagte er: »Viel Spaß euch. Wenn ihr noch was braucht, fragt einfach Aidan, der ist draußen bei seinem Pony. Aber Robin müsste sich eigentlich noch auskennen. Ich mach jetzt mein Pferd fertig.«

Damit lief er in Richtung Sattelkammer, um Dorians Sachen zu holen. An der geöffneten Box von Tilly blieb er stehen. Die Fuchsstute bekam gerade reichlich Aufmerksamkeit, die sie sichtlich genoss. Neben Colleen waren auch Luci und ihr Höllenhund Drake da, sowie Ian und Baby Niklas.

»Oh Ian, ich will auch mal wieder reiten«, schwärmte Luci und streichelte das Pferd. »Sieh nur, wie hübsch und lieb Tilly ist.«

»Ja, das ist sie«, bestätigte Colleen, die mit der nagelneuen Bürste das Fell der Stute striegelte.

»Kannst du denn reiten?«, wollte Alex von Luci wissen.

»Ja, ich bin auf einer Farm aufgewachsen. Wir selbst hatten zwar keine Pferde, aber die Nachbarn. Ist allerdings schon ewig her – und bin auch nur im Western-Stil geritten. Ich weiß nicht, ob ich es mit englischem Sattel und Zaumzeug überhaupt könnte.« Sie seufzte sehnsüchtig.

»Wenn du willst, kannst du es doch einfach mal ausprobieren«, schlug Ian vor und lächelte seine brandneue Ehefrau verliebt an. »Alex, dürfen wir uns Bentley ausleihen und mit ihm auf den Reitplatz gehen?«

»Na klar. Ihr könnt auch ausreiten – falls ihr euren Honeymoon auf diese Art einläuten wollt.« Er räusperte sich und warf Colleen einen verstohlenen Blick zu. Sosehr er es liebte, auf Dorian die Gegend zu erkunden – zumal in Begleitung von Aidan und Colleen –, viel lieber wäre er jetzt allein mit ihr in seinem Schlafzimmer gewesen.

»Haha, da spricht der Richtige«, entgegnete Ian lachend.

»Du fragst dich doch auch gerade, warum du in dieser Eiseskälte reiten musst, statt dich mit deiner zauberhaften Colleen zurück ins Bett zu stehlen. Aber wenn wir morgen die versammelten Großeltern dazu bringen, ein paar Stunden auf Nicky aufzupassen, werden wir vielleicht tatsächlich ausreiten – oder etwas anderes tun …« Er zwinkerte seinem Cousin zu und lotste dann Frau und Hund in Richtung von Bentleys Box.

Alex schloss die Schiebetür und stellte sich hinter Colleen, die immer noch dabei war, Tilly zu bürsten. »Bist du sicher, dass du reiten willst?«, raunte er ihr ins Ohr und schlang seine Arme um sie.

»Hmmm«, schnurrte sie leise und lehnte kurz den Kopf an seine Brust. »Das ist eine außerordentlich schwierige Entscheidung. Wen möchte ich lieber zwischen den Beinen haben, Tilly oder dich?« Sie drehte sich um, die Bürste in der einen, den Striegel in der anderen Hand, und grinste ihn breit an.

»So schwierig kann es doch nicht sein, oder?« Er drängte sich noch ein bisschen enger an sie und rieb seine Erektion an ihrem Bauch. »Das kann Tilly dir nicht bieten.«

»Wohl wahr«, gab sie zu und quiekte vor Vergnügen, als er sie noch weiter gegen das Pferd schob. »Wenn hier nicht so viel Betrieb wäre, könnten wir ja erst schnell …« Sie kam nicht dazu, den Satz zu beenden, denn in diesem Moment schob Tilly neugierig ihren großen Kopf zwischen sie und schnaubte leise.

»Wohl eher nicht«, stöhnte Alex mit gespielter Resignation. »Aber glaub ja nicht, du kämst mir so leicht davon.«

Er ließ sie los und streichelte Tilly über die Blesse. »Jetzt sollten wir uns beeilen, damit wir bald loskönnen.«

Als Alex und Colleen eine halbe Stunde später mit ihren Pferden den Stall verließen, wartete Aidan bereits auf sie. »Können wir endlich starten?«, fragte er ungeduldig und schwang sich im nächsten Moment schon auf den Rücken seines Ponys.

Colleen zog Tillys Sattelgurt fest und saß ebenfalls auf. »Wow, ganz ohne Aufstiegshilfe?«, fragte Alex beeindruckt. Tilly war zwar eine vergleichsweise zarte Clydesdale-Stute, aber für die kleine Frau durchaus eine Herausforderung. Bei den ersten Malen hatte er ihr immer helfen müssen oder sie hatte die Rampe genommen, die es auf dem Hof extra dafür gab.

»Ich kann's selbst kaum glauben«, lachte sie. »Aber seit ein paar Tagen klappt es plötzlich.«

»Könnt ihr mal mit dem Gelaber aufhören?«, rief Aidan, der Mühe hatte, den tänzelnden Gandalf zu beruhigen. »Wir wollen jetzt endlich los.«

»Tja, hättest du dich in den letzten Tagen weniger um deine PlayStation und mehr um dein Pferd gekümmert, wäre er nicht so unausgelastet«, versetzte Alex mit einem genervten Augenrollen. Für die verdammte Konsole hatte Zoe letzte Woche ein gutes Dutzend neuer Spiele als frühes Weihnachtsgeschenk geschickt. Dummerweise war er nicht da gewesen, als das Paket ankam, sonst hätte er es bis heute zurückgehalten, doch so hatte Aidan die Games sofort ausgepackt und getestet. Das war so typisch Zoe, denn natürlich hatte sie ihn nicht gefragt, ob er damit einverstanden war. Stattdessen hatte sie nur schnippisch auf seine Vorhaltungen reagiert: Er solle sich nicht so anstellen und lieber froh sein, dass sie mit dem Geschenk diesmal so früh dran gewesen war.

»Hey, Jungs, keine schlechte Laune bitte«, warf Colleen betont munter ein. »Das Wetter ist traumhaft, und ich würde jetzt wahnsinnig gern den Ausritt mit Tilly und meinen beiden Lieblingsmännern genießen.« Sie warf Alex einen Blick zu, der deutlich mehr Inhalt hatte als ihre Worte, und er verstand die Botschaft.

Er würde sich den Tag nicht verderben lassen und Zoe zumindest in den nächsten Stunden ausblenden. Immerhin war Aidan jetzt mit ihm und Colleen unterwegs und hatte an seine blöden Spiele gestern und heute noch nicht einmal gedacht. »Dann wollen wir mal«, sagte Alex in normalem Tonfall und fasste Dorians Zügel kürzer. Der Hengst platzte offensichtlich ebenfalls fast vor Bewegungsdrang. In den letzten Tagen war er eindeutig zu kurz gekommen – auch ohne PlayStation. Kurz darauf hatten sie den Weg erreicht, der an den Koppeln vorbei in Richtung Wald führte. »Seid ihr bereit?«, rief er seinem Sohn und Colleen über die Schulter zu. »Wer als Erster am Wald ist, hat gewonnen!« Ohne auf Antworten zu warten, lehnte er sich ein bisschen nach vorn, ließ Dorians Zügel locker und genoss die explosive Kraft des prächtigen Tiers, das mit gewaltigen Galoppsprüngen durch den trockenen, pulvrigen Schnee davonstob.

Noch einmal wandte er sich kurz zurück. Colleen und

Aidan waren ihm erstaunlich knapp auf den Fersen. »Lass dich nicht einholen, mein Dicker«, rief er seinem Pferd ins Ohr. Tilly würde nicht mithalten können, das wusste er, aber der temperamentvolle Gandalf hatte wirklich Pfeffer im Hintern und verfügte über schier unendliche Energiereserven. Er war zwar erheblich kleiner als Dorian, hatte aber den leichteren Reiter. Und den gewitzteren, denn in diesem Moment bemerkte Alex, wie Aidan sein Pony vom Weg weg- und auf die tief verschneite Wiese lenkte und so die lang gezogene Kurve abkürzte.

»Na, ihr Lahmärsche!«, rief Aidan dann auch triumphierend und mit dem breitesten Grinsen im Gesicht, als wenige Sekunden nach ihm erst Alex auf Dorian und schließlich Colleen und Tilly am Waldrand ankamen.

»Ich ziehe meinen Hut vor dir, oh großer Meister!« Alex hatte seine gute Laune wiedergefunden.

»Ihr seid solche Kerle!«, japste Colleen schwer atmend. »Und damit sollen wir uns abgeben, Tilly?« Sie schüttelte in gespielter Empörung den Kopf. »Ehrlich, Aidan, mir ist fast das Herz stehen geblieben, als du über den Acker gejagt bist. Was, wenn Gandalf gestürzt wäre?«

»Keine Sorge, das ist kein Acker, sondern eine Wiese, und Löcher oder sonstige Stolperfallen sind da nicht zu erwarten«, beruhigte Alex sie. »Wenn es anders wäre, hätte Aidan das nicht gemacht. Stimmt's?«

»Natürlich nicht«, behauptete der Junge und grinste spitzbübisch. »Den Trick hab ich von dir. Du hast mir mal verraten, dass du als Kind ein Wettrennen gegen Grandpa gewonnen hast, weil du über die Wiese abgekürzt hast.«

»Wenn du auch mal auf die wirklich wichtigen Dinge hören würdest, die ich dir sage ...« Alex grinste und fühlte sich ertappt.

»Tu ich doch!« Damit lenkte Aidan Gandalf in den Wald und trabte gemütlich davon.

»Der Apfel fällt nicht weit vom Stamm«, bemerkte Colleen, die nun neben Alex ritt.

»Ich habe nicht den Hauch einer Idee, wovon du sprichst.« Alex lächelte. Heute war einfach ein verdammt guter Tag. Das hier war der beste Familienausflug seines Lebens, und den gedachte er zu genießen.

• • •

»Vielen Dank, dass du mich dazu gebracht hast, hierherzukommen, Daddy«, sagte Colleen leise und legte einen kleinen Mistelzweig auf das verschneite Grab ihres Vaters. Heute war der letzte Tag des Jahres. Silvester, oder Hogmanay, wie man es hier in Schottland nannte, und offensichtlich einer der wichtigsten Partytermine überhaupt. Jedenfalls stand am Abend eine riesige Fete in Monroe Manor an. Die meisten Hochzeitsgäste waren zwar bereits abgereist, aber dafür feierte das halbe Dorf mit.

»Na, hast du deinem Vater erzählt, wie glücklich du bist?«

Colleen drehte sich zu Betty, die gerade an das Nachbargrab getreten war, in dem ihre Eltern lagen. »Ja, hab ich«, gab sie zu. »Findest du das albern? Ich meine, ich weiß schon, dass er mich nicht hören kann.«

»Weißt du das wirklich? Ich wäre mir da nicht so

sicher.« Betty legte nun ihrerseits ein kleines Blumenbouquet auf das Grab ihrer Eltern. »Und selbst wenn nicht, ist es doch ein schönes Ritual. Meine Eltern sind schon lange tot, aber ich spreche immer noch regelmäßig mit ihnen und erzähle ihnen von meinem Leben. Gerade Hogmanay ist ein guter Tag dafür, die letzten Monate Revue passieren zu lassen.« Sie lächelte Colleen warmherzig an und fuhr dann fort: »Ich bin mir sicher, du hast Gavin eine ganze Menge zu berichten.«

»Oh ja! Unglaublich, wie schnell sich manchmal das Leben ändert und Dinge passieren, mit denen man niemals gerechnet hätte.« Sie nahm Bettys Hand und drückte sie fest. »Vor knapp drei Monaten war ich der Meinung, dass ich fast mutterseelenallein auf der Welt wäre, und jetzt habe ich eine Tante und …« Sie zögerte. »Und viele Menschen, die mir wahnsinnig ans Herz gewachsen sind.«

»Ich dachte, du wolltest sagen: ›eine Familie und ein neues Zuhause‹«, entgegnete Betty. »Auch wenn wir nur sehr entfernt verwandt sind, fühlt es sich für mich ganz nah an. Für mich ist es ein Geschenk des Himmels, auf meine alten Tage noch eine Nichte bekommen zu haben. Und mit den Frasers dürfte es doch noch inniger sein, nicht wahr?«

Es war verdammt innig, dachte Colleen. Es war so schön und perfekt, dass es ihr beinahe schon unheimlich vorkam, und aus irgendeinem Grund war sie so abergläubisch, dass sie es nicht aussprechen konnte – aus Angst, ihr Glück würde sich dadurch verflüchtigen. Stattdessen nickte sie nur und stellte ihrerseits eine Frage, die ihr seit Wochen auf der Seele brannte. »Warum bist du eigentlich allein? Hat es in deinem Leben denn nie einen Menschen gegeben, mit dem du deinen Weg zusammen gehen wolltest?«

Es dauerte lange, bis eine Antwort kam. So lange, dass Colleen schon Angst hatte, sie wäre zu indiskret gewesen. Doch gerade, als sie sich für ihre Neugier entschuldigen wollte, sagte Betty: »Doch, es hat so einen Mann gegeben. Einen einzigen, in den ich so verliebt war, dass ich mir vorstellen konnte, mein Leben mit ihm zu verbringen.«

»Aber?«, fragte Colleen atemlos. Das klang nach einer wirklich großen, traurigen Lovestory. »Ist er gestorben?«

»Nein, natürlich nicht. Er lebt immer noch. Aber er war damals vergeben, und ich habe ihm nie von meinen Gefühlen erzählt.« Betty seufzte und lächelte wehmütig. »Ich habe mir gedacht, dass schon noch andere kommen würden. Und es gab ja auch viele Männer. Du musst nicht denken, ich hätte ein trauriges, einsames Leben geführt. Es gab immer den einen oder anderen unterhaltsamen Kerl, aber ich war nie mehr so verliebt, und mit keinem von ihnen wollte ich mein Leben teilen. Wenn Alex Fraser dieser Mann für dich ist, dann solltest du ihn festhalten. Es ist nicht gesagt, dass die Liebe immer mehrfach kommt.«

DIE MACHT DER WORTE

COLLEEN DACHTE AUCH FAST EINEN MONAT später noch regelmäßig an Bettys Worte zurück. Liebe war ganz sicher das größte Geschenk, das ein Mensch bekommen konnte, und so gesehen war sie dermaßen reich beschenkt worden, dass sie es selbst kaum glauben konnte. Tief in ihrem Inneren hatte sie es womöglich schon vor zehn Jahren gewusst, als sie und Alex sich das erste Mal begegnet waren, doch damals waren die Umstände einfach nicht die richtigen gewesen. Das sah nun ganz anders aus – das mit Alex fühlte sich nicht nur unfassbar berauschend und beglückend an, sondern auch absolut alternativlos. Sie hatte den Eindruck, dass sie ihr ganzes Leben lang nur auf diesen schicksalhaften Moment hingefiebert hatte. Bei diesem Gedanken lachte sie laut auf – sonnenklar, dass da vor allem ihre durchdrehenden Glückshormone sprachen, denn in Stein gemeißelt war noch gar nichts. Weder Alex noch sie selbst hatten bislang die drei magischen Worte ausgesprochen.

Woran es bei Alex lag, wusste sie. Oder ahnte es zumindest. Seine größte Angst war die, von einer geliebten Frau verlassen zu werden – wie er es in seinem Leben schon viel zu oft hatte erleben müssen. Seine Mutter war gestorben, als er erst elf Jahre alt gewesen war, mit fünfzehn hatte er den Tod seiner Großmutter betrauert, und nur gut zehn Jahre später hatte ihn Zoe im Stich gelassen, von der er nach eigener Aussage gedacht hatte, sie sei die Liebe seines Lebens. Letzteres schmerzte Colleen ganz besonders – denn wenn Alex die große Liebe schon erlebt hatte, gab es dann in seinem Herzen überhaupt noch Platz für sie? Oder würde sie immer nur die Zweitbesetzung bleiben, so, wie es bei Betty und ihren Männern war? Nein, diesen Gedankengang wollte sie nicht weiterverfolgen, schließlich hatte es auch in ihrer Vergangenheit andere Männer gegeben. Von Marc hatte sie wirklich gedacht, dass sie ihn liebte – aber eine so tiefe Innigkeit, wie sie sie heute spürte, hatte sie für ihn nie empfunden. Vielleicht war es für Alex ganz ähnlich? Vermutlich sollte sie dieser Zoe dankbar sein, auch wenn sie beim besten Willen nicht verstehen konnte, warum die Frau nicht nur Alex verlassen hatte, sondern auch ihren damals noch sehr kleinen Sohn.

Doch warum hatte sie selbst es noch nicht gewagt, ihm ihre Liebe auch mit Worten zu gestehen? Aus Angst vor Zurückweisung? Das konnte sie selbst nicht glauben, denn Alex bewies ihr mit jeder Äußerung und jeder Geste, wie wichtig sie für ihn war – und ja, auch, wie sehr er sie liebte. Mussten sie es tatsächlich mit Worten beschwören, oder waren das nur romantische Kitsch-Fantasien? Sie fühlte sich geliebt und angenommen – und das nicht nur von Alex, sondern auch von der ganzen restlichen Familie. Aidan hatte sein Verhalten ihr gegenüber kein bisschen geändert. Er schien sich wirklich zu freuen, dass sie nun zur Familie gehörte. Nach wie vor half sie ihm beim Lernen und motivierte ihn zum Hausaufgaben-Machen – eine Aufgabe, an der Alex nach eigenem Bekunden immer dramatisch gescheitert war. Sie hatte einen guten Draht zu dem Jungen und freute sich über ihr gutes Verhältnis, und doch fühlte sie sich eher wie seine ältere Schwester oder eine Art Freundin und nicht wie eine Stief- oder Ersatzmutter. Sie schüttelte den Kopf. Woher bloß kam ihr unstillbarer Drang, alles immer eindeutig zu kategorisieren? Ihre Beziehung zu Aidan brauchte keine offizielle Bezeichnung – genauso wenig wie die zu seinem Vater. Es würde sich schon alles finden, da war sie sich sicher.

Allerdings standen demnächst tatsächlich Entscheidungen an, die sie treffen musste. Wenn sie für immer hier in Schottland bleiben wollte, musste sie sich nicht nur um formale, sondern auch um praktische Dinge kümmern. Ihre Sachen beispielsweise, die immer noch in ihrem Elternhaus lagerten. Zwar schon in Kisten verpackt, denn ihr war immer klar gewesen, dass sie ohne ihren Vater niemals wieder in diesem Haus würde leben wollen, aber eben noch weit weg in Boston. Wo würde sie hier wohnen? Konnte sie so einfach davon ausgehen, dass sie bei Alex einziehen würde? Das gegenwärtige Arrangement hatte sich so ergeben, war eher aus der Not geboren, weil er ihr Cottage für die Hochzeitsgäste benötigt hatte. Sie war dann schlicht bei ihm geblieben. Doch das war ja eigentlich kein Idealmodell dafür, wie eine Beziehung starten sollte, oder? Wäre es nicht besser, sich mehr Zeit zu lassen? Vielleicht sollte sie doch erst in eine eigene Wohnung ziehen, oder zu Betty, die in ihrem Haus Platz genug hatte. Das sollte sie dringend klären. Mit Alex zusammen. Wenn sie so richtig offiziell zusammen wären, dann könnte sie auch einfach bleiben, denn wenn sie ehrlich war, wollte sie nichts lieber als das. Sie wollte am liebsten immer bei ihm sein, ihn jede Nacht an ihrer Seite spüren und ihn auch tagsüber sehen. Doch dafür bräuchte ihre Beziehung schon eine Art Festlegung – und da war sie wieder bei dem unausgesprochenen »Ich liebe dich«.

Und als ob das allein nicht schon kompliziert genug wäre, war da auch noch die Job-Frage. Collum hatte ihr ja kurz vor Weihnachten angeboten, als Event- und Festivalkoordinatorin bei ihm zu arbeiten. Da hätte sie am liebsten spontan zugesagt, doch er hatte darauf beharrt, dass sie gründlich darüber nachdachte. Offen gestanden hatte sie das aber nicht wirklich getan, schließlich hatten sich die Ereignisse unmittelbar danach regelrecht überschlagen. So hatte sie die letzten Wochen fast ausschließlich im Hormonrausch verbracht – sie und Alex hatten kaum die Finger voneinander lassen können. Und ansonsten war sie viel im Stall gewesen, war ausgeritten – oft mit Alex oder Aidan, gelegentlich auch mit Hailey und zweimal sogar mit Marlin. Sie hatte geholfen, wenn es etwas im Bed & Breakfast zu tun gab, und hatte häufig Betty besucht. Doch seit einer guten Woche drängte Collum auf eine Aussage. Er steckte mitten in den Planungen für die nächste Saison, und dafür brauchte er Unterstützung. Entweder von ihr oder von einer anderen Person, die er ansonsten suchen müsste.

Hier saß sie nun in dem kleinen Büro im Rathaus und sollte eigentlich die Excel-Listen für den Tauschladen bearbeiten – sie hatten letzte Woche nach der Weihnachtspause wieder geöffnet, und die Menschen waren in Scharen mit ungeliebten Geschenken angekommen –, doch stattdessen fuhren ihre Gedanken Achterbahn. Es half nichts: Sie brauchte endlich Gewissheiten – und eine Antwort auf die alles entscheidende Frage, ob sie auch dann nach Kirkby ziehen würde, wenn das zwischen ihr und Alex nichts wurde.

Woher bitte schön kam jetzt dieser verstörende Gedanke?

»Brauchst du Hilfe?« Leslie steckte ihren dauergewellten Kopf ins Büro.

»Hm«, brummte Colleen und sah ein wenig ratlos auf das Chaos aus Waren, die sich nach wie vor überall im Raum stapelten. Normalerweise hätte sie die Sachen in den zwei Stunden, die sie schon da war, locker kategorisieren und vor allem katalogisieren können. Stattdessen hatte sie sinnlos und wenig zielführend herumgegrübelt. In erster Linie brauchte sie wohl einen Tritt in den Hintern. Oder eine göttliche Inspiration. Oder beides. »Ein Kaffee wäre toll«, sagte sie. Vielleicht ließ sich die Erleuchtung ja mit Koffein locken? Zumindest würde sie so in die Gänge kommen.

»Harte Nacht gehabt?«, wollte Leslie wissen, als sie fünf Minuten später mit zwei dampfenden Tassen Kaffee und einem Schälchen mit Cookies wiederkam.

Colleen rief knallrot an. Als hart konnte man ihre

Nächte sicher nicht bezeichnen, höchstens als ein wenig kurz, aber sie und Alex hatten offensichtlich auch eine ganze Menge nachzuholen.

»Dann ist Alex also so gut wie Jamie in den Outlander-Büchern?«, bohrte Leslie sensationslüstern nach.

»Leslie! Ich werde mit dir nicht über mein Liebesleben reden!«, rief Colleen empört, musste aber im nächsten Moment unwillkürlich breit grinsen. So gut wie Alex konnte Jamie gar nicht sein.

»Schade.« Leslie lachte gutmütig. »Wenn man seit dreißig Jahren verheiratet ist, kann man schon mal wieder ein paar Geschichten über junge Liebe vertragen. Wobei mein Donnie auch nicht gerade von schlechten Eltern ist, wenn du weißt, was ich meine.«

Colleen verzog das Gesicht. »Sorry, wenn ich ›Donnie‹ höre, muss ich seit ein paar Jahren immer an Donald Trump denken, und da vergeht mir auf der Stelle alles. Ich weiß, das ist fies, denn dein Mann ist sehr nett und sieht auch viel besser aus, aber …« Sie sollte jetzt dringend mal die Klappe halten.

»Schon gut, Schätzchen, gegen Kopfkino kann man nichts machen.« Leslie zwinkerte Colleen verschwörerisch zu. »Deswegen muss ich beim Anblick von Alex auch immer an Jamie denken.«

»Danke für den Kaffee«, sagte Colleen, um ein für alle Mal das Thema zu wechseln. »Ich muss mich jetzt wirklich auf meine Arbeit konzentrieren.«

»Ach, die Sachen laufen nicht davon«, behauptete Leslie und musterte Colleen mit wachen Augen. »Jetzt mal raus mit der Sprache: Wirst du hierbleiben und den Job annehmen?«

Colleen ließ ihren Kopf auf die Schreibtischplatte sinken und raufte sich die Haare. Genau diese Frage hatte sie befürchtet. Da diskutierte sie doch lieber über die Donalds dieser Welt, aber vermutlich sollte sie endlich mal eine Antwort präsentieren. »Woher wusstest du, dass Don der richtige Mann für dich ist?«, fragte sie nach einer Weile.

Leslie zuckte mit den Schultern. »Er war heiß, wir konnten die Finger nicht voneinander lassen, nach drei Monaten war ich schwanger, er hatte einen guten Job und hat mich gefragt, ob ich ihn heirate. Hat für uns funktioniert.«

»Aber Gewissheit hattest du nicht?«

»Gewissheit hat man nie, Süße. Oder frühestens hinterher. Sag bloß, du hast Zweifel an Alex?«

»Ja. Nein. Ich weiß nicht. Es ist toll mit ihm. Ehrlich, aber …« Ja, was genau »aber«? War sie wirklich so sehr auf Worte fixiert? »Er hat mir noch nicht gesagt, ob er mich liebt und ob er mit mir zusammen sein will«, gab sie schließlich zu.

Leslie schwieg eine ganze Weile. »Findest du nicht, dass Taten wirkungsvoller als Worte sind?«, fragte sie dann. »Jeder sieht sofort, dass ihr verrückt nach einander seid. Alex hat dich in sein Haus, in sein Bett und vor allem in sein Herz eingeladen, und glaub mir, das ist meines Wissens mit keiner einzigen Frau passiert, seit er wieder aus New York zurück ist. Zählt das nicht mehr als dahingesagte Liebesschwüre?«

»Ich weiß es nicht«, entgegnete Colleen kleinlaut. Sie

wollte es so gerne glauben, aber alles in ihr sehnte sich nach absoluter Gewissheit. »Unter Umständen kommt da die Anwaltstochter in mir raus. Ich habe von Kindesbeinen an gelernt, dass konkrete Formulierungen wichtig sind.«

»Das mag bei Verträgen zutreffen – und auch die werden oft genug angefochten oder missachtet –, aber in Liebesdingen sind ganz bestimmt andere Faktoren entscheidend.« Leslie schüttelte energisch den Kopf. »Colleen, wenn du dich so auf die Macht von ein paar Worten verlässt und so wenig auf dein Herz und deinen Bauch hörst, dann liegt das Problem vermutlich nicht bei Alex, sondern bei dir. Vielleicht solltest du dir erst die Frage stellen, was du willst. Nur du! Und wenn du das beantworten kannst, dann rede mit ihm.«

Herz und Bauch sprachen eine ganz eindeutige Sprache, doch ihr Kopf forderte andere Sicherheiten: verbindliche Aussagen. Aber womöglich hatte Leslie in dem einen Punkt recht: dass das eigentliche Problem bei Colleen lag. Denn die Entscheidungen für oder gegen Kirkby, für oder gegen den Job sollten nichts mit ihrer Beziehung zu Alex zu tun haben, sondern nur aus ihrer eigenen Überzeugung heraus getroffen werden. Und wenn sie das nicht konnte, dann musste sie herausfinden, woran es lag.

Alex war heute Vormittag mit Marlin und Shona zu Bekannten auf der Isle of Skye gefahren. Seine jüngste Schwester hatte die Familie vor zwei Wochen mit der Ankündigung überrascht, dass sie ihren Job in London gekündigt hatte und stattdessen hier in Kirkby eine eigene Whisky-Destillerie betreiben wollte. Deshalb war sie nun mit ihrem Vater und ihrem großen Bruder zu Familie Gibbs gereist, die eine der bekanntesten Destillerien des Landes betrieb. Shona hatte dort ihre Ausbildung gemacht, und Alex war eng mit dem Juniorchef befreundet. Zu dritt wollten sie mit den Gibbsens die Möglichkeiten für eine Kooperation ausloten. Alex hatte Colleen vorhin eine Nachricht geschrieben, dass sie übermorgen wieder zurück sein würden. Bis dahin wollte sie herausgefunden haben, was sie wirklich wollte, und dann würde sie mit ihm reden.

»Das scheint dir ja reichlich Kopfzerbrechen zu bereiten«, sagte Leslie nach einer Weile und runzelte besorgt die Stirn.

»Stimmt, tut es. Aber auf eine gute Art. Du hast vollkommen recht, Leslie. Ich werde herausfinden, was ich wirklich will, und dann rede ich erst mit Alex und dann mit Collum. Meinst du, er kann noch bis nächste Woche auf meine Entscheidung warten?«

»Er wird warten, solange es nötig ist, denn eins ist klar: Er will nur dich für diesen Job. Genauso wie Alex nur dich an seiner Seite haben möchte.« Sie lächelte aufmunternd. »Vertrau einer alten Frau! Aber jetzt sollten wir uns an die Arbeit machen, damit wir die ganzen abgelegten Weihnachtsgeschenke hier einsortiert bekommen.«

»Das machen wir!« Colleen straffte die Schultern. Endlich einen Plan zu haben fühlte sich gut an. Doch dann klingelte ihr Telefon – und änderte alles.

● ● ●

Von den vielen sinnlosen Ideen und Entscheidungen in seinem Leben würde diese hier eine Top-Platzierung bekommen, dachte Alex genervt. Warum hatte er sich dazu überreden lassen, mit seinem Vater und seiner kleinen Schwester nach Portree auf der Isle of Skye zu reisen? Viel lieber wäre er jetzt zu Hause bei Colleen und Aidan, statt seit dem späten Nachmittag in der whiskygeschwängerten Probierstube der Gordon Gibbs Distillery zu sitzen und dabei zuzuhören, wie Shona mit Kieran Gibbs, dem Brennmeister und zweitältesten Sohn der Familie, über die unterschiedlichsten Fässer zur Reifung der edlen Tropfen philosophierte. Ja, Kieran war ein alter und guter Freund von ihm, und sie hatten sich lange nicht gesehen. Aber seit ihrer Ankunft heute Mittag hatten sie kaum drei Sätze miteinander gewechselt, stattdessen hatte Shona Kieran direkt in Beschlag genommen. Offensichtlich waren die Pläne seiner Schwester, die seit Jahrzehnten geschlossene Destillerie von Kirkby zu neuem Leben zu erwecken, schon weiter fortgeschritten, als ihm klar gewesen war.

Alex fand die Idee grundsätzlich nicht schlecht. Eine eigene Brennerei wäre ein weiterer Wirtschafts- und Tourismusfaktor und daher wünschenswert, auch wenn es Jahre dauern würde, bis der erste Whisky trinkreif und abfüllbar wäre. Er traute es Shona auch ohne den geringsten Zweifel zu, einen Erfolg daraus zu machen. Sie verstand ihr Handwerk, hatte in der Gibbs-Familienbrennerei ihre Ausbildung gemacht und danach einige Jahre als Whisky-Sommelière in London gearbeitet. Sie kannte sich mit der Materie aus, hatte ein untrügliches Gespür für Trends und verfügte über ein sonniges Gemüt, das die Menschen fast augenblicklich für sie einnahm. Außerdem war sie ein wahres Social-Media-Genie, was für ein derartiges Projekt von unschätzbarem Wert war. Aber sie war auch verdammt jung und von ihrem Lifestyle her eher ein Großstadtgeschöpf, sodass Alex ernsthafte Schwierigkeiten hatte, sie sich in den langen, dunklen und ereignisarmen Highland-Wintern vorzustellen. Doch diese Gedanken hatte wohl exklusiv er allein. Für Shona, die komplette Familie Gibbs und Marlin war klar, dass die Wiederauferstehung der Kirkby-Destillerie ein Hit werden würde. Na schön, ihm sollte es recht sein, aber er verstand immer noch nicht, warum er hatte mitfahren müssen.

Colleen hatte ihm dazu geraten. Sie war der Meinung gewesen, dass es gut wäre, wenn Marlin und Shona ein Familienmitglied an ihrer Seite wüssten, das klar denken konnte und sich nicht buchstäblich vom Whisky-Rausch anstecken ließ. Aber das war doch absoluter Quatsch! Erstens war er inzwischen selbst weit davon entfernt, nüchtern zu sein, und zweitens taten Vater und Schwester sowieso immer das, was sie wollten. Egal, was er dazu sagte. In der Rückschau hatte Alex nun fast den Eindruck, als hätte ihn Colleen loswerden wollen. »Es ist gut, wenn du mal ein paar Tage rauskommst«, hatte sie erklärt. Gefolgt von der Frage: »Wann hattest du das letzte Mal Urlaub?« Was sollte das? Er brauchte keinen Urlaub, wenn er die Tage und Nächte mit Colleen verbringen konnte. Und wenn er unbedingt verreisen musste, dann am liebsten mit ihr zusammen. Doch sie hatte nicht mitkommen wollen, hatte behauptet, dass sie sich endlich mal wieder um den Tauschladen kümmern müsste und ja außerdem jemand für Aidan da sein sollte. Ja, genau: Er selbst sollte bei seiner Familie sein! War das eine Art Test für ihn gewesen? Hatte sie ihn heimlich auf den Prüfstand gestellt, um zu sehen, wie er reagierte?

Er hatte Schwierigkeiten, einen klaren Gedanken zu fassen – dem ausführlichen Tasting, das immer noch lief, sei Dank. Aber was, wenn er in Colleens Augen versagt hatte? Sie hatte ihn beim Abschied so merkwürdig angeschaut, als würde sie auf etwas warten. Am Morgen hatte er noch gedacht, dass sie einfach ein bisschen traurig war, weil sie ihn zwei Tage nicht sehen würde. Da hatte er sich fast schon geschmeichelt gefühlt. Aber jetzt wurde er den Verdacht nicht los, dass etwas anderes dahintersteckte. Er hätte nicht fahren dürfen! Ganz klar. Aber in jedem Fall hätte er ihr sagen müssen, wie sehr er sie liebte. Warum hatte er das nicht getan? Warum hatte er ihr seine Liebe überhaupt noch nicht gestanden? Nicht mit Worten jedenfalls. Allerdings … ihr musste doch klar sein, wie es um seine Gefühle bestellt war. Jeder konnte erkennen, wie verrückt er nach ihr war, wie sehr er alles an ihr liebte, wie glücklich er war, wenn sie an seiner Seite war. Das hatte er in dieser Form noch nie empfunden. Nicht einmal in der verrückten und liebestrunkenen ersten Phase mit Zoe, als er dachte, er hätte die Liebe seines Lebens gefunden. Dass sich das als schlimmer Irrtum herausstellen würde, hatte er zu diesem Zeitpunkt ja noch nicht ahnen können. Nein, er hatte seine damaligen Gefühle für Zoe noch klar vor

Augen, und sie hatten nichts gemein mit der Tiefe und Innigkeit seiner Empfindungen für Colleen. Das musste sie doch wissen?

Aber wie war es um ihre Gefühle für ihn bestellt? Konnte er sich da absolut sicher sein? Ja, er hatte den Eindruck, dass sie viel für ihn empfand. Ihre Hingabe war so absolut und vertrauensvoll, dass sie nur von Liebe getrieben sein konnte. Oder? Sie hatte nie etwas gesagt. Kein »Ich liebe dich«, mit dem Amerikanerinnen sonst so verschwenderisch umgingen. Nicht einmal nach dem Sex. Nie. Keine Silbe. Warum nur? Weil sie ihn nicht wirklich liebte? Weil er womöglich nur eine Ablenkung für sie war, von all dem Mist, den sie in den letzten Monaten hatte erleiden müssen? Ja, er glaubte, dass sie sich in Kirkby wohlfühlte, und er glaubte auch, dass sie es als echte Möglichkeit in Erwägung zog, umzusiedeln. Aber war er dafür nur ein Vehikel? War sie am Ende etwa nur nett zu ihm, weil sie ihr Tilly geschenkt hatte? Er schüttelte mit aller Vehemenz den Kopf – das war doch totaler Quatsch, was er sich da einredete! Aber warum hatte sie nie etwas gesagt? Warum hatte er nie etwas gesagt?

»Alles klar, Mann?«, unterbrach Kieran seine wirren Überlegungen.

»Was? Äh … ja. Ja, natürlich. Alles klar. Ich … äh … war nur in Gedanken«, brachte er mühsam hervor und versuchte selbstsicherer zu klingen, als er sich im Moment fühlte. Mehrere neugierige Augenpaare waren auf ihn gerichtet. Hatte er was verpasst?

»Er denkt ganz bestimmt an seine heiße Braut«, bemerkte Shona. »Was Colleen wohl gerade treibt? So ganz allein ohne dich?« Sie kicherte, und Alex musste mit aller Macht den Impuls unterdrücken, seine Schwester wütend anzublaffen.

»Hab ich was verpasst?«, fragte er stattdessen einigermaßen beherrscht, funkelte Shona aber verärgert an.

»Wir haben nur über mögliche Namen für die Destillerie gesprochen«, erklärte Marlin. »Die haben dir offensichtlich nicht zugesagt, denn bei ›Fraser's Finest‹ hast du wild den Kopf geschüttelt.« Er hob eine Braue und musterte seinen Sohn. »Aber anscheinend hast du gar nicht zugehört?«

»Tut mir leid. Ich denke nur, der Name hat noch Zeit. Sollte es nicht wichtigere Dinge geben?« Dass er sich jetzt mal zusammenriss, beispielsweise. »Shona muss sich doch erst um eine Lizenz kümmern, und wissen wir überhaupt schon, wem die alte Destillerie gehört? Kann man das Gelände pachten oder kaufen? Wenn ja, von welchem Geld? Und dann müssen doch sicher noch eine Menge Investitionen getätigt werden, bis die Anlage wieder läuft. Ich finde, da kann die Namensfindung wirklich noch warten.«

»Du hast in der letzten Viertelstunde tatsächlich nicht zugehört, was?«, warf Kieran grinsend ein. »Genau diese Punkte haben wir ausführlich besprochen. Hier, probier mal einen Schluck von unserem Topseller. Dad hat vor dreißig Jahren fünfzig italienische Barbera-Fässer gekauft. Alle haben ihn damals für verrückt erklärt, aber als wir den Whisky im letzten Frühjahr abgefüllt haben, wussten wir, was für ein Knüller er sein würde. Gerade in den USA hat er sich im Weihnachtsgeschäft wie bekloppt verkauft, sodass Alistair noch einen …«

Alex' Gedanken drifteten wieder ab. Es interessierte ihn kein bisschen, welche fantastischen Erlöse die geschäftstüchtige Familie Gibbs mit ihren Produkten erzielte. Er nahm das Glas von Kieran entgegen, atmete das unglaublich reichhaltige Aroma ein, bewunderte die dunkle, leicht rötliche Farbe und nahm dann einen Schluck. Wärme breitete sich in ihm aus. Für einen kurzen, süßen Moment schien es ihm, als schmecke er einen heißen italienischen Sommertag und saftige, kraftstrotzende dunkle Trauben, dann übernahmen erdige Aromen das Zepter und ließen ihn wieder in seiner Heimat landen. Unfassbar, was ein Schluck Whisky bewirken konnte. Wie gern würde er dieses Erlebnis jetzt mit Colleen teilen, deren Sinne noch feiner waren und die noch viel unerfahrener und daher offener war, was die Magie des schottischen Lebenselixiers betraf. Doch Colleen war zweieinhalb Stunden Fahrtzeit von ihm entfernt und gefühlt in einer anderen Galaxie. Er seufzte und sagte dann: »Der ist wirklich fantastisch. Davon hätte ich gerne ein paar Flaschen – für die Hotelbar und eine privat.«

Alex bemühte sich, am weiteren Gespräch teilzunehmen, doch der Austausch darüber, wo man die beste Gerste fand und ob Shona tatsächlich selbst mälzen sollte oder nicht, konnte ihn nicht fesseln. Er wurde das Gefühl nicht los, einen entscheidenden Fehler gemacht zu haben, indem er nach Portree gefahren war, ohne Colleen zu sagen, wie sehr er sie liebte. Vielleicht sollte er sie einfach anrufen? Er zog sein Telefon aus der Tasche und blickte frustriert auf das Display. Offenbar war dieser Keller das ultimative Funkloch, er hatte nicht einmal einen winzigen Netzbalken.

»Telefonieren kannst du hier unten völlig vergessen«, sagte Kieran, der Alex' entsetzten Blick ganz richtig interpretierte. »Wir sind hier noch analog unterwegs und können uns dadurch auf die wirklich wichtigen Dinge konzentrieren.« Er deutete grinsend auf die Whiskyflaschen, die sie noch nicht getestet hatten. Alex gab sich geschlagen. Falls er nachher noch in der Lage war, einen vollständigen Satz zu formulieren, würde er Colleen anrufen, ansonsten dann eben morgen früh.

Nachdem ihm die Entscheidung abgenommen worden war, konnte er sich etwas entspannen und den Abend genießen. Kieran und seine Familie hatten ihr Handwerk eindeutig drauf – jede einzelne Sorte hatte ihren eigenen markanten Charakter. Alex war wie immer unglaublich fasziniert davon, welche Aromen aus Quellwasser und Gerstenmalz herauszuholen waren. Shona zu beobachten, war ebenfalls eine Freude. Seine kleine Schwester kannte sich unglaublich gut aus, stellte kluge Fragen und hatte ganz offensichtlich präzise Vorstellungen davon, was sie mit ihrer Destillerie probieren wollte. Um sie brauchte er sich keine Sorgen zu machen. Und vermutlich auch um sonst nichts! »Slàinte!« Darauf trank er.

Als sie am späten Abend fröhlich und reichlich berauscht die Kellertreppe hinaufstiegen, schlug Alex vor, noch ein bisschen frische Luft zu schnappen, ehe sie ins Bett gingen. Er blickte in einen atemberaubenden Nacht-

himmel, der ihn an die magische Weihnachtsnacht erinnerte, in der er mit Colleen von Monroe Manor nach
Harriswood House gelaufen war und sie sich anschließend
zum ersten Mal geliebt hatten. Auch Shona, Marlin und
Kieran standen leicht fröstelnd in der klaren Nacht und
bewunderten den Anblick. Dann zerriss eine Reihe schnell
aufeinanderfolgender Handysignaltöne die Stille.

Alex griff nach seinem Telefon. Fünf Anrufe von Colleen zwischen dem späten Nachmittag und dem frühen
Abend, gefolgt von einer Textnachricht. Er entsperrte das
Handy und starrte auf den kleinen Bildschirm. Es dauerte
ein Weilchen, bis sein vom Alkohol benebeltes Gehirn
vollständig begriff, was Colleen da geschrieben hatte.

*Hab dich nicht erreicht. Muss dringend zurück nach Boston.
Aidan ist bei Alice und Rupert. Kann jetzt nicht mehr
reden, melde mich bald. Verzeih mir, C.*

EISZEIT

»ES GIBT GANZ BESTIMMT EINE vernünftige Erklärung dafür, dass sie nach Boston geflogen ist«, sagte Marlin zum
etwa hundertsten Mal auf der Rückfahrt nach Kirkby am
nächsten Vormittag.

Natürlich hatte Alex, direkt nachdem er die Nachricht
erhalten hatte, versucht, Colleen anzurufen, doch sofort
war die Mobilbox angesprungen. Er hatte ihr draufgesprochen. Mehrfach. Erst irritiert, dann besorgt und irgendwann wütend. Sie selbst hatte nur bei ihrem ersten Anruf
auf seine Box gesprochen. Hatte was von einem Anruf aus
Boston gestammelt, dass ihr Leben gerade aus den Fugen
gerate und sie sich darum kümmern müsse. Alles sehr vage
und kryptisch. Bei ihren weiteren Versuchen hatte sie auf
eine Erklärung verzichtet und schließlich nur diese nichtssagende Nachricht getextet.

Er hatte sofort zurückfahren wollen, aber weder er noch
Marlin oder Shona waren auch nur ansatzweise nüchtern
genug gewesen, um noch Auto fahren zu können. Stattdessen hatte er kurz überlegt, ob er es bei Alice und Onkel
Rupert versuchen sollte, doch das wäre vermutlich komplett sinnlos gewesen. Es war bereits gegen elf gewesen,
die beiden gingen immer früh ins Bett, und ein nächtlicher

Anruf hätte nur für Panik und Nervosität gesorgt. Das Telefonat heute früh hatte nicht viel gebracht. Alice war nicht zu Hause gewesen – sondern zweifellos auf dem Weg zu seinem Bed & Breakfast –, und Onkel Rupert war ziemlich ahnungslos. Er hatte lediglich zu berichten gewusst, dass Colleen sehr aufgeregt gewesen war, aber Details kannte er nicht.

»Wenn ich diesen Scheißspruch noch ein einziges Mal von einem von euch höre, setze ich euch am Straßenrand aus!«, blaffte er seinen Vater an. »Klar gibt es für alles eine vernünftige Erklärung – es kommt nur immer auf die Perspektive an. Aus Sicht eines geistesgestörten Terroristen ist es sicher auch eine total vernünftige Entscheidung, eine Grundschule in die Luft zu jagen. Also hört auf, mir zu sagen, was ich zu denken habe und was nicht!«

»Aber es könnte doch sein …«, setzte Shona an.

»Willst du aussteigen?«, brüllte Alex nach hinten. »Für mich ist die Sache sonnenklar: Sie wollte immer zurück nach Boston, hat sich aber nicht getraut, es mir oder uns zu sagen. Deshalb hat sie die Gelegenheit genutzt, abzuhauen, als wir alle weg waren.« In seinen Augen war das die einzige nachvollziehbare Erklärung. Alles andere ergab doch keinen Sinn. Hätte es irgendeinen anderen Grund für ihre plötzliche Abreise gegeben, dann hätte sie ihm das doch ganz sachlich erklärt und keine wirren Sprach- und Textnachrichten hinterlassen. *Verzeih mir.* Was genau sollte er ihr verzeihen? Ihre Feigheit? Ganz bestimmt nicht!

Er sah in den Rückspiegel zu Shona, die ihn mit grimmigem Blick und zusammengekniffenen Lippen anstarrte. Ganz offensichtlich musste sie schwer an sich halten, um nicht mit weiteren Weisheiten herauszuplatzen. Besser so, denn er war ausgesprochen kurz davor, seine Drohung wahrzumachen und sie auf die Straße zu setzen. Alex war sich sicher, dass auch sein Vater noch ein paar schlaue Kommentare parat hatte, doch Marlin blickte aus dem Seitenfenster und verbarg so seinen bestimmt sehr anschaulichen Gesichtsausdruck.

Die restliche Fahrt verlief in Schweigen, und jeder schien in seine eigenen Gedanken versunken zu sein. Alex war in einem Zustand zwischen rasender Wut und roher Verzweiflung gefangen – keine sehr angenehme Kombination, und sicher keine, die ihn zu kühlen Überlegungen befähigte. Nicht, dass ihm danach auch nur ansatzweise der Sinn stand.

Als sie gegen elf Uhr vormittags in Harriswood House eintrafen, erwartete sie Tante Alice bereits in der Küche.

»Weißt du, was mit der Kleinen los ist?«, fragte Marlin seine Schwägerin, ehe Alex auch nur eine Begrüßung murmeln konnte.

»Nein, nicht genau. Sie konnte oder wollte es uns nicht erzählen, sondern hat nur erwähnt, dass etwas passiert sei und sie die Angelegenheit persönlich regeln müsse. Sie hat aber gesagt, dass sie sich bei dir melden wird« – damit wandte sie sich an Alex –, »sobald sie in Boston dazu kommt. Aidan und der Hund haben heute Nacht bei uns geschlafen«, fügte sie noch hinzu.

»Sie hat Tito nicht mitgenommen?«, hakte Marlin nach.

»Das klingt doch nach einem guten Zeichen. Wo ist der kleine Kerl jetzt?«

»Der ist bei Rupert im Stall – das schien er interessanter zu finden, als mich hierher zu begleiten«, entgegnete Alice lächelnd. »Übrigens hat vorhin ein Amerikaner angerufen und sich erkundigt, ob wir ein Zimmer frei haben. Sieht so aus, als bekämen wir heute Nachmittag noch neue Gäste.«

»Dann ist doch alles prima.« Marlin rieb sich die Hände und schnupperte. »Ich sterbe vor Hunger, wir mussten ja etwas überstürzt aufbrechen.«

»Nichts ist prima!«, rief Alex.

»Jetzt beruhige dich doch endlich mal. Sie hat Tito hiergelassen, das bedeutet, sie kommt wieder.«

»Das bedeutet ganz und gar nichts. Sie hat Aidan schon vor Wochen versprochen, dass er Tito behalten darf, weil sich die beiden so gut verstehen. Egal, was passiert. Die Tatsache, dass der Hund hier ist, hat überhaupt keine Bedeutung. Für nichts!« Alex bebte, und die verwunderten Blicke seiner Familie machten es nicht besser. Ihm war selbst klar, dass er sich absolut irrational verhielt, aber was verlangten sie von ihm? Dass er cool und entspannt blieb, nachdem ihm seine große Liebe das Herz aus der Brust gerissen und darauf herumgetrampelt hatte?

Er stürmte aus der Küche und stieg die Treppen hoch zu seinem Schlafzimmer. Vielleicht hatte sie ja dort eine etwas substanziellere Nachricht hinterlassen? Aber Fehlanzeige. Das Bett war gemacht, und es wirkte so, als wäre sie nie hier gewesen. Er ging in das Gästezimmer, in dem sie ihre Sachen hatte. Ihr großer Koffer war verschwunden.

Er öffnete den Schrank, doch dort sah er vor allem Reitsachen und die dicken Pullis, die sie sich in den letzten Wochen in Schottland gekauft hatte. Auf dem Nachttisch lagen zwei Bücher, von denen er nicht sagen konnte, ob sie überhaupt von Colleen stammten. Schließlich hatte sie in diesem Bett ja nur drei Nächte geschlafen, ehe sie dann immer an seiner Seite gewesen war. Er setzte sich aufs Bett, fühlte sich mit einem Mal völlig entkräftet und erschöpft. Hatte er sich das alles nur eingebildet? Waren die letzten paar Wochen nichts als ein süßer, aber letztlich verlogener Traum gewesen? »Oh Colleen, warum tust du mir das an?«, fragte er leise, doch es kam keine Antwort. Natürlich nicht. Woher auch?

Irgendwann fand er die Kraft, aufzustehen und in sein Büro zu gehen. Natürlich war auch dort keine Notiz mit einer Erklärung von ihr, aber das hatte er auch nicht wirklich erwartet. Stattdessen fuhr er seinen Computer hoch und checkte die Buchungssoftware. Januar und Februar waren traditionell tote Monate, in dieser Zeit verirrte sich so gut wie nie ein Gast zu *The Cosy Thistle*. Umso mehr wunderte es ihn, dass heute ein amerikanisches Paar eintreffen wollte. Alice hatte die Daten ins System eingegeben. Ein Dylan Craig und seine Verlobte wollten die nächsten fünf Tage hier verbringen. Geschäftstüchtig, wie sie war, hatte Alice den beiden das größte und luxuriöseste Cottage vermietet und laut Notiz auch schon dafür gesorgt, dass es beheizt und empfangsbereit war. Die gute Seele – was würde er ohne sie tun?

Hoffentlich waren die Gäste Selbstversorger oder mobil,

sodass sie zum Essen notfalls bis nach Inverness fahren konnten, denn Isla schloss ihr Restaurant immer zwischen Weihnachten und Mitte Februar. Derzeit war sie wieder in Thailand unterwegs und schickte ihm regelmäßig Mails mit Fotos von Garküchen oder Restaurants, die sie besuchte. Colleen hatte immer mit ihnen gegessen – selbst als sie noch als zahlender Gast hier gewesen war –, aber das war etwas anderes. Alex verspürte im Moment jedenfalls keine gesteigerte Lust, sich auch noch um ein amerikanisches Pärchen zu kümmern. Aber gut, das würde sich alles finden.

Er versuchte sich mit Arbeit abzulenken. Zu tun gab es schließlich auch in der ruhigen Zeit genug. Er musste dringend die Angebotspakete zusammenstellen, die er für Ostern und die Sommermonate geplant hatte, damit er sie auf die Website setzen konnte. Außerdem lagen etliche unbeantwortete Mails vom Tourismusverband vor, um die er sich auch kümmern musste. Colleen hatte ein paar tolle Ideen beigesteuert und ihm klargemacht, dass Collums Visionen womöglich doch nicht so schlecht waren. Sie hatte ihm dringend geraten, mit dem Bürgermeister zusammenzuarbeiten, denn davon würde ihrer Meinung nach der ganze Ort profitieren. Warum hatte sie sich derart engagiert, nur um dann doch abzuhauen? Collum hatte ihr sogar ein Jobangebot gemacht, das sie ernsthaft in Erwägung zog – zumindest hatte sie das behauptet, aber vielleicht war das auch nur Teil der Täuschung? Nur warum sollte sie ihn überhaupt täuschen wollen? Waren ihre Gefühle für Collum plötzlich doch nicht nur freundschaftlicher Natur, und hielt sie es hier deshalb nicht mehr aus?

Ärgerlich warf er den Kugelschreiber, den er in der Hand gehalten hatte, auf den Schreibtisch und sprang auf. Er konnte sich auf nichts konzentrieren und hatte das Gefühl, dass die Wände in seinem Büro ihn höhnisch angrinsten. Er brauchte dringend Luft, um wieder klarer denken zu können.

»Ich bin eine Weile unterwegs«, rief Alex in Richtung Küche und war einen Moment später schon aus dem Haus. Das Wetter passte perfekt zu seiner Stimmung. Der Weihnachtsschnee hatte exakt bis zum Ende der ersten Januarwoche gehalten, dann war eine Sturmfront mit etwas milderen Temperaturen und reichlich Regen im Gepäck übers Land gefegt und hatte aus dem Winterwunderland die triste graubraune Vorhölle gemacht, für die die Highlands berüchtigt waren. Nicht dass ihn das normalerweise störte, ganz im Gegenteil. Er liebte seine Heimat zu jeder Jahreszeit und in jeder Erscheinungsform – und mit Colleen hatte er ohnehin seine ganz persönliche strahlende Sonne an seiner Seite gehabt. Doch die war nun untergegangen und hatte eine Eiswüste in seinem Herzen hinterlassen.

Er schlug den Kragen seiner Jacke hoch und zog sich die Mütze tiefer. Der Wind war heute besonders fies, und der feine Sprühregen pikste wie Nadelstiche in seinem Gesicht. Den Gedanken, zum Stall zu gehen und vielleicht eine Runde mit Dorian auszureiten, hatte er sofort wieder verworfen. Zu sehr würde ihn dort alles an Colleen erinnern – allein die Vorstellung, dass Tillys fröhliches Pferdegesicht hoffnungsfroh aus ihrer Box herauslugen könnte … Nein, das ging nicht. Stattdessen wanderte er ziellos in Richtung Dorfmitte, ohne eine Ahnung zu haben, was er dort tun könnte. Collum hatte schon recht, ein Pub wäre eine wirklich feine Angelegenheit. Dann könnte er dort jetzt etwas essen oder wenigstens eine Tasse Kaffee trinken. Als er das Rathaus erreicht hatte, fuhr gerade Collums alter Kombi auf dem Parkplatz vor.

»Wolltest du zu mir?«, fragte der Bürgermeister mit einem gut gelaunten Lächeln und eilte dann zur Beifahrertür, um sie zu öffnen.

»Nicht direkt«, entgegnete Alex ausweichend. Wobei es unter Umständen tatsächlich nicht die schlechteste Idee wäre, mit Collum zu reden. Vielleicht wusste er ein wenig mehr über Colleens Verschwinden? Und falls nicht, könnte Alex ihn wenigstens beschimpfen und ihm die Schuld in die Schuhe schieben. Erstaunt blickte er zu der hübschen, blond gelockten Frau, die gerade ausstieg und sich neugierig umsah.

»Gut, ich hab nämlich keine Zeit. Ich will unserer neuen Dorfärztin alles zeigen, sodass sie vielleicht heute noch den Kaufvertrag für das Haus von Dr. Davidson unterschreibt.«

Alex nickte, zu verblüfft, um darauf etwas antworten zu können.

»Darf ich vorstellen?«, fuhr Collum fort. »Das ist Dr. Annabel Campbell aus Edinburgh. Anna, das ist Alexander Fraser, Betreiber des örtlichen Luxushotels *The Cosy*

Thistle. Seine Schwester Isla führt auf dem gleichen Areal das Sternerestaurant *The Scottish Thistle*, aber da ist gerade noch Winterpause, stimmt's, Alex?«

Wieder nickte Alex mechanisch, doch dann erinnerte er sich an seine Manieren und ergriff die freundlich ausgestreckte Hand der jungen Frau. »Sehr angenehm, Dr. Campbell, und herzlich willkommen in Kirkby. Collum hat schamlos übertrieben – *The Cosy Thistle* ist ein Bed & Breakfast mit zehn kleinen Cottages, aber wir geben uns Mühe, einen gewissen Standard zu wahren. Und ja, es stimmt, dass Isla noch in ihrer Winterpause ist. In gut drei Wochen beginnt für sie die neue Saison mit einem traditionellen Party-Abend für die Dorfbewohner. Sie sind herzlich dazu eingeladen.«

»Bitte einfach nur Anna«, bat sie und lächelte Alex so warmherzig an, dass sein innerer Eispanzer ein paar Risse bekam. »Ich weiß nicht, ob ich es bis dahin schon schaffe. Ich muss mir erst einmal ansehen, in welchem Zustand die Praxis ist. Ganz sicher muss alles renoviert werden, und dann muss auch erst die ganze Ausstattung geliefert werden. Collum hat versprochen, dass es schnell gehen wird, aber vor Anfang März rechne ich nicht damit. Trotzdem vielen Dank für die nette Begrüßung.«

»Ich habe keine Ahnung, wie Collum das hinbekommen hat, aber ich freue mich sehr, dass wir endlich wieder eine Ärztin in Kirkby haben werden.«

»Collum hat sehr gute Argumente gefunden«, entgegnete Anna vieldeutig, und Alex wollte lieber nicht nachfragen.

»Wie das jetzt klingt«, kicherte Collum. »Dabei gibt es nicht den kleinsten Pferdefuß. Ein gemeinsamer Bekannter hat mir den Tipp gegeben, dass Annabel womöglich Interesse an einer Landarztpraxis hätte – was ja für sich betrachtet schon eine mittlere Sensation ist, und bei einer so talentierten Medizinerin noch viel mehr. Dann habe ich mit der Hausbank der Gemeinde gesprochen und ein faires Finanzierungsmodell ausgetüftelt, einen anderen Freund angesprochen, der im medizintechnischen Bereich arbeitet und Arztpraxen ausstattet, und na ja, dann habe ich ihr ein Angebot gemacht.« Er grinste schelmisch.

»Tja, unser Bürgermeister ist schon ein echter Tausendsassa«, sagte Alex zu der Ärztin. »Dann viel Erfolg bei der Besichtigung. Ich drücke die Daumen, dass es nicht zu abschreckend wird. Aber selbst wenn, wird er gute Argumente haben.«

Er wollte sich schon zum Gehen wenden, da hielt ihn Collum noch auf: »Weißt du, was mit Colleen ist?«

»Das wollte ich eigentlich dich fragen«, gab Alex zu und musterte sein Gegenüber misstrauisch. Collum wusste also auch nichts?

»Ich weiß nur, dass sie gestern Nachmittag, als sie mit Leslie zusammen die neuen Waren für den Tauschladen ins System eingegeben hat, einen Anruf von einem Anwaltskollegen ihres Vaters bekam, der sie komplett aus der Fassung gebracht hat. Sie war völlig neben der Spur und hat die ganze Zeit nur ›Ich muss sofort nach Boston!‹ gesagt und dann angefangen, nach Flügen zu suchen. Leslie hat mich informiert, und ich habe Colleen dann noch am Abend nach Edinburgh gebracht. Sie ist heute Morgen um fünf nach London geflogen und von da aus nach Boston.«

»Hat sie dir nicht erzählt, was los ist?« Alex starrte Collum ungläubig an und ärgerte sich einmal mehr darüber, dass er gestern zur Isle of Skye gefahren war. Wäre er hier gewesen, hätte er Colleens Abreise vielleicht verhindern oder zumindest eine Erklärung bekommen können.

»Nein. Sie saß blass und mit schockiertem Gesichtsausdruck neben mir und hat geschwiegen.«

»Drei Stunden lang? Das kann ich mir echt nicht vorstellen«, knurrte Alex und schüttelte den Kopf. »Hast du denn nicht nachgefragt?«

»Natürlich habe ich, aber sie wollte nichts sagen. Du brauchst mich auch gar nicht so anzublaffen. Wegen mir ist sie ganz sicher nicht abgereist, aber es wundert mich offen gestanden ein bisschen, dass du nicht Bescheid weißt.« Collum runzelte die Stirn.

Ja, das wunderte Alex auch. Sehr sogar. Womit er aber wieder am Ausgangspunkt seiner Überlegungen war: dass Colleen ihn schlicht nicht liebte und ihn deshalb verlassen hatte. Hatte ihr dieser ominöse Anruf einfach den passenden Anlass zum Abhauen geboten? Er brummte etwas Unverständliches als Antwort und verabschiedete sich dann vom Bürgermeister und von der neuen Ärztin. Vielleicht wusste ja Betty Murray mehr.

Als er jedoch zu deren Haus kam, öffnete seine Cousine Kristie die Tür – mit erhitzten Wangen, Mehl im Haar und bekleidet mit einer alten Kochjacke von Isla. »Was machst du denn hier?«, wollte er wissen. Lief in diesem Dorf überhaupt noch etwas normal?

»Ich backe«, erklärte sie und bat ihn herein. »Tante Heather hat mich gebeten, eine Torte für ihren Butler zu backen. Er hat sein vierzigjähriges Dienstjubiläum, und sie will ihm eine Überraschung bereiten.« Sie ging voran in die Backstube.

»Eigentlich wollte ich zu Betty«, sagte er. »Ist sie nicht da?« Er schaute sich um, als vermute er die alte Dame irgendwo hinter der Arbeitsfläche. Die Backstube sah aus, als sei sie wieder richtig in Betrieb genommen worden.

»Betty ist doch seit Montag in London«, entgegnete Kristie, als sei dies allgemein bekannt. »Sie trifft ein paar alte Kollegen von der Zeitung und ihren Verleger wegen ihres neuen Buchs.«

»Aha …« Alex war völlig ahnungslos und wusste nicht so recht, was er mit dieser Information anfangen sollte. »Dann weiß sie also auch nicht, warum Colleen so überstürzt nach Boston aufgebrochen ist?«

»Keine Ahnung.« Kristie zuckte die Schultern. »Ich schätze nicht, aber vielleicht haben sie ja telefoniert. Soweit ich weiß, kommt Betty erst Anfang nächster Woche zurück, aber du kannst sie ja anrufen.«

Alex schüttelte den Kopf. Nein, das würde er nicht tun. Falls Betty auch nichts von Colleens Plänen wusste, musste er sie nicht extra aufscheuchen. »Was machst du eigentlich hier?« Er deutete in den Raum. »Das sieht nach mehr aus als nur nach einer Torte für den Butler.«

Kristie errötete bis in die Haarwurzeln und begann

dann stotternd: »Ähm … also … das ist alles noch nicht spruchreif, weißt du?«

»Ich weiß gar nichts«, brummte Alex. Was für eine Ironie – diese Aussage traf offensichtlich auf alle Aspekte seines Lebens zu.

»Betty hat mich darauf gebracht, als wir zusammen die Hochzeitstorte gebacken haben«, fuhr Kristie mit etwas festerer Stimme fort. »Sie hat mitbekommen, wie sehr ich das Backen liebe, und mir vorgeschlagen, die alte Bäckerei ihrer Eltern zu übernehmen. Aber bis dahin muss ich erst mal testen, ob ich mehr draufhabe als nur Kuchen, Torten und Kekse. Gerade experimentiere ich mit diversen Brot- und Brötchensorten.«

»Heißt das, du wirst im Bed & Breakfast aufhören?«

»Im Moment ist ja sowieso nichts los, aber wenn das hier klappt …« Sie sah ihren Cousin entschuldigend an. »Das ist echt ein Traum von mir, weißt du? Aber es ist ja noch nicht sicher, ob es sich überhaupt lohnen würde. Selbst wenn Betty mir die Backstube und das Ladengeschäft für eine minimale Miete zur Verfügung stellt, muss ich noch renovieren und brauche ein richtiges Konzept und einen Businessplan und so.«

»Dann rede mal mit Collum. Ich bin mir sicher, er wird begeistert sein und dich nach Kräften unterstützen.« Alex konnte seiner Cousine nicht böse sein. Kristie war die schüchterne und zurückhaltende der Schwestern und das komplette Gegenteil der extrovertierten und immer fröhlichen Hailey. Wenn sie einen Lebenstraum hatte, dann wollte er ihr sicher keine Steine in den Weg legen. »Ich

hoffe, du wirst mich dann mit deinen Köstlichkeiten be-
liefern«, sagte er mit einem schwachen Lächeln und zog
sie kurz in seine Arme. »Viel Erfolg, ich drück dir die
Daumen, dass alles so klappt, wie du es dir vorstellst.«

»Danke«, erwiderte sie, mit einem Mal strahlend. »Das
bedeutet mir eine Menge. Und wenn du Colleen sprichst,
dann sag ihr doch bitte, dass sie es eigentlich war, die mir
und Betty diesen Floh ins Ohr gesetzt hat.«

Alex nickte und verabschiedete sich rasch. Colleen,
Colleen, Colleen! Überall hatte diese Frau ihre Spuren hinterlassen – und dann war sie einfach abgehauen. Frustriert
machte er sich wieder auf den Heimweg. Kurz vor Harriswood House wurde er von einem nagelneuen messingfar-
benen Jaguar-SUV überholt, der über die Zufahrtsstraße
bretterte. Wenn das mal nicht die amerikanischen Gäste
waren. Er seufzte und beeilte sich, um sie zu begrüßen. Als
er den Parkplatz erreichte, öffnete sich gerade eine Tür,
und sein Sohn sprang jubelnd aus dem Fond. »Dad! Dad!«,
rief Aidan begeistert. »Schau mal, wer gekommen ist und
mich von der Schule abgeholt hat!«

Alex trat näher und fragte, halb lachend, halb misstrauisch: »Wer denn?«

»Mum ist da!«

Was? Alex merkte, wie alle Farbe aus seinem Gesicht
wich. Nur einen Augenblick später stand tatsächlich Zoe
Rutherford vor ihm und sagte: »Hallo, Alex.«

● ● ●

Eisregen in Boston! Weil es sonst ja auch nicht schon

schlimm genug war. Colleen fühlte sich wie in einem Déjà-vu gefangen – nur dass es diesmal noch viel grässlicher war als bei ihrer Reise nach Schottland vor gut drei Monaten. Vergleichbar war der völlige Verlust des Zeitgefühls. Sie hatte keine Ahnung, wie lange sie schon wach war. Der verdammte Anruf war am Nachmittag gekommen. Am selben Abend hatte Collum sie nach Edinburgh zum Flughafen gefahren, von wo aus sie im Morgengrauen nach London geflogen war, um dort den ersten möglichen Anschlussflug nach Boston zu bekommen. Doch da in London Nebel herrschte, hatte sich der Abflug um drei Stunden verzögert, drei wertvolle Stunden, die sie eigentlich nicht hatte. Kurz vor der geplanten Landung in Boston hatte es dann geheißen, der Flug müsse umgeleitet werden, weil die Stadt im Einflussgebiet einer kanadischen Kaltfront mit Eisregen lag. Stattdessen war sie in New York gelandet und saß nun bereits seit über drei Stunden in einem Greyhound-Bus, der sich tapfer durch den Schneefall kämpfte, der den Eisregen abgelöst hatte. Noch ungefähr dreißig Meilen bis Boston – und Colleen hatte keine Ahnung, was sie dort erwartete.

Als Arthur Cooper, der Kanzleipartner ihres Vaters, ihr mitgeteilt hatte, dass ihre Mutter und deren Anwälte eine einstweilige Verfügung erwirkt hatten, um die Erbangelegenheit von Gavin Murray zunächst auf Eis legen und dann neu verhandeln zu lassen, war das ein Schock gewesen. Wobei, nein, das stimmte nicht ganz. Es war eher das Gegenteil: die Bestätigung einer dumpfen Ahnung, die verschlossen irgendwo tief in ihr geschlummert hatte.

Mit einem Mal war sonnenklar, warum sie sich noch nicht vollständig zu ihrem neuen Leben bekennen konnte. Warum sie Collum mit seinem Jobangebot hinhielt. Und vor allem, warum sie Alex noch nicht ihre Liebe gestanden hatte. Diese Ahnung war immer präsent gewesen – eine Art geheimes Wissen, das sie nicht anerkennen und akzeptieren wollte, ja, über das sie nicht einmal bewusst nachgedacht hatte. Zweifellos aus Angst vor den möglichen Konsequenzen. Doch nun gab es keine Alternative mehr. Wollte sie eine echte Chance auf einen Neuanfang haben, musste sie erst die Probleme ihrer Vergangenheit lösen.

Colleen schnaubte so bitter auf bei dem Gedanken, dass ihre Sitznachbarin sich offenbar angesprochen fühlte und empört den Platz wechselte. Sollte sie ruhig – es konnte sich in diesem Moment wirklich jeder angesprochen fühlen. Colleen wusste nicht, ob es nur die blanke Erschöpfung war oder andere Gründe dafür verantwortlich waren, aber sie fühlte sich geradezu angriffslustig und aggressiv – Wesensmerkmale, die ihr ansonsten vollkommen fremd waren. Vielleicht war ihr Zustand vergleichbar mit dem eines verwundeten Tieres, das mit letzten Kräften um sein Leben kämpfte. Vielleicht war sie aber auch einfach nur eine völlig übernächtigte, durchgeknallte Kuh, die bald zu einem hysterischen Häufchen Elend zusammenfallen würde.

Doch eine Sache wollte ihr einfach nicht in den Kopf gehen: dass ihre Mutter, ihre einzige nahe Verwandte, ihr Fleisch und Blut und der Mensch, der sie doch eigentlich uneingeschränkt lieben sollte, sie nun verklagte. Arthur hatte zwar versichert, dass dies bestimmt nur ein juristischer Winkelzug war, mit dem man überhaupt erst einen Ansatz dafür finden wolle, das Testament anzufechten. Aber trotzdem: Welche Mutter behauptete, ihre eigene Tochter sei für das Scheitern der elterlichen Ehe verantwortlich, habe dann später jeden Kontakt der Eltern verhindert und schließlich den Vater derart manipuliert, dass er sein Testament änderte? Die Antwort auf diese Frage war gleichzeitig einfach und haarsträubend: Es war *ihre* Mutter! Gloria Steele, geborene Smith, geschiedene Murray, warf ihrer einzigen Tochter all diese frei erfundenen, abstrusen Dinge vor, nur um an das Vermögen ihres Ex-Mannes zu gelangen.

Schwierige Verhältnisse zwischen Eltern und Kindern kamen vor, keine Frage, und zugegebenermaßen hatte auch Colleen in den letzten Jahren nicht sehr viel Energie darauf verwendet, das Verhältnis zu ihrer Mutter inniger zu gestalten. Doch mit einem derartigen Vernichtungsschlag hätte sie trotzdem niemals gerechnet.

Der Bus kam plötzlich leicht ins Schlingern, es rumste, und dann stand alles still. Colleen sah sich alarmiert um, wie die meisten anderen Passagiere. Was war passiert? Der Blick aus dem Fenster verhieß nichts Gutes: Schneeverwehungen neben der Fahrbahn und einige Fahrzeuge, die offensichtlich schon in den Graben gerutscht waren, dazu anhaltender Schneefall. Sie sah, wie der Busfahrer ausstieg und wenige Momente später wieder zurückkam – um dann mit jemandem zu telefonieren. Das Stimmengewirr im Bus wurde lauter, bis eine knisternde Durchsage die aufgeregt schnatternden Fahrgäste zum Verstummen brachte. »Vor uns hat es eine Massenkarambolage gegeben«, sagte der Busfahrer. »Wir haben nur die Leitplanke touchiert und haben wohl keinen nennenswerten Schaden. Ich denke, wir könnten weiterfahren, doch zunächst muss die Unfallstelle vor uns geräumt werden. Polizei, Rettungs- und Räumfahrzeuge sind unterwegs. Wir können im Augenblick nur abwarten. Bitte bleiben Sie auf Ihren Plätzen, und behalten Sie die Nerven.«

Behalten Sie die Nerven – was für ein frommer Wunsch, dachte Colleen. Sie hatte die ihren schon längst verloren. Wäre alles glattgegangen, wäre sie um kurz nach neun Uhr heute Morgen in Boston gelandet und wäre spätestens gegen elf in der Kanzlei gewesen, um sich mit Arthur zu beraten. Doch dank der Verzögerungen und Umleitungen war es jetzt schon später Nachmittag, und sie hatte keine Ahnung, wann und ob sie heute überhaupt noch ankommen würde. Ihr Handy-Akku war leer, denn blöderweise hatte sie das Ladekabel in Kirkby vergessen. So hatte sie auch nicht auf Alex' Nachrichten reagieren können. Aber inzwischen musste Aidan ihn doch informiert haben, oder? Colleen hatte dem Jungen gestern knapp erklärt, dass sie eine dringende juristische Sache in Boston klären musste, bei der es derart brannte, dass sie nicht auf Alex' Rückkehr warten konnte. Sie hatte ihn und Tito zu Alice und Rupert gebracht und Aidan eingeschärft, seinem Vater auszurichten, er solle sich keine Sorgen machen. Dann hatte sie ihn noch gebeten, gut auf Tito aufzupassen und jeden Tag Tilly zu besuchen, solange sie weg war.

Aidan hatte ihr alles feierlich versprochen, und Colleen war sich einigermaßen sicher, dass sie sich um ihre Herzensmänner in Kirkby derzeit keine Sorgen machen musste. Trotzdem hätte sie wahnsinnig gern persönlich mit Alex geredet, seine Stimme gehört und sich von ihm versichern lassen, dass alles gut werden würde. Sie seufzte. Dieser Anruf musste wohl noch ein ganzes Weilchen warten. Zunächst musste sie irgendwie in Boston ankommen. Sie hatte Arthur am Flughafen in New York von einer Telefonzelle aus angerufen und ihm von der Verzögerung berichtet. Er hatte versprochen, in der Kanzlei auf sie zu warten, doch nun saß sie hier fest und hatte keine Ahnung, wie es weitergehen sollte. Kurz überlegte sie, ob sie sich von einem ihrer Mitreisenden ein Telefon borgen sollte, um Arthur erneut anzurufen, verwarf die Idee dann aber gleich wieder. Was würde es schon bringen? Vermutlich konnte er ganz leicht herausfinden, dass sie irgendwo im Schneechaos gestrandet war – wenige Meilen von der Stadt entfernt, die einst das Zentrum ihres Universums gewesen war und nun in einer fremden Galaxie zu liegen schien.

So seltsam ihr der Gedanke auch vorkam, auf merkwürdige Weise tröstete er Colleen ein wenig. Sie konnte nichts tun, außer abzuwarten, und ob sie sich nun aufregte oder nicht, würde nicht den geringsten Unterschied machen.

Gut zwei Stunden später hatte sie es endlich geschafft. Es war halb acht Uhr abends, und sie saß übermüdet, durchgefroren und hungrig im schicken, warmen Eckbüro von Arthur Cooper, der wie versprochen auf sie gewartet hatte.

»Man könnte fast annehmen, dass deine Mutter einen guten Draht zum Wettergott hat und mit aller Macht zu verhindern versucht hat, dass du rechtzeitig ankommst«, sagte der alte Geschäftspartner ihres Vaters mit einem verschmitzten Lächeln.

»Dass meine Mutter in unheiliger Allianz mit dunklen Mächten steht, ist seit ein paar Stunden kein ganz abwegiger Gedanke mehr für mich«, entgegnete Colleen mit einem tiefen Seufzer und trank den starken Kaffee, den ihr Arthurs Sekretärin serviert hatte. An eine Ruhepause war so schnell noch nicht zu denken.

»Doch du bist da und wirst morgen bei der gerichtlichen Anhörung deine Aussage machen können. Da wird ihr absurdes Lügenkonstrukt in sich zusammenfallen wie ein Kartenhaus.« Arthur rieb sich die Hände, und Colleen hatte beinahe den Eindruck, dass ihm die ganze Angelegenheit Spaß machte. Ganz sicher nicht ihre Art von Humor, aber wenn es der Sache diente, sollte es ihr recht sein.

»Ich kann es immer noch nicht glauben, dass sie mir das wirklich antut.« Sie schüttelte den Kopf, aber das half nichts gegen die fortdauernde Fassungslosigkeit. »Ich frage mich nur, warum genau sie das macht.«

»In diesem Punkt sind wir inzwischen ein paar Schritte weiter«, erklärte Arthur. »Unser interner Ermittler hat herausgefunden, dass Adam Steele, Glorias aktueller Ehemann, die Scheidung eingereicht und Gloria Ende letzten Jahres aus seinem Haus geworfen hat. Derzeit lebt sie in einem möblierten Apartment in der Nähe ihrer Agentur.«

»Das erklärt natürlich, warum sie unbedingt Daddys

Haus will«, murmelte Colleen, während ihr träges Gehirn mühsam die Informationen zusammenpuzzelte. Und außerdem versuchte, auch noch die passenden Emotionen zusammenzukratzen. Die zweite Ehe ihrer Mutter war also ebenfalls gescheitert. Wie sollte sie das finden? Zu ihrem Stiefvater Adam konnte sie nicht viel sagen, denn ihr Verhältnis hatte sich auf ein paar Treffen zu irgendwelchen Festen beschränkt. Sie hatte nach der Trennung ihrer Eltern eisern auf der Seite ihres Vaters gestanden, und Adam hatte sich kein bisschen um einen engeren Kontakt bemüht. Auch Mom hatte es nicht für nötig gehalten, sie stärker in ihr neues Leben einzubinden, aber sie hatte immer in den höchsten Tönen von Adam geschwärmt. Nun ja, das hatte sich wohl erledigt. Colleen war es gleichgültig, wer an dieser Trennung schuld war, aber ein Teil von ihr hatte Mitleid. Es konnte nicht leicht sein, mit sechzig Jahren die nächste krachende Beziehungskatastrophe durchzumachen – egal, wo die Gründe lagen.

Aber warum hatte Gloria ihr nichts davon erzählt? Hätte sie mit einer Silbe erwähnt, dass sie und Adam sich getrennt hatten und sie nun dringend ein neues Zuhause suchte, wäre Colleen ziemlich sicher von sich aus auf die Idee gekommen, ihrer Mutter das Elternhaus anzubieten. Sie wollte das Haus ja ohnehin nicht behalten. Doch Mom hatte nichts dergleichen erwähnt, sondern sich nur auf seltsame Prinzipien berufen, nach denen sie angeblich ein Recht auf das Haus hatte. »Ich verstehe einfach nicht, warum sie mir nichts davon gesagt hat«, sprach sie ihre Gedanken aus. »Wir hätten uns bestimmt einigen können.«

»Vielleicht, weil es ihr peinlich ist?«, mutmaßte Arthur. »Unser Ermittler hat herausgefunden, dass sie auch längst nicht so liquide ist wie gedacht. Ihr Hochzeitsplaner-Geschäft ist zwar allem Anschein nach tatsächlich sehr erfolgreich, aber sie hat aktuell zwei Prozesse gegen Klienten laufen, die unzufrieden waren und Geld von ihr zurückverlangen – und solange die Scheidung von Adam Steele noch nicht durch ist, gibt's von dieser Seite wohl auch kein Geld.«

»Was ist mit Versicherungen? Mom hat immer größten Wert darauf gelegt, sich für alle Eventualitäten abzusichern, um zeit- und geldraubende Gerichtsverhandlungen zu vermeiden.« Colleen rieb sich die Augen, sie fand das alles ziemlich merkwürdig.

Adam zuckte mit den Schultern. »Keine Ahnung, ist wohl alles nicht so rosig. Aber das ist trotzdem kein Grund, die eigene Tochter zu attackieren. Ich schätze mal, ihre Anwälte sind der Meinung, dass diese Geldquelle am einfachsten anzuzapfen ist. Aber mach dir keine Sorgen, das wird nicht passieren. Nach der Anhörung morgen wird nicht mehr viel übrig sein von ihren Behauptungen. Dann kannst du endlich über dein Erbe verfügen und dein Leben genießen. Hast du dich denn inzwischen entschieden, wie es weitergehen soll?« Er sah sie mit einem warmherzigen Lächeln an, und Colleen wusste, dass er wirklich an ihrem Glück interessiert war – als alter Wegbegleiter von Gavin und als ihr eigener väterlicher Freund.

»Ich werde nach Schottland ziehen«, sagte sie und merkte, wie ihr die Hitze in die Wangen schoss. Es war das erste Mal, dass sie ihre Pläne laut ausgesprochen hatte, aber es fühlte sich gut an, es endlich genau zu wissen.

»Gavin hat immer von seiner schottischen Heimat geschwärmt. Ich bin mir sicher, er wäre hingerissen, wenn seine Prinzessin nun zu seinen Wurzeln zurückkehrt.« Er nahm ihre Hand und drückte sie fest. »Aber das ist ein großer Schritt. Bist du dir sicher, dass es der richtige ist? Besonders viel los ist da ja nicht im schottischen Hinterland, oder?«

»Nein, aber das macht nichts. Es gibt dort sehr nette Menschen, und ein Jobangebot habe ich auch schon.«

»Sehr nette Menschen, soso. Vielleicht auch einen ganz bestimmten netten Menschen?«

»Arthur!«

»Ich frage nur in Vertretung deines Dads«, beschwichtigte er. »Ich musste ihm versprechen, immer ein Auge auf dich zu haben. Aber so, wie du strahlst, scheint meine Sorge unbegründet zu sein.«

»Es ist wirklich so, dass ich mich vor allem in das Dorf und seine Einwohner verliebt habe – in die gesamte Gemeinschaft. Aber na schön, wenn du es genau wissen willst: Es gibt da jemanden. Doch es ist noch sehr frisch und noch gar nicht offiziell spruchreif, und ich glaube, er ist ziemlich irritiert wegen meiner plötzlichen Abreise.« Colleen seufzte, als sie an Alex' Nachrichten auf ihrer Mailbox dachte, die sie immer noch nicht beantwortet hatte.

»Hast du es ihm denn nicht erklärt?«

»Er war nicht da, als dein Anruf kam, und danach war

ich viel zu aufgewühlt, um ihm alles auf die Mailbox zu quatschen, da habe ich nur wirres Zeug hervorgebracht. Ich hab's seinem Sohn grob erklärt und ihn selbst dann nur kurz angetextet. Eigentlich wollte ich mich heute in Ruhe bei ihm melden, aber das Wetter und mein vergessenes Handykabel haben mir einen Strich durch die Rechnung gemacht.« Sie linste zu der Steckdose, an der ihr Telefon seit einem Weilchen hing. Arthur hatte ihr ein passendes Ladegerät besorgt. Doch selbst wenn sie wieder Saft hatte, brauchte sie jetzt nicht in Schottland anzurufen. Dort war es mitten in der Nacht, und Alex schlief zweifellos. Sie würde ihm nachher eine weitere Nachricht schicken und dann nach dem Gerichtstermin mit ihm sprechen – wenn hoffentlich alles geklärt war. »Vielleicht sollten wir jetzt mal über morgen sprechen, solange ich noch einigermaßen aufnahmebereit bin.« Sie gähnte herzhaft und hoffte, dass sie dem, was Arthur ihr raten würde, überhaupt noch folgen konnte.

»Ich versteh schon, dass du nicht mit mir über deinen jungen Mann reden willst«, sagte Arthur und zwinkerte ihr zu.

»Wenn der ganze Mist überstanden ist, werde ich dir alles erzählen«, versprach sie. »Aber jetzt muss ich mich erst einmal auf das aktuelle Drama konzentrieren.«

Während der nächsten Stunde setzte ihr Arthur die Strategie auseinander, die er und seine Mitarbeiter ausgetüftelt hatten. Im Grunde war es schrecklich banal: Es ging vor allem darum, glaubwürdiger zu erscheinen als ihre Mutter. Arthur hatte dazu etliche Zeugen organisiert, die

Colleens Aussagen bestätigen würden. Das Testament war zudem – zumindest seiner Meinung nach – absolut unanfechtbar, und so sollte das unwürdige Prozedere ein schnelles Ende finden. Colleen hatte da jedoch ihre Zweifel. Selbst wenn alles so ablief wie von ihren Anwälten prophezeit, bliebe immer noch die menschliche Tragödie, mit der sie irgendwie umgehen musste. Sie war sich nicht sicher, ob sie es schaffen würde, ihrer Mutter diesen Verrat zu verzeihen. Sie wusste aber auch, dass sie einen wirklichen Abschluss brauchte, um einen unbeschwerten Neuanfang wagen zu können. Doch ein Schritt nach dem anderen. »Arthur, sei mir nicht böse, aber wenn ich nicht bald ein paar Stunden Schlaf abbekomme, werde ich morgen gar nichts zustande bringen.«

»Natürlich. Lass uns fahren. Kelly hat darauf bestanden, dass du bei uns schläfst. Ich hoffe, das ist dir recht?«

»Klar, vielen Dank«, entgegnete Colleen. Ihr war gerade alles egal – auch das Sofa in Arthurs Büro wäre eine geeignete Bettstatt. Sie wollte einfach nur schlafen. Ein paar Stunden alle Sorgen vergessen und dann die Eiszeit in ihrem Leben zum Schmelzen bringen.

SCHEIDEWEGE

ALEXANDER FRASER VERFÜGTE ÜBER einen gesegneten Schlaf. Wenn er sich ins Bett legte und das Licht löschte, dauerte es höchstens ein paar Minuten, bis er einschlief. Normalerweise. Doch es war ja nichts mehr normal in seinem Leben. Es war praktisch das Gegenteil von normal. Es herrschten Agonie, Verzweiflung und fassungslose Wut, und dieses Horror-Trio ließ ihn nicht zur Ruhe kommen. Colleen war verschwunden – seiner tiefen Überzeugung nach für immer, auch wenn das sonst niemand in seiner Familie und im Ort wahrhaben wollte. Sie hatte sich immer noch nicht gemeldet, hatte mit keinem Ton auf seine Anrufe und Mailbox-Nachrichten reagiert. Dafür mochte es Gründe geben. Der wahrscheinlichste dürfte jedoch sein, dass sie ihm nichts mehr zu sagen hatte.

Das allein hätte schon das Potenzial gehabt, seinen Glauben an eine höhere Gerechtigkeit zu erschüttern, aber dann hatte ihm das Schicksal auch noch seine Ex vor die Füße gespült. Zoe Rutherford war mit ihrem brandneuen Verlobten aufgetaucht und schien – nach gut zwölf Jahren zum ersten Mal – von Mutterliebe zu ihrem Sohn überwältigt zu sein. Alex wurde übel, als er an das Gespräch mit ihr und Dylan Craig nach dem Abendessen dachte, als

Aidan glücklicherweise schon im Bett gewesen war. Die beiden Turteltäubchen, die seit Silvester verlobt waren, hatten ihm von ihren Plänen berichtet, ihren Lebensfokus nun voll auf die Familie zu richten. Sie planten ein gemeinsames Kind, das sie aber selbstverständlich von einer Leihmutter austragen lassen wollten, weil Zoes Körper eine weitere Schwangerschaft nicht zuzumuten sei. Und sie wollten Aidan an ihrem Leben teilhaben lassen. Was auch immer das konkret bedeutete.

Hatte er sich das nicht immer gewünscht, zumindest für Aidan? Alex selbst war ab seinem elften Lebensjahr ohne Mutter aufgewachsen, und er würde auch heute noch sehr viel dafür tun, sie noch einmal zu sehen. Noch einmal einen Tag mit ihr zu verbringen. Noch einmal mit ihr allein durch den Wald zu reiten. Noch einmal in dem Wissen einzuschlafen, dass sie da war. Oder wenigstens ein letztes Gespräch, eine allerletzte Umarmung. Er kannte diese Sehnsucht, die in seinem Fall unerfüllbar war, und es brach ihm jedes Mal fast das Herz, wenn er seinen Sohn dabei erwischte, dass er sich heimlich diese idiotische Fernsehserie ansah, in der Zoe mitspielte. Er wünschte sich eine Mutter für Aidan, und er hatte sich in all den Jahren immer darum bemüht, dass sie in Kontakt blieben – so gern er persönlich Zoe komplett aus seinem Leben gestrichen hätte. Doch diese neue Ankündigung machte ihm Angst. Was sollte das heißen, dass Aidan am neuen Leben seiner Mutter teilhaben sollte? Würde sich das auf diesen Besuch hier und zukünftige gemeinsame Ferien beschränken? Damit könnte er wohl leben, irgendwie. Aber tief in sich fühlte er, dass Zoe und Dylan es nicht dabei bewenden lassen würden, und die Vorstellung, dass er Aidan verlieren könnte, brachte ihn fast um.

Plötzlich nahm er ein Geräusch wahr: das leise Knarzen der alten Treppenstufen. Jemand war im Haus unterwegs. Wollte sich Aidan am Ende heimlich in Zoes Cottage schleichen? Alarmiert schwang sich Alex aus dem Bett und trat leise in den Flur. Die Tür zu Aidans Zimmer war jedenfalls fest verschlossen, und er hatte auch keine trippelnden Hundepfoten gehört. Vorsichtig öffnete er die Tür und stellte erleichtert fest, dass sein Sohn tief und fest schlummerte. Nur Tito hob kurz den Kopf, um nach dem Eindringling zu sehen, dann rollte er sich wieder fest zusammen.

Dann musste es wohl Marlin sein, der nächtens durch das Haus wanderte. Alex kehrte kurz in sein Schlafzimmer zurück, schlüpfte in seine Pantoffeln und zog sich einen Pulli über. Er hatte einen Verdacht, wohin sein Vater geschlichen sein mochte, und ging daher ebenfalls die Treppe hinunter. Tatsächlich war die Bibliothek unten schummrig beleuchtet, und Marlin saß in einem der Ledersessel, ein Glas Whisky in der Hand. Hatten sie Vergleichbares nicht erst vor ein paar Monaten erlebt? Als er nach dem seltsamen »Nicht-Date« mit Colleen nicht hatte schlafen können? Alex war sich nicht sicher, ob er im Moment wirklich mit seinem Vater reden wollte – andererseits war das Herumgewälze im Bett auch keine verlockende Alternative.

»Setz dich«, forderte ihn Marlin auch prompt auf, der ihn natürlich hatte kommen hören.

Alex trat näher und sah, dass auf dem kleinen Tischchen nicht nur eine Flasche Whisky stand, sondern bereits ein Glas auf ihn wartete. »Woher wusstest du?«

»Ich hatte so eine Ahnung, dass dich der Auftritt deiner Ex um den Schlaf bringen würde. Mir geht es jedenfalls so«, brummte Marlin und goss seinem Sohn einen ordentlichen Schluck ein.

»Und dabei warst du nicht bei dem Gespräch dabei, das wir hatten, als Aidan bereits im Bett war«, sagte Alex düster.

»Mir hat schon das Abendessen gereicht! Was hat diese Frau vor, Alex? Sie wird doch hoffentlich nicht auf die Idee kommen, dir Aidan wegzunehmen?« Marlin sah ihn ernst an, in seinen Augen funkelte es gefährlich.

Dann hatte er sich das also nicht nur eingebildet, dachte Alex, und seine Sorge wuchs. »Ich kenne ihre Pläne nicht«, entgegnete er. »Ich würde fast behaupten, dass sie selbst noch nicht genau weiß, wohin der Weg gehen soll. Plötzlich will sie auf Familie machen und weitere Kinder bekommen – mit der Hilfe von Leihmüttern. Kannst du dir das vorstellen?« Er schüttelte angewidert den Kopf, doch da Marlin nichts sagte, sondern ihn nur mit seinem stechenden Blick fixierte, fuhr er fort: »Ich schätze mal, dieser Besuch dient dazu, herauszufinden, wie Aidans Rolle in diesem Konstrukt aussehen soll.«

»Aber sie können den Jungen doch nicht einfach so mitnehmen, oder?«

»Einfach so sicher nicht, aber wir haben das Thema Sorgerecht oder Aufenthaltsbestimmungsrecht nie offiziell geklärt. Theoretisch hat sie die gleichen Rechte wie ich.« Alex fuhr sich verzweifelt mit beiden Händen durchs Haar. Er ärgerte sich dermaßen über sich selbst, weil er in dieser Sache immer so nachlässig gewesen war! Zoe hatte sich nie um etwas gekümmert und dadurch indirekt anerkannt, dass er der Haupterziehungsberechtigte war – so zumindest hatte es ihm sein Anwaltskumpel vor ein paar Monaten erklärt. Doch dass so ein Gewohnheitsrecht auch vor Gericht Bestand haben würde, wagte er zu bezweifeln. Er hätte es vor Jahren klären müssen! Aber er hatte es vor allem deswegen nicht vehement verfolgt, weil er Angst gehabt hatte, dass Zoe sich dann endgültig von ihrem Kind abwenden würde, und das hatte er Aidan nicht antun wollen. Schön blöd.

»Und was willst du tun, wenn sie es versuchen?«

Alex war dankbar, dass sein Vater ihm keine Vorwürfe machte, sondern einfach nur sachlich nachfragte. »Ich weiß es nicht«, gab er zu. »Ich weiß es wirklich nicht. Allein die Vorstellung, dass Aidan in die USA ziehen könnte, bringt mich fast um. Aber Zoe ist nun mal seine Mutter, und er vermisst sie. Wie könnte ich etwas dagegen sagen, wenn mein Kind die Chance bekäme, mit seiner Mutter zu leben?« Er merkte, wie Tränen in ihm aufstiegen, und rieb sich verärgert über die Augen. Dann trank er einen Schluck Whisky.

»Du darfst die Sehnsucht nach Bonnie, die du selbst hast, nicht mit Aidans Sehnsucht nach Zoe gleichsetzen«, sagte Marlin mit ruhiger Stimme.

»Nicht?« Alex starrte seinen Vater überrascht an. »Ich

finde schon. Das ist doch genau der Punkt: Ich habe keine Mutter mehr und werde sie bis ans Ende meiner Tage vermissen, aber Aidans Mum lebt, und er hat die Chance, Zeit mit ihr zu verbringen.«

»Das ist ein riesiger Unterschied«, behauptete Marlin stur. »Im Gegensatz zu Aidan kanntest du deine Mutter richtig. Ihr hattet so ein enges Verhältnis zueinander, dass sogar ich mir manchmal wie ein Außenseiter vorgekommen bin.« Ein wehmütiges Lächeln schlich sich auf seine Lippen.

»Du warst damals ja auch oft monatelang nicht da«, entgegnete Alex knapp.

»Ja, mag sein. Aber wie gesagt, du und Bonnie wart euch sehr nah. Ihr habt viel gemeinsam erlebt, sie war in deiner frühen Kindheit der wichtigste Mensch der Welt für dich, und sie hat dich über alles geliebt. Sie hat also die Rolle übernommen, die du bei Aidan innehast. Du bist sein Dreh- und Angelpunkt, ohne dich würde er sich genauso verloren fühlen wie du ohne Bonnie. Ich habe diese Lücke nie wirklich ausfüllen können – zumindest nicht für dich, und glaub mir, das tut mir immer noch leid.«

»Du hast dein Bestes gegeben und warst nach Mums Tod immer für uns da, aber das sind doch ganz andere Voraussetzungen. Wir hatten keine Wahl nach ihrem Tod, aber Aidan hat zwei Elternteile.«

»Du verstehst es immer noch nicht«, erklärte Marlin mit leichtem Kopfschütteln. »Zoe war für Aidan nie eine Mutter. Keine richtige Mutter zumindest. Sie hat ihn nie getröstet, wenn er sich wehgetan hat, sie saß nie an seinem

Bett, wenn er krank war, sie war bei keiner Schulveranstaltung dabei, sie hat sich nicht mit ihm gefreut, nicht mit ihm gestritten, nicht mit ihm gelebt. Die beiden haben keine gemeinsamen Erinnerungen, oder nur eine Handvoll.«

»Von dem Disneyland-Besuch, als er acht war, schwärmt er jedenfalls noch heute in den höchsten Tönen«, unterbrach ihn Alex bitter.

»Das sind einmalige Ereignisse!«, beharrte Marlin. »Er hat keine wirkliche Beziehung zu seiner Mutter, sondern idealisiert und romantisiert sie. Das ist nicht echt.«

»Wow, wo hast du denn diese Einsicht hergezaubert?« Alex klang sarkastischer, als er geplant hatte, doch ihm erschienen diese Argumente absurd. Zumindest wenn er sie aus der Perspektive eines Zwölfjährigen betrachtete.

»Ich verfüge über eine außerordentlich gute Beobachtungsgabe und Lebenserfahrung«, sagte Marlin mit einem schiefen Grinsen. »Und außerdem habe ich vorhin mit Jack darüber gesprochen.«

»Dann dürfte spätestens morgen der ganze Ort informiert sein.« Alex trank noch einen Schluck. »Und was habt ihr sonst noch für Weisheiten parat, der Pfarrer und du?«

»Wir waren uns einig, dass Colleen Aidan in den letzten drei Monaten mehr eine Mutter war als Zoe in seinem ganzen Leben.«

»Was?«

»Was an diesem Satz verstehst du nicht? Aidan vergöttert Colleen. Sie hat ihm den Hund geschenkt, den er schon immer haben wollte, sie motiviert ihn zum Lernen und zum Hausaufgaben-Machen – woran du in den letzten Monaten krachend gescheitert bist, wenn ich dich daran erinnern darf. Es gefällt ihm, wenn sie mit ihm ausreitet und ihn um Reittipps bittet. Er fühlt sich von ihr ernst genommen – einfach, weil sie ihn ernst nimmt. Sie hat ihn wirklich gern, was jeder sofort erkennen kann. Um seinetwillen und nicht, weil sie sich etwas davon erhofft.«

Alex sah seinen Vater fassungslos an. »Was soll sie sich auch erhoffen?«

»Nichts. Das ist ja das Schöne. Sie hat Aidan und mir und allen anderen Familienmitgliedern einfach so ihre Zuneigung geschenkt, weil sie uns mag. Ich schätze mal, bei dir hat sie das genauso gemacht. Ganz ohne Hintergedanken, nur deswegen, weil ihr Herz es ihr diktiert hat.« Alex schnaubte, doch sein Vater fuhr unbeeindruckt fort: »Und jetzt stell dir mal Zoe vor. Sie hat doch einen Plan. Vermutlich strebt sie einen Imagewechsel an, zu dem das Bild der liebenden Mutter passt. Das ist nicht echt.«

Alex schwieg eine ganze Weile, um die erstaunlichen Behauptungen seines Vaters zu verarbeiten. Ganz von der Hand zu weisen waren diese Überlegungen sicher nicht – speziell was Zoes Intention betraf, dürfte Marlin absolut richtigliegen. »Mag sein, dass alles so ist, wie du sagst. Aber du hast zwei entscheidende Punkte vergessen: Erstens hat Colleen uns verlassen – sie spielt in dieser Rechnung also keine Rolle mehr –, und zweitens handelt es sich bei Aidan nicht um einen reflektierten alten Mann, sondern um einen vorpubertären Zwölfjährigen, den die Coolness seiner Schauspieler-Mutter extrem beeindruckt.«

»Woher hast du die Idee, dass Colleen euch verlassen hat?«, fragte Marlin stirnrunzelnd.

»Du warst dabei, als ihre Nachricht kam. Seitdem habe ich kein Gegenargument gehört – zumindest nicht von ihrer Seite.«

»Es gibt bestimmt gute …«, setzte Marlin an, wurde jedoch von seinem Sohn rüde unterbrochen.

»Ja, ja. Ganz bestimmt gibt es gute Gründe. Aber solange wir sie nicht kennen, muss ich davon ausgehen, dass sie einfach zurück nach Boston wollte. Das ist die wahrscheinlichste Erklärung. Ich meine, warum sollte sie sich auch hier niederlassen wollen? Was hat Kirkby ihr denn schon zu bieten?«

»Dich. Uns. Tilly.« Marlin schüttelte den Kopf. »Ich weiß nicht, warum du so verbohrt bist und nicht ein bisschen mehr Vertrauen hast.«

Das konnte Alex allerdings auch nicht beantworten. Er wusste nur, dass sich sein Bauchgefühl selten irrte, und nun signalisierte es ihm ziemlich eindeutig, dass Colleen verloren war. »Ganz akut ist Colleen aber auch mein geringstes Problem«, wiegelte er ab. Klare Lüge, aber nichts zu machen. »Entscheidend ist, wie ich mit der Zoe-Situation umgehe. Ich weiß ja noch nicht einmal genau, was ihre Pläne sind. Vielleicht stellt sie ja fest, dass ein Zwölfjähriger nicht so niedlich und pflegeleicht ist wie ein Fünfjähriger, und reist einfach wieder ab?«

Leider meldete sich sein Bauch auch diesmal und behauptete das Gegenteil.

● ● ●

Colleens Nacht war kurz und unruhig. Sie hatte noch einmal Alexanders Nachrichten auf ihrer Mailbox abgehört.
Die ersten schwankten noch zwischen Irritation und Be-
sorgnis, die letzte klang verletzt und wütend, ja regelrecht
aggressiv. Sie konnte es ihm nicht verdenken. Ihre kurze
Textnachricht war wirklich nicht sehr aussagekräftig gewesen, aber sie hatte es ihm nicht besser erklären können.
Nicht in einer knappen Nachricht. Dafür hätten sie schon
miteinander sprechen müssen – was sie ja versucht hatte,
aber da war er ja nicht ans Telefon gegangen. Inzwischen
musste er jedoch längst von Aidan gehört haben, weshalb
sie nach Boston geflogen war. Sie hatte auch jetzt kaum die
richtigen Worte für das, was ihr hier bevorstand. Mehrfach
hatte sie den Impuls unterdrücken müssen, ihn anzurufen,
doch wegen der verdammten Zeitverschiebung hätte sie
ihn höchstens geweckt oder nur seine Mailbox erreicht.
Und was hätte sie auch sagen können? Dass sie ihn vermisste? Dass sie Sehnsucht nach ihm hatte und Angst vor
den Dingen, die vor ihr lagen? Dass sie sich allein fühlte?

Diese Worte hatte ihr eine kleine innere Stimme ein-
geflüstert, und sie wusste, dass sie sie wohl hätte aussprechen können. Vielleicht sogar hätte aussprechen müssen.
Doch diese Last wollte sie Alex nicht zumuten. Er hätte
sich zweifellos verpflichtet gefühlt, ihr beizustehen. So war
er einfach, immer ritterlich. Aber sie waren in ihrer Beziehung noch nicht so weit, dass sie das ernsthaft von ihm
verlangen oder auch nur erhoffen konnte. Sie hatten ja
noch nicht einmal geklärt, wie sie tatsächlich zueinander

standen – zumindest nicht durch eindeutige Worte. Nein, das wollte sie sich selbst und ihm nicht antun. Er hatte in den letzten Wochen ohnehin schon so viel für sie getan, und das war eine Angelegenheit, die sie selbst für sich lösen musste. Sobald alles geklärt war, würde sie zurückkehren und ihr neues Leben beginnen. Mit oder ohne ihn, das würde sich dann zeigen, aber sie wollte unbelastet in ihr neues Leben starten, und sie wollte das Gefühl haben, dass sie allein dafür gesorgt hatte. Sie wollte Alex um seiner selbst willen lieben und nicht, weil er ihr Retter war.

Aus diesem Grund hatte sie ihm, kurz bevor sie im Gästezimmer der Coopers zu Bett gegangen war, eine weitere kurze Nachricht geschickt: *Mach dir keine Sorgen, und bitte sei mir nicht böse – ich werde alles ausführlich erklären. Sehr bald hoffentlich. C.*

War daran irgendetwas missverständlich? Sie glaubte nicht. Gut, es klang selbst in ihren Ohren ein wenig kryptisch, aber das ließ sich nicht ändern. Und indirekt hatte sie ja angedeutet, dass sie seine Sorgen verstand und sich nach ihm sehnte. Oder? Es war kurz nach elf Uhr nachts gewesen, als sie diese Nachricht geschrieben hatte, also kurz nach vier Uhr morgens seiner Zeit. Sie hatte ihr Handy ausgemacht und war trotz ihrer Erschöpfung nur in einen unruhigen, leichten Schlaf gesunken. Jetzt fühlte sie sich vollkommen gerädert, als sie am Frühstückstisch saß und von Arthurs Frau Kelly mit frischen Pancakes verwöhnt wurde.

Doch sie bekam kaum einen Bissen runter. Sie fragte sich, warum Alex nicht reagiert hatte. Kein Anruf, keine

SMS, nicht einmal ein simples Emoji, um zu signalisieren, dass er ihre Nachricht gelesen hatte. Sie überlegte, ob sie ihn kurz anrufen sollte, und sah verstohlen auf die Uhr. Es war kurz nach acht, also ein Uhr mittags in Schottland. Vermutlich saß er gerade mit Marlin und Alice beim Mittagessen. Es war Mittwoch, da kam Aidan erst am späten Nachmittag aus der Schule. Sie seufzte. Sie war tatsächlich erst seit zwei Tagen weg, und doch kam es ihr wie eine Ewigkeit vor. Sie vermisste Alex ganz schrecklich – und Aidan. Und Marlin und Alice und alle Frasers. Sie vermisste Tilly und Tito. Und Collum und Betty und überhaupt ganz Kirkby.

»Sollen wir noch einmal in Ruhe alle Punkte durchgehen, die deine Mutter dir vorwirft?«, unterbrach Arthur ihre Gedanken. »Damit du wirklich gut vorbereitet bist, wenn wir gleich zum Gericht fahren?«

»Meinetwegen«, murmelte Colleen resigniert und versuchte, sich auf das Kommende zu konzentrieren. Sehnsucht konnte sie später immer noch haben.

»Weiß Gloria eigentlich, dass Colleen hier ist?«, fragte nun Kelly ihren Mann.

»Wir haben ihr nichts gesagt«, erwiderte Arthur mit einem leichten Lächeln. »Wir dachten, es könnte eine hübsche Überraschung sein.«

»Arthur Cooper, du bist ein sehr böser Mann«, stellte Kelly lachend fest.

»Aus deinem Mund klingt es fast wie ein Kompliment«, entgegnete er. »Das ist unsere Strategie. Wir sind ziemlich sicher, dass Glorias Anwälte sie zu diesem Eilantrag gedrängt haben, weil sie davon ausgehen konnten, dass Colleen nicht rechtzeitig zurückkommt, um persönlich auszusagen. Ohne Colleen hätte Gloria vor Gericht freie Fahrt und könnte ihre Show abziehen. Selbstverständlich würden wir als Gavins Kollegen und Colleens Anwälte dagegen argumentieren, aber das würde sich womöglich sogar negativ auswirken und Gloria in ihrer Opferrolle nur noch stärken. Doch mit Colleen im Zeugenstand sieht es ganz anders aus. Ich wage zu bezweifeln, dass Gloria ihre Anschuldigungen im Angesicht ihrer Tochter aufrechterhalten kann.« Arthur rieb sich zufrieden die Hände und wandte sich an Colleen: »Deswegen bin ich auch so froh, dass du es wirklich geschafft hast, herzukommen. Allein die Tatsache, dass wir erst am Montag von der Anhörung erfahren haben und du trotzdem aus Europa hergeflogen bist, wird als Pluspunkt für uns anerkannt werden.«

»Hoffentlich«, murmelte Colleen. Sie wünschte sich sehnlichst, dass alles schon hinter ihr läge.

»Du schaffst das, Schätzchen«, sagte Kelly tröstend. »Das ist ganz schön fies, was dir deine Mutter da antun will, und ihre Anwälte sind offensichtlich völlig unmoralisch und …«

»Die machen nur ihren Job«, schaltete sich Arthur ein. »Ich finde die Vorgehensweise der Kollegen nicht gut, aber sie handeln, aus ihrer Perspektive zumindest, ganz im Sinne ihrer Mandantin. Da stellt sich die Moralfrage erst mal nicht. Außerdem ist es die einzige, winzige Chance, die sie überhaupt haben, Gavins Testament anzufechten. Doch mit Colleen als Zeugin und nach unseren Recherchen wird Glorias Glaubwürdigkeit wie ein Kartenhaus in sich zusammenfallen.«

Colleen wünschte, sie könnte Arthurs Zuversicht teilen, denn inzwischen traute sie ihrer Mutter alles zu – auch dass sie ihre haarsträubenden Anschuldigungen unter Eid aufrechterhielt. Gloria war schon immer eine begnadete Schauspielerin gewesen und verfügte zudem über Nerven wie Drahtseile, beides grandiose Tugenden beim Umgang mit überspannten Bräuten. Sie selbst dagegen hatte nur die Wahrheit auf ihrer Seite. Sie würde schildern, wie sich die Jahre nach der Trennung ihrer Eltern aus ihrer Sicht darstellten. Ob sie glaubwürdig wirken würde, wusste sie nicht, aber mehr konnte sie nicht tun.

Vier Stunden später waren Arthur Cooper und zwei weitere Anwälte, die Colleen zur Anhörung begleitet hatten, in wahrer Feierstimmung. Gloria hatte für einen Moment durchaus schockiert gewirkt, als Colleen in den Zeugenstand gerufen worden und dann tatsächlich erschienen war. An diesem Punkt hätte Gloria ihre Anwälte noch darum bitten können, zurückzurudern und das Verfahren abzubrechen, doch offensichtlich war ihr diese Möglichkeit überhaupt nicht in den Sinn gekommen. Colleen hatte im Zeugenstand ganz ruhig alle Fragen beantwortet – auch während des ziemlich unfair geführten und mit vielen Fangfragen gespickten Kreuzverhörs. Sie hatte nichts beschönigt und nichts dramatisiert, sondern einfach nur die Wahrheit gesagt. Den Richter hatte ihre Aussage in Kombination mit den Fakten, die Arthur Cooper und seine

Kollegen gesammelt hatten, rundum überzeugt. Glorias Antrag auf eine Neuverhandlung von Gavins Nachlass war damit ein für alle Mal vom Tisch und Colleen nun eine recht wohlhabende Frau.

Allerdings fühlte sie sich längst nicht so beschwingt, wie sie gehofft hatte. Sie saß mit den drei Anwälten im Restaurant, wo Arthur gerade eine Flasche Champagner bestellt hatte, und dachte an den Moment des Richterspruchs. Sie hatte dabei ihre Mutter angeschaut, und der echte Schmerz, den sie kurz in Glorias Augen hatte aufblitzen sehen, war ihr durch Mark und Bein gegangen. Colleen mochte zwar recht bekommen haben, frei war sie aber noch lange nicht.

»Auf deinen Sieg und deine Zukunft«, toastete Arthur und reichte ihr lächelnd ein Champagnerglas.

»Danke.« Colleen zwang sich zu einem Lächeln und prostete den Männern zu. »Ohne euch wäre das nicht so glattgegangen.«

»Wir haben nur das gemacht, was sich Gavin gewünscht hätte. Für seine Prinzessin zu sorgen.«

Colleen war wirklich dankbar, und doch merkte sie, wie ein leichter, kaum erklärbarer Ärger in ihr aufstieg. Arthur Cooper sah in ihr auch nur ein kleines Dummchen, das man beschützen musste, weil es zu naiv war, um für sich selbst zu kämpfen. Damit unterschied er sich kaum von ihrer Mutter, die ja eine ähnliche Strategie angewandt hatte – nur unter anderen Vorzeichen. Colleen hatte es jedoch satt, als schwach und hilflos zu gelten. Während der letzten Monate hatte sie sich auch nicht so gefühlt. Da

hatte sie zumindest gelegentlich eine Stärke in sich wahr-
genommen, die neu und fremd für sie war, aber überaus
erfreulich. Ihr Dad hatte recht gehabt, als er von Schottland
als Kraftort gesprochen hatte, der ihr guttun würde, und
sie wusste, dass sie so schnell wie möglich dorthin zurückkehren wollte. Das Essen wurde serviert, und während sie
lustlos und ohne rechten Appetit ein paar Bissen von ihrem
gegrillten Fisch aß, ließ sie ihre Gedanken schweifen.

»Was hast du jetzt mit dem Haus vor?« Mit dieser Frage
brachte Arthur sie unsanft zurück in die Gegenwart. »Du
weißt, es gibt Interessenten, die es kaufen würden. Du hast
ja gesagt, dass du es nicht behalten möchtest, und dann
wäre auch dieses Kapitel abgeschlossen.«

»Tja …« Colleen wunderte sich selbst darüber, dass sie
mit einem Mal so zögerlich war.

»Du könntest es natürlich auch einfach vermieten und
noch mal darüber nachdenken. Unter Umständen willst
du ja irgendwann doch wieder einziehen.«

»Nein, ganz sicher nicht.« Colleen schüttelte vehement
den Kopf. »Das kann ich mir beim besten Willen nicht
vorstellen. Ich werde nach Schottland ziehen und glaube
nicht, dass ich jemals wieder dauerhaft hier in Boston
leben möchte. Weißt du, was? Ich werde nachher zum
Haus fahren und vielleicht eine letzte Nacht dort verbringen, dann habe ich morgen eine Antwort für euch.«

● ● ●

Alex wusste, dass er sich entweder zu erkennen geben oder
sich auf der Stelle aus dem Staub machen sollte, denn

Lauschen gehörte sich einfach nicht. Doch zu beidem war er nicht in der Lage. Gleichermaßen schockiert wie aufgebracht hörte er, wie sich Zoe und Aidan unterhielten. Alex hatte sich vergewissern wollen, dass Aidan seine Hausaufgaben machte, hatte dann aber bemerkt, dass Zoe im Kinderzimmer war und den Jungen ausfragte.

»Bist du glücklich hier? Ich meine, hier gibt's ja nichts, was man unternehmen könnte. Zum nächsten Kino ist es eine halbe Weltreise.«

»Ich find's okay«, sagte Aidan. »So weit ist es bis Inverness auch nicht, und die meisten Filme kommen ja total schnell auf Netflix und so. Die guck ich dann zu Hause an.«

»Aber Jungs in deinem Alter sollten doch was erleben, coole Sachen unternehmen«, behauptete Zoe, und Alex musste mit Mühe den Impuls unterdrücken, ihr den Hals umzudrehen. Das war Wasser auf Aidans Mühlen, der jetzt natürlich genau in das Alter kam, in dem sich Jungs nach mehr Action sehnten. Alex wusste das deshalb so genau, weil er selbst seine Pubertät in Kirkby verbracht hatte.

»Hm«, brummte Aidan. »Ich hab ja meine Freunde hier, das ist schon okay. Ich spiele Fußball und reite. Mein Pony Gandalf ist super, und Dad hat mir versprochen, dass ich ein großes Pferd bekomme, wenn ich weiter so wachse. Eigentlich sollte ich Tilly kriegen, aber die gehört jetzt Colleen, was ich aber sowieso besser finde, denn sie ist ein bisschen langweilig. Also Tilly, nicht Colleen. Die ist nett.«

»Nett. Soso.« Alex stellte sich vor, wie Zoe ihr hübsches

Näschen rümpfte. »Wer ist denn diese Colleen eigentlich? Ich hab ihren Namen schon mehrfach gehört, seit ich hier bin.«

»Colleen ist Dads Freundin«, antwortete Aidan schlicht. »Sie hat mir Tito geschenkt, aber da war sie mit Dad noch nicht zusammen. Ich mag sie. Sie ist cool.«

»Und wo ist diese coole Frau jetzt?« Täuschte er sich, oder war da nun eine Spur Eis in Zoes Stimme?

»In Boston. Da muss sie wohl was Wichtiges erledigen.« Alex konnte das Schulterzucken seines Sohnes regelrecht hören. Aidan schien aber wegen Colleens Abwesenheit nicht weiter irritiert zu sein.

»Und wann kommt sie wieder?«

»Keine Ahnung. Wahrscheinlich wenn sie ihren Kram erledigt hat. Ich schätze mal, bald. Wie lange bleibst du denn? Vielleicht lernt ihr euch ja noch kennen.«

»Mal sehen«, wich Zoe aus. »Wie findest du eigentlich Dylan?«

»Total krass! Stimmt es, dass er als Sportreporter zu allen Eishockey- und Basketballspielen gehen kann?« Nun klang Aidan eindeutig begeistert. Alex hatte schon bemerkt, dass sein Sohn voll auf Zoes Verlobten abfuhr, der gestern während des gemeinsamen Abendessens allerlei lustige Anekdoten aus seinem Job erzählt hatte.

»Nicht nur Eishockey und Basketball. Auch Football und Baseball. Und er würde dich jederzeit zu Spielen mitnehmen und dir die Spieler vorstellen. Wie wäre das?«

»Echt? Das wäre geil! Ich war einmal mit Dad bei einem Spiel von Celtic Glasgow, aber eigentlich steh ich mehr auf Manchester City. Denkst du, da könnte Dylan auch mit mir hin?«

»Kann sein, aber eigentlich arbeitet Dylan nur in Amerika und ist auf die dortigen Teams spezialisiert. Aber die sind ohnehin cooler als europäischer Fußball.«

»So ein Quatsch! Nichts ist so cool wie Fußball!«, rief Aidan empört, und Alex freute sich, denn das hörte sich an wie ein Punkt für die Heimat.

»Du hast ganz bestimmt recht«, wiegelte Zoe aber sofort ab. »Ich hab von Sport, ehrlich gesagt, sowieso nicht so viel Ahnung. Aber vielleicht magst du ja auch American Football, wenn du erst einmal ein paar Spiele gesehen hast.«

»Vielleicht. Aber das Problem ist, dass es hier ja nur Fußball gibt.«

»Ich weiß, aber eventuell würdest du ja gerne mal woanders leben«, sagte Zoe mit samtener Stimme, und Alex hatte das Gefühl, dass sie gerade eine Falle auslegte, die im nächsten Moment zuschnappen konnte. Entweder war ihre plötzlich erwachte Mutterliebe echt, oder sie war tatsächlich die begnadete Schauspielerin, für die sie sich hielt, jedenfalls glaubte ihr in diesem Moment sogar Alex. Hätte man ihm in Aidans Alter angeboten, die Highlands zu verlassen, die ihm als Jugendlichem eng, miefig und rückständig vorgekommen waren, er hätte keine Sekunde gezögert. Wie sollte sich da sein Sohn wehren können?

»Woanders leben?«, fragte Aidan prompt, und Alex meinte Hoffnung in der Stimme seines Sohnes zu hören. »Wo denn? Ich glaube nicht, dass Dad umziehen würde.«

»Ganz sicher wird er das nicht tun. Aus Gründen, die nur er selbst kennt, fand er es wohl angebracht, dich in diese Einöde zu verschleppen. Er hätte doch mit dir von New York an die Westküste ziehen können. Nach Los Angeles, Seattle oder Vancouver.«

»In die Nähe von Disneyland?«

»Auch, aber vor allem in meine Nähe. Du weißt doch, dass ich in Vancouver und Los Angeles Häuser habe, weil ich da arbeite. Ich hab dich so sehr vermisst, mein Großer.« Zoes Stimme zitterte, und fast schien es Alex, als würde sie gleich zu weinen anfangen.

»Ich vermisse dich auch, Mum, es …« Den restlichen Satz konnte Alex nicht verstehen. Anscheinend hatte Zoe ihren Sohn in den Arm genommen.

»Was? Das ist doch nicht dein Ernst? Wie kannst du nur glauben, dass ich dich nicht bei mir haben will?«, rief Zoe entsetzt. »Hat das etwa dein Vater behauptet?«

»Na ja«, druckste Aidan herum.

»Aidan, hör mir zu: Ich liebe dich. Du bist mein Ein und Alles, und wenn du zu mir ziehen möchtest, bin ich der glücklichste Mensch auf der ganzen Welt. Dylan, du und ich, wir könnten eine echte Familie sein. Wir würden tolle Sachen unternehmen, du könntest auf eine richtig coole Schule gehen, mich am Filmset besuchen und all so was. Dylan würde dich zu so vielen Sportveranstaltungen mitnehmen, wie du willst.«

»Echt?«

»Na klar, ganz echt. Wenn du reiten willst, dann kaufen wir dir das tollste Pferd, das du dir vorstellen kannst, und deinen kleinen Hund kannst du natürlich auch mitnehmen.«

In diesem Moment klingelte das Telefon in Alex' Büro, und er hörte nicht, was Aidan auf Zoes Vorschlag erwiderte. Er lief rasch die Treppe hinunter und beantwortete mechanisch die Fragen eines Lieferanten. Dann starrte er die Wand an. Seine Welt war zusammengebrochen. Endgültig. Die größte anzunehmende Katastrophe schien sich unaufhaltsam und unausweichlich anzubahnen – und er fühlte sich derart hilflos, dass er zu keinerlei Gegenwehr in der Lage war. Warum war er nicht eingeschritten? Warum hatte er zugelassen, dass Zoe ihn vor Aidan als Schurken darstellte, der Mutter und Kind getrennt hatte? Warum? Vermutlich aus dem gleichen Grund, aus dem er Aidan gegenüber nie schlecht von Zoe gesprochen hatte: um seinem Sohn die Wahrheit zu ersparen. Aidan hatte nie danach gefragt, warum sie nach Schottland gezogen und nicht in den USA geblieben waren. Damals war er ja noch zu klein gewesen, aber auch später hatte er es nie genauer wissen wollen. Mit dieser Strategie hatte Alex unbewusst den Acker bestellt, auf dem seine Ex nun ihre Lügensaat ausbringen konnte.

»Dad? Ich geh zum Stall und zeige Mum die Pferde. Okay?« Aidan steckte seinen Kopf in Alex' Büro.

Alex drehte sich mit seinem Schreibtischstuhl um und hoffte, dass man ihm den Schock nicht ansah. »Alles klar«, krächzte er und zwang sich zu einem Lächeln. »Viel Spaß.« Hinter Aidan stand Zoe, und sie warf Alex einen wissenden Blick zu. Ob sie mitbekommen hatte, dass er das Gespräch zwischen Mutter und Sohn belauscht hatte? Wahrscheinlich wurde er einfach nur paranoid. Rasch drehte er sich wieder um, und als er das dumpfe Zuschlagen der Haustür und Titos fröhliches Gebell im Vorgarten hörte, stieß er die Luft, die er unwillkürlich angehalten hatte, aus seiner Lunge.

Sein Blick fiel auf sein Smartphone, das ihn scheinbar höhnisch anblinkte. War es eine weitere Nachricht von Colleen? Vor ein paar Stunden hatte sie ihm geschrieben, dass er sich keine Sorgen machen solle und sie ihm bald alles erklären würde. Er hatte nicht geantwortet. Was auch? Die neue Nachricht stammte aber nicht von ihr, sondern von Isla, die ihm mal wieder ein paar Urlaubsfotos geschickt hatte, garniert mit lieben Grüßen an Colleen und Aidan. Außerdem würde sie Ende nächster Woche heimkehren. Was würde seine Schwester dann wohl vorfinden? Keine Colleen und womöglich auch keinen Aidan.

● ● ●

Wozu schlaflose Nächte doch gut sein konnten, dachte Colleen am Donnerstagmorgen, während die Kaffeemaschine ein hoffentlich starkes Lebenselixier braute. Sie war nach dem Mittagessen gestern tatsächlich in ihr Elternhaus zurückgekehrt, hatte ein paar Lebensmittel gekauft, sich einen Snack zubereitet und ansonsten alles auf sich wirken lassen. Sie wollte ganz sicher sein, ehe sie die finale Entscheidung traf. Sicher, dass sie mit dem Haus nichts mehr verband als Erinnerungen. Gute und schlechte, schöne und traurige Reminiszenzen an ihr früheres

Leben. An ihre Eltern, die es nicht mehr gab. Zumindest nicht mehr die Eltern, die sie früher über alle Maßen geliebt hatte. Ihr Vater war tot. Das machte sie immer noch traurig, aber dieser endgültige Abschied war leichter zu verkraften als das, was mit ihrer Mutter passiert war.

Sie musste wieder an Alex denken, der seine tote Mutter auch nach so vielen Jahren noch schmerzlich vermisste und stets liebevoll von ihr sprach. Er hatte große Mühe, zu verstehen, dass sie sich mit Gloria überhaupt nicht mehr verstand. Womöglich war das auch einer der Gründe gewesen, warum sie Alex so gar keine Details zu ihrer überstürzten Abreise nach Boston hatte nennen wollen. »Ich muss gegen meine Mutter kämpfen, die mir mein Erbe wegnehmen möchte.« Hätte er das nachvollziehen können? Vermutlich nicht. Aber selbst wenn, war es nichts, womit er sich beschäftigen sollte. Es war ganz allein ihre Angelegenheit.

Nachts hatte sie nicht gut schlafen können. So war es ihr in diesem Haus oft gegangen, aber sie hatte dem keine große Bedeutung beigemessen, sondern angenommen, dass sie grundsätzlich an Schlafstörungen litt. Auch in der Wohnung, die sie gemeinsam mit Marc bewohnt hatte, war ihre Nachtruhe oft getrübt gewesen. Nur in der Zeit, als sie mit Anfang zwanzig für ein paar kurze Jahre allein gelebt hatte, und dann wieder in Schottland hatte sie gut und tief schlafen können. In der Rückschau kam ihr das mit einem Mal ungeheuer bezeichnend vor. Ihr Körper und ihr Unterbewusstsein wussten offensichtlich ganz genau, wo und unter welchen Umständen sie sich sicher und heimisch fühlten. Und es war ganz bestimmt nicht hier in diesem Haus.

Nach ein paar Stunden unruhigen Umherwälzens war sie schließlich aufgestanden und hatte begonnen, ihr restliches Hab und Gut, das noch nicht verpackt gewesen war, in Umzugskartons einzuräumen. Dann hatte sie online nach einer Spedition gesucht, die auch Übersee-Umzüge anbot, und Anfragen gestellt. Eine Firma hatte vor einer halben Stunde bei ihr angerufen, und sie waren in kürzester Zeit handelseinig geworden. Bereits morgen würden ihre Sachen abgeholt, in einen Container verpackt und schließlich verschifft werden, und in ein paar Wochen würde sie alles in Inverness in Empfang nehmen. Bis dahin wusste sie bestimmt, wo genau sie leben würde – ob bei Alex oder in einer eigenen Wohnung. Alex hatte sich immer noch nicht gemeldet, und das irritierte sie zunehmend. Konnte er wirklich so beleidigt und wütend sein, dass er nichts mehr von ihr wollte? Eigentlich konnte sie sich das nicht vorstellen, denn sie hatte ihn als stets souveränen Mann kennengelernt, der durchaus in der Lage war, über den Tellerrand zu blicken und auch Umstände zu akzeptieren, die nicht ganz in sein Weltbild passten. Aber vielleicht hatte sie ihn überschätzt?

Das musste vorerst Spekulation bleiben. Was auch immer ihn umtrieb, würde sie mit ihm persönlich klären und ihm keine Nachrichten mehr aus Boston schicken. Sie wusste, dass er noch lebte und gesund war, denn sie hatte gestern kurz mit Aidan gechattet und ihm viel Glück für seinen Mathetest gewünscht. Aidans Antworten waren prompt gekommen, und er hatte kurz erwähnt, dass seine Mutter zu Besuch sei. Wäre etwas mit Alex, hätte er das bestimmt geschrieben. Dass Zoe in Kirkby war, fand Colleen interessant, hatte sich aber dazu entschlossen, nicht weiter nachzubohren. Letztlich ging es sie ja auch nichts an, aber vielleicht war das mit ein Grund für Alex' Funkstille.

Sie trank einen Schluck Kaffee und sah dann auf die Uhr. Gleich stand ihr persönlicher Showdown an – und wie aufs Stichwort klingelte es wenige Augenblicke später an der Tür.

Erstaunlicherweise war Gloria tatsächlich allein gekommen, mit einer rosafarbenen Schachtel in der Hand, die zweifellos Tortenpröbchen für irgendeine Hochzeit enthielt. Optisch wie immer makellos und wie aus dem Ei gepellt, aber mit einem misstrauischen und leicht verunsicherten Gesichtsausdruck. Colleen hatte ihrer Mutter in den frühen Morgenstunden eine Nachricht geschickt und sie um ein Gespräch unter vier Augen im Haus gebeten. Fast hatte sie damit gerechnet, dass Gloria nicht auftauchen würde, oder wenn, dann in Begleitung ihrer Anwaltsmeute. Sie hätte es ihr auch kaum verübeln können, nicht nach der krachenden Niederlage, die sie gestern hatte einstecken müssen. Dass Gloria nun ihrem Wunsch gefolgt und allein hier erschienen war, stimmte Colleen zuversichtlich.

»Schön, dass du hier bist«, grüßte sie mit einem Lächeln und öffnete die Tür weit, sodass ihre Mutter eintreten konnte.

Gloria machte zögerlich ein paar Schritte, blieb dann

stehen und sah sich um. »Es hat sich nichts verändert, seit ich das letzte Mal hier war«, sagte sie leise und klang ein wenig verwundert.

»Warum sollte es? Daddy hatte keine ausgeprägte Ader für Interior Design, und außerdem fand er es schön, so, wie es war.« Colleen zuckte mit den Schultern und ging voran in die Küche, wo sie bereits den Tisch gedeckt hatte. »Kaffee?«, fragte sie ihre Mutter und goss auf deren Nicken hin eine Tasse voll ein. Dann nahm sie die Schachtel, arrangierte die Törtchen auf einem Teller und stellte ihn in die Mitte des Tischs. »Nimm bitte Platz.«

»Warum hast du mich hierhergebeten?«, wollte Gloria wissen, als sie sich gesetzt und einen Schluck Kaffee getrunken hatte. »Willst du dich an meiner Niederlage weiden oder mir Vorwürfe machen? Du hast alles, ich habe nichts. Eigentlich müsstest du zufrieden sein.« Sie klang bitter, aber eine Spur anklagend.

»Warum sollte ich zufrieden sein?«, entgegnete Colleen und bemühte sich sehr, ihre Stimme neutral zu halten. Sie wollte loswerden, was sie sich vorgenommen hatte, und möglichst wenig Gefühle zeigen. »Ich habe keine Eltern mehr. Mein Vater ist tot, und meine Mutter wollte mir alles wegnehmen, was von ihm geblieben ist. Ich finde nicht, dass mich das zufrieden machen sollte. Du hast gelogen und mich gedemütigt. Du hast falsche Behauptungen aufgestellt und das Andenken an meinen Vater beschmutzt – das ist nichts, was eine Mutter tun sollte.«

»Ich kann das erklären …«, begann Gloria, doch Colleen winkte ab.

»Danke, aber ich bin im Bilde. Dein Mann hat sich von dir getrennt und dich aus seinem Haus geworfen. Dann gibt's auch noch Schwierigkeiten mit deiner Agentur, sodass du akut ein echtes Liquiditätsproblem hast. Deine Anwälte haben die Situation gecheckt und festgestellt, dass es der vermeintlich einfachste Weg wäre, Daddys Testament anzufechten. Dafür müsstest du mich lediglich als intrigantes Monster hinstellen, das dich in den Ruin treiben wollte, und schon würden dir sein Haus und das Vermögen zugesprochen werden. Total nachvollziehbar, wirklich.«

»Dann verstehst du mich also?« Gloria war für Colleens Sarkasmus offensichtlich völlig taub und hatte sogar den Nerv, hoffnungsfroh zu lächeln.

»Nein, ich verstehe dich nicht, Mutter. Und ich werde dich nie verstehen. Ich gebe zu, dass ich mich in den letzten Jahren auch nicht gerade um ein enges Verhältnis zu dir bemüht habe, doch das lag vor allem daran, dass du dich mir gegenüber nach meinem Ausstieg aus der Agentur und der Trennung von Daddy ziemlich schäbig benommen hast. Das hat mich sehr verletzt – als wäre deine Zuneigung und Liebe an Bedingungen geknüpft. Und die neueste Aktion hat mir endgültig bewiesen, dass ich dir nichts wert bin.«

»Aber …«

»Kein Aber. Ich will nicht mehr mit dir darüber diskutieren. Du bist meine Mutter, du bist die einzige enge Verwandte, die ich noch habe, und ich würde mir wirklich wünschen, dass wir uns wieder annähern – auch wenn ich mir im Moment beim besten Willen nicht vorstellen kann, wie das aussehen soll.« Colleen musste zweimal heftig schlucken. Sie merkte, dass ihre ruhige Fassade zu bröckeln begann und die vielen unterdrückten Emotionen an die Oberfläche brodeln wollten. Trauer. Wut. Verzweiflung.

»Du hast mich also lediglich hierherzitiert, um mir mein Fehlverhalten vorzuwerfen und mir mitzuteilen, dass du nichts mehr mit mir zu tun haben willst?« Glorias Stimme klang eisig.

»Wäre das nicht mein gutes Recht?« Colleen konnte es nicht fassen, dass ihre Mutter offenbar nicht das allergeringste Unrechtsbewusstsein verspürte – oder zumindest nicht zugeben wollte, dass sie schwere Fehler begangen hatte. Doch andererseits wunderte sie das nicht wirklich. Gloria hatte es schon immer bestens verstanden, sich alles so zurechtzureden, dass sie selbst gut dastand.

Als von ihrer Mutter keine Antwort kam, atmete Colleen zweimal tief durch. Ihre Entscheidung hatte sie heute Nacht gefällt – und zwar unabhängig von Glorias Verhalten, deshalb würde sie es jetzt auch durchziehen. »Ich habe dich hergebeten, weil ich dir das Haus überlassen werde.«

»Was?«

»Du kannst es haben. Das war dir doch die ganze Zeit am wichtigsten, nicht wahr?«

»Und was sind deine Bedingungen?«

»Bedingungen?« Colleen lachte freudlos auf. »Warum überrascht mich deine Denkweise nicht? Ich habe keine Bedingungen. Ich will das Haus nicht, und ich brauche es auch nicht. Dir liegt es aus irgendwelchen Gründen sehr am Herzen, auch wenn ich nicht weiß, warum. So viele glückliche Erinnerungen dürftest du damit ja auch nicht verbinden.«

»Ob du es glaubst oder nicht, hier habe ich meine schönsten und besten Jahre verbracht. Als du noch klein warst und ...« Gloria brach ab, als Colleen eine abwehrende Handbewegung machte.

»Wie dem auch sei. Ich werde dir ein lebenslanges Nutzungsrecht einräumen. In der Zeit kannst du mit dem Haus tun und lassen, was du willst. Nach deinem Tod wird es einer Wohltätigkeitsorganisation zufallen, die ich noch aussuchen werde.« Colleen verschränkte die Arme vor der Brust und wartete auf eine Reaktion. Auf Glorias Gesicht spiegelten sich alle möglichen Gefühle, doch ihre Lippen blieben verschlossen. »Weißt du, was? Wenn du mir an meinem Geburtstag einfach erzählt hättest, dass Adam sich von dir getrennt hat, wenn du mich darum gebeten hättest, wieder ins Haus einziehen zu dürfen, hätte ich vermutlich keine Sekunde lang gezögert.«

»Ich habe dich darum gebeten!«, rief Gloria empört.

»Nein, du hast so getan, als sei es dein gutes Recht! Und außerdem wolltest du mich nötigen, wieder in deine Agentur einzusteigen. Mir ist jetzt auch klar, warum. Mein geerbtes Geld hätte deine Probleme mit einem Schlag gelöst. Das wäre die eleganteste Variante für dich gewesen, ganz ohne Anwälte und schmutzige Wäsche. Aber sei's drum, ich mag da gar nicht mehr drüber nachdenken. Morgen früh kommt die Spedition und holt meine Sachen ab, danach kannst du meinetwegen gleich einziehen. Ich werde heute noch Arthur bitten, einen entsprechenden Vertrag aufzusetzen. Sei morgen Mittag um zwölf in der Kanzlei, dann erhältst du die Schlüssel.«

Gloria saß da und wirkte wie vom Blitz getroffen. »Ich weiß nicht, was ich sagen soll.«

»Wenn du schon nicht auf die naheliegendste Antwort kommst, dann verrate mir wenigstens, ob du mein Angebot akzeptierst oder nicht. Anderenfalls werde ich das Haus gleich an eine Organisation spenden.« Colleen erhob sich und hoffte, dass ihre Mutter den subtilen Hinweis, dass das Gespräch beendet war, verstand.

»Und was ist mit dir? Wo wirst du leben?« Gloria saß wie festgenagelt auf dem Stuhl.

»Ich werde nach Schottland ziehen.«

»Etwa in das Kaff, aus dem dein Vater stammt?« Gloria blickte ihre Tochter halb ungläubig, halb verächtlich an.

»Genau. Vielleicht kommst du mich ja mal besuchen? Dann würdest du sehen, wie wunderschön es in Kirkby ist und wie zauberhaft seine Einwohner sind.« Eher würde wohl die Hölle zufrieren, aber sie konnte es ja wenigstens anbieten.

»Wenn du das sagst«, entgegnete Gloria gedehnt und fügte nach einem sichtbaren inneren Kampf mit sich selbst hinzu: »Ich nehme das Angebot mit dem Haus an. Danke. Und ich hoffe, dass du meine Beweggründe irgendwann einmal nachvollziehen kannst.«

»Das hoffe ich nicht. Denn falls ich jemals das Glück haben sollte, selbst Mutter zu werden, dann will ich mein Kind bedingungslos lieben – egal, was passiert.«

Gloria schüttelte leicht den Kopf, erwiderte aber glücklicherweise nichts mehr, sondern stand auf. »Ich hätte es wirklich schön gefunden, mit dir zusammenzuarbeiten, aber wenn du nicht willst, akzeptiere ich das.«

»Gut. Dann sehen wir uns morgen um zwölf?«

Als ihre Mutter daraufhin nur nickte und das Haus verließ, fühlte sich Colleen unendlich erleichtert. Ihr Blick fiel auf die aufwendig dekorierten Mini-Törtchen, die Gloria mitgebracht hatte, und weil es jammerschade gewesen wäre, sie verderben zu lassen, biss sie herzhaft in das erstbeste hinein. Es war von unschuldigem Weiß umhüllt und mit silberfarbenen Zuckerperlen verziert, aber im Inneren verbarg sich ein überraschend dunkler Schokoladenkuchen mit einem Kern aus einer süßlich-scharfen Ingwer-Creme. Sie lächelte, denn irgendwie war dieser Kuchen ein Symbol für ihr derzeitiges Leben. Unter harmlos wirkenden Oberflächen verbargen sich oftmals die interessantesten Eigenschaften. Sie ging in den Flur und betrachtete sich im großen Spiegel. Sie sah müde aus, doch ihre grünen Augen blitzten entschlossen, und sie wusste, dass in ihr eine Kraft schlummerte, die ihr wohl kaum jemand zugetraut hätte. Am wenigsten sie selbst. Sie hatte einen großen Schritt gemacht und war zuversichtlich, dass die nächsten auch in die richtige Richtung führen würden.

Sie schnappte sich ihr Telefon und unterrichtete Arthur von ihren Plänen. Und dann buchte sie sich einen Flug zurück nach Hause.

KAMPFANSAGEN

»WAS WIRST DU TUN?«, FRAGTE MARLIN seinen Sohn am späten Donnerstagabend.

Gestern hatte Alex das Gespräch zwischen Zoe und Aidan belauscht, hatte aber keinen der beiden darauf angesprochen. Nicht Aidan, als er ihn am Abend ins Bett gebracht hatte, und auch nicht Zoe und Dylan, die zum Essen irgendwohin gefahren waren und die er glücklicherweise nicht mehr zu Gesicht bekommen hatte. Die beiden waren auch heute den ganzen Tag unterwegs gewesen – wo und was sie getan hatten, wusste er nicht, aber auch Aidan hatte sie nicht getroffen. Sein Sohn war nach der Schule beim Fußballtraining gewesen und hatte anschließend – wie so oft – den Nachmittag bei seinem besten Freund Josh verbracht. Beim Abendessen hatte er ganz normal gewirkt, und in Alex wuchs die leise Hoffnung, dass seine Sorge völlig unbegründet war. Sein Vater sah das wohl anders.

»Was soll ich schon machen? Wahrscheinlich wird gar nichts passieren. Ich schätze mal, Zoe und Dylan haben festgestellt, dass ein Zwölfjähriger doch nicht so gut in ihr Lebenskonzept passt.«

»Oder sie waren heute bei einem Anwalt oder im amerikanischen Generalkonsulat in Edinburgh, um sich zu informieren, ob sie Aidan legal in die USA mitnehmen können.« Marlin kratzte sich am Bart und sah Alex mit seinem stechenden Blick an. »Ich kann nicht glauben, dass du sie nicht zur Rede gestellt hast. Hast du wenigstens endlich Angus oder einen seiner Familienrechtsanwälte angerufen – für den Fall der Fälle?«

»Was Zoe betrifft, wollte ich nicht die Pferde scheu machen«, behauptete Alex und merkte selbst, wie wenig überzeugend er klang. Die Wahrheit war, dass er Angst hatte. Und schlicht zu feige war. »Ich hatte fast das Gefühl, sie hat es absichtlich so arrangiert, dass ich ihr Gespräch mit Aidan mithöre. Vermutlich wollte sie mich einfach provozieren und aus der Reserve locken. Und was die Anwaltssache angeht, da habe ich ja keinen konkreten Anlass. Das Rechtliche ist ganz klar: Aidan ist auch amerikanischer Staatsbürger, und Zoe ist seine Mutter. Natürlich könnte sie ihn problemlos mitnehmen – zumal wir die Sorgerechtsfrage nie offiziell geklärt haben. Mein Kumpel Patrick ist der Meinung, dass ich zwar de facto das Sorgerecht habe, weil es sich über all die Jahre so etabliert hat, aber theoretisch könnte Zoe das wohl problemlos anfechten.« Er zuckte mit den Schultern.

»Und das nimmst du einfach so hin?«, polterte Marlin fassungslos. »Du würdest zulassen, dass dir deine Ex dein Kind wegnimmt, für das sie sich zwölf Jahre lang kein bisschen interessiert hat? Was ist los mit dir? Ich kann mich nicht erinnern, dass ich dich zu einem derart rückgratlosen Feigling erzogen habe!«

»Das hat nichts mit mangelndem Rückgrat zu tun«,

verteidigte sich Alex halbherzig, obwohl seine innere Stimme Marlins Empörung teilte. »Natürlich will ich nicht, dass Aidan in die USA zieht, aber ich kann doch nicht über sein Leben bestimmen. Wenn er die Chance hat, mit seiner Mutter zusammenzuleben, und er das auch will, welches Recht habe ich dann, ihn daran zu hindern?«

»Herrgott noch mal, Aidan ist zwölf! Er ist ein Kind, und es ist nicht nur dein Recht, sondern auch deine verdammte Pflicht, zu entscheiden, wo er leben soll. Er kennt seine Mutter doch gar nicht wirklich – und sie ihn auch nicht. Selbstverständlich findet er die Vorstellung cool, bei ihr zu leben. Aber ich schätze, er denkt dabei vor allem an Disneyland-Besuche und Basketballspiele. Er hat doch keine Ahnung, wie sein Alltag wäre. Er kennt dort niemanden, hat keine Freunde – nichts! Du musst ihn vor seinen eigenen Fantasien schützen!«

»Ach, so wie du es bei uns getan hast?«, entgegnete Alex ärgerlich. Er hatte immer ein recht gutes Verhältnis zu seinem Vater gehabt, war aber nicht überzeugt, dass dessen pädagogische Fähigkeiten tatsächlich so herausragend waren. Wenn er an die schlimmen Auseinandersetzungen dachte, die Marlin speziell mit seinem jüngsten Sohn Lennox gehabt hatte …

»Worauf willst du hinaus? Ich habe immer das getan, was ich für richtig hielt. Mein Ziel war immer, euch zu schützen und euch ein sicheres und stabiles Zuhause zu bieten.«

»Ich schätze mal, das würde Lennox anders interpretieren.« Alex verspürte gerade große Lust, einen Streit mit seinem Vater anzuzetteln. Auch wenn der nicht der richtige Adressat für seine heftigen Gefühle war, würde es ihm sicher etwas von dem Druck nehmen.

Doch sein alter Herr ließ sich nicht darauf ein. »Netter Versuch, Sohn, wirklich.« Marlin schüttelte mit einem leichten Schmunzeln den Kopf, wurde dann aber wieder vollkommen ernst. »Ich habe nie behauptet, perfekt zu sein. Aber ich war immer für euch da und habe mein Bestes gegeben. Und um mich geht es gerade ja gar nicht. Es geht um dich und um deinen Sohn! Ich verstehe nicht, wie du so passiv sein kannst. Du musst mit Aidan sprechen und auch mit Zoe. Ich trau ihr keinen Millimeter weit über den Weg.«

»Ach, und wer bemüht sich neuerdings morgens immer in den Frühstücksraum, um den Gästen einen schönen Tag zu wünschen, und kommt dann mit einem seligen Lächeln zurück in die Küche?«

»Das stützt nur meine These, dass sie eine Manipulatorin und Schauspielerin ist.«

»Das ist ihr verdammter Beruf! Ich glaube aber nicht, dass ihre Freundlichkeit Show ist. Zoe ist im Grunde ihres Herzens eine liebevolle Frau. Warum sonst wäre ich damals mit ihr zusammengekommen?«

»Was weiß ich? Vielleicht hat sie dich verhext, oder sie ist toll im Bett? Ja, ich gebe zu, ihre Schmeicheleien gefallen mir. Ich mag auch ihren Freund. Dieser Dylan ist ein sehr netter Typ – aber ich bleibe dabei, dass das alles nicht echt ist. Colleen dagegen ist echt. Sie hat es nicht nötig, sich bei uns einzuschleimen oder uns zu manipulieren. An

ihr ist alles echt. Ihre Freundlichkeit, ihre Warmherzig-
keit – einfach alles.«

»Du hast vergessen, dass Colleen weg ist«, grollte Alex.
Der Schmerz, weil sie ihn verlassen hatte, war immer noch
übermächtig stark. Ja, an Colleen schien alles echt zu sein,
aber er hatte sich trotzdem in ihr getäuscht. Was sollte er
noch glauben? Wem vertrauen?

»Hast du schon mal in Erwägung gezogen, zu kämpfen?«, fragte Marlin milde.

»Zu kämpfen?«

»Ja, zu kämpfen. Wie ein Mann! Um deinen Sohn, um
Colleen, aber vor allem für dich selbst. Du redest dir ein,
dass Colleen dich verlassen hat, obwohl du dir nicht die
Mühe gemacht hast, die Gründe für ihre überstürzte Ab-
reise rauszufinden. Und in deiner romantischen Mutter-
Verklärung redest du dir weiter ein, dass Aidan bei deiner
Ex glücklicher werden könnte. Hast du denn überhaupt
keine Eier in der Hose?«

»Klar, dass du wieder dein anachronistisches Männer-
bild bemühen musst«, fuhr Alex seinen Vater an, obwohl
dessen Argumente ihn durchaus getroffen hatten. »Ich bin
nicht so egozentrisch, dass ich mir einbilde, die Sonne
müsste um mich kreisen. Ich respektiere die Entscheidungen anderer Menschen.«

»Das hat weder was mit Anachronismus noch mit Ego-
zentrik zu tun. Es geht zunächst einmal darum, den eigenen Standpunkt deutlich zu machen. Dann hört man sich
den Standpunkt der anderen Partei an, und dann findet
man einen Kompromiss, mit dem alle leben können.«

»Ich kann mir nicht vorstellen, wie ein solcher Kompromiss hier aussehen sollte. Colleen will nicht bei uns leben, sondern ist nach Boston zurückgekehrt. Wo ist da Raum für einen Kompromiss? Soll ich ihr etwa hinterherfliegen?«

»Zum Beispiel. Aber vielleicht fragst du sie erst einmal nach ihren Gründen? Kann ja sein, dass sie nur etwas erledigen musste. Aber in deinem verbohrten, von Vorurteilen dominierten Hirn hat sich die Überzeugung festgesetzt, dass sie dich verlassen hat und nie zurückkommen wird. Das finde *ich* anachronistisch und egozentrisch. Es kann doch sehr gut sein, dass ihr Verhalten nicht das Geringste mit dir zu tun hat. Aber du nimmst es gleich persönlich. Du bist stur, bockig und vollkommen irrational! Und es ist eine Sache, wenn du das mit Colleen verbockst – nicht, dass ich das jemals gutheißen könnte –, aber eine ganz andere Sache wäre es, wenn du einfach zulassen würdest, dass man uns Aidan wegnimmt!«

Peng, das saß. Alex sackte in seinem Sessel zusammen. Sein Vater hatte einige sehr wunde Punkte getroffen. Ja, er wusste, dass er etwas unternehmen sollte. Irgendwas. Doch er fühlte sich wie gelähmt.

»Nimm das Telefon und ruf Angus an!«, forderte Marlin.

»Es ist elf Uhr abends, da kann ich doch unmöglich anrufen«, protestierte Alex halbherzig. Himmel, was war er bloß für ein entsetzliches Weichei!

»Könntest du bestimmt, der alte Zausel macht doch ständig Nachtschichten«, behauptete Marlin. »Aber noch schlauer wäre es, wenn du deinen Cousin Ian anrufst. Der sitzt in San Francisco und kennt sich zweifellos viel besser mit amerikanischem Recht aus. Da dürfte es jetzt irgendwann am Nachmittag sein, also ganz normale Arbeitszeit. Wenn du mit ihm durch bist, melde dich bei Colleen und kläre das mit ihr, und morgen früh ist Zoe fällig!« Marlin atmete schwer und stand dann auf. »Ich geh jetzt ins Bett, aber wenn du mich brauchst, kannst du mich jederzeit wecken.«

»Danke, Dad«, murmelte Alex. »Für alles. Ich werde jetzt Ian anrufen, und dann sehen wir weiter.«

● ● ●

Colleen fühlte sich wie befreit. Heute Morgen hatte die Spedition vereinbarungsgemäß all ihre Sachen abgeholt, und auch die Schlüsselübergabe mit ihrer Mutter war ohne Drama über die Bühne gegangen. Gloria war in Begleitung eines Anwalts in der Kanzlei erschienen, der den Vertrag überprüft und nichts zu beanstanden gehabt hatte. Dann hatte sie sich mit einer etwas steifen Umarmung von ihrer Tochter verabschiedet und ihr die kleine Tiffany-Schachtel überreicht, die sie schon als Geburtstagsgeschenk vorgesehen hatte. Darin befand sich ein silbernes Gliederarmband mit einem Herzanhänger – ein Klassiker aus der New Yorker Schmuckschmiede und exakt das Stück, das Colleen sich mit Anfang zwanzig sehr gewünscht, aber nie bekommen hatte. Inzwischen hatte sich ihr Geschmack deutlich geändert, aber sie hatte sich trotzdem über die Geste gefreut.

Anschließend war sie mit Arthur noch in ein zauberhaftes Café gegangen und hatte einen sündhaft cremigen Käsekuchen gegessen. Nach der Törtchen-Orgie – sie hatte sich seit gestern ausschließlich von Kuchen ernährt – war ihr langsam nach etwas Herzhaftem. Wenn sie die Augen schloss, träumte sie von Shepherd's Pie und Haggis – sogar der gruselige Black Pudding erschien ihr plötzlich recht attraktiv.

Noch ein paar Stunden, dann war sie endlich zu Hause. Sie seufzte und sah aus dem Fenster am Gate. Noch eine Stunde bis zum Abflug. Leider hatte sie auch diesmal keinen Direktflug bekommen, sondern musste in Dublin umsteigen. Aber immerhin spielte das Wetter anscheinend mit, und planmäßig würde sie um kurz nach acht Uhr morgens in Edinburgh landen. Sie hatte überlegt, ob sie jemandem Bescheid geben sollte. Alex hatte gestern Nachmittag versucht, sie anzurufen, aber da war sie gerade bei Arthur in der Kanzlei gewesen und hatte mit ihm die Details des Vertrags über die Nutzungsrechte am Haus besprochen. Ihr Handy hatte in der Zeit stummgeschaltet in ihrer Handtasche gelegen. Als sie seinen Anruf entdeckt hatte, war es bei ihr früher Abend gewesen und bei Alex mitten in der Nacht. Aus diesem Grund hatte sie auch nicht geantwortet. Und weil sie nicht wollte, dass ihr erstes echtes Lebenszeichen die Bitte war, sie in Edinburgh abzuholen. Auch Collum hatte sie nicht informiert, obwohl der unter Garantie gern gekommen wäre, doch sie wollte seine Gutmütigkeit nicht über Gebühr ausnutzen.

Also würde sie wieder mit dem Zug nach Inverness und dann mit dem Bus nach Kirkby fahren – genau wie vor gut drei Monaten. Damit wäre der Kreis dann geschlossen, und sie konnte endgültig das nächste Kapitel ihres Lebens beginnen.

● ● ●

»Was sind deine Pläne, Zoe?« Am späten Freitagvormittag hatte Alex endlich die Gelegenheit, ein Gespräch mit Zoe zu führen. Er hatte sie und Dylan auf dem Weg zu ihrem lächerlichen Angeber-SUV entdeckt.

»Jetzt gerade? Aidan von der Schule abzuholen«, entgegnete sie nonchalant.

»Aidan hat noch zwei Stunden Unterricht«, erklärte Alex. »Und er kann mit dem Bus heimkommen. Wir müssen uns unterhalten.«

Zoe warf Dylan einen fragenden Blick zu. Der nickte unmerklich, und seufzend wandte sie sich wieder an Alex: »Na schön. Dann lass uns reden.«

»Nicht hier draußen«, sagte Alex. »Lasst uns ins Haus gehen.«

Mit einem forcierten Seufzer ließ Zoe die Autotür zuknallen und folgte Alex. »Das Wetter ist wirklich eine Katastrophe«, beklagte sie sich. »Ist das immer so?«

»Meistens«, brummte Alex. Er hatte keine Lust, über das schottische Wetter zu sprechen, das momentan besonders ungemütlich war – nass und stürmisch. Er bat Zoe und Dylan in die Bibliothek und kam kurze Zeit später mit frisch aufgebrühtem Tee und einem Teller mit Shortbread zu ihnen.

»Willst du mir jetzt bitte mal verraten, was du vorhast?«,

fragte er ohne weitere Vorrede. »Und erzähl mir nichts von Erholungsurlaub oder Sehnsucht nach Aidan, immerhin wart ihr gestern den ganzen Tag ohne ihn unterwegs.«

»Natürlich sind wir wegen Aidan hier! Weshalb sonst? Und du solltest dich freuen, denn schließlich hast du mir jahrelang in den Ohren gelegen, dass ich mich mehr um ihn kümmern soll.«

»Wie Kümmern sieht das aber nicht aus.«

»Wenn du dich nicht geweigert hättest, ihn von der Schule zu befreien, dann hätte ich schon viel mehr Zeit mit ihm verbringen können«, entgegnete Zoe anklagend.

»Aidan kann es sich nicht leisten, Unterricht zu verpassen. Er ist leider nicht der allerbeste Schüler.«

»Vielleicht ist diese Wald-und-Wiesen-Schule hier auch nur nicht der geeignete Ort für ihn?« Zoe schlug ihre langen Beine übereinander und sah Alex provozierend an.

»Es ist die einzige weiterführende Schule hier in der Umgebung. Meine Geschwister und ich haben sie auch besucht.« Alex fragte sich, warum er so defensiv klang.

»Das erklärt natürlich eine Menge …« Zoes sarkastischer Tonfall brachte ihn fast zur Weißglut, doch sie fuhr fort: »Mir wäre es schon wichtig, dass mein Sohn die bestmögliche Ausbildung bekommt. Das ist hier aber offensichtlich nicht machbar.«

»Ich werde ihn ganz sicher nicht gegen seinen Willen in ein Internat stecken – und Aidan will lieber zusammen mit seinen Kumpels hierbleiben.«

»Aidan weiß doch gar nicht, was gut für ihn ist. Du hast ihn hierher verschleppt und ihn damit nicht nur seiner

Mutter entzogen, sondern ihn auch einer guten Zukunft beraubt.« Sie sprach ganz ruhig, aber Alex hörte die Drohung zwischen den Zeilen sehr wohl.

»Dass du ernsthaft den Nerv hast, solche Behauptungen auszusprechen, ist schon ein starkes Stück«, presste er mühsam beherrscht hervor.

»Ich finde, das ist ein stichhaltiges Argument«, mischte sich nun Dylan ein. »Zoe hatte damals eine einmalige Karrierechance. Sie musste dafür von New York an die Westküste ziehen. Du hättest ihr folgen können. Hotels gibt's schließlich überall. Aber du hast es vorgezogen, euer gemeinsames Kind außer Landes und somit außerhalb des mütterlichen Einflussbereichs zu bringen. Das könnte man als Gewaltakt bezeichnen – Stichwort Kindesverschleppung.«

Alex starrte den smarten Sportreporter einen Moment lang sprach- und fassungslos an, dann blaffte er: »Du hast hier wirklich gar nichts zu melden! Kindesverschleppung – ich fass es nicht! Die gute Zoe hat wohl zu erwähnen vergessen, dass ich auf der Stelle mit ihr an die Westküste gezogen wäre. Ich hatte sogar schon einen Job in Los Angeles in Aussicht, aber sie hat sich vehement dagegen gewehrt.«

»Das ist vielleicht deine Wahrheit«, unterbrach ihn Zoe. »Meine Wahrheit ist eine ganz andere. Du hast mich gezwungen, mich zwischen Karriere und Kind zu entscheiden, was hätte ich denn tun können? Ich war komplett mittellos und dachte mir, dass es gut wäre, erst etwas Geld zu verdienen, damit ich mich um mein Kind kümmern könnte. Als es endlich so weit war, warst du mit Aidan über alle Berge und in Schottland.« Sie schaffte es tatsächlich, einige Tränen zu produzieren, die ihr äußerst dekorativ über die Wangen liefen und Dylan zu größter Ritterlichkeit motivierten.

»Nicht weinen, Liebling«, tröstete er und nahm sie in den Arm. »Lass dich nicht provozieren, die Anwälte sagen doch ganz klar, dass das Recht auf unserer Seite ist.«

Damit war die Katze also aus dem Sack, und Marlin, der alte Fuchs, hatte den richtigen Riecher bewiesen. »So? Sagen sie das?« Alex' Stimme war eisig. »Und was sagen sie dazu, dass Aidan seit inzwischen acht Jahren hier lebt und seine Mutter es in der Zeit kein einziges Mal für nötig gehalten hat, ihn auch nur zu besuchen? Während der letzten drei Jahre hat sie es sogar fertiggebracht, zu verhindern, dass ich ihr Aidan in die USA oder an irgendeinen anderen Ort auf dieser Welt bringe, damit er seine Mutter mal sehen kann. Das hat sie dir und ihren Anwälten wohl nicht so geschildert, was? Wie lange kennst du sie? Vier Monate, ein halbes Jahr? Tut mir leid, dass ich es nicht so genau weiß, aber ich treibe mich nur ganz selten auf irgendwelchen Promi-Klatschportalen herum, und Aidan weiß von deiner Existenz offiziell auch erst, seit ihr hier am Dienstag aufgeschlagen seid. Sei mir nicht böse, aber du bist definitiv nicht qualifiziert, auch nur einen Satz zu unserer Familiensituation zu sagen!«

»Sprich nicht in diesem Ton mit meinem Verlobten«, fauchte Zoe. »Mal abgesehen davon, dass das alles komplett irrelevant ist. Ich bin Aidans Mutter und habe genau die gleichen Rechte wie du – mit dem Unterschied, dass die meisten amerikanischen Gerichte mutmaßlich zu meinen Gunsten entscheiden würden. Willst du es wirklich darauf ankommen lassen?«

»Es wird nicht nötig sein, dass sich ein amerikanisches Gericht mit unserem Fall beschäftigt. Wir befinden uns nämlich in Großbritannien, falls dir das noch nicht aufgefallen ist. Aidan lebt hier, und daran wird sich auch nichts ändern.« Alex hatte große Mühe, wenigstens einigermaßen ruhig zu bleiben. Er hatte letzte Nacht noch lang mit Ian telefoniert, der ihm einige hilfreiche Tipps hatte geben können. Solange Aidan hier bei ihm war, konnte Zoe nicht viel machen. Anders wäre die Situation, wenn sie es schaffte, ihn mit in die USA zu nehmen. Doch das konnte sie vergessen. Sein Sohn würde keinen Schritt außer Landes tun, ehe die Sorgerechtsfrage nicht ein für alle Mal und abschließend zu seinen Gunsten geklärt war. Zur Sicherheit hatte er sowohl den britischen wie auch den amerikanischen Pass von Aidan heute früh im Safe eingeschlossen.

»Alex, jetzt sei doch nicht so.« Zoes Tonfall wechselte prompt zu weich und zugänglich. »Ich will auch keinen Prozess riskieren, das würde ich meinem Kind niemals antun. Ich will nur das Beste für ihn. Hätte ich geahnt, unter welchen Umständen er hier leben muss, hätte ich nie zugelassen, dass er mit dir nach Schottland geht. Hier gibt es nichts für einen aufgeweckten Jungen in seinem Alter. Die wahrscheinlichste Karriere wäre Schulabbrecher und Gelegenheitsjobber. In Los Angeles dagegen hätte er alle Möglichkeiten. Er würde die besten Lehrer bekommen, könnte die unterschiedlichsten Dinge ausprobieren – Sportarten, Musikunterricht, Kunst, Technik. Einfach alles, was ihn interessiert. Er hätte die Gelegenheit, seine Talente zu entfalten – ohne jede Einschränkung. Ich kann nicht glauben, dass du ihn so wenig liebst, dass du ihm diese Chance verwehren würdest.«

Ein Leberhaken hätte nicht schmerzhafter sein können. Alex rang um Atem. Er wusste, dass Zoe versuchte, ihn zu manipulieren, aber er wusste auch, dass sie in einigen Punkten recht hatte. Hier in den Highlands waren die Möglichkeiten für Kinder und Jugendliche tatsächlich beschränkt. Die meisten kamen mit dem Schulsystem klar, aber einige fielen durch das Raster, und deren Zukunft sah dann in der Tat so aus, wie Zoe es beschrieben hatte. Wollte er das? Könnte er es sich verzeihen, seinem Sohn die Chance auf eine freie Entfaltung zu verwehren? Gut, es gab keinerlei Anzeichen dafür, dass Aidan ernsthafte Schwierigkeiten drohten, aber völlig von der Hand zu weisen war die Überlegung nicht.

»Vielleicht solltest du mal offen mit Aidan sprechen«, fuhr Zoe mit verständnisvoll-sanfter Stimme fort – nur um ihm dann den Todesstoß zu versetzen. »Er liebt dich und würde dich nie verletzen, aber er hat auch Träume. Du hast mir immer vorgeworfen, dass ich keine gute Mutter für ihn war. Wahrscheinlich hattest du damit auch recht. Aber jetzt will ich es wirklich versuchen, will alles gutmachen und für ihn da sein. Er war zwölf Jahre bei dir, und jetzt möchte er Zeit mit mir verbringen. Willst du ihm das wirklich verbieten?«

Alex wusste auch Stunden später noch nicht, was er denken und wie er sich fühlen sollte. Alles in ihm war ein einziger roher Schmerz. Zoe hatte ihm großzügig ein paar Tage Bedenkzeit angeboten – doch würde das etwas ändern? Sein Herz schrie laut und panisch Nein!, aber sein Kopf sagte, dass er nicht egoistisch sein durfte. Falls Aidan wirklich bei seiner Mutter leben wollte, dann würde er das nicht verhindern, auch wenn es seine Seele endgültig zugrunde richten würde.

Er hatte nach dem Abendessen mit Aidan gesprochen und ihn klar gefragt, ob er lieber mit Zoe und Dylan in Kalifornien leben wollte statt bei ihm in Kirkby. Der Junge war Feuer und Flamme gewesen, hatte von Sport-Events und Disneyland geschwärmt – auch das hatte Marlin ja letzte Nacht prophezeit – und sich in den buntesten Farben ausgemalt, wie cool sein Leben mit einem Schlag sein würde. Alex war klar, dass sein Sohn die Tragweite dieser Entscheidung nicht im Ansatz erfassen konnte. Wie denn auch? Er war ein zwölfjähriges Kind und hatte überhaupt keine Vergleichsmöglichkeiten. Aidan hatte sogar gesagt, dass er ja jederzeit wieder zurück nach Schottland kommen könne, wenn es ihm doch nicht so gut gefallen würde, wie er glaubte. Aber Alex wusste, dass dies unmöglich war. Zoe würde zweifellos sofort die Sorgerechtsfrage klären lassen, sodass allein sie bestimmen konnte, wo sich Aidan aufhalten durfte. Er ärgerte sich, dass er selbst das all die Jahre nie getan hatte.

Als Aidan eingeschlafen war, hatte er sofort wieder Ian angerufen und seinen Cousin von den neuesten Entwicklungen in Kenntnis gesetzt. Ian hatte ihm geraten, Ruhe zu bewahren und keine überstürzten Entscheidungen zu treffen. Wenn das mal so einfach wäre. Alex vergrub sein Gesicht in den Händen und rieb sich dann die Augen. Er war todmüde und hatte trotzdem Angst davor, ins Bett zu gehen und zu schlafen. Ian wollte Erkundigungen einziehen und Möglichkeiten ausloten und sich dann so schnell wie möglich wieder bei ihm melden. Alex selbst hatte beschlossen, darauf zu bestehen, dass Aidan das aktuelle Schuljahr beendete. Das wäre zumindest eine Chance, Zeit zu gewinnen – in einem Spiel, das sich anfühlte, als hätte er es schon verloren.

• • •

Es war genauso grau, nass und kalt wie vor drei Monaten, als sie zum ersten Mal mit dem Bummelbus von Inverness nach Kirkby gefahren war. Sie war auch genauso übernächtigt wie damals, doch im Gegensatz zu Ende Oktober fühlte sich Colleen nun von Minute zu Minute beschwingter und leichter. Gleich würde sie zu Hause sein, in ihrer Seelenheimat, an ihrem Kraftort und zukünftigen Lebensmittelpunkt. Sie wollte in Kirkby bleiben und mit Alex in eine strahlende Zukunft gehen. Denn seltsamerweise waren ihr mit jeder Flugmeile, die sie sich von Boston entfernt hatte, auch alle diffusen Zweifel abhandengekommen. Sie liebte Alexander Fraser mit jeder Faser ihres Herzens und hatte keine Scheu mehr, ihm das auch genau so zu sagen. Sie wollte nicht in eine Wohnung oder zu Betty ziehen, sondern ab sofort immer an seiner Seite bleiben –

und das würde sie dem sturen Schotten gleich als Aller-
erstes mitteilen!

Und danach würde sie herausfinden, was es mit Zoe
Rutherford auf sich hatte. Auf dem Flug hatte sie nämlich
ein brandaktuelles *People*-Magazin durchgeblättert und
war über eine Homestory gestolpert. »Bereit für mein neues
Leben«, so war die Geschichte betitelt, in der Zoe und ihr
Verlobter Dylan Craig über ihre Zukunftspläne sprachen.
Die Serie, in der Zoe zehn Jahre lang eine Hauptrolle gespielt hatte, würde nach der aktuell laufenden Staffel nicht
weiter fortgesetzt werden. Colleen kannte sich mit den
Gepflogenheiten in Hollywood nicht besonders aus, aber
selbst ihr war klar, dass das für eine siebenunddreißigjäh-
rige Schauspielerin, die nie etwas anderes gemacht hatte,
als diese Rolle auszufüllen, keine guten Nachrichten sein
konnten. Die ganze Story schrie nach Aufmerksamkeit.
»Bei uns dreht sich ab sofort alles um die Familie!«, hatte
Zoe im Interview gesagt und freimütig von der Leihmutter berichtet, die im Frühsommer ihr Baby zur Welt bringen würde. Vorher sollte noch die Hochzeit stattfinden
und »endlich mein älterer Sohn bei mir einziehen«.

Bei diesem Satz hatte Colleen gestutzt. Damit konnte
ja wohl nur Aidan gemeint sein. Und Aidan hatte in seiner
WhatsApp-Nachricht erwähnt, dass seine Mutter zu Besuch war. Colleen hatte die Zugfahrt von Edinburgh nach
Inverness dafür genutzt, sämtliche Social-Media-Kanäle
der Schauspielerin daraufhin zu checken, ob sie da ähnliche Töne anschlug. Und tatsächlich. Auf Instagram hatte
Zoe Fotos von sich und Dylan gepostet, wie sie durch

Schottland reisten. Schnappschüsse aus Edinburgh, einige aus irgendwelchen Restaurants und Pubs und zwei mit Aidan drauf. Immerhin hatte sie da den Anstand bewiesen, den Jungen nur von hinten beziehungsweise so verschwommen aufzunehmen, dass man ihn nicht erkennen konnte, aber der rote Schopf war unverwechselbar. Colleen fragte sich, ob Alex davon wusste und wie er zu der kruden Idee stand, Aidan bei Zoe in Kalifornien leben zu lassen.

Als sie am Dorfplatz von Kirkby aus dem Bus stieg und ihren schweren Koffer heraushievte, atmete sie auf und sog die würzige Luft tief in ihre Lunge. Sie lachte, als eine heftige Böe ihr Regen ins Gesicht blies. Vor ein paar Monaten hätte sie das noch fürchterlich gefunden, doch heute erschien ihr diese erfrischende schottische Taufe als angemessene Begrüßung. Eilig machte sie sich auf den Weg, nach Harriswood House waren es nur ein paar Minuten.

»Ich bin wieder da!«, rief sie laut, als sie kurze Zeit später das Haus betrat und ihren nassen Mantel ausschüttelte. »Jemand zu Hause?«

Ihr Ruf wurde fast umgehend von fröhlichem Gebell beantwortet, und gleich darauf kam Tito mit klackernden Krallen aus der Küche angerannt und sprang begeistert an ihr hoch. »Na, mein Süßer, freust du dich?« Sie beugte sich hinunter und streichelte das enthusiastische Tier.

»Colleen!«, rief im nächsten Moment Aidan und kam fast ebenso schnell angeflitzt wie der kleine Terrier. Sie breitete die Arme aus, und der Junge umarmte sie stürmisch. »Das ist so cool, dass du wieder hier bist. Tilly hat dich total vermisst, du musst sie unbedingt sofort besuchen. Und außerdem ist meine Mum hier und ...« Er verstummte, als er Schritte hinter sich hörte. Alex war ebenfalls aufgetaucht und starrte sie mit einem schwer lesbaren Blick an.

»Hallo, Alex«, sagte sie und merkte, wie ihr Herz heftig zu pochen anfing. Nach diesem Moment hatte sie sich so sehr gesehnt und sie hoffte, dass er einfach zu ihr kommen und sie in seine Arme schließen würde.

»Was tust du hier?«, fragte er mit seltsam belegter Stimme.

Das war nicht die Reaktion, die sie sich erhofft hatte. »Ich bin wieder zu Hause?«, erwiderte sie, doch es klang wie eine Frage.

»Zu Hause?«

»Ähm, ich geh mal wieder in die Küche«, sagte Aidan, der die merkwürdige Spannung zwischen seinem Vater und Colleen offensichtlich bemerkt hatte. »Komm mit, Tito!«

Colleen schluckte. »Zu Hause! Jedenfalls dann, wenn ich hier noch erwünscht bin.«

»Ich habe nicht damit gerechnet, dich noch einmal wiederzusehen«, krächzte Alex. Es klang, als koste ihn jedes Wort ungeheure Mühe, und in seinen Augen blitzten alle möglichen Emotionen auf. Schmerz, Freude, Fassungslosigkeit.

Colleen schloss kurz die Augen. Mit dieser Reaktion hätte sie niemals gerechnet, und sie verunsicherte sie zutiefst. Doch dann erinnerte sie sich an ihren Vorsatz, und sie trat näher zu ihm. »Alexander Fraser, ich liebe dich! Ich weiß nicht, warum du so überrascht bist, mich zu sehen, aber ich liebe dich trotzdem. So sehr, dass ich gleich darum flehen werde, geküsst zu werden.«

»Aber du hast mich verlassen!«, rief Alex, und es klang wie der Schmerzenslaut eines verwundeten Tiers.

Was? Wie kam er denn bitte schön auf diese Idee? »Ich hab dich nicht verlassen! Ich musste nach Boston, weil meine Mutter versucht hat, mir alles wegzunehmen, was mir mein Vater hinterlassen hat. Ich habe Aidan von dem Rechtsstreit erzählt. Nicht in allen Details, aber dass es wichtig für mich war. Hat er das nicht erwähnt? Wäre ich nicht zum Gerichtstermin erschienen, wäre es meiner Mutter vermutlich auch gelungen. Aber das ist alles geklärt. Dieses Kapitel meiner Vergangenheit ist abgeschlossen, ich bin jetzt hier. Bei dir. Wenn du mich noch willst.« Sie fühlte, wie Tränen aufstiegen. Wie konnte er das nur so falsch verstanden haben?

»Aidan hat nichts gesagt, und du hast mir nur eine dürre Nachricht geschickt. Was hätte ich denn denken sollen?«

»Na, dass ich etwas erledigen muss. Ich hatte dich nicht erreicht, sonst hätte ich dir alles auseinandergesetzt, aber wie hätte ich das in einer Sprach- oder Textnachricht tun sollen? Du hättest mir ohnehin nicht helfen können, weil ich die Angelegenheit alleine regeln musste. Ich hab dir doch geschrieben, dass du dir keine Sorgen machen sollst und ich dir alles erklären werde.« Sie wischte sich die Tränen von der Wange, die sich nun unaufhaltsam ihren Weg bahnten. Er schüttelte verständnislos den Kopf. »Hier ist der einzige Ort, an dem ich sein möchte, aber wenn du mich nicht mehr willst, werde ich zu Betty ziehen oder mir eine eigene Wohnung suchen. Ich werde nicht mehr nach Boston zurückkehren, ich gehöre hierher, nach Kirkby.« Den letzten Satz schluchzte sie nur noch.

»Oh Gott, Colleen«, rief Alex mit erstickter Stimme und riss sie dann so heftig an sich, dass sie ins Straucheln kam. »Ich bin ein solcher Idiot«, raunte er in ihr Haar. »Ich war so sicher, dass du mich verlassen hast, wie mich alle Frauen früher oder später verlassen. Aber ich hätte es besser wissen müssen.«

»Ja, hättest du«, sagte sie, gegen seine Brust gepresst. »Ich liebe dich doch, weißt du das nicht?«

»Doch, wahrscheinlich wusste ich es die ganze Zeit, aber weil du es nie gesagt hast …«

»Du hast es auch nie gesagt.«

»Aber du hast trotzdem geglaubt, dass ich dich liebe?«

»Natürlich«, antwortete sie, und dann endlich küsste er sie – und dieser Kuss war besser als jede Fantasie.

Colleen war endlich und unumkehrbar daheim.

Am nächsten Morgen schien die Sonne. Nicht nur in Colleens Herz und weil Sonntag war, sondern tatsächlich strahlend vom blassblauen Himmel herab. Ihre Heimkehr war dann doch noch sehr erfreulich verlaufen, nachdem Alex seinen Schock verdaut und ihre ganze Geschichte gehört hatte. Er hatte offensichtlich ein Vertrauensproblem, aber das würden sie auch noch in den Griff bekommen. Sie hatte jedenfalls nicht vor, jemals wieder wegzugehen.

Eine andere Geschichte war das mit Zoe. Deren Ankündigung, Aidan mit in die USA nehmen zu wollen, brachte Alex fast um, und Colleen konnte es ihm nicht verübeln. Schon gar nicht nach dem, was sie in der Klatschzeitschrift und den sozialen Medien über sie gelesen hatte. Sie hatte Zoe und Dylan vorhin beim Frühstück kennengelernt und kurz mit den beiden geplaudert. Dabei war ihr durchaus aufgefallen, wie unverhohlen Zoe sie gemustert hatte. Ihr war aber auch aufgefallen, wie falsch das zuckersüße Lächeln der Schauspielerin war und wie aufgesetzt ihre Schwärmereien über Aidan klangen. Diese Frau hatte nicht die geringste Ahnung von ihrem Sohn, und wenn Alex etwas anderes dachte, war er ein noch schlimmerer Narr als der Mann, den sie gestern bei ihrer Rückkehr vorgefunden hatte.

Aber darum würde sie sich später kümmern, jetzt war erst einmal der Junior dran, der um jeden Preis mit ihr ausreiten wollte. Aidan hatte vorhin zerknirscht zugegeben, dass er vergessen hatte, seinem Vater Colleens Worte auszurichten. Er hatte es ganz fest vorgehabt, aber dann war seine Mum vor der Schule aufgetaucht, und alles andere war plötzlich unwichtig geworden. Alex hatte daraufhin ärgerlich gegrunzt, aber Colleen konnte dem Jungen nicht böse sein – auch wenn das Versäumnis für einigen emotionalen Aufruhr gesorgt hatte.

Als sie den Stall betrat, wieherte Tilly freudig und knallte ungeduldig einen Vorderhuf gegen die Boxentür. »Na, hast du am Ende auch geglaubt, ich käme nicht mehr wieder?«, fragte sie ihr Pferd lachend und kraulte es kräftig

am Hals. »Nein, so dumm bist du nicht. Du bist ja schließlich kein Mann.« Sie drückte der Stute einen kleinen Kuss
auf die Blesse und sagte dann: »Ich hol nur schnell deine
Sachen, dann mach ich dich hübsch, und wir reiten mit
Aidan aus, ja?«

Eine halbe Stunde später führte sie Tilly ins Freie und
blinzelte. Die helle Wintersonne blendete sie ein bisschen
nach dem schummrigen Stall. Aidan wartete bereits mit
Gandalf, und Colleen schwang sich auf ihr Pferd. »Bereit?«, fragte sie Aidan.

Er wendete grinsend sein Pony und ritt zügig voran.
Kaum hatten sie das Ende der Zufahrt erreicht, bog er auf
den vertrauten Feldweg ab und ließ Gandalf laufen. »Lass
dich nicht wieder abhängen, Tilly«, rief Colleen und verlagerte ihr Gewicht nach vorn, sodass das Pferd frei loslaufen konnte. Die Stute, die außer dem Weidegang während der letzten Woche keine nennenswerte Bewegung
genossen hatte, brauchte nicht viel Motivation, sondern
sprengte voller Elan und Übermut hinter Gandalf her.

»Wow, so schnell war sie noch nie mit mir unterwegs«,
keuchte Colleen einige Minuten später beeindruckt, als sie
Tilly neben Aidan zum Schritt durchpariert hatte.

»Ja, sie hat echt Pfeffer im Hintern, wenn sie will.«
Aidan lachte verschmitzt. »Aber gegen meinen Gandalf
hat sie trotzdem keine Chance.«

»Wer hat schon eine Chance gegen dein Wunderpony?
Aber für unsere bescheidenen Verhältnisse bin ich sehr
zufrieden.« Sie strubbelte ihrem Pferd durch die Mähne,
und wie zur Bestätigung schnaubte Tilly. »Was hab ich

verpasst, während ich in Boston war?«, fragte Colleen dann umstandslos.

»Außer dass Mum mit ihrem Freund hergekommen ist, nicht viel«, antwortete er.

»Aber das ist doch schon eine ziemlich große Sache, oder? Soweit ich weiß, war sie ja noch nie hier.«

»Hmm. Sie findet es wohl nicht so toll hier«, brummte er, und Colleen schien es fast so, als hätte er keine große Lust, darüber zu reden.

»Kann ich nicht verstehen. Ich find's super«, betonte sie schwärmerisch. »Wie kann man das herrliche schottische Wetter nicht lieben?« Sie kicherte, und auch in Aidans Mundwinkel zuckte es.

»Stimmt es, dass du jetzt so richtig und ganz für immer hierbleibst?«, wollte er wissen.

»So richtig und ganz und für immer!«, bestätigte sie. »Meine Sachen werden in ein paar Wochen per Schiffs-container gebracht, und dann bin ich endgültig angekommen.«

»Ist das nicht ein komisches Gefühl, plötzlich woanders zu wohnen?« Aidan mied Colleens Blick und zupfte einen kleinen Zweig aus Gandalfs Mähne.

»Das habe ich auch gedacht. Aber in meinem Fall war es eher so, dass ich fast vom ersten Tag an wusste, dass ich hier zu Hause bin und nicht in Boston«, sagte sie ehrlich, auch wenn sie ahnte, dass das womöglich nicht die beste Antwort war, wenn sie Aidan zum Bleiben bewegen wollte.

»Dann bist du also nicht nur wegen Dad zurückgekommen?« Nun sah er sie neugierig an.

»Natürlich war und ist dein Vater auch ein ganz wichtiger Grund, aber ich habe schon viel früher gespürt, dass ich hierhergehöre. Vielleicht liegt es an meinem Dad. Der hat seine Heimat sehr vermisst und mir immer so sehr davon vorgeschwärmt. Und er hatte recht, ich hab's gleich gemerkt.«

»Warum ist dein Dad denn nie wieder hergekommen, wenn er Kirkby so vermisst hat?« Aidan zog die Nase kraus, als könne er das nicht begreifen.

»Das ist eine wirklich gute Frage«, seufzte Colleen. Eine, die sie sich selbst schon viele, viele Male gestellt hatte – und zu seinen Lebzeiten auch ihrem Vater. Richtig gute Antworten hatte sie nie erhalten. »Ich schätze mal, dass einer der Gründe meine Mutter war, die überhaupt kein Interesse an Schottland hatte und sich immer ein bisschen verächtlich darüber geäußert hat.«

»Wie meine Mum …« Aidan seufzte. »Die findet es hier auch blöd. Meinst du, dass mein richtiges Zuhause in Kalifornien sein könnte statt hier?«

»Keine Ahnung.« Colleens Herzschlag beschleunigte sich spürbar, aber sie versuchte, sich ihre Aufregung nicht anmerken zu lassen. »Was glaubst du denn?«

»Ich weiß es auch nicht. Ich meine, ich fänd' es megageil, neben Disneyland zu wohnen. Da könnte ich dann jeden Tag hingehen und Achterbahn fahren und so. Ich schätze mal, dass ich eine Dauerkarte kriegen könnte. Mum hat ja wohl richtig viel Geld und so.«

»Wohnt deine Mutter denn direkt neben dem Vergnügungspark? Ich dachte, sie ist die meiste Zeit in Vancouver.«

»In Vancouver ist sie nur, wenn sie dreht. Sonst in Los Angeles. Wo genau, weiß ich nicht«, gab er zu. »Aber bestimmt irgendwo in der Nähe.«

»Los Angeles ist ziemlich groß«, wandte sie ein. »Und in die Schule müsstest du ja auch gehen. Da könnte es schwierig werden mit ›jeden Tag Disneyland‹.«

»Kann sein. Aber das Wetter ist besser, und ich könnte surfen lernen und so.«

»Stimmt, das könntest du wohl. Und was ist mit Gandalf?«

»Mum hat gesagt, dass ich ein neues Pferd bekommen könnte …« Er runzelte die Stirn. »Aber vielleicht würde ich … ach, ich weiß auch nicht.«

»Du musst dich ja nicht gleich entscheiden«, gab Colleen sachte zurück. »Vielleicht kannst du deine Mum ja erst mal in den Sommerferien besuchen und dir alles anschauen?«

»Sie hat gemeint, dass ich nächste Woche gleich mit ihr und Dylan nach L. A. fliegen muss, wenn ich zu ihnen ziehen will. Sonst klappt das terminlich nicht.«

»Was denn für Termine?« Colleen hatte da so einen Verdacht. Vermutlich war die nächste Heile-Welt-Homestory schon angesetzt, mit der sich Zoe als glückliche Mutter präsentieren wollte. Aber das behielt sie lieber für sich.

»Weiß ich auch nicht so genau. Hat sie nicht gesagt«, gab er zu.

»Dann müssen wir wohl noch mal mit ihr sprechen«, meinte sie. »Aber ganz ehrlich, ich kann mir das nicht vorstellen. Das wäre ein großer Schritt für dich, den solltest du dir gut überlegen dürfen. Es würde sich ja von heute auf morgen alles für dich ändern. Du würdest in eine neue Schule kommen, müsstest vielleicht das Schuljahr wiederholen, weil das amerikanische System ganz anders aufgebaut ist als das britische. Du müsstest deine Freunde zurücklassen, dein Pferd.«

»Tito auch?« Er sah sie mit einem so flehenden Blick an, dass Colleen fast das Herz brach.

»Nein, Tito dürftest du natürlich mitnehmen. Er ist dein Hund. Wenn deine Mutter und ihr Freund damit einverstanden wären, hätte ich nichts dagegen.«

»Aber er fühlt sich hier doch auch so wohl. Langsam wird er auch richtig gut im Schafehüten, sagt Grandpa.« Aidan seufzte.

»Tito ist sehr anpassungsfähig. Er würde sich in Kalifornien ein neues Hobby zulegen.«

»Aber wenn ich in der Schule bin, würde sich niemand um ihn kümmern«, gab er zu bedenken.

»Wieso? Deine Mum ist doch da. Und Dylan.«

»Aber die müssen doch auch arbeiten.«

»Aidan?«

Der Junge sah sie an, und Colleen konnte in seinen Augen erkennen, wie aufgewühlt er war. Verwirrt, verunsichert und auf der Suche nach einer Orientierung im Meer der Möglichkeiten, die einen Zwölfjährigen ganz klar überforderten. »Ja?«

»Aidan, ich weiß, dass du dich jahrelang danach gesehnt hast, Zeit mit deiner Mum zu verbringen. Jetzt ist sie gekommen und macht dir das Angebot, bei ihr zu wohnen. Das klingt erst einmal toll und aufregend, stimmt's?« Er nickte, und sie fuhr fort: »Aber es ist auch so, dass du sie ja gar nicht so richtig kennst und nicht weißt, ob es dir da überhaupt gefallen würde.« Wieder ein Nicken. »Es könnte natürlich sein, dass es in Los Angeles total aufregend und schön wäre, es könnte aber auch sein, dass es dir gar nicht gefällt, und dann könnte es schwierig werden. Hier in Kirkby ist es vielleicht ein bisschen langweilig für dich, aber hier ist dein Zuhause. Hier ist deine Familie. Hier sind deine Freunde. Alle Menschen, die dich lieben und denen du wichtig bist. Hier sind Gandalf und die anderen Pferde. Hier kann Tito Schafe hüten oder einfach nur nach Lust und Laune Unsinn machen. Ich weiß, du bist schon groß und ein ziemlich cleverer Junge, und ich weiß auch, dass deine Eltern dir die Entscheidung, wo du leben willst, zutrauen und es dir überlassen wollen. Aber falls du mich um Rat fragen würdest, würde ich sagen: Bleib hier! Ich bin mir ganz sicher, dass du hierhergehörst, dass du hier glücklich sein wirst. Du kannst deine Mum in den Ferien besuchen, wenn sie das auch will. Und wenn du mit der Schule fertig bist, kannst du ja eventuell in Amerika studieren. Du sollst unbedingt was von der Welt sehen, aber für den Moment gehörst du hierher.«

Sie schluckte, als sie mit ihrer Rede fertig war und Aidans erstaunten Blick auffing. Hatte sie eine Grenze überschritten? Hatte sie sich in Dinge eingemischt, die sie nichts angingen? Vielleicht, aber nun waren die Worte ausgesprochen und konnten nicht mehr zurückgenommen werden. »Das wäre mein Rat. Was du damit anfängst, ist ganz deine Sache. Aber jetzt ist mir nach einem weiteren Wettrennen. Ich glaube nämlich, dass Tilly Revanche möchte.« Sie lenkte ihr Pferd auf den breiten, lang gezogenen Pfad und galoppierte los.

DIE FRAGEN ALLER FRAGEN

DREI WOCHEN SPÄTER

»Alles erledigt?«, raunte Alex seinem Vater ins Ohr, als dieser mit zufriedenem Gesichtsausdruck die Küche betrat, wo Colleen und Aidan noch gemütlich ihren Porridge löffelten. Alex selbst war viel zu aufgeregt, um viel essen zu können. Außer einem gebutterten Toast hatte er nichts runtergebracht – was auch eine vollkommen neue Erfahrung in seinem Leben war. Aber an Tagen wie diesen durfte man wohl ein bisschen Nerven zeigen, oder?

Marlin nickte nur knapp und zwinkerte ihm zu. Dann schöpfte er sich ebenfalls eine Portion Porridge in eine Schüssel und setzte sich seinem Enkel gegenüber an den Tisch. Aidan hob den Blick und grinste seinen Großvater verschwörerisch an, sagte aber glücklicherweise nichts.

»Habt ihr Geheimnisse?«, fragte Colleen jedoch trotzdem prompt. Natürlich war ihr nicht entgangen, dass hier etwas im Busch war. Das hätte Alex auch gewundert, denn ihr entgingen selbst die feinsten Zwischentöne nicht, und so richtig subtil waren die Fraser-Männer in den letzten Tagen nicht gerade gewesen.

»Nur ein Männerding«, behauptete Aidan, und das

Lächeln in seinem sommersprossigen Gesicht wurde noch breiter.

»Na dann …« Colleen lehnte sich behaglich zurück, trank einen Schluck Kaffee und schnappte sich die Wochenendzeitung, um ein wenig zu lesen.

Zumindest tat sie so. Alex war ihr dankbar, dass sie nicht weiter nachbohrte, sondern durch ihr Verhalten signalisierte, dass sie jedes Spiel mitspielen würde, das anstand. Seit drei Wochen war sie wieder zurück in Kirkby, und in dieser Zeit hatte sie nicht weniger getan, als seine Familie zu retten – auch wenn sie diese Sichtweise zweifellos als pathetische Überhöhung abtun würde. Ihrer Meinung nach hatte sie den Männern, die sie liebte, schlicht die richtigen Hinweise gegeben. So konnte man es auch formulieren.

Alex wusste immer noch nicht, was genau sie während des gemeinsamen Ausritts vor drei Wochen zu Aidan gesagt hatte. Das Ergebnis war jedenfalls beeindruckend gewesen. Sein Sohn hatte ihm danach voller Entschlossenheit mitgeteilt, dass er nicht zu seiner Mutter nach Kalifornien ziehen, sondern lieber hierbleiben wolle. Zoe und Dylan hatte er am nächsten Tag das Gleiche erzählt, mit der Ankündigung, dass er aber gerne während der Sommerferien zu Besuch kommen würde. Erstaunlicherweise hatte seine Mutter das einigermaßen mit Fassung getragen und längst nicht das Drama angezettelt, mit dem Alex insgeheim gerechnet hatte.

Vielleicht auch deswegen, weil Ian ihr und ihren Anwälten unmissverständlich dargelegt hatte, warum sie sich Sorgerechtsansprüche für Aidan abschminken konnte.

Sein Cousin hatte übers Wochenende offenbar reichlich recherchiert – rechtliche Präzedenzfälle ebenso wie Zoes mediale Auftritte – und war zu dem Ergebnis gekommen, dass etwaige Bemühungen ihrerseits, Aidan gegen Alex' Willen nach Amerika zu holen, auch vor den meisten US-Gerichten keine Erfolgsaussichten hätten. Ihm selbst hatte Ian auch noch einmal ins Gewissen geredet, dass man einem Zwölfjährigen eine so weitreichende Entscheidung über sein Leben auf keinen Fall zumuten könne. In diesem Punkt war er sich mit Marlin und Colleen einig, die beide vehement in dasselbe Horn geblasen hatten. Langsam war Alex geneigt, ihnen recht zu geben.

Drei Tage später waren Zoe und Dylan dann auch abgereist – nachdem eine offizielle Sorgerechtsvereinbarung von allen Parteien unterzeichnet worden war. Unter diesen Voraussetzungen war Alex nun auch bereit, Aidan in den Sommerferien nach Los Angeles fliegen zu lassen – falls Zoe dann überhaupt noch Zeit für ihn hatte, denn zu diesem Zeitpunkt wäre ja wohl schon ihr neues Kind von der Leihmutter geboren. Außerdem hatte Colleen gestern auf Zoes Instagram-Kanal gelesen, dass es ein Rollenangebot für eine neue Serie gab. Nun ja, Alex würde es abwarten können. Nach wie vor würde er sich für seinen Sohn freuen, wenn der einen guten Kontakt zu seiner Mutter hätte, doch man konnte nichts erzwingen. Und Aidan hatte seine romantische Verklärung doch sichtlich eingestellt. Stattdessen hing er noch mehr an Colleen, die er – wie der Rest der Sippe – als vollwertiges Familienmitglied ins Herz geschlossen hatte.

Das machte Alex unbeschreiblich glücklich. Colleen war zu ihm zurückgekehrt – auch weil sie nie vorgehabt hatte, ihn jemals zu verlassen. In der Rückschau kamen ihm seine Sorgen regelrecht albern vor, und er ahnte, dass er noch ein ganzes Stück Arbeit vor sich hatte, bis er seine irrationalen Ängste endgültig im Griff haben würde. Doch Colleen würde schon dafür sorgen. Wie sie auch dafür gesorgt hatte, dass sie am letzten Wochenende zu dritt zum Pariser Disneyland gereist waren – was, erstaunlich genug, nicht nur für Aidan ein Riesenspaß gewesen war. Alex konnte es kaum glauben, aber sie waren tatsächlich eine richtige Familie geworden. Oder fast, denn zwei Elemente fehlten noch: ein Ring an Colleens Finger und Geschwister für Aidan. Für Ersteres würde er gleich sorgen, und Letzteres sollte hoffentlich auch kein Problem werden. Zumindest hatte sie sich schon ziemlich eindeutig geäußert …

»Seid ihr so langsam mal mit dem Frühstück fertig?«, fragte er nun seine beiden Lieblingsmenschen. »Wir wollten doch den großen Ausritt machen. Ist für die nächsten Monate vermutlich die letzte Chance, dass wir einen Samstag zu dritt verbringen können. Ab nächster Woche sind wir ganz gut gebucht.«

»Bin gleich so weit«, schmatzte Aidan und schaufelte sich die letzten Löffel Porridge in den Mund.

»Gib mir fünf Minuten«, bat Colleen und stand auf. Ehe sie die Küche verließ, beugte sie sich noch zu ihm und küsste ihn – wie sie das immer machte, wenn sie sich trennten, und sei es nur für ein paar Augenblicke. »Ich komm wieder, keine Sorge.« Sie zwinkerte Marlin und Aidan zu, die albern kicherten.

Alex stimmte in das Gelächter mit ein – er hatte sich den Spott schließlich hart erarbeitet, aber wenn er ehrlich war, gefielen ihm Colleens ständige Versicherungen ihrer Nähe und Liebe außerordentlich gut. Wegen ihm bräuchte sie niemals damit aufzuhören.

»Alles wie geplant an Ort und Stelle«, bestätigte Marlin, als Colleen verschwunden war. »Das Wetter soll auch noch halten. Vermasselt es nicht!« Er fixierte Sohn und Enkel mit seinem durchdringendsten Blick. »Ich möchte heute Abend auf der Dorfparty eine Schwiegertochter präsentieren können!«

»Wir haben alles im Griff«, behauptete Aidan lässig.

»Dann ist es ja gut. Ich zähle darauf, dass du deinen Vater notfalls auf den rechten Weg bringst, wenn er wieder die Nerven verliert.«

Alex rollte mit den Augen, sagte aber nichts. Auch diese Bemerkung hatte er wohl redlich verdient.

»Kannst dich auf mich verlassen, Grandpa.«

Zwei Stunden später ritten sie hintereinander auf einem schmalen, steilen Pfad durch den Wald. »Oh, ich weiß, wo wir sind«, rief Colleen plötzlich begeistert. »Wir reiten zu der Lichtung, wo wir schon an meinem Geburtstag ein Picknick gemacht haben, stimmt's?«

Alex drehte sich um und sah ihr strahlendes Gesicht hinter sich. »Stimmt genau!«

Wenige Minuten später hatten sie die Lichtung auch

schon erreicht, und Alex stellte fest, dass Marlin tatsächlich alles wie vereinbart an Ort und Stelle gebracht hatte. »Kümmert ihr euch um die Pferde?«, bat er Aidan und Colleen, als sie abgesessen waren. Er selbst eilte zu der geschützten Stelle unter dem Felsvorsprung, um die Vorbereitungen für den bislang wichtigsten Moment in seinem Leben abzuschließen. Rasch entzündete er das Feuer und holte Decken und Kissen aus einer Tasche. Aus einer weiteren zog er eine Box mit kleinen Sandwiches und einige Flaschen Wasser. Champagner wäre zwar stilvoller gewesen, aber für einen Samstagvormittag mitten im Wald wohl doch nicht ganz geeignet. Immerhin hatte er noch einen kleinen Flachmann mit Whisky eingesteckt – aus rein medizinischen Gründen, falls Colleen einen Schock bekommen sollte … Er fasste zum gefühlt hunderttausendsten Mal in seine Jackentasche und tastete nach der Schatulle. Alles bereit.

»Wow, das ist ja toll«, sagte Colleen, als sie gleich darauf mit Aidan zu ihm kam und mit einem Lächeln das Arrangement bewunderte. »Wie an meinem Geburtstag.« Dann fügte sie erschrocken hinzu: »Hab ich was verpasst? Du hast doch nicht etwa Geburtstag, oder?«

Alex schüttelte den Kopf, und Aidan rief: »Dad hat im Mai Geburtstag, aber heute ist trotzdem ein besonderer Tag!«

»Ach ja? Was denn für einer?«, fragte sie neugierig und ließ sich im Schneidersitz auf dem Kissen nieder, auf das Alex deutete.

»Heute ist der Tag, an dem wir dir eine wichtige Frage

stellen wollen«, entgegnete Alex und war froh, dass seine Stimme ruhig und fest klang, nicht so atemlos und aufgeregt, wie er sich fühlte. »Oder eigentlich zwei.« Er griff in seine Jackentasche und nickte Aidan kurz zu. Dann sanken Vater und Sohn gleichzeitig vor Colleen auf die Knie.

»Willst du meine Frau werden?«, fragte Alex.

»Willst du meine Mutter werden?«, fragte Aidan.

Colleen schlug sich eine Hand vor den Mund, und in ihren grünen Augen schimmerten Tränen. Einen kurzen Moment lang fühlte Alex Panik in sich aufwallen. Sie würde doch nicht etwa? »Ich kann mir nichts Schöneres vorstellen«, rief sie strahlend, und die Glückstränen, die ihr die Wangen hinunterliefen, machten sie nur noch schöner. Sie breitete die Arme aus und zog Vater und Sohn an sich. »Ja, ich will euch heiraten!«

• • •

Heute war mit Sicherheit der bislang schönste Tag in ihrem Leben! Colleen saß am Abend zwischen ihrem zukünftigen Ehemann und ihrem zukünftigen Herzenssohn an einer der langen Tafeln, die in Islas Restaurant aufgebaut waren. Zum Saisonauftakt im neuen Jahr richtete Isla traditionsgemäß eine Dorfparty in *The Scottish Thistle* aus, indem sie Freunde und Familie dazu einlud, ihre neuesten kulinarischen Ideen zu testen. Das Menü heute war eine ziemlich schräge Mischung aus traditionellen schottischen Gerichten mit thailändischen Akzenten gewesen. Aber lecker. Doch Colleen hätte fast alles köstlich gefun-

den, so trunken war sie vor Glück. Gut, inzwischen zugegebenermaßen nicht mehr nur vor Glück, sondern auch
vom Champagner, der zur Feier des Tages in Strömen ge-
flossen war.

Sie sah auf ihre rechte Hand, die gleich zwei neue Ringe
zierten. Alex hatte ihr den alten Verlobungsring seiner
Mutter angesteckt: einen schmalen Goldreif mit einem
wunderschön gefassten Smaragd. Und von Aidan hatte sie
einen Goldring mit feinen Ziselierungen bekommen, die
stilisierte Disteln darstellen sollten. Sie fühlte sich immer
noch überwältigt, wenn sie an den Moment heute Vormittag dachte. Mit Alex' Antrag hatte sie ja beinahe gerechnet, doch Aidans inbrünstig vorgetragene Bitte, sie möge
seine Mutter werden, hatte sie komplett aus der Fassung
gebracht. Sie konnte kaum mit Worten ausdrücken, wie
viel Liebe sie für die beiden Fraser-Männer empfand, und
schätzte sich glücklich – die glücklichste Frau der Welt! –,
zu ihnen zu gehören.

Und nicht nur zu ihnen. Sie hatte nicht nur einen Mann
und einen Sohn bekommen, sondern eine ganze Familie
und zahllose neue Freunde. Alle hatten sie vorhin noch
einmal offiziell in ihrer Mitte begrüßt, nachdem Marlin
voller Stolz verkündet hatte, er habe nun eine dritte Tochter. Es waren gerade einmal vier Monate vergangen, seit sie
unglücklich und orientierungslos mit der Asche ihres
Vaters in Kirkby eingetroffen war. Damals hatte sie gedacht, sie hätte alles verloren, doch nun hatte sie alles gewonnen. All die großartigen Menschen waren heute hier:
ihre entfernte Tante Betty Murray, die neben ihrem zu-

künftigen Schwiegervater Marlin saß und gerade herzlich mit ihm lachte. Isla, die mit ihren Mitarbeitern strahlend den nächsten Gang auftrug. Shona, Alice, Rupert, Hailey, Kristie, Heather und George – sie alle hatten sie schon mehrfach geherzt und hochleben lassen.

Doch an diesem Abend ging es nicht nur um sie. Collum war vorhin mit einer hübschen blonden Frau an seiner Seite aufgetaucht und hatte nun Erstaunliches zu verkünden: »Vielen Dank, liebe Isla, dass du auch in diesem Jahr wieder zu dieser wunderbaren Party eingeladen hast – möge es der Auftakt zu einer neuen Ära in Kirkby sein! Großartige Dinge stehen an: Colleen wird unsere neue Event-Koordinatorin, Shona wird die alte Destillerie zu neuem Leben erwecken, und Annabel hier …« An dieser Stelle deutete er auf die blond gelockte Frau. »Dr. Annabel Campbell ist ab sofort unsere neue Dorfärztin!« Mit viel Sinn für Dramatik wartete er erst den Jubel ab, bevor er fortfuhr. »Und es gibt noch eine Neuigkeit: Ich habe einen Käufer für unseren alten Dorfpub gefunden!«

Colleen lächelte. Die Bewohner von Kirkby stürzten sich tuschelnd auf die neuesten Ankündigungen – sie selbst und Alex waren mit einem Schlag »old news«. Doch das machte ihr nichts aus. Im Gegenteil – sie war nun wirklich zu Hause angekommen.

FIGURENREGISTER

Menschen:

Colleen Murray: 32, zierlich, kastanienbraue Haare, grüne Augen. Hat eine Mission: Die Amerikanerin will den letzten Wunsch ihres verstorbenen Vaters erfüllen und ihn in seinem Heimatort beisetzen lassen. Nebenbei hofft sie auch auf Klarheit, was ihren eigenen Lebensweg betrifft.

Alexander/Alex Fraser: 37, groß, breitschultrig, rote Haare, blaue Augen. Hotelier aus Leidenschaft – aus dem bescheidenen Bed & Breakfast seiner Eltern hat er ein superschickes, nachhaltiges und ökologisch einwandfreies Luxusresort gemacht. Sein Herz gehört seinem Sohn Aidan und seinen Pferden.

Aidan Fraser: 12, schlaksig, rothaarig und blauäugig wie sein Vater. Wünscht sich sehnlichst einen Hund und vermisst seine Mutter Zoe, die er jedoch kaum kennt, weil sie sich vor vielen Jahren für ihre Karriere und gegen ihn und seinen Dad entschieden hat.

Marlin Fraser: 68, drahtig, grauer Bart, Glatze, wache

graublaue Augen. Versteht sich selbst als Mentor der Dorfgemeinschaft von Kirkby. Er lebt mit Sohn Alex und Enkel Aidan in Harriswood House, einem ehemaligen feudalen Gutshaus aus dem achtzehnten Jahrhundert, und arbeitet als Hufschmied.

Alice Fraser: Marlins Schwägerin und gute Seele von Harriswood House. Ihre Kochkünste sind legendär, besonders ihr Frühstücksporridge und ihr Shepherd's Pie.

Rupert Fraser: Marlins jüngerer Bruder und Alice' Ehemann. Schweigsamer Pferdeflüsterer, der in Kirkby Clydesdale Horses züchtet.

Hailey und Kristie Fraser: Töchter von Alice und Rupert. Helfen aus, wo immer Not am Mann ist.

Isla Fraser: Alex' jüngere Schwester und Betreiberin des Sternerestaurants *The Scottish Thistle*.

Shona Fraser: jüngste Schwester von Alex mit hochprozentigen Plänen für Kirkby.

Betty Murray: Schriftstellerin und ehemalige Investigativjournalistin, Journalistin, lebt seit 15 Jahren wieder in ihrem Elternhaus in Kirkby, der alten Bäckerei. Ist vermutlich eine entfernte Tante von Colleen.

Jack McTavish: Dorfpfarrer und bester Freund von Marlin.

Collum McDonald: junger, ehrgeiziger Bürgermeister von Kirkby mit großen Plänen, die nicht bei allen auf Begeisterung stoßen.

Leslie Turner: patente Gemeindesekretärin, Collums rechte Hand und Mädchen für alles.

Angus Stewart: Patriarch der Stewarts. Erfolgreicher Anwalt und Jugendfreund von Colleens Vater Gavin.

George Stewart: Angus' Sohn, verwaltet mit seiner Frau das Familienanwesen Monroe Manor.

Heather Stewart: Marlins jüngere Schwester und Ehefrau von George.

Ian Stewart: Sohn von Heather und George, Anwalt, lebt in San Francisco.

Luci Johnson: Amerikanerin und Ians zukünftige Ehefrau. Will unbedingt an Weihnachten in Kirkby heiraten.

Robin Stewart: Tochter von Heather und George, Ians ältere Schwester. Anwältin wie ihr Bruder, berät aber Entwicklungshilfe-Organisationen.

Sky Forrester: amerikanischer Entwicklungshelfer und Ehemann von Robin.

Annabel Campbell: neuester Zuzug in Kirkby, eröffnet bald ihre Landarztpraxis.

Arthur Cooper: ehemaliger Kanzleipartner von Colleens Vater Gavin in Boston. Steht Colleen bei einer schwierigen Entscheidung bei.

Gloria Steele: Colleens Mutter.

Zoe Rutherford: erfolgreiche TV-Schauspielerin und Aidans Mutter. Bereut sie es, sich für die Karriere und gegen den Sohn entschieden zu haben?

Dylan Craig: Sportreporter und Zoes Verlobter.

Tiere:

Tito: Jack Russell Terrier, gehörte einst Colleens Vater, verschenkt sein Hundeherz dann rasch und heftig an Aidan.

Dorian: mächtiger Clydesdale-Rapphengst und Alex' ganzer Stolz.

Tilly (eigentlich Matilda): fröhliche Clydesdale-Fuchsstute und Colleens tierischer Liebling.

Gandalf: Aidans temperamentvolles Highland-Pony.

REZEPT –
PORRIDGE À LA TANTE ALICE

PORRIDGE IST LETZTLICH NICHTS anderes als Haferschleim und ein traditionelles Armeleuteessen, das in Schottland aber bis heute auf keinem Frühstückstisch fehlen darf. Früher hat man den Brei übrigens gern auch mittags und abends gegessen, und auch neben meinem Laptop steht öfter mal ein Schälchen. Porridge macht satt, gibt Energie, ist gesund und einfach wahnsinnig lecker.

Das Grundrezept ist supersimpel:

Pro Portion rechnet man etwa 40 Gramm Haferflocken, eine Prise Salz und 200 Milliliter Flüssigkeit. Traditionell ist das einfach Wasser, man kann seinen Brei aber auch mit Kuh- oder Pflanzenmilch zubereiten.

Flüssigkeit mit Haferflocken und Salz aufkochen und dann unter gelegentlichem Rühren so lange köcheln lassen, bis die gewünschte cremige Konsistenz erreicht ist.

Puristen genießen ihren Porridge ohne weitere Zutaten,

aber man kann den Brei natürlich nach Geschmack auf-
peppen: Mit frischen Früchten, Nüssen, Honig, Ahornsirup, Zimt, Zucker, Joghurt – der Fantasie sind keine
Grenzen gesetzt.

Tante Alice bereitet den Porridge im *Cosy Thistle* natürlich
ganz traditionell zu, reicht aber eine große Auswahl an
Toppings dazu.

Porridge à la Charlotte McGregor:

Wenn's bei mir ganz fix gehen muss und ich keine Zeit
habe, im Topf zu rühren, gibt es eine Schnell-Version:
Haferflocken und eine Handvoll Rosinen in ein Schälchen
füllen, mit kochendem Wasser übergießen, umrühren, ab-
decken und die Wartezeit von ca. 20 Minuten für sinnvolle
Dinge wie Duschen nutzen. Dann noch etwas frisches
Obst dazu (am liebsten Bananen und/oder Blaubeeren),
einen Klecks Joghurt und ein bisschen Ahornsirup. Erneut
umrühren und genießen! Aber pssst, das muss bitte unter
uns bleiben. Für echte Schotten ist diese Zubereitungsart
ein Sakrileg!

WAS MAN ÜBER BED & BREAKFASTS IN SCHOTTLAND WISSEN SOLLTE

»BED & BREAKFAST« HÖRT SICH DOCH gleich viel netter an als »Frühstückspension« oder »Fremdenzimmer«, auch wenn es sich im Grunde um vergleichbare Unterkunftsmöglichkeiten handelt. In ganz Großbritannien gehören B&Bs oder auch BnBs seit vielen Jahrzehnten zur touristischen Grundausstattung und sind selbst in kleinen, abgelegenen Orten zu finden, in denen sich größere Hotels nicht lohnen würden.

Traditionell werden Bed & Breakfasts von Privatpersonen geführt. Früher waren es tatsächlich häufig die leer stehenden Zimmer flügge gewordener Kinder, die an Touristen oder Geschäftsreisende vermietet wurden, um die Familienkasse etwas aufzubessern. Badbenutzung und gemeinsames Frühstück inklusive.

Heutzutage sind die Standards der meisten Bed & Breakfasts deutlich höher. Viele sind sogar ausgesprochen liebevoll ausgestattet, und eigene Badezimmer sind die Regel, nicht mehr die Ausnahme. Geblieben ist der Familienanschluss, denn nach wie vor leben die Betreiber im selben Haus und öffnen ihr Speisezimmer zum Frühstück für die Gäste.

Wer durch Schottland reist, sollte auf jeden Fall einige Übernachtungen in B&Bs einplanen, denn nirgends sonst kommt man schneller in Kontakt mit den Einheimischen als am Frühstückstisch bei einer Schüssel Porridge oder einem Full Scottish Breakfast. Einige Betreiberfamilien bieten auch Afternoon Tea an oder laden zu einem Whisky-Tasting in den Salon ein.

Günstiger als ein Hotel ist die Übernachtung in einem Bed & Breakfast allerdings nicht zwangsläufig – auch wenn es sie in allen Preisklassen gibt. In den letzten Jahren ist jedoch ein Trend hin zu besonders hochwertigen Häusern entstanden. So kann man Zimmer und Suiten in wunderbar renovierten, historischen Herrenhäusern buchen und sich für ein paar Tage wie eine schottische Lady fühlen.

The Cosy Thistle aus meiner Geschichte gehört eindeutig in diese gehobene Kategorie. Alex Fraser hat aus der alten Familienpension ein wahres Juwel geschaffen, bei dem er Nachhaltigkeit, Regionalität und Luxus miteinander verknüpft. Und manche Gäste sind hautnah an der Familie dran … Leider ist die »gemütliche Distel« – so die deutsche Übersetzung – genauso frei erfunden wie Kirkby, aber vergleichbare Bed & Breakfasts gibt es überall in Schottland. Viel Spaß beim Entdecken!

DANKE

LIEBE LESERIN,

ich hoffe, du verzeihst mir die vertrauliche Anrede – aber wir haben jetzt so viel Zeit gemeinsam in Schottland verbracht, da muss es nicht mehr ganz so förmlich zugehen, stimmt's? Oder gehörst du auch zu den Menschen, die Danksagungen in Büchern als Erstes lesen? Ich gebe zu, dass ich das ziemlich oft mache. Viele Kolleginnen und Kollegen bringen da unglaubliche Meisterwerke zu Papier, und ich beneide sie glühend um dieses Talent. Ich selbst schreibe mein Dankeschön meist buchstäblich in letzter Sekunde – und fast immer vergesse ich einige Menschen, denen ich unbedingt danken wollte, was durchaus peinlich sein kann. Nun ja, ich gebe mein Bestes:

Beginnen möchte ich mit meiner (dienst)ältesten Freundin und Herzensschwester Tanja. Sie war im Sommer 2019 zum falschen Zeitpunkt am falschen Ort – nämlich bei mir, als ich mich gerade mental auf die Reise nach Kirkby gemacht habe. Mitgefangen, mitgehangen. Sie war eine unschätzbare Hilfe beim Plotten, und sie hat praktisch alle Tiere in der ganzen Reihe getauft. Tausend Dank dafür – ohne dich gäbe es keinen Tito.

Doch ehe es so weit kommen konnte, hat mich meine liebe Agentin Eva Semitzidou überhaupt erst auf den Einfall gebracht, über Schottland zu schreiben. Wir sprachen über eine andere Idee von mir, und ich habe ihr von meinen Sehnsuchtsorten erzählt. Als ich Schottland erwähnte, begannen ihre Augen auf eine Art und Weise zu glänzen, dass mein Fokus plötzlich ganz klar war. Vielen Dank dafür – und auch für die großartige, unermüdliche Unterstützung bei allen Aspekten und in allen Phasen meiner Projekte.

Schreiben ist tatsächlich ein ziemlich einsamer Job. Man verbringt viel Zeit allein mit dem Laptop, läuft Gefahr, wunderlich zu werden und zu verwahrlosen. Dieses Klischee ist wirklich wahr! Umso schöner, dass ich zahlreiche wundervolle Kolleginnen habe, mit denen ich mich regelmäßig austausche. Meistens virtuell übers Internet, zuweilen auch anständig gekleidet (ihr wollt nicht wissen, wie ich sonst manchmal am Computer sitze!) im wahren Leben. Ich danke Laura Gambrinus, Sabine Lay, Anja Saskia Beyer und Katharina Burkhardt für ein grandioses gemeinsames Wochenende in Venedig, bei dem wir uns zu einer Art Selbsthilfegruppe zusammengeschlossen haben. Von ihnen habe ich entscheidenden Input für Kirkby bekommen. Ein ganz besonderes Dankeschön geht an Ivy Andrews, die ich privat Viola nenne und die, zusammen mit meinem Mann, das Manuskript zu diesem Roman vor allen anderen gelesen hat. Danke für deine Mut machenden Kommentare.

Außerdem danke ich den Damen aus meiner virtuellen Schreibgruppe, die immer gut sind für aufmunternde

Worte und Peitschenknallen. Ohne euch wäre ich vermutlich immer noch beim ersten Kapitel.

Ich danke dem großartigen Team von Heyne – allen voran meiner Lektorin Silja Maehl, die sich spontan und heftig in Kirkby und meine Figuren verliebt hat und mich seitdem fantastisch unterstützt. Danke! Ein riesiges Dankeschön geht an Julia Funcke, die als Redakteurin für das – hoffentlich – geschmeidige und fehlerlose Leseerlebnis gesorgt hat. Ich kann es immer noch nicht fassen, dass sich unsere Wege schon seit neun Jahren und über die unterschiedlichsten Bücher und diverse Autorennamen hinweg kreuzen. Wahrscheinlich ist das Fügung. Danke für deine Geduld und deine unbestechlichen Adleraugen.

An vorletzter Stelle in diesem Text, aber an erster in meinem Herzen, stehen mein Mann Jan und mein Airedale Terrier Toni. Ich danke euch für eure bedingungslose Liebe, eure guten Nerven und dafür, dass ich regelmäßig das Haus verlasse und frische Luft schnappe.

Last but not least danke ich dir, liebe Leserin, dafür, dass du mein Buch gekauft hast. Ich hoffe, es hat dir so viel Freude bereitet, dass du mich bald wieder nach Kirkby begleitest. Da gibt es nämlich noch einiges zu erleben.

Herzliche Grüße,
Charlotte McGregor

PS: Ich bin mir ganz sicher, dass ich auch diesmal wieder jemanden vergessen habe. Sei versichert – nur hier in diesen Zeilen, nicht in meinem Herzen!

PPS: Ich freue mich übrigens wahnsinnig, wenn meine LeserInnen mit mir Kontakt aufnehmen. Besucht mich doch auf meiner Website www.carinmueller.de – da findet ihr Infos zu all meinen anderen Namen, Büchern und Abenteuern und habt außerdem reichlich Gelegenheit zur Kontaktaufnahme. Per Mail oder über die diversen Social-Media-Kanäle. Wer meinen Newsletter abonniert, bleibt immer auf dem Laufenden.

CHARLOTTE McGREGOR

HIGHLAND Hope

EIN PUB FÜR KIRKBY

Band 2

LESEPROBE

EIN KÖNIGREICH FÜR
EINEN SCHOKORIEGEL

»STIMMT WAS NICHT MIT DEN AUSTERN?«

Isla Fraser hob den Blick und starrte in ein Paar gelangweilt dreinschauender blauer Augen. Die gehörten einer Kellnerin, deren ganze Körpersprache von Lustlosigkeit zeugte. Isla merkte, wie sie noch wütender wurde. Würde jemand aus ihrer Servicecrew in einem derartigen Tonfall mit den Gästen sprechen, könnte er sich umgehend einen neuen Job suchen.

Dabei war die Frage durchaus berechtigt. Die Trilogie aus frischen, geräucherten und gratinierten Austern stand seit etwa zehn Minuten unberührt vor ihr. Doch dass sie keinen Bissen herunterbrachte, lag nicht an der Qualität der Vorspeise, die sie ja noch gar nicht beurteilen konnte, sondern an der Tatsache, dass sie Rodney Swinton am anderen Ende des Gastraums erspäht hatte. Ihre persönliche Nemesis war in Begleitung zweier Frauen und eines Mannes hier, und zwar offensichtlich mit der gleichen Mission wie sie selbst: das brandneue Restaurant *Oyster Club* zu testen, das seit seiner Eröffnung vor drei Wochen für Furore sorgte. Dafür war Isla heute Morgen – an ihrem freien Tag – knappe drei Stunden durch den schottischen

Regen nach Perth gefahren. Sie war gespannt darauf gewesen, was Dave Hutton in seinem neuesten Laden zu bieten hatte. Doch bei Rodneys Anblick war ihr spontan der Appetit vergangen.

Swinton hatte letzten Juni in Fort Augustus, am Südzipfel des Loch Ness, unter riesigem medialen Tamtam ein Bistro eröffnet, dessen exotischer Küchenzauber die Foodblogger auf Instagram derart begeisterte, dass sie ihm fast von Tag eins an einen wahren Sterneregen prophezeit hatten. Die Tester des *Guide Michelin* waren allerdings anderer Meinung und hatten diesen Kochlöffel-Hipster ignoriert.

Sie selbst jedoch leider auch. Islas eigenes Restaurant *The Scottish Thistle* lag nur etwa fünfundzwanzig Meilen von Fort Augustus entfernt im beschaulichen Kirkby und war bereits vor zwei Jahren mit einem Stern ausgezeichnet worden. Isla war sich so sicher gewesen, dass sie es zu einem zweiten bringen würde, hatte monatelang ihr Konzept verfeinert und ihre Küchenmannschaft zu noch besserer Leistung motiviert. Doch offensichtlich war es nicht genug gewesen. Das war, streng genommen, kein Beinbruch, denn ihr Restaurant lief trotzdem grandios, aber ihr Ehrgeiz hatte einen Knacks bekommen. Einen massiven. Und sie konnte nicht verstehen, warum die immer einflussreicher werdenden Influencer so auf das artifizielle Getöse von Rodney und dessen substanzlose Showeffekte abfuhren, bei denen vergoldete Steaks nur die Spitze des geschmacklosen Eisbergs darstellten. Sie selbst setzte vorwiegend auf regionale und saisonale Produkte in überraschenden Kombinationen, was in den vergleichsweise kargen schottischen Highlands eine echte Herausforderung war. Aus diesem Grund war sie heute nach Perth gefahren, um sich von den Austern inspirieren zu lassen.

Sie blickte von der Kellnerin, die immer noch auf ihre Antwort wartete, zu ihrem unberührten Teller und schüttelte den Kopf. »Die Rechnung bitte«, verlangte sie knapp.

»Aber Sie haben doch das ganze Menü bestellt«, erwiderte die Kellnerin irritiert.

»Und jetzt möchte ich bezahlen und nicht diskutieren.« Isla zog ihr Portemonnaie aus der Handtasche und zählte innerlich langsam bis drei. Falls noch eine Replik käme, würde sie unangemessen reagieren. Und auch wenn die junge Frau keine Serviceleuchte war und dringend eine intensive Schulung brauchte, konnte sie nichts für Islas miese Laune. Die hatte sie allein Rodney Swinton zu verdanken. Sie wusste, dass sie darüberstehen sollte, und an einem guten Tag wäre das auch so. Nur war heute kein guter Tag, und sie stand kurz vor der Explosion.

»Das macht dann fünfzig Pfund für das Mittagsmenü.«

Isla zog wortlos einen Geldschein hervor und legte ihn neben den Teller. Dann stand sie auf, schnappte sich Jacke und Handtasche und verließ grußlos das Restaurant.

Zweieinhalb Stunden später war der akute Ärger verraucht und etwas Schlimmerem gewichen: Scham wegen ihres dämlichen und vollkommen unprofessionellen Auftritts! Ob sie in einem anderen Restaurant etwas aß oder nicht, änderte schließlich nichts an der Konkurrenzsituation mit

Rodney Swinton. Nun wusste sie immer noch nicht, ob die Austern im *Oyster Club* so sagenhaft lecker schmeckten, wie alle raunten, und außerdem schob sie inzwischen einen mörderischen Kohldampf. Mist, Mist, Mist! Verzweifelte Situationen erfordern beherzte Reaktionen, dachte Isla und hielt in Inverness an einer großen Tankstelle. Während sie ihren uralten, verbeulten grünen Mini volltankte, malte sie sich bereits aus, wie gleich der zuckersüße Schmelz von Schokolade und Karamell ihre Sinne betäuben und ihr seelisches Gleichgewicht wiederherstellen würde.

Seit sie ein kleines Mädchen gewesen war, hatte sie eine unstillbare Leidenschaft für billige Industrieschokolade, die sie aus professionellen Gründen natürlich vehement hätte ablehnen müssen. Niemals würde sie offiziell und außerhalb ihrer Familie zugeben, dass ihr persönliches Schokoladen-Highlight nicht etwa die handgeschöpfte dunkle Bioschokolade mit fünfundachtzig Prozent Kakaoanteil war, die sie ab und zu für ihre Desserts verwendete, sondern ein Karamell-Schokoriegel von Cadbury. Wenn das herauskäme, würde sie auf einem kulinarischen Scheiterhaufen aus Spott und Entsetzen als bigotte Küchenhexe verbrannt werden, da war sie sich ganz sicher. Ihre Mitarbeiter wären schockiert und würden sie nicht mehr ernst nehmen, und ihre Konkurrenz würde sich hämisch die Hände reiben.

Zehn Jahre lang war sie durch die ganze Welt gereist und hatte bei den unterschiedlichsten Meisterköchen ihr Handwerk und größten Respekt vor möglichst naturbelassenen Zutaten gelernt. Ihre eigene Philosophie verbot ihr den Einsatz von Konservierungsstoffen und Geschmacksverstärkern, und dennoch hatte nichts ihre Liebe zu »böser« Schokolade schmälern können. Eine Liebe, die heimlich ausgelebt werden musste und doch voll ungezügelter Leidenschaft war – fast wie eine verbotene Affäre.

Während sich der Tank des Minis füllte, dachte sie an die Schokoriegel, die neben der Kasse auf sie warteten, und sehnte sich wie eine Drogenabhängige den Zuckerrausch herbei, der sie gleich fluten würde. Als sie den Tank verschloss, nahm sie aus den Augenwinkeln wahr, wie ein monströser, hochglänzend schwarzer Pick-up-Truck auf den Parkplatz fuhr und der Fahrer gleich darauf in das Tankstellengebäude federte. Tatsächlich, der Typ ging nicht einfach, seine Schritte hatten etwas nervtötend Gutgelaunt-Dynamisches an sich. »Ich komm gleich wieder, Polly«, hörte sie den Mann rufen, als jämmerliches Geheul aus dem schwarzen Riesenfahrzeug tönte. Isla verdrehte die Augen und beschloss, keinen weiteren Gedanken mehr an heulende Autos und federnde Dynamiker zu verschwenden. Jetzt zählte nur noch Schokolade!

• • •

An sich war dieser Stopp vollkommen sinnlos, dachte Jon Grant, als er das Verkaufsgebäude der großen Tankstelle betrat. Sein Tank war noch gut gefüllt, und er brauchte weder Zigaretten noch eine der vielen Zeitschriften und Zeitungen, die einen Großteil des Warenangebots ausmachten. Neben den unterschiedlichen Sorten von Treibstoff für Fahrzeuge und Fahrer. Ihm ging es nie in den Kopf, dass ausgerechnet Tankstellen so gern hochprozentigen Alkohol verkauften. Das war doch eigentlich total widersinnig, oder?

Genau wie seine Impulskäufe der letzten Wochen! Er kratzte sich den Kopf, während er mit leerem Blick das Cover eines »Happy Country Life«-Magazins anstarrte. Hätte man ihm vor einem halben Jahr prophezeit, dass er aufs Land ziehen und seinen Lebenstraum verwirklichen würde, hätte er nur freudlos gelacht. Zusammen mit seinem älteren Bruder Robert hatte er damals noch die Londoner Niederlassung der Werbeagentur geleitet, die seine Eltern vor über dreißig Jahren gegründet hatten. Er war smart gewesen, erfolgreich, wohlhabend – und komplett ausgebrannt. Dann hatte er seinen Job an den Nagel gehängt und war nach Edinburgh zurückgekehrt, wo er entweder frustriert in der kleinen Wohnung saß, die er auf die Schnelle gemietet hatte, oder sich von seinen Eltern und seiner jüngeren Schwester Carla »ablenken« ließ.

Diese Ablenkung hatte vor allem so ausgesehen, dass sie ihn zu irgendwelchen Events und Partys überredeten, auf die er keine Lust hatte, oder zu Familien-Sonntagsbrunchs einluden, wo dann doch wieder vorwiegend über Kunden der Agentur und deren Events und Partys gesprochen wurde. Sämtliche Familienmitglieder waren Werber mit Leib und Seele – inklusive der Partner seiner Geschwister. Der Ehemann seines Bruders leitete die Filmabteilung in London, der Freund seiner Schwester – Kreativdirektorin der Hauptniederlassung in Edinburgh – galt als bester

Texter unter der Sonne. Er selbst war jahrelang mit Emma, der Londoner Art-Direktorin, zusammen gewesen, aber diese Beziehung war am Ende genauso ausgefranst wie seine Leidenschaft für Werbung. Wenn er ehrlich sein wollte, war beides auch nie besonders ausgeprägt gewesen. Doch hatte es in seinem Leben schlicht nie eine andere Option gegeben. Ein Grant, der etwas anderes machte als Werbung? Ausgeschlossen!

Allerdings hatte dieser Zwang wohl nur in seinem Kopf existiert, wie er zugeben musste. Seine Eltern hätten ihn sicher auch bei jeder anderen Berufswahl unterstützt. Aber irgendwie hatte sich die Frage nie gestellt. Da ihm jede künstlerische oder kreative Ader fehlte, hatte er Psychologie mit den Schwerpunkten Marketing und Wirtschaft studiert und war wie von selbst in den Job des Strategen hineingerutscht. Oder, wie er selbst es nannte: in den Job des Chef-Manipulators! Es war tatsächlich lächerlich einfach, Menschen mit einigen gezielten Triggerwörtern und geschickt eingesetzten Narrativen zu Kunden zu machen. Ein paar Jahre lang hatte es ihm auch Spaß gemacht, Kampagnen immer weiter zu verfeinern, aber zuletzt war er sich nur noch wie ein verlogener Rattenfänger vorgekommen, der sich endlos weit von seinen Träumen und Wertvorstellungen entfernt hatte.

Auch die »Auszeit« in Edinburgh hatte nicht den gewünschten Effekt für sein Seelenheil gehabt – doch dann hatte ihn vor fünf Wochen sein alter College-Kumpel Collum McDonald angerufen. Sie hatten ewig nichts mehr voneinander gehört, und Jon war mehr als überrascht gewesen, dass Collum, mit dem er die BWL-Kurse an der Uni absolviert hatte, nicht etwa Controller in einem Großkonzern war, sondern seit einigen Jahren Bürgermeister in einem winzigen Nest in den Highlands. Aber Collum hatte derart von dem Örtchen Kirkby geschwärmt, dass sich in Jon eine alte, verschüttete Sehnsucht gemeldet hatte – eine Sehnsucht nach Überschaubarkeit, nach guter Luft, nach freundlichen Menschen und einem vermeintlich ehrlicheren, einfacheren Leben. Als Collum schließlich den alten, leer stehenden Dorf-Pub erwähnte, den er gerne zu neuem Leben erwecken wollte, war es um Jon geschehen gewesen. Schon als Kind hatte er den Traum gehabt, Kneipenwirt zu werden. Diese Fantasie hatte immer für größte Lacherfolge gesorgt, wenn er sie ausgesprochen hatte – nicht nur bei seiner Familie, auch bei seinen Mitschülern und später den Kommilitonen –, doch ganz vergessen hatte er den Wunsch nie.

Als Collum einen lächerlich niedrigen Preis für die Immobilie aufrief, die zwar dringend aufgemöbelt werden müsse, deren Bausubstanz aber top sei, hatte Jon nicht lang gezögert. Ohne sich selbst ein Bild von *The Scary Hound* zu machen und nur aufgrund einer Handvoll Fotos und Collums Wort darauf, dass er es nicht bereuen würde, hatte er das Gebäude gekauft. Seit einer Woche war er also offiziell Eigentümer eines Highland-Pubs. Nach der Unterschrift beim Notar hatte er zwei weitere irrationale Impulskäufe getätigt: den glänzenden schwarzen Pick-up und Polly, seine neue Gefährtin, die es offensichtlich blöd fand, allein im Auto auf ihn zu warten.

Er schüttelte den Kopf und riss sich entschlossen von den Zeitschriften los. Es hatte keinen Sinn. Er hatte sich für dieses neue Leben entschieden und würde sich furchtlos allen Herausforderungen stellen. Ein Blick auf die Uhr verriet ihm, dass er in einer Stunde mit Collum verabredet war, und er schätzte, dass er nur noch dreißig Minuten Fahrt vor sich hatte. Zeit genug also, sich noch einen Kaffee und etwas Nervennahrung zu gönnen. Er ging in Richtung Kasse, um sich mit Schokolade einzudecken. Vor dem Süßkramregal stand bereits eine rothaarige Frau und scannte mit gerunzelter Stirn die Auswahl. Gleichzeitig griffen sie beide zum letzten Cadbury-Karamell-Riegel.

»Das ist jetzt nicht Ihr Ernst«, herrschte sie ihn in einem Tonfall an, der halb entsetzt, halb empört klang.

»Doch, ich liebe Karamell«, entgegnete er mit einem Lächeln und hielt sein Ende des Riegels fest.

»Aber das geht nicht!«, beharrte sie und zog fester, offensichtlich unwillig, auf ihre Beute zu verzichten.

»Warum?«

»Was warum?« Sie sah ihn irritiert an, und in ihren blaugrauen Augen funkelte etwas Wildes, Unbeherrschtes.

»Warum geht es nicht? Es ist doch sehr gut möglich, dass zwei Menschen eine vergleichbare Begeisterung für Karamell-Schokoriegel an den Tag legen. Wir sind der beste Beweis dafür.« Er sprach ruhig und sachlich mit ihr, genau wie er es jahrelang mit schwierigen Kunden und temperamentvollen Kollegen getan hatte, aber insgeheim fand er diesen kleinen Zusammenstoß recht amüsant. Er schätzte die Frau auf Anfang dreißig. Optisch erinnerte sie ihn an die junge Katharine Hepburn: schmal, fast hager, und burschikos, doch mit einem sehr ausdrucksstarken Gesicht, auf dem sich in rascher Folge reichlich Emotionen spiegelten. Irritiertes Stirnrunzeln wurde von ungläubig aufgerissenen Augen abgelöst, gefolgt von einer wütend aufgeworfenen Zornesfalte und gleich darauf von einem entschlossenen Zug um die wohlgeformten Lippen.

»Sparen Sie sich die Wortklauberei!«, rief sie und zerrte noch einmal kräftig. »Suchen Sie sich einen anderen Schokoriegel. Denn wenn ich den hier jetzt nicht auf der Stelle bekomme, dann passiert ein Unglück!«

Jon musste lachen und war kurz geneigt, das lustige Spiel auf die Spitze zu treiben. Doch der verzweifelt-flehende Unterton in ihrer markigen Drohung war ihm nicht entgangen. »Ein Unglück kann und will ich natürlich nicht riskieren«, sagte er und ließ den Riegel los. »Guten Appetit!«

Sie brummte etwas Unverständliches, aus dem nur ein extrem wohlwollendes Ohr ein »Danke« hätte heraushören können, griff sich wahllos eine Handvoll weiterer Schokoriegel und bezahlte dann rasch und ohne ihn noch einmal anzusehen. Wenig später beobachtete Jon, wie sie mit einem schrottreifen dunkelgrünen Mini davonbrauste. Grinsend kaufte er sich eine Tafel Karamell-Schokolade, die sie offensichtlich übersehen hatte, und ging zu seinem Wagen, mit einem Mal deutlich entspannter und fröhlicher. Warum auch immer – aber jetzt fühlte er sich bereit für das Abenteuer seines neuen Lebensabschnitts.

ZWEI STUNDEN HONEYMOON

SO EIN SCHOKORIEGEL WIRKTE MANCHMAL Wunder. Mit dem vielen Zucker in ihrem Blut hob sich Islas Stimmung deutlich, und kaum war sie zu Hause angekommen, traute sich auch die Sonne zwischen den dunklen Wolken hervor und lockte sie in ihren heiß geliebten Kräutergarten. Jetzt im März gab es noch nichts zu ernten, aber angesichts der ersten zarten Triebe an ihren Küchenpflanzen und der kecken Krokusse, die sich ihre Frühlingsgefühle auch von Stürmen und Regengüssen nicht verderben ließen, kam Isla wieder zur Ruhe. Langsam fiel alle Spannung von ihr ab, und eine Grundzufriedenheit stellte sich ein, die sie immer dann fühlte, wenn sie entweder am Herd stand oder mit den Händen im Dreck wühlte.

»Schon zurück von deinem Ausflug?«

Isla erhob sich lächelnd und schüttelte Erde von ihren Fingern. Ihr gegenüber stand Colleen, die Verlobte ihres älteren Bruders Alex, und musterte sie mehr als erfreut. Isla wusste, warum. Colleen war absolut kaffeesüchtig, und das Gebräu, das die Maschine im brüderlichen Bed & Breakfast ausspuckte, fand ihre zukünftige Schwägerin genauso indiskutabel wie Isla selbst. Sie antwortete deshalb nicht direkt, sondern fragte ihrerseits: »Lust auf einen

Cappuccino?« Ohne auf eine Bestätigung zu warten, ging sie voran in ihre Restaurantküche, schaltete die chromglänzende italienische Espressomaschine an und wusch sich die Hände. Während sich die Maschine aufheizte und dabei lustige blubbernde und zischende Geräusche von sich gab, arrangierte sie auf einem Teller einige Shortbread-Kekse in Distelform, die ihre Cousine Kristie exklusiv für das Restaurant buk, und mahlte dann die Kaffeebohnen.

»Ich liebe diesen Duft«, schwärmte Colleen und schloss verzückt die Augen.

»Du bist wirklich ein Junkie«, lachte Isla. »Und du solltest Alex endlich dazu überreden, eine vernünftige Kaffeemaschine anzuschaffen.«

»Aber dann hätte ich keinen Grund mehr, regelmäßig bei dir vorbeizuschauen«, widersprach Colleen. »Zumal wir im Rathaus ja auch einen ziemlich ordentlichen Vollautomaten haben. Nein, das ist schon okay so. Stell dir mal vor, wenn im Bed & Breakfast auch noch der Kaffee top wäre, dann hätten die Gäste ja gar nichts mehr zu meckern.« Sie grinste.

»Ich mag deinen völlig verdrehten Sinn für Humor«, entgegnete Isla und begann die Milch aufzuschäumen, während der Kaffee heiß zischend in die Tassen floss. »Wollen wir die fünf Minuten Sonne nutzen und wieder in den Garten gehen?«

Colleen nickte nur, schnappte sich den Keksteller und verschwand nach draußen. Als Isla ihr wenig später mit den beiden Kaffeetassen folgte, hatte sie es sich bereits auf der geschützten Bank bequem gemacht und ließ sich die

Sonne ins Gesicht scheinen. Konnte es etwas Besseres geben als die warme Frühlingssonne und den besten Cappuccino jenseits von Italien?

Kurz darauf jedoch brachte ein tiefes, sonores Rumpeln die beiden Frauen dazu, aufzuspringen und Richtung Straße zu schauen. Isla nahm gerade noch wahr, wie ein großer, schwarz glänzender Pick-up langsam die Dorfstraße entlangfuhr. Gleich darauf war er aus ihrem Sichtfeld verschwunden. Der monströse Wagen kam ihr vage bekannt vor.

»Was macht der denn hier?«, rief sie und starrte auf das Stück Fahrbahn, das sie von ihrem Garten aus einsehen konnte.

»Kennst du den Fahrer etwa?«, fragte Colleen verwundert.

»Ich hab ihn vor ungefähr einer Stunde an einer Tankstelle in Inverness getroffen«, sagte Isla und verschwieg wohlweislich den Schokoriegel-Zwischenfall. »Also, falls er es war. Aber wie viele schwarze Angeber-Trucks wird es hier in der Gegend schon geben?« Sie schüttelte den Kopf. »Ich frag mich, was der hier will.«

»Das könnte der neue Pub-Besitzer sein«, mutmaßte Colleen aufgeregt. »Collum hat letzten Freitag erzählt, dass er heute kommt.« Colleen arbeitete seit ein paar Wochen als Event-Koordinatorin im Rathaus von Kirkby. »Doof, dass ich heute meinen freien Tag habe.«

»Wie ein Wirt wirkte der Typ eigentlich nicht«, murmelte Isla stirnrunzelnd.

»Wie wirkt denn ein Wirt?«, konterte Colleen mit

einem Grinsen. »Falls es da überhaupt irgendwelche Standards gibt.«

Isla verdrehte die Augen. »Ja, ja, schon gut. Natürlich ist das ein blödes Vorurteil, aber ...«, sie zögerte. »Jedenfalls sehen Wirte in der Regel nicht so ... ähm ... yuppiemäßig aus.« Um ein Haar hätte sie »heiß« gesagt und fragte sich, wie diese völlig absurde Bezeichnung für den Schokoriegeldieb in ihre Gehirnwindungen gekommen sein mochte. Also, den Beinahe-Schokoriegeldieb, denn er hatte ihr die Beute ja letztlich überlassen. Und sie dabei ausgelacht. Eindeutig hatte er sich über sie lustig gemacht. Wenn sie länger darüber nachdachte, fand sie ihn gar nicht mehr heiß, sondern einfach nur unverschämt. Sie konnte ihn nicht leiden. Punkt. »Er federt!«, platzte es noch aus ihr hervor, ehe sie sich die Hand vor den Mund schlagen konnte.

Colleen kicherte. »Ein federnder Yuppie also?« Sie schien das Ganze wirklich unglaublich witzig zu finden.

»Na, du weißt schon, so ein Typ, der nicht normal geht, sondern betont dynamisch, schwungvoll und gut gelaunt dahinfedert«, versuchte sie sich an einer Erklärung, merkte aber selbst, wie seltsam sie sich anhörte. »Ich kann es nicht besser beschreiben, aber es macht mich schon aggressiv, allein seinen Gang zu sehen.« Sie verschränkte genervt die Arme vor der Brust und fühlte sich auf unangenehme Art ertappt.

»Du bist echt der Knaller«, behauptete Colleen und grinste immer noch. »Ich weiß ja, dass die Reizschwelle bei etlichen Mitgliedern der Familie Fraser sehr niedrig liegt, aber dass dich schon die Gangart eines Mannes wild macht ...«

»Er macht mich nicht wild, er macht mich ... Ach, vergiss es!«

Colleen hatte nun tatsächlich den Nerv, ihren Kopf in den Nacken zu werfen und schallend zu lachen. Es dauerte ein Weilchen, bis sie sich so weit wieder gefangen hatte, dass sie sprechen konnte. Dann sagte sie: »Ich glaube schon jetzt, dass Mr Feder-Yuppie eine echte Bereicherung für Kirkby sein wird, und ich kann es kaum erwarten, ihn endlich kennenzulernen.«

»Ich hatte mir für den Pub halt etwas anderes vorgestellt. Dad wird ihn hassen«, brummte Isla düster.

»Euer Vater hasst ihn ja jetzt schon aus Prinzip. Weil der neue Pub-Besitzer ein Freund von Collum ist. Weil die Kneipe nach etlichen Jahren wiedereröffnet wird. Weil sich Dinge in Kirkby ändern. Euer Dad ist einfach ein schrulliger Kauz, der immer erst motzt, dann aber doch einlenkt.«

»Du hast Marlin Fraser noch nicht in Hochform erlebt«, sagte Isla und war froh, dass sie von ihren Vorbehalten abgekommen und stattdessen auf sicheres Terrain gewechselt waren. »Du kennst ihn doch erst ... wie lange? Seit fünf Monaten?«

»Zeit genug, ihn zu durchschauen«, behauptete Colleen schulterzuckend.

»Dann wärst du die Erste ...«

»Ich wette mit dir, dass er ziemlich schnell begreift, wie gut ein Pub für Kirkby ist.«

Isla winkte ab. »Spielt ja auch keine Rolle, was Dad denkt. Ich bin grundsätzlich sehr dafür. Wenn wir hier eine Kneipe haben, dann muss ich nicht ständig Tagestouristen abwimmeln, die bei mir nach Fish and Chips fragen. Ich bin mir aber nicht sicher, ob Mr Feder-Yuppie der richtige Mann für diese Herausforderung ist. Falls er überhaupt der neue Pub-Besitzer ist und wir nicht bescheuert über irgendwelche Dinge spekulieren, nur weil vor zehn Minuten ein schwarzes Riesenauto die Dorfstraße entlanggefahren ist. Vermutlich ist er nur auf der Durchreise.« Isla spürte ihren Worten nach. Klang total einleuchtend. Fast glaubte sie es selbst.

»Oder aber wir werden hier demnächst reichlich Spaß haben«, zerstörte Colleen vergnügt das kleine bisschen Seelenfrieden, das sich Isla gerade zusammengereimt hatte. Dann stand sie auf. »Danke für den Kaffee. Mir ist gerade eingefallen, dass ich noch was erledigen wollte.« Mit blitzenden Augen umarmte sie Isla, schwang sich unternehmungslustig auf ihr Fahrrad und war kurz darauf verschwunden – zweifellos, um der Sache mit dem ominösen Pub-Besitzer auf den Grund zu gehen.

Die dunkle Wolke, die sich wenig später wieder vor die Sonne schob, war aber bestimmt nur eine typische Kapriole des schottischen Wetters und kein düsteres Omen. Oder?

* * *

Es war ein gutes, fast erhebendes Gefühl, von Inverness aus dem Westufer des Loch Ness in Richtung Süden zu folgen, dann bei Drumnadrochit rechts abzubiegen und noch ein paar Meilen auf einer schmalen Straße durch die Landschaft zu fahren. Durch sehr viel Landschaft. Eine Landschaft, die ab sofort Jons neue Heimat sein würde. Sein Weg führte ihn auf einer kurvigen, hügeligen Strecke durch ein Waldstück. Nach einer weiteren lang gezogenen Rechtskurve erspähte er eine Kirchturmspitze, und hinter einer sanften Kuppe lag Kirkby in seiner ganzen Pracht vor ihm. Knapp sechshundert Einwohner, so groß – oder vielmehr klein – war sein neuer Lebensmittelpunkt. Langsam fuhr er am Ortsschild vorbei, passierte erst den Zufahrtsweg zum ortseigenen Sternerestaurant *The Scottish Thistle*, von dem Collum ihm so vorgeschwärmt hatte, und anschließend die Abzweigung zum luxuriösen Bed & Breakfast *The Cosy Thistle*. Zu diesen beiden Einrichtungen sollte sein Pub nach Collums Willen künftig eine günstige Alternative bieten.

Wenig später hatte Jon den Dorfplatz erreicht, der im Wesentlichen von drei Gebäuden dominiert wurde: der Kirche, dem Rathaus und einem großen Gebäude, dessen vernagelte Fenster einen eher abweisenden Eindruck vermittelten. Er parkte seinen Wagen vor dem schmuck renovierten Rathaus und stieg aus, was zu einer weiteren Runde empörten Geheuls von Polly führte. Irgendwie hatte er sich die neue Frau in seinem Leben etwas gechillter und weniger fordernd vorgestellt. Resigniert ging er um das Fahrzeug herum, öffnete die Beifahrertür und half dem schwarzmähnigen, langbeinigen, aber ziemlich tollpatschigen Geschöpf beim Aussteigen.

»Ich glaub's nicht!«, hörte er gleich darauf die vertraute Stimme seines alten Uni-Freundes Collum, der aus seinem Rathaus gekommen war und nun von einem Lachanfall geschüttelt wurde.

»Was glaubst du nicht?«, wollte Jon wissen und hob leicht befremdet eine Braue. Seine Irritation galt gleichermaßen Collums etwas überraschender Begrüßung und Polly, die sich ungeniert direkt neben seinem Pick-up erleichterte.

»Dass du mit so einem Gefährt hier ankommst«, japste Collum, von einer weiteren Lachsalve gebeutelt, und fuchtelte in Richtung Auto und Polly.

»Stimmt was mit meinem Auto nicht? Oder meinst du meine Gefährt*in*?« Er sah zu Polly, die den um Fassung ringenden Bürgermeister mit ihren großen, braunen Augen fixierte. Anscheinend war sie sich noch nicht sicher, was sie von ihm halten sollte.

»Deine ›Gefährtin‹ ist zauberhaft«, prustete Collum. »Wenn auch nicht ganz stubenrein.« Er deutete auf die unübersehbare Pfütze, die gerade zwischen den Pflastersteinen versickerte. Wo war der Regen, wenn man ihn brauchte?

»Streng genommen ist das hier ja auch keine Stube«, entgegnete Jon, musste schließlich aber selbst lachen. Es war eine wirklich absurde Situation. Er räusperte sich und sagte dann förmlich: »Darf ich vorstellen? Polly, das ist Collum, der Bürgermeister von Kirkby. Collum, das ist Polly, meine … ähm …«

»Gefährtin, ich weiß«, unterbrach ihn Collum und

deutete eine Verbeugung an. Er hielt Polly seine Rechte hin und freute sich, als sie einschlug. »Sehr angenehm, Polly.« Anschließend breitete er die Arme aus, zog Jon in eine etwas ungelenke Männerumarmung und klopfte ihm auf den Rücken. »Schön, dass du hier bist!«

»Danke, ich freu mich auch.« Jon sah sich um. An einem Fenster des Rathauses erspähte er dunkle Dauerwellen-löckchen, und auch bei zwei anderen Häusern bewegten sich Gestalten hinter den Gardinen. Offensichtlich hatte sein Auftritt nicht nur für Erheiterung beim Bürgermeis-ter, sondern auch für Aufmerksamkeit bei den Dorfbewoh-nern gesorgt.

»Kann ich dir einen Kaffee im Rathaus anbieten, oder willst du gleich dein neues Reich inspizieren?«, wollte Collum wissen.

»Allein die Tatsache, dass man zum Kaffeetrinken ins Rathaus muss, beantwortet deine Frage schon«, grinste Jon. »Wird Zeit, dass Kirkby wieder einen Pub bekommt!« In seinem Bauch kribbelte es vor Unternehmungsgeist, Vorfreude und Nervosität. Fast als wäre er frisch verliebt oder kurz vorm Traualtar. Gleich würde er seine Braut also zum ersten Mal sehen.

»Meine Rede«, sagte Collum und ging voraus.

Bis zum Pub waren es zwar nur wenige Meter über den Marktplatz, und es waren keine anderen Menschen auf der Straße, doch Jon fühlte sich beobachtet.

»Kann es sein, dass der halbe Ort auf der Lauer liegt und uns ausspäht?«, fragte er halb scherzend, halb im Ernst.

»Klar, was denkst du denn? Sie wissen, dass der neue Pub-Besitzer heute kommt – und dein Auftritt war ja nun nicht gerade dezent.« Collum deutete über seine Schulter auf den schwarzen Pick-up.

»Was hast du nur mit meinem Wagen? In derart unwirtlichen Gegenden braucht man doch ein angemessenes Fortbewegungsmittel. Ich hab Allradantrieb und so viel Ladekapazität, dass ich Lebensmittel und Getränke transportieren kann. Außerdem war es ein Schnäppchen.«

»Ja, weil kein Mensch mehr so eine spritfressende Dreckschleuder haben möchte«, stellte Collum mit einem gutmütigen Augenzwinkern fest. »Kann es sein, dass du heute zum allerersten Mal in deinem schon fortgeschrittenen Leben in den Highlands bist?« Jon antwortete nicht, sondern nickte nur leicht. Was bitte sollte diese Unterstellung? Doch Collum fuhr fort: »Wir mögen zwar Hinterwäldler sein, aber unsere Straßen sind geteert, und die Lieferservices der Brauereien und Destillerien trauen sich sogar bis zu uns. Aber vielleicht kannst du ja mal eine Schafherde transportieren. Oder ein paar Rinder ...«

Jon beschloss, den Spott zu ignorieren. Er hatte sich innerhalb weniger Tage zu mehr verrückten Handlungen hinreißen lassen als in seinem ganzen sechsunddreißigjährigen Leben davor. Himmel, er hatte praktisch fast seine kompletten Ersparnisse für den Pub und dieses Auto ausgegeben – da sollte er sich doch ein wenig darüber freuen dürfen, oder?

Collum reichte ihm einen Bund altertümlicher Schlüssel und trat einen Schritt zur Seite. »Willkommen zu Hause!«

Jons Anspannung wuchs. Von außen machte *The Scary Hound* seinem Namen wirklich alle Ehre. Auch Polly schien nervös zu werden, jedenfalls presste sie sich eng an ihn und zitterte leicht. Jon steckte einen Schlüssel ins Schloss, drehte ihn, und mit einem erfreulich satten Klacken öffnete sich die massive Holztür. Er holte tief Luft und betrat den schummrigen Schankraum, an dessen anderem Ende er einen langen Tresen erkennen konnte. Etliche Tische und Stühle standen, vergleichsweise unkonventionell aufgetürmt, in einer anderen Ecke. »Gibt's hier Strom?«, fragte er.

»Auch fließend kaltes und warmes Wasser«, entgegnete Collum amüsiert und betätigte den Lichtschalter.

Alte Deckenlampen erwachten zum Leben und tauchten den großen Raum in ein warmes Licht. Staubflocken tanzten, aufgewirbelt von dem plötzlichen Luftzug, und unter dem Möbelturm in der Ecke huschte ein Schatten in die Dunkelheit. Polly gab ein aufgeregtes Japsen von sich und drückte sich bebend an Jon.

»Hier hausen doch nicht etwa Ratten?«, fragte Jon leicht angewidert. Er hatte keine Angst vor den Nagern, aber sie würden zweifellos ein Problem darstellen.

»Das wäre dann eine ziemliche Riesenratte«, befand Collum. »Und das wollen wir wirklich nicht hoffen.«

Im nächsten Moment bewegte sich der Schatten erneut unter dem Haufen aus Tischen und Stühlen, und Polly stürzte sich mit einem markerschütternden Laut in seine Richtung. Was dann folgte, war eine Kakofonie aus Jaulen, Fauchen und polternden Möbelstücken.

»Polly! Komm sofort hierher!«, rief Jon, doch die Hündin dachte nicht im Traum daran, auf ihn zu hören. Voller Begeisterung versuchte sie den Schatten zu fangen, der sich mit einem eleganten Satz auf einen wackeligen Tisch rettete – und sich bei näherer Betrachtung als Katze entpuppte. Als gigantische, grau getigerte Riesenkatze, um genau zu sein.

»Ach, das ist nur Elvis«, sagte Collum, als sei dies eine schlüssige Erklärung.

»Da bin ich ja erleichtert«, gab Jon trocken zurück. Langsam wunderte er sich über gar nichts mehr. »Und was macht Elvis in meinem Pub?«

»Spuken?«, schlug Collum lachend vor.

»Aufgeräumt hat er jedenfalls nicht.« Jon schüttelte grinsend den Kopf.

»Hier bist du also, du böser Junge!« Eine hübsche, blond gelockte Frau war eingetreten, und Jon fragte sich verwirrt, wem ihr Ausruf galt. Collum womöglich?

»Hallo, Anna«, begrüßte der die Frau vergnügt. Offensichtlich fühlte er sich nicht angesprochen. »Darf ich dir den neuen Pub-Betreiber von Kirkby vorstellen? Anna, das ist Jonathan Grant. Jon, das ist Annabel Campbell, unsere Dorfärztin.«

Die blonde Frau streckte Jon eine Hand entgegen und lächelte ihn strahlend an. »Wie schön, ich freu mich sehr.«

»Ich mich auch, Dr. Campbell.« Er schüttelte ihr die Hand und wunderte sich über den erstaunlich kräftigen Händedruck der zarten Ärztin.

»Anna, bitte«, lachte sie. »Auf Förmlichkeiten legt hier

in Kirkby keiner Wert. Außerdem bin ich auch erst seit ein paar Wochen hier, und Neuankömmlinge müssen doch zusammenhalten, oder?«

Jon lächelte nur, aber Anna schien auch keine Antwort zu erwarten. Stattdessen ließ sie ihren Blick durch den Raum wandern, runzelte die Stirn, als er die Riesenkatze streifte, und lächelte verzückt, als er schließlich an Polly hängen blieb. »Wer ist denn das Zauberhaftes?«, fragte sie mit einer Stimme, die plötzlich mindestens eine Oktave höher klang. Sie hockte sich hin und streckte erneut die Hand aus.

Mehr Aufforderung brauchte Polly nicht. Sie gab ihr Versteck unter dem Tisch auf, ließ noch einen Stuhl zur Seite rumpeln und rannte zu der Ärztin.

»Das ist Polly«, sagte Jon.

»Du bist ja eine Schönheit«, lobte Anna. »Hat dich der böse Kater erschreckt?«

»Mau!«, kam es indigniert von dem Angesprochenen. Mit einem großen Satz verließ er seinen Zufluchtsort und stolzierte mit hoch aufgerichtetem buschigen Schwanz und einem reichlich misstrauischen Blick in Richtung Anna und Polly. Etwa einen Meter vor den beiden setzte er sich und musterte sie durchdringend.

»Das ist mein Kater Elvis«, erklärte Anna, an Jon gewandt. »Er interpretiert die Bezeichnung ›Hauskatze‹ recht frei, stattdessen ist er gerne und viel unterwegs.« Sie seufzte leicht und schüttelte den Kopf.

»Und wie kommt er in den Pub?«

»Keine Ahnung. Ich schätze mal, dass er ein Fenster

gefunden hat, das nicht richtig verschlossen war, oder eine nicht abgesperrte Tür. Er ist ziemlich geschickt. Und du musst dich nicht sorgen, er ist freundlich zu allen Menschen und den meisten Tieren. Mit Hunden hat es noch nie ein Problem gegeben. Ist Polly ein Neufundländer?«, wollte sie dann noch wissen, während sie liebevoll das glänzende schwarze Fell kraulte.

»Ähm, ja. Und ich nehme an, dass sie noch eher unerfahren ist, was Katzen betrifft. Aber die Rasse gilt ja als sehr umgänglich. Hab ich jedenfalls gelesen.«

»Wie alt ist sie?«

»Knapp vier Monate, aber ich hab sie erst seit einer Woche. Es war eine etwas … ähm … spontane Entscheidung. Ich dachte, dass es schön wäre, hier in der Einsamkeit einen Hund zu haben.« Warum nur kam er sich gerade so unsagbar dämlich vor? »Die Frau des Autohändlers züchtet Neufundländer, und Polly war der letzte Welpe aus dem Wurf. Niemand hat sich für sie interessiert und …« Warum erzählte er diese bescheuerte Geschichte?

»Das erklärt wirklich einiges«, schaltete sich nun auch Collum wieder ins Gespräch ein und schien schon wieder mit einer Lachattacke zu kämpfen. Glücklicherweise behielt er so seine zweifellos eindrucksvolle These darüber, was genau das erklärte, für sich.

»Na ja, so einsam ist es hier auch wieder nicht«, beteuerte Anna und ließ ein glockenhelles Lachen folgen. Offensichtlich fand sie die Situation auch ungeheuer witzig. »Aber tierische Freunde sind gut für die Seele, und ich bin mir sicher, dass Polly dich sehr glücklich machen wird.«

»Wenn ich herausgefunden habe, wie man mit Hunden richtig umgeht, bestimmt«, murmelte Jon. Die Entscheidung, sich Polly anzuschaffen, war tatsächlich völlig spontan gewesen. Als er sein neues Auto abgeholt hatte, war ihm die imposante Neufundländer-Hündin des Händlers aufgefallen. Er konnte sich nicht mehr so recht erinnern, wie es dann weitergegangen war. Auf jeden Fall war er anderthalb Stunden später mit seinem Wagen, einem großen Sack Futter und Polly losgefahren – und einer Liste von Dingen, die er unbedingt noch für das Tier besorgen musste. Irgendwie war er sich übertölpelt vorgekommen und hatte den Eindruck nicht loswerden können, dass das Autohändlerpaar verdammt erleichtert gewirkt hatte, als nicht nur der große Pick-up, sondern auch der tapsige Welpe aus ihrer beider Leben verschwunden war. Jon hatte jedoch beschlossen, nicht weiter darüber nachzudenken. Auch weil er kaum dazu gekommen war, denn Polly forderte seine volle Aufmerksamkeit. Das junge Tier war unglaublich anhänglich und verspielt, hatte sonst aber nur Unsinn im Kopf und nagte mit seinen nadelspitzen Milchzähnchen wirklich alles an. Was die Stubenreinheit betraf, hatten die Züchter auch schamlos übertrieben … Sein von außen glänzender Neuwagen war innen jedenfalls schon recht rustikal.

»Das wird schon«, behauptete Anna fröhlich. »Und wenn nicht … es soll hier im Ort einen Hundeflüsterer geben. Colleen hat so was erzählt.« Sie sah fragend zu Collum.

»Ja, der alte Fraser hat ein Händchen für Hunde – sagt

man«, erklärte Collum, an Jon gewandt. »Allerdings kann er mich nicht leiden und dich damit zwangsläufig ebenfalls nicht.« Er zuckte die Schultern, anscheinend nicht sonderlich betroffen wegen dieser Abneigung.

»Was hab ich ihm getan?«

»Nichts. Aber du bist ein Freund von mir, und das bedeutet in Marlin Frasers Weltbild schon mal Sippenhaft. Außerdem hast du den Pub gekauft, und er weiß nicht, was du daraus machen wirst. Und alles, was er nicht kontrollieren kann, ist potenziell eine Bedrohung und wird mit Verachtung bestraft, bis er zu einer anderen Einschätzung der Lage kommt. Aber mach dir keine Sorgen, das ist normal.«

»Wenn du das sagst …«, entgegnete Jon gedehnt. Kirkby war offenbar nicht das einfachste Pflaster. Andererseits kam er eigentlich mit allen Menschen gut klar und war in der Agentur als Problemlöser und »Feuerlöscher« bei besonders schwierigen Fällen eingesetzt worden. Er würde mit den störrischen Einwohnern schon zurechtkommen.

»Ach, Marlin ist eigentlich ganz süß«, meinte Anna. »Letzte Woche war er bei mir in der Praxis. Nicht weil ihm was fehlte, sondern um sich zu vergewissern, dass ich eine echte Ärztin bin, falls er doch mal krank werden sollte. Erst war er knurrig, aber schließlich ganz zahm.« Sie lachte erneut und stand dann auf, was Polly dazu brachte, protestierend nach ihrem Hosenbein zu schnappen.

»Polly!«, rief Jon tadelnd, und die Hündin sah ihn verwundert an. »Das darfst du nicht!« Sie wuffte und machte übermütig einen Satz in Richtung Elvis, der die ganze

Zeit in majestätischer Pose dagesessen und misstrauisch beobachtet hatte, wie sich sein Frauchen mit dem jungen Hund abgab. Statt zu fliehen, blieb er stehen und plusterte fauchend sein Fell auf, sodass er noch größer wirkte als zuvor. Das schien auch Polly zu beeindrucken, die abrupt stoppte und leise fiepend zwischen dem Kater und Jon hin- und herschaute.

»Tja, Prinzessin, das hast du dir selbst eingebrockt«, sagte Jon mitleidslos. »Ich sehe nur zwei Optionen: Geordneter Rückzug, oder du freundest dich mit ihm an.«

»Sei lieb zu ihr, Elvis«, bat Anna den Kater mit deutlich mehr Mitgefühl. »Polly hat hier noch keine Freunde.« Dann blickte sie auf die Uhr. »Oh weh, schon so spät. Ich fürchte, ich muss los. Das Projekt ›Hund und Katz‹ müssen wir wohl verschieben.« Sie sah bedauernd zu den Männern und den Tieren, dann stieß sie einen kleinen Pfiff aus, und der Kater lief ihr wie ein Hund hinterher, als sie den staubigen Gastraum verließ. Im Türrahmen drehte sie sich noch einmal um und winkte Jon und Collum zum Abschied.

»Ich schätze, du musst dich nicht mit Marlin Fraser gut stellen, wenn du Erziehungstipps für deine Polly brauchst«, bemerkte Collum amüsiert. »Wende dich einfach an Frau Doktor Campbell.« Er zwinkerte seinem Freund zweideutig zu. »Sie ist übrigens Single«, fügte er noch hinzu.

Jon schüttelte grinsend den Kopf. Er war noch nicht mal eine Stunde in Kirkby, und schon sollte er verkuppelt werden. Die Ärztin war zweifellos eine sehr attraktive und nette Frau, doch nichts für ihn. Da hatte die rothaarige

Kratzbürste vorhin an der Tankstelle mehr Interesse aus-
gelöst. Aber wenn Anna ihm beibringen konnte, wie er
Polly dazu brachte, ihm auf ein simples Pfeifsignal hin zu
folgen, dann wäre das garantiert ein weiteres Treffen wert.
»Gut zu wissen, aber momentan bin ich mit der vierbeinigen Frau in meinem Leben wirklich gut ausgelastet – und
wie es aussieht, auch mit dieser Bruchbude hier.«

»Bruchbude?«, rief Collum mit gespielter Empörung.
»Das ist ein Juwel. Da muss man nur mal gründlich sauber
machen, dann sieht alles aus wie neu.«

»Mhmm. Dann lass uns mal ein wenig unter die Staub-
schicht schauen, und vor allem interessieren mich die beiden oberen Etagen.«

»Ja, lass uns hochgehen. Im ersten Stock gibt es fünf
Fremdenzimmer, die womöglich ein bisschen mehr Zuwendung brauchen als die Kneipe, und oben unterm Dach
hat der frühere Besitzer in zwei Zimmern gewohnt. Du
kannst aber alles ausbauen, sodass du eine richtig schöne
große Wohnung hast. Ein Garten gehört übrigens auch
dazu, was sicher ideal ist für deine junge Dame.« Collum
sah zu Polly, die gerade hingebungsvoll an einem Stuhlbein nagte. »Hat sie einen Biber im Stammbaum?«

»Wahrscheinlich«, erwiderte Jon. Das Stuhlbein war
definitiv nicht seine größte Sorge. Er schätzte, dass eine
Menge Zeit und Geld für die Renovierung draufgehen
würden, bevor er seinen Pub eröffnen konnte. »Auf jeden
Fall muss ich die Kneipe umbenennen. *The Scary Hound*
hört sich in meinen Ohren nach sich selbst erfüllender
Prophezeiung an. Ich möchte nicht, dass Polly zum un-

heimlichen Hund wird!« Er straffte die Schultern und sagte dann entschlossen: »Lass uns nach oben gehen! Komm, Prinzessin, schauen wir uns dein neues Reich an.«

Eine Stunde später sah Jon deutlich klarer – und war reichlich ernüchtert. »Wow, das war vermutlich der kürzeste Honeymoon der Geschichte«, sagte er zu Collum, als sie das Haus verließen und er die Tür hinter sich absperrte. Es war vollkommen ausgeschlossen, dass er, wie geplant, während der Renovierungsphase hier leben konnte. Sowohl die Gästezimmer als auch die kleine Wohnung unterm Dach waren völlig unbewohnbar und verlangten nach einer intensiven Generalüberholung.

»Honeymoon?«, fragte Collum leicht verwirrt.

»Als wir vorhin zum Pub gelaufen sind, habe ich mich gefühlt wie ein Bräutigam, der gleich seine Braut sieht«, erklärte Jon seinem alten Kumpel.

»Verstehe. Aber die Braut war vorher weder bei der Kosmetikerin, noch hat sie sich die Mühe gemacht, ein hübsches Hochzeitskleid zu tragen«, spann Collum die etwas schräge Analogie weiter.

»So ungefähr.« Jon seufzte. Irgendwie war ihm während der letzten Monate sein klarer Verstand abhandengekommen, sonst hätte er sich wohl auf keinen Teil dieses Irrsinns eingelassen. Weder darauf, unbesehen ein heruntergekommenes Haus im Nirgendwo zu kaufen, noch auf das überdimensionierte Auto und schon gar nicht auf Polly. Er schloss kurz die Augen. Ja, das war alles ziemlich überwältigend, und ja, er fühlte sich auch vollkommen überfordert.

Aber gleichzeitig machte sich eine unglaubliche Vorfreude in ihm breit. Das war das bislang größte Abenteuer seines Lebens, und er würde jede verdammte Minute davon genießen. »Aber das macht nichts. Vielleicht ist es sogar viel spaßiger, wenn ich der Braut bei ihrem Schönheitsprogramm helfe?«

»Möglich. So als Grundlage einer glücklichen Ehe.« Collum klopfte ihm auf die Schultern. »Ich maile dir nachher eine Liste mit Handwerkern aus dem Ort und der Region, die dir beim Aufhübschen helfen können.«

»Danke. Jetzt brauch ich nur noch ein Ausweichquartier.«

»Du kannst gerne bei mir pennen«, bot Collum an, doch er klang nicht übermäßig enthusiastisch. Sein Stirnrunzeln und ein Seitenblick auf Polly zeigten Jon den Grund für die etwas gezwungene Gastfreundschaft. »Oder …« Collums Gesicht erhellte sich merklich, als er eine Frau entdeckte, die vom Rathaus her zu ihnen geschlendert kam. »Oder wir fragen Colleen.«

»Wir fragen Colleen was?«, wollte die Frau mit den kastanienbraunen Haaren und dem amerikanischen Akzent wissen, die Collums letzten Satz noch gehört hatte.

»Ob ihr derzeit ein Cottage frei habt, in dem Jon und Polly unterschlüpfen können, bis zumindest die Wirtswohnung so weit renoviert ist, dass sie dort einziehen können.«

»Das sollte kein Problem sein«, sagte Colleen und musterte Jon mit einem neugierigen Lächeln. »Für federnde Yuppies haben wir immer ein Plätzchen frei.«

»Bitte?«, fragten Jon und Collum gleichzeitig.

»Ach nichts«, winkte Colleen ab und reichte Jon die Hand. »Herzlich willkommen in Kirkby!«

Jana Lukas

Liebe, Hoffnung und Glück

Die Geschichte der drei Mühlenschwestern

978-3-453-42425-8

978-3-453-42426-5

978-3-453-42427-2

Leseproben unter **www.heyne.de**

HEYNE‹